네 개의 사랑 실험

배윤성 소설

네 개의 사랑 실험

사랑의 다양한 색을 포기하지 마세요

AI 기술이 발전하면서, 기계가 인간 본연의 외로움과 사랑에 대한 욕망까지도 어루만져 줄 수 있으리란 기대가 심심찮게 제기된다. 실제로 AI를 연인 삼은 한 선배는, 그동안 사귀었던 어떤 인간보다도 AI와 말이 훨씬 잘 통한다고 말했다. 식어가는 몸과 마음을 누군가의 온기로 덥히고 싶은 욕망은, 이제는 실현 불가능한 꿈 같은 것이 되어버린 걸까.

사랑이 고된 가장 큰 이유는, 그것이 혼자서는 해낼 수 없는 일이라는 데 있다. 상대가 필요하다. 나 혼자만 마음을 다한다고 해서 되는 일이 아니기에, 사랑은 때때로 우리를 아프게 한다. 아무리 간절히 사랑해도, 상대의 마음은 내 감정의 온도에 비례해 올라가 주지 않는다. 그리고 누구를 만나느냐에 따라 사랑의 길은 전혀 다른 방향으로 흘러가기에, 이 감정 앞에서는 온전히 주체적인 결론에 도달하기란 쉽지 않다.

사랑은 많은 고난을 수반한다. '그 사람이 나 아닌 다른 사람을 사랑하게 되었다'는 말을 듣는 순간, 모든 것이 무너진다. 나에게 최상의 행복을 선물하던 보물이, 돌연 날카로운 칼날이 되어 우리의 연약한 마음에 생채기를 낸다.

 사랑, 연애, 결혼의 의미가 하루가 다르게 달라지고 있는 이 시대에, 나는 그것들의 한 조각이라도 붙잡아보고 싶었다. 당연하게 여겨온 것이 정말 당연한지, 우리의 의식과 관념, 현실 사이에 괴리는 없는지 따져보았다. 만약 누군가가 그 틈에서 고통받고 있다면, 그 고통에 공감하고 그의 편이 되어주고 싶었다. 진정한 사랑은 정말 일대일 관계에서만 가능한지, '폴리아모리'라는 이름의 다자연애는 정말 시기상조인지, 진짜 행복한 관계란 과연 어떤 모습이어야 하는지—그 모든 질문에 대해 말하고, 나누고 싶었다.

 소설을 다 쓰고 난 뒤, 사랑 실험에 참여한 주인공이 세상의 눈치를 보며 안절부절못하는 모습으로 그려졌다는 사실에 내심 당황스러웠다. 나는 애초에 여러 사랑을 통해 다양한 경험을 하며 눈부시게 성장해 가는 한 여자를 그리고 싶었는데, 대체 무엇이 나의 의도를 방해한 걸까. 혹시 다중연애에 대한 원초적인 죄의식이 내 안에 숨어 있었던 것은 아닐까.

 사랑이 우리를 더 높이 날게 하는 자유의 신호탄이 되었으면 하는 바람에서 시작한 글이, 오히려 '사랑한다는 것의 어려움'에 대한 더 많은 고민을 낳은 것은 아닐까 하는 자책도 든다. 그럼에도 불구하고, 이 소설이 사랑의 다양성을 실험해 보는 작은 계기가 될 수 있다면 그것만으로도 족하다.

2025년 가을, 배윤성

차례

1부 러브코치 페스티바: 모든 시작에는 코칭이 필요하지

2부 우리들의 연애상황실: 사랑은 졸업하지 않는다

1부

–

러브 코치 페스티바

모든 시작에는 코칭이 필요하지

1. 그를 다시 만난 순간

사람들은 경이루란 이름을 들으면 고개를 갸웃하며 경씨 성이 있냐고 묻곤 한다. 그런 성이 있으니 내 이름이 '경이루'인 거겠지.

아버지는 경씨 성에 제일 잘 어울리는 이름을 고르느라 사흘 밤을 새웠다고 한다. 촌스럽지 않으면서 의미 있는 이름이 없을까 고민한 흔적이 역력하지만, 정작 이름 주인인 나는 개명을 여러 번 생각할 정도로 이름에 정이 가지 않는다. 유언 한마디 없이 바삐 저세상으로 가버린 아빠를 대신해 엄마가 '이루'가 품고 있는 거창한 뜻을 알려주었다.

"꿈을 이루고, 뜻을 이루고, 사랑을 이루고, 아무튼 원하는 것은 모두 이루라는 뜻으로 지은 거야. 이 세상에 이렇게 좋은 이름은 다시없으니 잠자코 살아. 쓸데없이 이름 탓하지 말고."

딸내미가 하는 것은 모두 다 쓸데없는 짓으로 뭉개고 싶어 하는 엄마는 딸내미가 서연, 효주 같은 이름을 들먹이자 눈을 흘겼다. 딸의 운명에 '성취'라는 염원을 담았던 선의가 무색하게 서른 살이 넘도록 그 무엇 하나 이루어질 기미가 없으니 은근히 답답해지고 있었다.

이름에 얽힌 이야기로 이 글을 시작하는 것은 지금부터 경이 루라는 이름을 가진 여자가 어떻게 살았는지, 무엇을 겪었는지 이야기해야 하기 때문이다. 벌써 가슴이 떨리고 손에 땀이 차는 것은 가슴 벅찬 이야기를 어떻게 전달할 수 있을까 막막하고 자신이 없어서이다.

아무것도 시도하지 않아 딱히 실수랄 것도 없고 아무 이야깃거리도 없을 인생이 어느 날 빠른 속도로 움직여 좌충우돌하는 바람에 할 이야기가 풍성하게 되었다. 고구마를 먹은 것처럼 답답하던 삶이 롤러코스터를 탄 것처럼 급강하와 급상승을 거듭하며 나를 세상의 이곳저곳으로 끌고 다녔다. 지금부터 하려는 이야기는 내 인생 열차가 어떤 궤도를 돌아 지금 나를 이곳에 데려다 놓았는가 하는 것이다.

한바탕의 소동이 잦아들고 어떤 힘에도 삶이 요동치지 않을 만큼 뿌리가 튼튼해지자 그동안 눌러두었던 것을 풀어내고 싶어졌다. 내가 사라지면 내가 겪은 일들도 흔적 없이 사라진다는 생각에 초조해졌다. 인생의 롤러코스터가 나를 어디로 데려갔는지, 그 위에 올라앉아 무엇을 보았는지 말하는 것을 더는 미룰 수 없다. 내가 아니면 누가 내 인생에서 일어난 일들을 증언해 주겠는가. 혼자 품고 가기엔 벅차다. 소설 같은 인생, 소설보다 더 소설 같은 인생 얘기를 하고 싶은 이유다.

이야기는 지금으로부터 20년 전인 2004년, 내 나이 서른세 살로 거슬러 올라간다. 처량했지만 푸르렀던 시절, 간만에 가슴이 콩닥이는 일은 내 첫 연인으로부터 시작한다.

⌒

　박찬영이 만나자고 한 장소는 동부이촌동 아파트였다. 하고 많은 장소를 놔두고 왜 하필 자기 집으로 오라는 것일까. 그때까지만 해도 남자랑 단둘이 밀폐된 공간에 있어본 적이 없을 뿐만 아니라 상상도 하지 못했다. 남자랑 같이 자는 것은 더 말해무엇 하랴. 모든 게 더딘 사람에게는 이성과의 잠자리 또한 뒤늦게 찾아오는 것인가.

　'보기보다 엉큼한 구석이 있군. 만난 지 얼마나 됐다고 집으로 오라는 거야? 나랑 잘해보고 싶어도 이건 너무 빠르잖아.'

　집으로 오라는 말이 '너의 몸을 안전한 장소에서 만지고 싶다'는 말로 들렸다. 내 첫사랑이 하는 말을 내 멋대로 오해하고 싶었던 것일까.

　서른셋이 되도록 오직 한 남자와 입술을 부딪쳐본 것이 고작이었던 나는 남자 여럿과 성 경험을 쌓고 있는 친구들을 보면 묻고 싶었다. 너희들은 어디에서 어떻게 이성을 만나서 어떤 공정을 거쳐 연애하게 되었느냐고. 속에서는 여러 의문이 들끓었지만 어떤 질문도 하지 못하고 나이를 먹고 있었다. 그렇게 나 혼자만의 온기로 세상을 덥히느라 힘겨워하고 있을 때 그가 나타났다. 고등학교 동창회에서 십 년 만에 그를 만났을 때 한심한 인생의 순환 고리가 딱 끊어지는 소리를 들었다. 그의 미소를 보는 순간, 잊은 줄 알았던 사람, 잊으려고 무던히도 애썼던 사람이 조금도 퇴색되지 않은 채 내 안에서 생생히 살아 있다는 것을 알게 되었다. 억겁의 시간이 흐른다 해도 어찌 잊겠는가. 처음이자 유일했던 사랑을.

우리의 만남이 단순한 우연이 아닐 거라는 생각은 나를 달뜨게 했다. 그리움이 담뿍 담긴 그의 눈빛은 내 생각을 확신으로 만들었다. 그는 걷잡을 수 없는 파도에 휩쓸린 것처럼 밥을 먹다가, 운전하다, 의뢰인과 상담하다 문자를 보냈다. 물론 '사랑해, 보고 싶어' 그런 말은 없었지만 오랜 가뭄에 단비가 흠뻑 스며드는 것처럼, 그의 마음에 내가 스며든 것이 틀림없었다. '밥 먹었어? 지금 뭐해?' 같은 별거 아닌 문자는 그와 떨어져 지낸 시간을 단박에 이어주었다. 단 한 번의 만남으로 매일 연락을 주고받는 사이가 되고 나니, 십 년 동안 연락 한번 없이 살았다는 게 이상하게 여겨졌다. 한 다리만 건너면 전화번호 정도는 입수할 수 있었을 텐데 우리는 그 어떤 행동도 하지 않고 시간을 보냈다. 보지 못하고 보낸 시간을 만회하려는 듯 우리는 싱거운 대화로 거리를 좁혀가고 있었다. 박찬영을 생각하면 꿈속에 등장했던 이상한 목소리가 머릿속에서 맴돌았지만, 그때까지만 해도 나는 그 목소리의 의미를 제대로 알지 못했다. 아무튼 우리는 옛 인연을 다시 이어 붙인 '재활용' 연인이 되어갈 태세를 잡아가고 있었다.

"좋은 장소 많은 데 왜 하필 집이야? 좀 부담스럽다."

침대만 덩그러니 놓인 그의 방을 상상했다.

"내가 요리 좀 하거든. 레스토랑에서 요리 솜씨를 뽐낼 수는 없잖아. 네가 생각하는 그런 일 없으니까 걱정 말고 와."

광대나 턱뼈의 도드라짐 없이 매끈한 얼굴에서 흘러나온 부드러운 목소리가 나를 감싸 안았다. 너무 앞서나간 것일 수도 있지만, 집으로 오라는데 오해하지 않을 여자가 누가 있겠나? 사실 부담스럽다는 말은 괜한 것이고, 그가 사는 집을 둘러볼 수 있다는 것만으로도 가슴이 벅찼다.

"일 끝나면 아홉 시쯤 될 텐데. 그때 가도 돼?"

밤 9시면 저녁밥을 먹고 소화까지 끝낼 시간인데다 남의 집에 가기에 적당한 시간은 아니다. 생각 같아서는 일을 미루고 일찍 가서 여유 있게 그와 시간을 보내고 싶은데 어쩌랴. 내 시간을 내 마음대로 쓸 수 없도록 돈이 나를 사버린 처지가 새삼 서글퍼졌다.

서울의 웬만한 대학 국문과를 졸업한 게 경력의 전부였을 때 이 학원 저 학원을 떠돌며 싼값에 몸을 팔았다. 유명 강사의 보조로 일하며 어깨 너머로 가르치는 기술을 배웠지만 학력의 벽 때문에 대형 학원에 이력서 한번 내보지 못했다. 대신 동네 학원에서는 잘 가르치는 선생으로 이름이 났고 개인적으로 과외를 부탁하는 학생들도 있었다. 평일에는 늦은 밤까지 학원에 매여 있었고 주말에도 보충수업을 하거나 과외 학생들 집을 전전했다.

박찬영이 묻기도 전에 내 십 년이 어땠는지 털어놓았다. 엄마가 사기를 당해 돈을 날리고 무일푼이 된 데다 병까지 걸려 병원비가 어마어마하게 든다는 것, 카드 대금과 사채 이자를 치르면 남는 돈이 없다는 것, 그래서 눈코 뜰 새 없이 일하지 않으면 살 수가 없다고 솔직하게 말했다. 너무 어두운 현실이라 말하면서도 우울해질 정도였지만 처음부터 말하지 않으면 있는 척, 괜찮은 척 나를 꾸미게 될 거 같아서였다. '내가 이렇게 사는데 그래도 나를 만날래?' 하는 식이었다.

"왜 제대로 된 연애 한번 못 했는지 알겠지? 사는 데 정신없으면 연애도, 사랑도 다 사치지."

아무리 바빠도 할 사람은 다 한다. 돈이 없어, 시간이 없어 제대로 된 사랑 한번 못 해봤다는 것은 무능한 자의 궁색한 변명에 불과하다. 모든 역경을 뛰어넘어 나를 미치게 할 작자를 만나지 못했다는 것이 더 솔직한 말일 것이다. 누군가 나타난 줄 알고 눈을 동그랗게 뜨고 달려든 적도 있지만 얼마 안 돼 어색한 사이가 되었다. 진짜 사랑이란 걸 해보고 싶었지만, 내 앞에 얼쩡대는 놈들은 다 하자 있는 놈들뿐이었다. 벼룩의 간을 내먹지, 점심 값 한 번 안내고 버티는 놈이 있지를 않나, 옛날 여자 친구가 얼마나 섹스를 잘했는지 자랑하는 놈이 있지를 않나, 엄마 말 잘 듣는 유치원생처럼 말끝마다 엄마를 찾는 놈이 있지를 않나, 아무튼 사람 복이 없었다. 가물에 콩 나듯 마음에 쏙 드는 놈들도 있었지만 어찌 된 일인지 나에게 관심이 없거나 이미 남의 차지가 되어 다른 여자랑 깨를 볶았다. 이런 연유로 타의에 의해 연애 숙맥이 되었고 어쩔 수 없이 고고하게 살았다.

서른세 살에 누구와도 자본 적이 없다는 걸 창피해해야 하는
걸까, 자랑스러워해야 하는 걸까, 잠깐 헷갈렸다.

밤 아홉 시, 그의 집 앞에 섰다. 심장이 떨렸다. 한 번도 남자
혼자 사는 집에 가본 적이 없다. 아무 일도 없을 거라며 걱정하
지 말라 했는데 왜 이리 걱정이 되는 걸까? 벨을 누르자 앞치마
를 두른 박찬영이 문을 열어주었고 고기 굽는 냄새가 아파트 복
도로 몰려나왔다. 등 뒤에 숨겼던 진한 분홍색 튤립 다발을 그
의 품에 안겼다.

"선물이야."

"튤립, 내가 좋아하는 꽃인 거 어떻게 알았어?"

좋아하는 꽃이라니 다행이다. 현관에는 정장 구두 두 벌이 가
지런히 놓여 있었다.

"냄새 죽이는데? 동네 개들이 냄새 맡고 다 이 집으로 몰려오
겠어. 이게 다 뭐야?"

내 시답잖은 농담에 박찬영이 소리 내 웃었다. 두리번거리
며 거실에 발을 디디다 빙판같이 매끈한 폴리싱 타일 바닥에 나
일론 양말이 쭉 미끄러져 휘청이다 간신히 중심을 잡았다. 소파
맞은편에는 커다란 오디오와 스피커가 있었고 장식장에는 LP판
과 CD 수백 장이 꽂혀 있었다. 동생 이수 혼자 치우는 우리 집
청결 상태와 비교가 되지 않았다.

"잠깐만 기다려, 다 했어."

박찬영은 인덕션을 향해 돌아섰다. 슬쩍 보니 프라이팬에서
브라운색이 감도는 고깃덩이가 지글지글 타고 있었다.

"손 씻고 와. 플레이팅만 하면 돼. 영양 보충해 주려고 노력 좀 했어. 기특하지?"

기특할 뿐이랴. 이런 감동적인 이벤트를 만들다니. 나는 그의 정성을 이렇게 해석하고 싶었다. '경이루, 너에게 잘 보이고 싶어. 정성을 다하는 모습을 보이면 언젠가는 네 마음을 가질 수 있겠지. 그때까지 최선을 다할게. 오늘은 시작일 뿐이야.'라고 말하면 나는 '이미 너는 내 마음을 모두 훔쳐갔어. 이제 내 마음의 주인은 너야.'라고 말한다.

상상엔 돈이 들지 않고 모든 상상은 무해하니 죄가 될 수 없다. 하얗고 긴 손이 프라이팬을 들고 식탁으로 왔다. 두 개의 접시에 스테이크를 놓고 가장자리에 베이비 브로콜리, 방울양배추, 아스파라거스 등 가니쉬로 장식했다.

점심도 대강 먹었던 터라 음식 냄새에 침이 고였다. 손을 씻고 나오니 식탁에 양초가 켜져 있었다. 회색빛으로 퇴색해 가던 낡은 건물에 불이 환하게 켜지는 느낌이었다.

고기 위의 브라운 소스가 접시 바닥으로 흘러내려 가니쉬를 적셨다. 박찬영은 익숙한 손놀림으로 싱크대 서랍에서 전동 와인 오프너를 꺼내 와인 병의 코르크 마개에 밀어 넣었다.

이렇게까지 준비하다니 감탄이 절로 나왔다. 한번 연락할게, 말했을 때 그냥 지나가는 말이면 어쩌나 했다. 하지만 그는 집에 초대까지 하지 않았나. 상상이 현실이 되고 있다.

둘만 있는 공간, 스테이크, 와인, 양초, 그리고 남자와 여자. 뜨거운 눈빛. 아무일도 없을 거라고 했는데 무슨 일이 있을 것만 같다. 아무 일도 없으면 그게 이상한 거다.

여기 오면서 정거장을 놓쳐 다시 돌아왔다. 오는 내내 야릇한 상상을 했다. 박찬영이 나의 손을 잡는다. 입을 맞춘다. 꽃잎처럼 두 몸이 포개진다. 김칫국부터 마시는 버릇 버려야 하는데, 밥 먹기 전에 트림부터 하고 있다니.

"분위기 끝내준다. 호텔 레스토랑에 온 거 같은데?"

식탁 의자에 앉으려고 할 때 박찬영이 잠깐, 하고 외치더니 내게 다가왔다.

"아무리 바빠도 인사는 제대로 해야지."

그가 내게로 다가와 살짝 안아주었다. 가슴팍에서 버터의 진한 향기가 올라왔다. 포옹 인사는 태어나서 처음이었다.

너는 인사를 이렇게 하니? 인사가 아니라 이 정도면 애정 표현이잖아. 순진한 나를 왜 이렇게 헷갈리게 하는 거야? 이마에 입이라도 맞춰줄 줄 알았는데, 그는 내 몸에서 떨어져 의자를 빼주었다. 맥이 풀리면서 풀썩 소리나게 가죽의자에 엉덩이가 내려앉았다.

"주변 남자 인간들은 시간 있으면 게임만 주야장천 하던데. 너는 도대체 어떻게 된 거야? 요리는 또 언제 배웠고?"

"네가 예전에 내 뇌를 해부해 보고 싶다고 해서 날 기함하게 했잖아. 지금도 그런 거 해보고 싶어?"

얼마나 뛰어났으면 내가 그런 말을 다 했을까. 성적이 전교권일 뿐만 아니라 미술, 백일장 등 교내교외 대회에서 상을 휩쓸었다. 모든 것에서 1등을 하기 위해 태어난 것 같았다. 뇌를 가르면 나와는 다르게 생긴 뉴런과 시냅스가 쏟아져 나올 것만 같 았다. 그랬던 그가 못 본 지 십 년 만에 유명 로펌의 변호사가 되어 나타난 것이다.

뭐 하나 잘하는 것 없이 평범한 내겐 모든 면에서 비범한 그 가 신기하게 보였다. 와인 잔을 부딪치고 고기 조각을 입에 넣 었다. 박찬영은 심판을 기다리는 사람처럼 내 입을 쳐다보았다.

"무슨 고기가 아이스크림 같아? 씹을 필요가 없잖아."

오늘이 이런 진귀한 음식을 먹는 마지막 날은 아니겠지? 맨날 네가 만든 음식을 먹고 싶어. 고기 속 세포 켜켜이 있던 기름이 침과 섞여 꿀떡 넘어갔다. 또 눈앞에서 남녀가 한 덩이가 되어 얽혀 있는 장면이 돌아갔다.

그는 내 빈 잔을 채워주었다. 나는 목마른 사람처럼 꿀떡거리 며 붉은 액체를 들이켰다. 알코올 기운이 혈관을 돌아 몸의 온 도를 올렸고, 좋았던 기분이 더 좋아졌다. 페스티바를 만나러 날개를 달고 하늘에 날아오르던 그날처럼.

박찬영은 와인 잔 너머로 나를 구멍이 나도록 뚫어지게 쳐다 보았다. "고등학교 때 생각나? 너랑 1학년 때 엄청나게 몰려다 녔지. 얘기도 많이 했잖아. 네가 가장 싫어하는 사람은 엄마라 고 해서 좀 놀랐지. 요새도 엄마랑 사이가 안 좋아?"

내가 엄마를 싫어한 역사는 길다. 그 많고 많은 여자 중에서 왜 하필 우리 엄마의 뱃속에 자리를 잡았나 운명을 탓한 적도 있었다. 어렸을 때부터 시작된 원한이 지금까지 계속되고 있다. 박찬영이 좋은 말이든 안 좋은 말이든, 내가 했던 말을 기억하고 있는 게 기뻤다.

"관계라는 게 한 번 어긋나면 좋아지기 어려운 거잖아. 잘해 주려고 해도 묵은 게 자꾸 치솟아서 잘 안 돼."

"뭔가 풀 게 있으면 더 늦기 전에 노력해야 하지 않을까? 몸도 안 좋으시다며."

엄마의 거칠어지는 숨소리를 들을 때마다 좋았던 기억만 남겨야지 하지만, 막상 얼굴을 마주하면 눈이 곱게 떠지지 않았다. 더 이상 엄마 얘기를 하고 싶지 않아 그래야지 하며 고개를 크게 끄덕였다. 그는 아랫입술을 오무려 바람을 불어 올렸고 그 바람에 이마로 내려온 머리카락이 봄바람의 꽃잎처럼 흔들리다 포물선을 그리며 내려앉았다.

"고등학교 때 네가 어떻게 보였는지 알아? 예쁘고 똑똑한데 뭔가 빠져 있는 것 같았어."

"그게 뭔데?"

빠져 있는 게 한두 개일 리 없다. 나사가 빠져 있다, 정신이 빠져 있다는 말을 듣고 살았다. 나도 뭐가 빠져 있는지 제대로 파악해 그것들을 찾으며 살고 싶다.

발목의 빨간 점이 간지럽기 시작해 박박 긁었다. 원자, 분자 다 활성화되어야 한다. 이 순간에 그의 마음을 잡을 수 있는 강력한 물질이 나와야 한다. 간절한 마음으로 긁고 또 긁었다. 관계의 끈을 잇고 싶은 것은 그가 아니라 나인지도 몰랐다.

"저번에도 얘기하려고 했는데 어디 아파?"

그는 내 발목을 내려다보며 말했다. 바지를 입고 와야 했는데 실수했다.

"왕벌한테 물렸어. 가려워서 긁어줘야 해."

빠르게 움직이던 손가락을 다리에서 뗐지만 다시 견딜 수 없이 간지러워졌다.

"힘들게 살았다는 말 듣고 마음이 좀 안 좋았어. 잘살고 있겠거니, 잘살고 있음 좋겠다 했는데. 앞으로는 내가 너한테 빠져 있는 거 찾아줄게. 그러고 싶어."

그의 어깨가 널찍해 보였다. 기대면 시린 마음이 녹아내릴 것 같았다. 나에게도 기댈 곳이 생기면 얼마나 좋을까 생각하며 빈 접시를 포개 들고 일어섰을 때 술기운이 핑 돌았다. 동작이 재빠른 박찬영이 내 손에 있던 접시를 빼앗아 식탁 위에 놓았다. 연애 활성화 약물이 제 기능을 성실히 수행하고 있구나. 그는 어느새 내 앞을 막아섰고 양팔을 잡았다.

"잠깐만, 잠깐만. 소화나 시키구. 저리 좀 비켜 봐." 그가 하려는 게 뭔지도 모르고 팔꿈치로 가슴팍을 밀었지만 억센 손길이 더 세게 파고들었다. 그는 비닐봉지를 들 듯 가뿐히 나를 안고 안방으로 향했다. 안방 문을 통과할 때 방문 틀에 닿을까 봐 머리를 살짝 숙였다. 백번도 더 상상했던 일이 현실 속에서 일어나고 있었다. "밥 먹는 동안 이러고 싶은 걸 어떻게 참았어? 간지러워. 살살해."

나는 말을 하면서도 발목의 빨간 점을 박박 소리 나게 긁었다. 쌀알이 박힌 것처럼 오돌토돌 작은 돌기들이 기세등등 올라오는 것을 느끼며 더 세게 문질렀다.

"말은 바로 하자. 밥 먹는 동안이 아니라. 십 년 동안 이 순간을 기다려 온 거지."

그는 똑 부러지는 말투로 내 말을 바로잡았다. 나는 침대에 던져졌다. 삼십 년 동안 상상만 해오던 일이 이 침대 위에서 벌어질 것인가. 부드러운 새의 깃털이 내 얼굴을 훑었다.

"아무 일도 없을 거라고 했잖아. 너, 이렇게 약속 안 지키면……."

그는 내 말을 들을 기세가 아니었다. 그의 억센 손길을 감당할 수 없어 포기하고 눈을 감았다. 상상과 실제는 얼마나 다를까 궁금하기도 했다. 입술 사이로 신음이 흘러나오고 내 손톱이 그의 등을 파고들어 기다란 줄을 만들까.

"그럴 생각이었는데. 나도 내가 왜 이러는지 모르겠어. 갑자기 폭주 기관차가 된 거 같아." 그는 중간 중간 숨이 찬 듯 말을 끊었다. 그의 혀가 목으로 내려왔을 때 간지러움을 참을 수 없어 몸을 비틀었다. 내 피부와 내장 기관의 세포 수를 셀 수 있을 만큼 모든 감각이 살아났다. 그는 익숙하지 않은 손놀림으로 블라우스 단추를 풀기 시작했다. 나무에서 마른 이파리가 떨어지듯 옷들이 하나씩 떨어져 나갔다. 내가 현관문 번호 키를 누르는 순간, 이 장면을 준비했는지도 모른다. 신발을 벗기도 전에 신발장 벽에 밀어붙이고 키스를 퍼붓고 싶었는지 모른다.

남자 1 박찬영은 이렇게 등장했다. 그를 만나고 집에 돌아와서도 계속 심장이 벌렁거렸다. 나에게 일어난 일이 맞나 팔뚝

살을 꼬집어 보았다. 처음 만져보는 남자의 가슴 근육이 만들어
내는 부드러운 능선.

수천 개의 총천연색 깃발이 너울거리며 눈앞에 맴돌았다. 푸
른 하늘을 뚫고 종소리가 들렸다. 이곳이 어딘가 하는데 갑자기
낭떠러지가 나타났다. 휘청거리며 아래를 내려다보는데, 순식
간에 강한 힘이 내 등을 밀었다.

번지점프를 하듯 공중을 날았다. 속도가 늦춰졌다 싶을 때 다
시 아찔해졌다. 언제 급강하가 시작될지 몰라 손에서 땀이 났
다. 디오니소스적 체험이었다. 서로의 사랑이 서로의 몸에 새겨
지는 것이 섹스라는 것을 알게 되었다.

2. 페스티바 나타나다

박찬영을 만나기 석달 전으로 돌아가 본다. 어쩌면 여기가 이야기의 시작일지도 모른다.

어느 날 꿈을 꿨다. 건물이 내 몸으로 부서져 내렸다. 시멘트 잔해에 깔린 것처럼 손가락 하나 까딱할 수 없었다. 이러다 죽는 건가? 아직 반의반도 못 살았는데 죽긴 억울하다, 하는 순간 소용돌이 속으로 빠져들었다. 엄청난 속도의 급류 속으로. 지구가 둘로 쪼개지는 것 같은 굉음이 귓전을 때렸다. 정신이 들었을 때 오물로 범벅이 된 옷 대신 하얀 드레스를 입고 있었다. 드레스의 감촉을 느끼기 위해 손을 움직이자, 옷자락이 날개처럼 팔랑거리며 몸을 공중에 붕 뜨게 했다. 몸의 무게조차 느낄 수 없게 깃털처럼 날아올랐다.

어어, 뭐야? 새가 된 걸까. 몸이 자유자재로 움직였다. 빠르게 회전해 높이 날아올랐다. 바람을 가르는 소리가 들렸다. 구름을 뚫고 올라갔다. 구름 더미 속의 물방울들이 옷을 적셨다. 푹신

한 구름 의자에 앉으니, 오래간만에 상쾌했다. 죽은 걸까. 착하게 살아 천국에 온 걸까. 머스크 향이 감도는 축축한 공기가 얼굴을 만지듯 감싸 안았다. 갸름하기보다 동그란 얼굴, 쌍꺼풀은 없지만 작지 않은 눈, 개성 없이 기능에만 충실한 코, 살이 오른 듯 도톰한 입술을 향긋한 손길에 내맡기며 눈을 감았을 때 구름 깊은 데서 목소리가 들렸다.

에코 때문에 목소리가 고막을 쿵쿵 울렸다. 하느님? 천지신명님? 목소리의 주인공을 찾기 위해 두리번거렸다.

"어서 와라. 녹색 별에서 왔지? 그쪽 사람들이 가끔 오지."

"사람들이 구름 위로 올라온다고요?"

"너도 왔잖아."

"아, 그러네요."

목소리가 어디서 나는지도 모른 채 대화를 이어 나갔다. 이 생소한 공간에 의사소통할 목소리가 있다는 것에 안심이 되어 질문을 시작했다.

"근데 누구세요? 뭐라고 불러야 할지……. 제 이름은 경이루예요."

"아! 네가 경이루구나. 실은 내가 너를 선택했는데 하도 멀리서 내려다보니 헷갈렸다. 내 이름은 페스티바."

페스티바? 무슨 아이스크림 이름인가? 또 만날 일도 없을 텐데 이름을 알아 무엇하리. 푹신한 쿠션감에 몸이 먼지처럼 가벼워졌다. 이 가벼움의 느낌은 놓치고 싶지 않을 만큼 달콤했다.

"내 이름이 왜 페스티바인지 궁금하지 않느냐? 날마다 페스티벌처럼 살아서 붙여진 이름이다. 한마디로 매 순간을 축제처럼 사는 거지."

페스티벌, 참 간만에 들어보는 단어였다.

"그렇게 즐거우세요? 매일 축제처럼 살다니 부럽습니다."

남들 웃는 소리만 들어도 화가 나는 마당에 이 목소리의 주인공은 뭐가 그렇게 좋아 축제하듯 산단 말인가. 게다가 매일매일, 매 순간이 행복해 죽겠다는 목소리다. 나에게 단 하루라도 축제같은 날이 있었나 생각해 보았지만 딱히 떠오르는 순간이 없었다. 몸을 포근히 감싸 안는 쿠션감에 치솟으려던 성깔이 누그러졌다.

"너는 어떠냐?"

이 염라대왕인지, 산신령인지가 누구 염장 지르려고 작정했나?

"저는 괴롭고 지루하고 짜증 나고 힘들고. 암튼 별로예요."

"같은 세상에 살면서도 제각각이구나. 여기 올라온 사람 중에 누구는 행복해 죽기 싫다고 하고, 누구는 빨리 죽고 싶다 하고."

구름 위에서 이런 철학적 대화를 하게 되다니. 나는 왜 전자에 속하지 못한 걸까. 운명 탓을 해야 하나?

엄밀히 말하면 세상은 재미있기도 하지만 견디기 쉽지 않은 곳이기도 하다. 힘들기만 하면 살아 있겠나? 삶을 포기하지 않을 이유를 한두 개씩 안고 그걸로 버티는 게 인생이다. 난 힘겹게 버텨온 삶이 어떻게 끝나는지 보기 위해 살고 있다. 초년의 고생을 위로하는 의미로 소소한 즐거운 일들이라도 있지 않을까 기대하며 끝까지 살 생각을 하고 있다.

"공평한 룰이 적용되지 않는 곳이라 그래요. 누구는 태어나면서 금수저를 물고 태어나고, 누구는 흙수저로 태어나고요. 한 가지 예를 들어드릴까요? 애인 있는 것들은 주야장천 있고, 한 번도 없는 것들은 모솔로 늙어 죽는다니까요. 한쪽으로 기울어진 운동장인 게 틀림없어요. 그런 세상이니 누구는 죽기 싫고, 누구는 죽고 싶은 게 당연하죠."

페스티바가 사는 세상과 내가 살다 온 곳이 전혀 다른 곳이라는 것을 알려줄 필요를 느꼈다.

"그럼 너는?"

"저는 아예 수저 없이 태어났어요."

"에구 저런. 많이 힘들게 살았던 모양이지? 이렇게 만난 것도 인연인데 내가 너를 좀 도와주면 안 될까."

'도움'이라는 말에 귀가 번쩍 뜨였다. 내가 절실히 찾아 헤매는 게 '도움'이다. 어딘가에서 '도움'이 나를 기다리고 있을 것이라는 믿음을 단 한 순간도 버린 적이 없는데 '도움'은 한 번도 나를 찾아주지 않았다. 밤마다 눈물 콧물 흘리며 했던 기도가 효험을 발휘하기 시작한 걸까. 페스티바는 내 기도의 응답일까. 능력 있는 자가 나를 위해 그 힘을 쓸 의지가 있다면 굳이 피할 생각은 없다.

"어떻게 도와주실 수 있는데요?"

침이 꼴깍 넘어갔다.

다른 도움은 필요 없고 방 구할 돈만 도와주세요. 이자 쳐서 갚아드릴게요. 그러고도 힘이 남으면 제 연애에도 관심 좀 가져 주시고요. 내 간절한 바람을 들키고 싶다고 생각하며 연기 속에 가려진 옷자락을 쳐다보았다.

"내 실험에 참여해 볼 생각이 없느냐?"

"실험요? 무슨?"

"수십 년 동안 수백 명을 대상으로 연애 실험을 해왔다."

연애 실험? 일종의 관음증 환자인가? 참 한가한 존재다. 이렇게 사니 하루하루가 페스티벌이겠지, 웃음이 나오는 걸 간신히 참았다.

"재미있으셨겠어요. 남의 사랑놀음 몰래 보는 거 쫄깃쫄깃하잖아요."

"꼭 재미를 위해서만은 아니다. 네가 경험을 쌓아가며 인생을 알아가듯, 나는 내 능력을 사용해 공부하는 거다. 인간들의 사랑에 관한 공부."

경험, 공부 같은 말을 듣자니 강의실에 앉아 있는 듯한 착각이 들었다.

"나는 내 손으로 실험 조건과 대상을 정하고 결과를 얻고 싶은 거다. 그래야 살아 있는 데이터를 얻을 수 있으니까. 사람마다 다른 특수성도 감안해서 현실성 있는 답을 얻고 싶은 거지."

나는 어찌하다 페스티바가 다른 사람의 연애를 캐는 존재가 되었을까 궁금해졌다. 그는 내 궁금증을 눈치챘는지 자신에 대해 말해주었다.

"나는 중세시대에 여자로 태어나 육십 년을 살다 죽었지만 영혼이 몸과 함께 죽지 못해 여기 깃들어 천 년 넘게 살고 있다."

그가 들려준 이야기는 놀라웠다. 그는 열여섯 살에 가정 교사인 철학자와 목숨을 걸 만큼의 뜨거운 사랑에 빠졌다. 하지만 그 사랑은 오래가지 못했다. 그녀를 짝사랑하던 영주가 둘이 육체를 탐하는 것을 보고 그녀에게 죄를 뒤집어씌워 수녀원에 감금해 버린 것이다. 그녀는 평생 한 번도 수녀원을 나오지 못한 채 첫사랑을 그리워하다 죽었다. 그 첫사랑도 수도사가 되어 그녀에 대한 순정을 증명했다. 페스티바는 가슴 저리는 불행한 이야기를 남의 이야기처럼 덤덤하게 했다.

"단 한 순간도 내 사랑을 잊은 적 없이 살다 그의 이름을 부르며 죽었지. 평생 만나고 싶은 사람을 만나지 못하고 사는 게 얼마나 가혹한 고문인 줄 아느냐? 내 짧았던 연애의 기억이 나를 인간의 사랑에 집중하게 했지. 억울함과 분노, 원망으로 얼룩졌던 시간을 보상해 주고 싶어서 지금은 매일을 축제처럼 살려고 하는 것이고."

그는 죽고 나서 성(性)이 없는 존재가 되었다고 했다. 이제야 아귀가 맞춰졌다. 그의 상황을 이해하면서도 인류가 생긴 이래 사랑과 연애에 대한 탐색이 중단된 적이 없는데 뭘 더 알아내겠다는 건지 의아했다. 그는 자랑하듯 그동안 해왔던 실험 이야기를 늘어놓았다. 동성 간의 사랑, 일대다의 사랑, 변심과 배반, 이별과 망각, 반복된 재회와 헤어짐, 일편단심 사랑 등 그가 해온 실험은 상상할 수 있는 모든 것을 망라해 있었다.

“이번 실험은 한 여자가 네 남자를 동시에 사랑할 수 있는가이다.”

“몇 명을 사랑한다고요?”

“네 명이라고 했다.”

헐. 별 실험도 다 있네. 한 명도 사랑하기 쉽지 않은데 여럿을 사랑하다니. 뭔 말도 안 되는 소리? 나는 헛웃음이 나오는 걸 간신히 참았다. 하지만 그가 수백 년 동안 해온 방대한 실험의 성과가 어떤 것인지 알고 싶어졌다.

당시는 박찬영이 나타나기 전이라 남자라는 말에 영화배우 정우성 뺨치는 외모에, 이름도 정우성인 세 살 연상의 남자가 떠올라 머리털이 쭈뼛 섰다. 남자 친구라 말하기는 뭣하고 그렇다고 아무 관계가 아니라고 하기에도 뭣한 어정쩡한 관계는 시작부터 이상했다. 모솔로 죽는 것은 아닌지 위기감이 엄습해 올 무렵, 모델 같은 외모에 홀려 차를 마시고 밥도 먹었다. 하지만 시간이 돈인 판에 아르바이트를 뒤로 제낄 만큼 만나는 게 재미있지도 않았다. 생긴 게 모든 걸 해결해 주지 않는다는 걸 깨닫게 되었다. 마음을 열지 못해 힘들어하고 있는데 그것도 모르고 내가 자기 애인이나 되는 듯, 도둑놈이 설치는 동네에서 한밤에 문단속하듯 나를 단속하려 들었다. 아무도 연락해 오지 않는 완벽한 모솔이 더 낫겠다는 생각이 들 정도였다. 내가 운이 없는 건지, 세상에 별놈이 없는 건지, 남자를 만나기가 쉽지 않다는 쪽으로 결론이 나고 있었다. 페스티바가 정말 능력자라면 실험 예비 참가자의 형편 정도는 알고 말을 꺼내야 하는 것이 아닌

가. 시간이 돈인 사람에게 할 제안은 아니었다. 한 명도 아니고, 두 명도 아니고, 세 명도 아니고, 장장 네 명이라니. 제정신으로 감당할 수 없는 재난 상황 실험이다.

"페스티바님. 죄송한데요, 제 상태가 안 좋습니다. 남자 혐오증이 있어요. 머리털 나고 처음으로 연애를 했는데 영 별로여서요. 네 명이라는 말에 조금 생길까 했던 마음도 싹 사라졌어요. 다른 사람을 알아보시는 게 좋을 거 같습니다."

최대한 예의를 갖춰 말했다. 능력 밖의 일을 맡았다가 괜히 민망해지면 안 된다. 참가하면 무슨 도움을 주겠냐고 물을 필요도 없어졌다.

"아니, 너같이 남자를 기피하는 실험 주체가 필요하다. 남자를 싫어하는 부류도 상대에 따라 달라질 수 있는지도 관전 포인트 중 하나니까. 내 실험에 참여한 사람들도 처음엔 괜한 일에 얽히나 싶어 몸을 사렸지만 백이면 백 실험을 하면서 그들이 원하는 것을 얻어갔다. 내 장담컨대 후회하지는 않을 거야."

거래를 할 줄 아는 페스티바다. 몸을 빼려고 하는 걸 눈치채고 떡을 하나 던져주며 나를 흔든다. 간절히 원하는 것을 얻는다? 나에게 간절한 게 있다.

"실은 남자 혐오증은 아니에요. 남자를 좋아하는데 아무튼 뭐가 잘 안 됐어요. 그래서 몇 명을 만나야 한다고요?"

못 들은 척 다시 물었다. 내가 잘못 들었을 수도 있으므로.

"네 명이라니까."

나를 백번 살리는 도움이 온다 해도 남자 넷은 아니다. 미치지 않고서야 어떻게 남자 넷을 한꺼번에 만난단 말인가. 게다가 사랑놀음까지 해야 한다는 게 아닌가. 그냥 남자 없이 살다 죽는 게 낫다. 아무리 사랑에 한이 맺혔다 해도 선을 넘어도 한참 넘었다.

"다른 사람 알아보세요. 저를 좋아할 사람도 없고, 혹 있다고 해도 네 명은 감당할 자신이 없네요. 아무튼 제겐 해당 사항 없는 것 같습니다."

'저는 별로 예쁘지도 않은데요'라고 할까 하다 그만두었다. 내가 3년째 강사로 일하는 학원의 원장은 미스코리아 뺨치게 생겼는데도 덤비는 남자 한 명 없이 비혼의 길을 걷고 있다. 그녀를 보면 연애하는 데 눈코입이 얼마나 잘 생겼느냐는 중요하지 않다. 예쁘게 보아줄 사람이 필요한 것이다.

"한 명이 동시에 열두 명까지 사랑하는 기록을 세웠다. 이해가 안 가겠지? 그 사람도 처음엔 못 하겠다고 했는데 잘만 하더구나. 열두 명을 이리저리 요리해서 내 실험 데이터의 스펙트럼을 넓혀주었지. 그 사람이 실험이 끝났을 때 뭐라고 한 줄 아느냐? 세상을 열두 번 산 거 같다고 하더라. 한 사람이 하나의 우주라는 말을 들먹이며 열두 개의 우주를 경험했다나 뭐라나. 어차피 한 번뿐인 인생이다. 사람을 사랑하는 것만큼 진한 경험을 주는 게 또 있겠냐. 이참에 실험을 핑계로 농도 진한 삶을 살아 보는 거지. 호기심이 전혀 없는 것은 아니지?"

최대 몇 명을 동시에 만나며 연애할 수 있는지 세계기록 경신 대회라도 열려는 걸까. 페스티바는 바람을 일으켜 종이 한 장을 날려주었다.

페스티바는 보기보다 주도면밀했다. 실험을 통해 알고 싶은 것을 조목조목 정리해 실험 대상에게 주지하는 절차의 중요성을 알고 있었다. "한 가지만 확실히 말해두지. 네가 무엇을 원하는지 알고 있다는 거. 나는 네가 원하는 것을 어느 정도는 해결해 줄 능력이 있다는 거. 이래도 싫다면 다른 사람을 알아보지."

이렇게 나오자 잡고 싶어졌다.

"제가 어떤 상황인지 정말 아신다는 거예요? 제 발등에 떨어진 불이 뭔지도 아신다는 거냐고요? 무엇을 간절히 원하는지도요?"

"혼자 끙끙대는 것보다는 낫지 않을까?"

내가 겪고 있는 고난을 아는 듯 말했다. 빈말이라도 고맙다고 고개를 조아리고 싶어졌다. 내 고난에 누군가 동참해 주겠다는 것 같아서.

"생각해 보겠습니다."

"신중한 게 나쁜 건 아니지. 찬찬히 생각해 보아라."

꿈은 끝나고 깊은 잠으로 빠져들었다.

◌

다음 날 아침, 눈을 뜨니 꿈속의 일이 선명히 떠올랐다. 하얀 옷자락과 쿵쿵 울리는 목소리. 몸을 더듬듯 피부 위로 미끄러지던 끈적한 공기. 꿈속에서 받은 제안이 하도 어이없어 페스티바를 발로 차기라도 하듯 이불을 걷어찼다. 겉으로는 아닌 척하면서도 무의식 속에 연애하고 싶은 욕망이 숨겨져 있었나? 그동안 못했으니 이왕 하는 김에 왕창 해보자는 보상의식의 발로인가? 여러 명의 남자와 뒹굴고 싶은 욕망이 튀어나올 틈을 엿보고 있었던 걸까?

그런 한가한 생각을 할 여유가 없었다. 아침을 먹는 둥 마는 둥 하고 주말 보충을 하러 종로의 논술학원으로 향했다. 우리 세 식구의 일용한 양식을 공급하고 있는 일터는 일요일인데도 학생을 받기 위해 문을 활짝 열어젖히고 있었다.

아침 아홉 시부터 오후 세 시까지 쉬지 않고 떠들었더니 진이 빠졌다. 창문으로 비쳐드는 햇살은 따가운데 에어컨에서는 얼음 같은 바람이 뿜어져 나왔다. 냉방병이 왔나? 속이 울렁거리고 머리가 아팠다.

"선생님, 어디 아프세요?"

10분 쉬고 교실에 들어가자, 누군가 걱정스럽게 말했다. 학생들 얼굴을 보자 슬그머니 목소리가 커졌다. 이놈의 책임감은 나를 살리기도 하고 갉아먹기도 한다. 수면 부족, 불규칙한 식사, 스트레스. 건강에 빨간 등이 켜질 만하다. 미스코리아 원장님이 날 걱정스럽게 쳐다보았지만 말할 기운이 없어 슬그머니 가방을 챙겼다.

일곱 시간의 수업을 끝내고 학원 건물을 나오자, 세상이 빙빙 돌았다. 이러다 길에서 비명횡사하는 것은 아닐까. 비척대며 지하철과 버스를 번갈아 타고 집에 돌아왔다.

"언니, 얼굴이 왜 그래?" 동생 이수가 하얗게 질린 내 얼굴을 보고 베개와 이불을 가지고 마루로 나왔다. 2인용 소파에 다리를 걸치고 누우니 천장이 빙글빙글 돌았다. 눈을 감았을 때 현관문 두드리는 소리가 났다.

"언제 집 비워주실 거예요? 계속 봐드릴 수 없어요." 엄마 또래 여자의 쨍하는 목소리에 비틀거리며 일어났다. 우리 세 모녀가 십 년 동안 산 집이 경매에 부쳐졌고 이 여자가 이 집의 새 주인이다. 나는 이사 갈 집을 알아보고 있으니 조금만 기다려달라고 했다.

"이사비 50만 원 더 드릴게요. 좀 빨리 서둘러주세요."

이사비 문제가 아니다. 이사 갈 집이 있어야 나가든, 들어가든 할 게 아닌가.

안방 문틈으로 엄마의 한숨 소리가 새어 나왔다. 우리를 길거리에 나앉게 만든 장본인은 가정 경제를 망친 걸로도 모자라 망가져 가는 몸에 돈을 쏟아붓고 있었다. 앞으로 어떻게 하냐고 따지러 방에 들어갔을 때 엄마는 옷을 갈아입으며 소정방 아저씨를 찾으러 가겠다고 했다. 몇 번 아저씨를 찾아 나섰지만 매번 빈손이었고 정말 아저씨를 찾을 마음이 있는지도 헷갈렸다. 괜한 짓 하지 말고 현실적인 대안을 내놓으라고 했지만, 엄마는 내 말에 대답 한마디 없이 문을 소리 나게 닫고 나갔다.

"언니, 엄마가 지금 뭘 하겠어? 몸도 아픈데." 이수가 끼어들었다. 이수의 얼굴에 젊은 시절 엄마가 있었다. 스무 살에 나를 낳았으니 엄마 나이는 고작 쉰셋, 얼굴만 보면 언니라고 해도 믿을 정도였다. 엄마를 닮아 오목조목 인형같이 생긴 이수와 아빠를 닮아 무던하게 생긴 나는 엄마랑 다른 본성을 지닌 다른 과였다. 아빠가 죽고 엄마는 감춰졌던 끼를 발휘해 남편 노릇할 남자들을 발아래에 두었다. 죽은 아빠도 자기 아내에게 이런 놀라운 능력이 있다는 걸 상상하지 못한 채 눈을 감았을 것이다. 연애 박사 엄마가 어쩌다 연애 고자를 둘이나 낳았을까 궁금했지만 그 이유를 누구에게 물어야 할지 알 수 없었다.

남자들에게 둘러싸여 여왕벌 노릇하던 엄마가 남자들을 정리한 것은 소정방 아저씨를 만나고서였다. 어쩌면 그 남자들이 다 떠났을 때 아저씨가 나타난 것인지도 몰랐다. 아무튼 엄마는 인생의 마지막 사람을 만난 것처럼 아저씨에게 빠져들었다. 여관을 정리하고 음식점과 호프집을 해서 돈을 좀 벌었지만, 계로 돈을 날리고 소씨 아저씨를 만났을 때는 엄마에게 남은 건 경기도의 18평 아파트 한 채뿐이었다. 그나마도 갚아야 할 은행 대출금이 남아 있었다. 엄마에게 소씨 아저씨는 못다 이룬 꿈을 이뤄줄 마지막 기회였다. 사업이 불같이 일어나 수백억 돈방석에 앉을 거라고 큰소리 탕탕 치는 아저씨 말만 믿고 이제야 제대로 살게 되었다고 신바람을 냈다. 아저씨 사업을 도와야 나중에 덜 미안하다며 여기저기 돈을 빌리고 아파트 후순위 대출을 받아 몽땅 미래의 백만장자에게 주었다. 하지만 호언장담하던 아저씨는 수백억을 벌기는커녕 수십억 빚쟁이가 되어 사라졌고, 하루도 집에 붙어 있지 않고 나다니던 엄마는 보름에 한 번씩 신장 투석을 받는 신세가 되었다.

다른 사람 돈은 몰라도 엄마 돈은 꼭 해결해 줄 거라는 종교와도 같은 믿음으로 버텨왔는데 연애 박사 신은 엄마를 알지 못하는 것 같았다. 곧 들어올 거라던 돈은 들어올 생각을 하지 않은 채 이자만 불리고 있었고 그것은 온전히 내 몫이 되었다.

어디로 가야 하나 생각하니 머리를 바늘로 쪼는 것 같은 불쾌한 통증이 왔다. 서른을 갓 넘긴 나이라면 한창 빛나야 할 때 아닌가? 빛나기는커녕 꽃이 피기도 전에 시들고 있었다.

"언니, 우리 이제 어떻게 해?"

두통약 두 알을 한꺼번에 삼키고 누웠다. 이 집구석에선 맘껏 아플 수도 없다.

"어떻게 하긴 뭘 어떻게 해? 집 없으면 다리 밑에 거적때기

깔고 살아야지. 죽을 거 같으니까 말 시키지 마."

진짜 거리로 나앉게 될지 나도 잘 모르겠다.

3. 엄마가 사는 법

"죽기 전에 한번 가봐야지. 다음 주에 시간 좀 내라. 이게 마지막 인사가 될지도 모르는데." 병원에 한 달간 입원하고 퇴원한 엄마가 추석을 일주일 남겨놓고 말했다. 몇 년 동안 한 번도 남편의 묘를 찾지 않았던 엄마는 진짜 죽을 준비를 하는 듯했다. 고속버스를 타고 안성에 내려 택시로 갈아탔다. 일차선으로 좁아진 도로에 은행나무들 사이로 공장과 대형 창고의 기다란 지붕들이 보였다. 논바닥에 서 있는 몇 동의 아파트를 지나 마을이 끝난 산자락에서 택시에서 내렸다. 소나무 가시와 낙엽이 깔린 산길에 발을 디디자, 과자를 씹는 듯 바사삭 소리를 냈다. 산소는 돌보는 이 없다는 걸 드러내듯 풀이 무성하게 덮여 있었다. 술 한 잔 올리고 아빠의 몸을 감싸고 있는 집을 기대고 앉아 햇빛에 반짝이는 나뭇잎을 보고 있자니 잘 접어 숨겨 두었던 것들이 흙탕물을 휘젓는 것처럼 뿌옇게 떠올라 왔다.

내가 여섯 살, 동생이 다섯 살 되던 해, 아빠는 교통사고로 죽었고, 엄마는 딸 둘 딸린 젊은 과부가 되었다. 사람들이 아빠가 각시를 두고 어떻게 눈을 감았는지 모르겠다고 한 거로 보아, 아빠가 엄마를 무척이나 좋아했던 거 같다. 사람들은 죽은 아빠 얘기보다 살아 있는 엄마 얘기를 더 많이 했다. '여자 얼굴이 너무 반반해도 팔자가 기구하다', '여편네 색기가 남편을 잡아먹었다'는 말을 내 앞에서 아무렇지 않게 했다. 아빠가 죽은 지 일 년쯤 지났을 때 엄마는 아랫동네로 내려가 살게 되었다며 이삿짐을 쌌다.

산자락 판잣집에서 내려온 세 모녀가 아랫동네에 들어섰을 때 누렁이 세 마리가 꼬리를 흔들며 달려왔다. 한 마리는 살이 늘어진 늙은 개였고, 두 마리는 이제 막 살이 오르기 시작한 강아지였다.

"이놈이 에미인가 보네. 저것 봐. 졸졸 따라다니는 거."

개들은 우리가 어디로 가는지 아는 것처럼 앞서거니 뒤서거니 하며 따라왔다. 엄마는 모퉁이를 돌아 함석 조각에 빨간 글씨로 '다정 여인숙'이라고 쓰인 건물 앞에 섰다. 나무 문을 열고 안으로 들어섰을 때 어둠 속에 숨어 있던 쥐들이 인기척에 놀라 복도를 가로질렀다. 벽에 붙은 스위치를 눌렀을 때 흐릿한 백열등이 켜졌지만 잘 보이지는 않았다. 어둠이 눈에 익었을 때 복도를 따라 양옆으로 방문들이 나란히 붙어 있는 게 보였다.

엄마는 왼쪽으로 돌아 맨 끝방에 짐을 부리며 이 방이 '살림방'이라고 했다. 그 많은 방 중에 우리가 쓸 수 있는 방은 이 방뿐이라고 했다. 다른 방들이 우리가 들어갈 수 없는 '손님방'이라는 것은 나중에 알게 되었다.

두어 달이 지나자, 건물 안팎이 깨끗해졌다. 방의 벽지는 분홍색으로, 문짝과 틀은 소라색으로 칠해졌다. 내부 단장이 끝나자 가난한 집에서 부잣집으로 이사 온 기분이 되었다. 퀴퀴한 냄새 대신 비누 냄새가 풍겼고, 쇠로 된 둥근 방문 손잡이를 잡으면 기분이 좋아졌다. 먼지가 잦아들고 제멋대로 활보하던 쥐들이 보이지 않게 되었을 때, 엄마 몰래 손님방 문을 열었다. 잘 개어진 이불 한 채 위에 베개 두 개가 얹혀 있었고 벽에 걸린 옷걸이와 벽시계 외에는 괴이한 정적만 감돌았다. 술래잡기하며 손님방들을 서너 번 들락날락했으나 엄마에게 등짝을 세게 얻어맞은 후로 다시는 들어가지 않았다.

어느 날, 학교에서 돌아오니 다정 여인숙이라는 간판이 있던 자리에 몇 배나 큰 새 간판이 달렸고 거기에 내 이름이 있었다. 글을 막 깨치기 시작한 터라 글자만 보면 소리 내 읽던 때였다.

이루 모텔. 이루… 이루… 동생 이수는 "언니 이름이다. 내 이름은 왜 없어?" 그러더니 엄마 치마꼬리를 잡고 울었다. 동생이 우는 모습을 보자 간판에 내 이름이 붙은 게 자랑스러웠다. 세상일에서 숨은 뜻을 찾기에 여덟 살은 어린 나이였다. 엄마에게 모텔이 뭐냐고 물었을 때 잘 곳 없는 사람을 쉬게 하는 꼭 필요한 장소라고 했다. 외할머니는 딸년 이름을 간판에 넣으면 어떻게 하냐고 혀를 찼지만, 엄마는 듣는 둥 마는 둥 했다.

"쟁기 보살 말 들어서 손해 볼 거 없다니까. 이 자리도 보살 말 듣고 정한 거잖아."

엄마는 거만하게 말했다. 쟁기 보살은 엄마가 무슨 일이 있을 때마다 찾아가는 무당이었다. 두어 번 엄마를 따라갔을 때 오색 술이 달린 방울을 흔들고 쌀알을 흩뿌린 후 눈을 감고 알 수 없는 말을 지껄여댔다. 나는 그녀의 째진 눈이 무서워 다시는 따라가지 않았지만, 엄마는 용하다며 보살을 추켜세웠다.

"내일부터는 살림방에서만 놀아야 해. 복도에 얼씬거리지 말고, 시끄럽게도 하지 마. 그래야 맛있는 거 사줄 수 있어. 알았지?"

애들이 있는 걸 알게 되면 손님들이 싫어하고 그러면 돈을 벌 수 없다고 했다. 맛있는 것을 먹기 위해 손님들 눈에 띄지 않게 학교 갔다 늦게 오거나 방에서 나오지 않았다. 어두컴컴한 끝방이 현관방처럼 소란스럽지 않고 손님들 눈에 띌 염려가 없어 편하기도 했다. 우리 집이지만 우리가 없는 게 도움이 되는 집이었다. 엄마는 우리가 방 밖으로 나올 일이 없도록 먹을 것을 방 안에 들여놓아 주었다.

복도에서 얼씬거리는 것 다음으로 엄마가 싫어하는 것은 떠드는 것이었다. 웃음소리나 말소리가 복도 밖으로 흘러나오면 방문을 두들겼다. 그러면 하던 말을 멈추거나 소리를 삼키며 속으로 낄낄거리다 잠이 들곤 했다.

엄마는 쉼 없이 일을 했지만, 이상하게도 우리 방은 치우지 않았다. 방바닥에 너저분하게 널려 있는 물건들을 한쪽으로 쓸어 놓아야 누울 수 있었다. 엄마는 살림방에 누워 있다가도 문소리가 나면 벌떡 일어나 나갔다. 잠을 잘 때도 문소리에 신경을 곤두세웠다.

나와 이수는 알아서 놀고, 알아서 먹고, 알아서 잤다. 밖에서 놀다 늦게 들어와도 엄마는 우리를 찾지 않았다. 오히려 일찍 오면 더 놀다 오라고 등을 떠밀었다. 아무리 반기지 않는 곳이라도 잘 때는 집에 들어가야 했다. 현관에 들어서면 눈에 띄지 않기 위해 머리를 처박고 발을 빨리 움직였지만, 어쩔 수 없이 복도에서 누군가 마주쳤고, 그들은 나와 동생을 이상한 눈으로 쳐다보았다. 손님들은 때를 가리지 않고 시간을 엇갈려 들고 났다. 남자와 여자가 허리를 껴안고 들어오거나, 모르는 사이처럼 멀찍이 떨어져 와 한 몸처럼 합쳐져 방으로 쏙 들어가기도 했다. 그들은 햇빛을 피하려는 것처럼 방에 들어가자마자 창문을 닫고 커튼을 쳤다.

엄마는 살림방과 붙어 있는 방은 비워두거나 혼자 온 사람만 받았지만, 손님이 늘어 방이 모자라게 되자 운영 방침을 바꾸었다. 옆방에서 사람 소리가 들리기 시작하자 신경이 자꾸 옆방으로 향했다. 희미하지만 낯선 소리에 가슴이 쿵쾅거려 살림방 문을 소리 나게 닫은 적도 있었다. 내가 들었던 소리가 어떤 것이었는지 다시 상기하고 싶지는 않다. 숨죽이고 있는 우리에게 엄마는 역정스럽게 빨리 자라고만 했다. 소리를 지우기 위해 부스럭거리며 다른 소리를 낼 때도 있었지만 옆방에서 흘러드는 소리를 이길 수는 없었다.

말이 모텔이지 시골 여인숙에서 우리는 삼 년을 살았다. 가족이 둘러앉아 밥을 먹는 드라마 장면을 보다 알 수 없는 분노에 사로잡혀 엄마에게 물었다.

"그때 왜 그랬어?"

"뭘?"

한번 시작하면 봇물 터지듯 쏟아져 나올까봐 외면했던 말들, 오랫동안 가시처럼 박혀 있던 말들이 나도 모르게 튀어나왔다.

"이제 와서 그런 거 말하면 뭐 하겠어? 관두자."

"말을 꺼냈으면 해. 찝찝하게 왜 그러냐?"

"어떻게 우리를 모텔에서 데리고 살 생각을 했어? 모텔에 내 이름까지 넣고. 이루 모텔이 뭐야? 아무것도 모르는 애라도 그렇지."

목에 걸려 있던 가시를 파내기라도 하는 것처럼 목 언저리가 따끔하고 저릿했다.

"그게 뭐 어때서 에미 앞에서 목에 힘줄을 세워? 그때 다정 여인숙 잡은 게 얼마나 잘할 일이냐. 그거 있었으니 이만큼이라도 먹고 살았지. 여자 혼자 이만큼 산 게 쉬운 줄 알아? 내가 바둥거렸으니 너네 학교라도 보낸 줄이나 알아. 난 이루 모텔이 고맙기만 하다."

과거는 지나갔다는 이유로 후회와 아쉬움을 남기기 마련인데 엄마에게는 그런 회한을 찾아볼 수 없었다. 이루 모텔을 팔아 생전 처음 큰돈을 만지게 되었으니, 자신감으로 꽉 차 있을 만도 했다. 물론 얼마 안 있다 다 날려 빈털터리가 되었지만.

"우리가 어땠을지는 생각 안 해? 애들을 어떻게 그런 데서 키울 생각을 했냐고. 우리를 다른 데 보내든가 그랬어야지."

"이래서 제 자식새끼 낳아 키워봐야 에미 속을 안다니까. 어린것들을 누구한테 맡겨? 누가 너희들을 맡아주기나 한대? 그렇다고 길에다 버리랴? 애들을 주렁주렁 달고 할 수 있는 일이 뭐가 있는 줄 알아? 철딱서니하고는. 모텔에서 살았다 이마빡에 써 붙이고 다니는 것도 아닌데 뭐가 문제야?"

"관둬. 문제없으니까 그만해."

어떤 일에도 기가 죽는 법 없이 큰소리치던 엄마는 모든 걸 털리고 병까지 얻고 나서야 다른 사람이 되었다. 엄마와는 다른 사람이 되어 다르게 살고 싶어 나도 이수도 무성(無性)으로 젊은 시절을 보냈는지도 모른다. 무방비의 퇴락한 성이 되어버린 엄마는 점점 쪼그라들며 소멸해 가고 있다.

열 살 무렵, 어느 날 학교에서 돌아왔을 때 다른 때 같으면 현관 문소리에 뛰어나왔을 엄마가 보이지 않았다. 조심스레 살림방으로 스며들려고 하는데 엄마가 손님 방에서 튀어나왔다. 급한 손놀림으로 블라우스 단추를 채우고 있었고 다른 손으로는 치마끈을 묶고 있었다. 엄마는 나를 보고 당황한 듯 오늘은 왜 빨리 왔냐고 했다.

잠깐 사이 나는 열린 문틈으로 남자의 벗은 다리가 이불 사이로 삐죽이 나와 있는 것을 보았다. 털이 숭숭한 다리와 분홍색 이불. 엄마의 얼굴은 발그레하게 상기되어 있었고 머리는 헝클어져 있었다. 엄마는 혀를 쯧쯧 차며 손을 뒤로 돌려 문고리를 잡고 턱으로 살림방을 가리켰다. 아무것도 상상할 수 없는 나이였지만 나는 무슨 죄라도 지은 것처럼 허둥거리며 복도를 뛰어 갔다.

나중에 김씨 아저씨를 만났을 때 나는 그가 털북숭이 다리의 주인이라고 생각했다. 모텔에서 산 지 두 해가 지나면서 낯익은 아저씨들이 생겼다. 우리와 눈이 마주치면 '엄마 닮아서 예쁘게 생겼다'며 돈을 주기도 하고 호주머니에서 먹을 걸 꺼내 주기도 했다. 그들의 눈길을 따라가다 보면 내 시선도 엄마 얼굴에 머물렀다.

검은 고무줄로 대강 묶어 머리카락 몇 가닥이 얼굴 옆선을 따라 늘어져 있었고, 그 사이로 오뚝한 콧날이 도드라졌다. 눈을 들면 큰 눈망울에서 눈물이 한 방울 흘러내릴 듯했다. 우리를 딸이라고 밝히지 않으면 언니로 착각할 정도로 젊어 보였다.

모텔에 손님들이 많아지고 자리를 잡아가자 엄마의 얼굴에선 빛이 났다. 거울 앞에서 얼굴을 매만지는 시간이 길어졌고 보드라운 살결 위에 화장품 몇 가지만 올려도 완벽해졌다. 화장품이 늘어났고 사들인 옷 때문에 좁은 방이 더 좁아졌다. 빈방이 없어 발길을 되돌리는 사람까지 생기자, 엄마는 떠나는 손님을 아쉬운 눈으로 바라보았다.

골목 어귀에 플라스틱 의자를 차지하고 있던 할머니들이 저들끼리 말했다.

"남편 죽은 보상금으로 샀다는데, 저렇게 살려놓을 줄 누가 알았어?"

"개미 새끼 한 마리 얼씬 않더니만, 문전성시구먼. 얼굴 반반

한 새댁이 재주는 재주여."

"어찌 보면 불여시 같기도 하구."

"불여시든 구미호든, 돈 안 꾸러 다니고 자식새끼 거두면 되는 거지. 안 그려?"

당시에는 할머니들이 당찬 여인네를 칭찬한다 생각했다.

엄마가 디스크가 터져 병원에 입원했을 때 열아홉 살 언니가 왔다. 뼈대가 튼실한 언니는 힘이 세서 무거운 화분도 척척 나르고 엄마가 시키는 대로 빨래와 청소를 했다. 어느 날 학교에서 돌아왔을 때 언니는 울면서 짐을 싸고 있었고, 엄마는 뒤통수에 대고 앙칼지게 말했다.

"머리에 피도 안 마른 게 꼬리 칠 생각이나 하고. 어휴, 재수 없어."

머리에 피도 안 말랐다는 언니는 스무 살이었다. 엄마는 그 나이에 아이를 둘이나 낳았다. 일만 하던 언니가 무슨 일로 엄마의 심기를 건드렸는지 알 수 없지만 그날 이후 언니를 다시 볼 수 없었다. 대신 이빨 빠진 할머니가 들어와 언니가 하던 일을 했다. 할머니는 손과 발이 느려 언니가 반나절에 할 일을 하루 종일 했지만, 엄마는 별말을 하지 않았다.

언니를 내쫓은 지 얼마 되지 않아 예쁜 언니들이 드나들기 시작했다. 복도에서 감지되는 향수 냄새로도 그녀들의 존재를 알아챌 수 있었다. 그림자처럼 지내던 나는 그녀들과 부딪칠 때면 정신이 번쩍 들었다. 언니들은 각각 다른 사람이었지만 한 사람처럼 보였다. 그들이 손님 방문을 열 때 털북숭이 다리가 보이지 않나 기웃거린 적도 있었다.

"잡것들. 어린 것들 앞에서 뭔 지랄들이야. 불쌍한 것들."

엄마와 예쁜 언니들이 바쁘게 움직이는 사이, 이빨 빠진 할머니가 밥상을 들여놓으며 말했다. 앞의 '잡것들'은 누군지 헷갈렸지만, 뒤의 '불쌍한 것들'이 나와 내 동생을 의미하는 것은 확실했다.

"내가 너희들이 눈에 밟혀 그만두지도 못한다. 이런 데서 저것들 괴춤이나 빨고 있는 내가 불쌍하지."

빠진 이빨 사이로 불만과 탄식이 새어 나왔지만, 할머니는 우리가 집을 얻어 나올 때까지 하루도 빠짐없이 일하러 왔다.

화장을 짙게 하지 않는 엄마가 예쁜 언니들보다 더 예쁜 게 신기했다. 엄마는 우리랑 있을 때는 말도 하지 않고 시무룩하게 있다가도 손님들이 들어오면 새로 피가 도는 것처럼 생기가 넘쳤다.

어느 날 엄마는 나와 동생을 식당으로 데리고 갔다. 테이블에 빨간 소고기를 담은 접시가 놓여 있었고, 그 너머에는 처음 보는 남자가 있었다. 넙데데한 얼굴에 히죽거리는 미소가 어리석게 보였다.

"금덩어리하고도 안 바꿀 내 보물들이죠. 어때요? 착하게 생겼죠?"

엄마는 예쁜 딸을 둘이나 낳은 것이 자랑스럽다는 듯이 자신만만하게 말했다.

"이분이 너희들 새아버지야. 인사드려. 앞으로 너희들 뒤를 봐주실 고마운 분이니까 말 잘 들을 거지?"

빨간 입술이 형광등 불빛을 받아 반짝였다. 남자는 엄마를 향해 눈을 찡긋거리며 이를 드러내며 웃었다. 경사님이라고 불린 그 아저씨는 고기도 사다 주고 건물 지붕도 고쳐주었다. 그 후로 엄마는 생김새와 직업이 제각각인 남자들을 네 명이나 더 인사시켰고 그때마다 토씨 하나 틀리지 않고 똑같이 말했다. 어린 나이에 남편을 잃고 과부가 된 게 얼마나 끔찍한 일인지로 시작해, 애들을 천덕꾸러기로 만들지 않기 위해 손이 발이 되도록 일하며 살았다는 대목에서는 눈물을 훔쳤다. 우리는 엄마에게 남편 역할 할 사람이 필요하다는 것과, 아빠 없는 우리에게 아빠 역할 할 사람이 필요하다는 것을 이해했다.

엄마는 그들 중 누구와도 결혼하거나 살림을 합치지 않았다. 새아빠라는 호칭은 일정 정도의 헌신과 봉사를 보여준 사람에게 달아주는 훈장 같은 거였다. 새 호칭을 부여받은 이는 그만큼 감당해야 할 의무가 늘어났다.

복도에서 아저씨들끼리 스쳐 지나갈 때도 있었는데 엄마는 태연하게 각자에게 눈짓했다. 그런 장면을 목격하면 괜히 내 심장이 떨렸다. 하지만 아슬아슬한 평화가 영원히 계속되지는 않았다.

놀이터에서 놀다 오니 모텔 앞에서 동네 사람들이 모여 아저씨 둘이 뒤엉켜 싸우는 걸 구경하고 있었다. 엄마가 새아빠라고 인사시켰던 부동산 아저씨와 생선 가게 아저씨였다. 두 사람은 멱살을 잡고 흔들다 힘의 균형을 잃고 땅바닥에 엎어졌고, 흙을 뒤집어쓴 채 주먹으로 퍽퍽 소리 나게 서로를 쳤다. 엄마는 '왜들 이런대?' 하며 두 사람을 떼어놓으려 애썼다. 억센 손이 말리는 여인의 머리채를 잡아 시멘트 바닥에 내동댕이치며, '이게 다 네년 때문에 생긴 일이잖아?' 소리를 쳤다. 엄마는 땅바닥에서 한 바퀴 구르며 아파 죽는다고 비명을 질렀다. 엄마에게 향했던 폭력을 누군가 제지하자 부동산도 힘이 빠졌는지 손바닥을 소리 나게 두드리며 싸움의 종료를 알렸고, 그제야 생선도 정신이 들었는지 흐르는 코피를 훔쳤다. 질투가 유발한 폭력의 현장을 최초로 목격한 순간이었다.

나는 '잘못 걸려서' 어쩌고저쩌고하며 뱉은 침이 엄마의 얼굴에 떨어지는 것을 똑똑히 보았다. 그날 밤 엄마는 부어오른 얼굴을 달걀로 문지르며 밤새도록 끙끙 앓았지만, 다음 날 시퍼렇게 멍이 들기 시작하는 얼굴을 들고 아무 일도 없었다는 듯이 여기저기를 돌아다녔다.

그 이후로 생선과 부동산 아저씨 얼굴을 다시는 보지 못했다. 양복을 빼입고 다니던 경사님은 그때 일어났던 싸움을 알고 있었을까. 알았는지 몰랐는지 모르겠지만 그는 새아빠 역할을 몇 년이나 더 하다 사라졌다.

남자 없이 하루도 못 사는 엄마, 그녀의 딸인 게 무색하게 남자를 모르는 딸 이수. 동생은 궁금한 게 생각난 듯 호기심 찬 얼굴로 물었다.

"옛날 생각나지? 엄마가 데려왔던 아저씨들은 잘살고 있을까? 엄마, 엄마는 그 아저씨 중에 누가 제일 좋았어?"

아빠 무덤 앞에서 할 얘기는 아닌 것 같아 이수의 옆구리를 푹 찔렀다. 지난 일들에 회한이 없는 엄마는 아무렇지도 않게 말했다.

"다들 나라면 꿈뻑 죽긴 했지. 뭐가 그리 좋은지 날 이리저리 감싸고 돌고. 맨 마지막이어서 그런지 소씨 아저씨가 제일 생각 난다. 일만 잘되었어도 지금쯤 남 부럽지 않게 떵떵거리며 살 텐데. 사업 운이 없었던 거지. 그렇게 착한 사람이 잘 돼야 하는 데 세상이 거지 같아서……."

엄마 말을 더 듣고 있다간 바늘 돋친 말을 하게 될 거 같아 엉 덩이를 털고 일어섰다. 옷에 붙어 있던 검부러기가 바람에 날려 멀리 날아갔다.

"넌 왜 쓸데없는 말을 꺼내서……. 빨리 내려가자. 아빠가 다 시는 오지 말라고 하겠다."

내가 눈 흘기는 것도 모르고 엄마는 말끔해진 봉분을 쓸어내 리며 중얼거렸다.

"이게 마지막일 거야. 인연이 짧아 애석하지만 그래도 애들 이만하게 키웠으니 되지 않았어? 조만간 만납시다."

엄마는 산등성이를 중간쯤 내려와서는 미덥지 않다는 듯이 아빠의 자리를 돌아보았다.

4. 잃을 게 없는 자는 용감하다

박찬영과 동창회에서 재회하기 전, 그러니까 서른두 살 무렵, 나는 정우성이란 이름을 가진 남자와 일 년 정도 애매한 관계를 유지하고 있었다.

대학 다닐 때는 인사만 하던 그를 다시 만난 것은 입시 학원에서였다. 취업이 되지 않아 여기저기 이력서를 내던 그가 임시직 시간 강사로 들어왔다. 배우와 이름도 같은 데다 생김새도 비슷해 그를 모르는 사람이 없었는데, 정작 같은 과 선배임에도 학교 다닐 때는 말 한마디 건네볼 기회가 없었다.

학원보다 오트쿠튀르 런웨이가 더 어울릴 법한 사람과 책상이 즐비한 공간에서 함께 있는 게 비현실적으로 느껴져 수시로 그를 흘끔거렸다. 아름답다고 해야 하나, 기품이 넘친다고 해야 하나, 얼굴 윤곽선과 이마에서 콧날과 인중을 거쳐 흐르는 곡선은 한 번 붙잡은 시선을 놓아주지 않았다.

복사기 옆에 서 있는 그를 넋을 놓고 바라보다 그의 손에 들려 있는 복사지를 빼앗아 던져버릴 뻔했다. '이런 건 내가 할게요.'라고 말하고 싶은 걸 간신히 참은 적도 있었다.

　밤늦게 일이 끝나고 기진맥진해 학원 건물을 빠져나올 때면 그가 옆에 따라붙으며 집에 바래다주겠다고 했다. 그가 내 옆에 서 있는 것만으로도 등이 쭉 펴졌다. 지나가던 사람들이 힐끔거리며 돌아봤다. 타인의 방황하는 눈길은 뛰어난 신체를 가진 자의 몸을 훑고 지나갔고, 호기심 어린 눈길에서 소외된 나는 조금의 섭섭함도 없이 그 상황을 즐겼다. 남자의 뛰어난 외모도 여자의 그것만큼 사람의 마음을 사로잡을 수 있다는 것을 강렬한 매혹으로 경험했다. 함께 많은 시간을 보내며 자연스레 사귀는 사이가 되었을 때, 나는 완벽하게 그에게 빠졌을까.

　언젠가 정우성의 분홍색 입술이 메마르게 갈라진 내 입술을 덮었던 적이 있었다. 그는 뭔가 이상했는지 밀착했던 몸을 일으키고 물었다.

"같이 잔 남자가 없었어?"

"응."

"한 번도?"

"응. 한 번도."

　그는 심각한 표정을 짓고 담배를 빼 물고는 내 입술 대신 담배를 길게 빨았다.

"그게 말이 되냐?"

　말이 되든 안 되든 한 번도 섹스 못 해본 게 사실이었다. 나는 민망한 순간을 넘기기 위해 시시껄렁한 농담을 했다.

"내가 섹스 어필하지 않나 보지. 뭔가를 시도하고픈 욕구를 전혀 주지 않는 무성(無性)의 여자, 멋있지 않아? 남자들이 꼬이지 않으니 얼마나 살기 편해? 독고다이. 하하"

"그럼 나랑 해볼래?"

"됐거든."

말은 그렇게 했지만, 주변에 남자라고는 정우성밖에 없으니 그가 내 첫 경험 상대가 될 가능성이 커 보였다. 그래서 되지도 않게 많은 의미를 끌어다 붙였다. 그는 내가 '아직'이라는 것에 고무되었는지 슬슬 스킨십을 시도했다. 그의 치근덕거림에 스르르 마음의 빗장이 풀렸다. 여차하면 역사가 이뤄질 거 같아 브래지어와 팬티를 짝맞추어 입고 때를 노렸다. 하지만 수영복을 갖춰 입고 호수 근처에 갔으나 막상 호수에 뛰어들지 못하는 사람처럼, 우리는 호수 주변에서 서성거리기만 했다. 감기에 걸려서, 콘돔이 없어서, 고양이가 죽어서 등 갖가지 이유가 우리의 섹스를 방해했다. 뭉그적거리는 사이 시간이 갔고, 호수에서 멀어져 수영 생각이 없어졌다.

"그게 말이 되냐? 마음만 있으면 어떻게 못 할 수 있어?"

내 사정을 속속들이 아는 심다미는 이해할 수 없다며 고개를 절레절레 저었다. 그녀의 말에 따르면 우리에겐 마음이 부족하거나 없었다.

아무 일도 없이 변죽만 울린 것이 더 잘된 것일까. 함께하는 시간이 점점 좋아졌다면 오래 함께할 방안을 모색했을 것이다. 하지만 시간이 갈수록 고구마가 목에 걸린 것처럼 속이 답답한

때가 많았으니, 급기야 진도가 나가지 않은 게 다행이라는 생각
이 들기 시작했다. 그와 데이트 한 지 육 개월 쯤 되었을 때 그
의 이전 여자들이 왜 떠났는지 대강 이해하게 되었다. 나도 그
런 여자 중 한 명이 될 거라는 예감이 뚜렷해졌다.

– 지금 어디서 뭘 하고 있어?

정우성에게서 문자가 왔다. 하루에도 몇 번씩 오는 비슷비슷
한 문자에 답하기도 귀찮아서 끝까지 읽지도 않고 삭제 버튼을
눌렀다. 어디긴 어디야? 그의 질문에 색다른 답을 할 수 없는
삶이 지루하게 느껴졌다. 집 문제를 해결하기 위해 돈을 구해야
하는데 시답잖은 문자질을 하며 노닥거릴 여유가 없기도 했다.
사방이 벽으로 막혀 있는데 남자를 만나는 게 무슨 유익이 있는
가 회의가 몰려왔다.
"야, 경이루!"
지하철에서 내려 학원으로 걸어가는데 정우성이 내 이름을
부르며 뛰어왔다. 시간을 훌쩍 뛰어넘게 하기도 하고 멈춰버리
게도 하는 신비한 외모도 그날은 눈에 들어오지 않았다.
"딱 만났네. 요새 왜 내 문자 씹어? 이따 끝나고 얘기 좀 해."
나는 눈길도 주지 않고 로퍼를 소리 나게 끌며 흘러내리는 가
방끈을 추켜올렸다. "내가 이런 거 싫다고 했잖아. 뒤에서 보면
얼마나 아슬아슬한 줄 알아?"
당면한 생존 문제에 골몰해 있던 나는 무슨 말인지 알아듣지

못했다. 그가 치마꼬리를 잡아당기고 나서야 말의 의미를 알아 챘다.

"아슬아슬? 내 치마가 짧으면 세상이 부서지기라도 해?"

내 말에 가시가 있었다. 내 말투가 심상치 않다고 생각했는지 시비조의 말투를 바꾸었다.

"왜 그래?"

"선배는 자기밖에 모르잖아. 내가 어떤 상황인지 어쩜 그렇게 모를 수 있어?"

시무룩하고, 기운이 없고, 우울했다. 한 달째 시시때때로 땅이 꺼지라 한숨을 쉬는데, 왜 그러냐고 이유 정도는 물어봐야 하는 거 아닌가?

'나에 대해 아는 게 뭐야? 지금 내가 어떤 상황인지 알고 싶기나 해?'

하고 싶은 말이 입속에서 맴돌았다. 어차피 오래 갈 사이도 아닌데 굳이 설명할 필요가 있을까 하는 생각에 입을 닫았다.

"어떤 상황인데?"

"됐어."

그는 내 팔을 잡아끌며 왜 그러냐고 물었다. 걸출한 외모의 남자와 사귀는 것에 자부심을 느꼈던 내가 속물처럼 느껴졌다. 이런 남자를 선택한 사람이 바로 나다, 하는 심정이었다. 그는 생애 최초 연애의 재료가 되었고, 그 재료를 잘 요리해 경이루도 연애할 수 있는 인간이라는 걸 증명하고 싶었던 걸까. 음식이 맛있으려면 재료가 좋아야 한다는 얘기를 수없이 들었는데 그게 연애에도 적용되는 법칙이라는 걸 몰랐다.

서른두 살의 나는 꽃봉오리 같던 시절을 떠올렸다. 세상에 많은 사람이 있지만 '내'가 가장 중요하던 때도 있었다. 하지만 어느 순간 나 자신에게도 '내'가 별로 중요하지 않게 되었다. 나를 중요한 사람으로 느껴지게 해줄 누군가가 절실히 필요했는데 그는 그런 역할을 할 생각이 없어 보였다.

보름달처럼 둥근 눈동자에서 꺼칠하게 마른 여자가 비쳐 보였다. 비틀면 바스러져 내릴 것 같은 여자가 무엇을 할지 몰라 손을 비비고 서 있었다. 그의 눈에 비친 나를 물기 어린 눈으로 한참 바라보았다.

하나에서부터 열까지 달라도 너무 다른 사람과 어쩌다 눈이 맞아 사귈 생각을 했을까. 내가 짜장면이 먹고 싶다고 하면 그는 돈가스를 먹겠다고 했고, 영화를 보겠다고 하면 졸린다고 했다. 대통령이 싫어 이민 가야겠다고 하면 훌륭한 지도자를 뽑아 다행이라고 했다. 처음엔 사람이 아니라 팍팍한 내 마음이 문제일 수 있다고 여지를 뒀는데 만날수록 사람이 문제란 생각이 들었다.

학원이 끝나고 억지로 영화관에 앉았지만, 엔딩 크레딧이 올라갈 때까지 집 생각이 머리에서 떠나지 않았다. 제목도 헷갈리는 영화가 끝나고 영화관 로비에 앉아 멀뚱거리는데 딱히 망막에 잡히는 게 없었다. 그가 콜라를 가지고 내 옆에 앉았다.

"뭘 봐?"

"아무것도 안 보는데?"

"아까부터 저기 저 남자만 쳐다보고 있잖아?"

그 말을 듣고 나서야 이어폰을 끼고 있는 남자가 눈에 들어왔다.

"네 스타일이 저런 놈이야? 네가 다른 남자 쳐다보는 거 싫어. 나만 쳐다봐. 네 눈에 다른 놈이 있는 거 보면 불쾌해."

"눈이 있어서 보는 건데 어쩌라고? 눈을 아예 파내기라도 할까?"

과격해지지 않을 수 없었다.

"우리 그만 만나자. 학원에서 각자 일만 하자고."

한 단어 한 단어 힘주어 천천히 말했다. 같은 말을 두 번 반복하고 싶지 않았다.

"농담한 걸 가지고 왜 그래? 널 좋아하는 걸 장난으로 표현한 거뿐이야. 제발 화 풀어."

"지금 그따위 농담 들어줄 상황이 아니라고."

눈곱만한 복도 없다. 사고뭉치 엄마 밑에서 죽을 둥 살 둥 살다, 처음 남자를 만났다. 연애하면 즐거운 일이 빵빵 터질 줄 알았는데 웬걸, 짜증만 더 솟았다. 정우성과 헤어졌다고 하자 친구들은 내 평생 그렇게 잘생긴 사람을 다시는 만나지 못할 거라며 놀리듯 말했다.

"못생겨도 좋으니 내 마음 좀 헤아려줄 사람 좀 만나봤으면 좋겠다. 괜찮은 놈들은 다 어디 간 거야? 눈이 뒤통수에 달렸나?"

그와 헤어진 날 밤 꿈속에서 페스티바를 만났다. 연애 실험이 뭔지 감이 오지 않았지만 내 실력으로 남자를 골라잡는 것보다는 나을 거 같기도 했다. 백마 탄 왕자 넷이 나를 에워싸고 '당신이 내 인생의 전부입니다'라고 하면 어쩌지? 그들이 나를 위해 서로 죽겠다고 경쟁을 벌이면? 상상만으로도 실실 웃음이 흘러나왔다.

내가 기술한 것과는 달리 그는 훨씬 더 배려심 있고 친절한 사람이었을지도 모른다. 그가 나에게 기울였던 정성이 눈물겨운 것이었을 수도 있다. 하지만 기억은 선택적이다. 한 사람의 온전한 모습이 아니라 내가 느낀 것만이 남는다. 한 사람을 통과할 때 우리는 얼마나 상대를 잘 알까. 오랫동안 평가 절하했던 것이 어떤 것이었는지 한참의 시간이 흐른 후에야 알게 되었으니 내 어리석음을 탓해야 할까.

◌

아빠에게 다녀온 후 엄마는 한동안 싱싱해져서 밥을 한 공기씩 먹었다. 신장 투석하러 병원에 가는 날, 팅팅 부은 얼굴을 한 엄마가 아침부터 수선을 떨었다.

"돈 무서워 이제 병원에도 그만 가야겠다. 산 사람은 살아야지. 나 때문에 너희들 고생시킬 수야 없지."

정체불명의 약을 사기 위해 이백만 원이나 결제한 사람이 할 말은 아니었다. 병원만 의지해도 될까 말까인데 주변에는 이상한 정보를 주는 사람들로 득실댔고 귀 얇은 엄마는 그 말을 믿고 카드를 긁었다. 그 카드 값은 누가 내는가.

돈을 뭉텅이로 줄 때 이렇게 될 줄 몰랐어? 소정방 아저씨가 좋아서 매달리는 줄 알았어? 돈을 달라고 할 때 바로 알아챘어야지. 엄마가 아니라 돈이 목적이었다는 걸 모르고 순진하게 속아 넘어간 거야? 그 돈만 있었으면 이런 고통 겪지 않아도 되잖아. 요즘 입속으로 말을 삼키는 버릇이 생겼다.

"내가 소씨가 좋아서 돈 갖다준 것 같아?"

엄마는 내 속을 읽는 것처럼 먼저 아저씨 얘기를 꺼냈다. 좋아서 해 준 거 맞잖아. 그래서 사기꾼이 하는 말을 다 믿은 거잖아. 아저씨의 뭐가 그렇게 좋았어? 뭐가 그리 좋아서 돈까지 해다 바친 거야? 튀어나오려는 말을 막느라 목에 힘을 주었다.

"돈 불려준다고 해서 준 거야. 오해하면 안 된다. 너희들이 이 엄마 오해하면 안 돼. 엄마가 그동안 얼마나 똑똑하게 살았니? 내가 남자한테 속을 사람이 아니지. 아무렴."

엄마는 묻지도 않은 말을 했다.

지금 와서 이런 말이 무슨 소용인가. 돈은 사라졌고, 사람도 사라졌다. 엄마의 사랑도 함께 사라졌다. 사실 난 오해고, 이해고 관심도 없다. 엄마 때문에 갈 곳 없는 신세가 되었다는 것이 중요할 뿐이다.

"알았어. 오해 안 하니까 걱정 말고 빨리 낫기나 해."

동생 이수는 작은 얼굴에 반이나 차지하는 순둥순둥한 눈을 깜박이며 현미밥을 펐다. 그녀는 고등학교를 졸업하고 대학에 가는 대신 빵집을 선택해 십 년 동안 같은 곳에서 시급을 받으며 아침부터 저녁까지 종이봉투에 빵을 담고 빵집 바닥을 쓸었다. 단골들이 괜찮은 남자가 있다고 들이댄 적도 있지만, 남자를 가까이하면 죽는 마법에라도 걸린 듯 남자, 연애, 결혼에 얽히고 싶어하지 않았다. 어떨 때 보면 아무 생각 없이 머리를 텅비우고 사는 것 같기도 했다. 남자라면 눈빛부터 달라지는 엄마의 특출한 유전자는 우리 둘을 피해 어디로 간 걸까. 현대판 심청이 모태 솔로 이수를 데리고 실험하면 더 재미있을 텐데, 왜 페스티바는 완벽한 실험체를 두고 나에게 접근한 걸까.

'박물관에 보낼 애가 있어요. 제 동생 '경이수'라고요. 저 대신 이 숙맥을 실험에 참여시키면 어떨까요?'

페스티바가 이수를 보면 '말귀를 못 알아들어서 실험 불가함, 수녀원에 데려가기 바람'이라면서 고개를 저을 것이다.

"돈을 떼먹으려고 한 건 아닐 거야. 어쩌다 보니. 그나저나 아저씨는 지금 어디 있는 건지." 이수가 눈을 끔벅이며 말했다.

"이 맹추야. 지금 아저씨 두둔할 때야? 지금 사기꾼 걱정할 때냐고." 내 목소리가 쨍 높아졌다. 엄마는 내 앞에 있는 시금치 나물을 집으려다 팔을 움츠렸다. 이수가 엄마의 밥그릇에 시금치 가락을 올려주었다.

엄마가 사고 치기 전에도 신용 카드를 돌려막는 신세였는데 엄마는 간신히 돌리고 있던 돈의 흐름을 막아놓았다. 카드 대출을 받아 사채를 갚고 나서도 해결되지 않아 바닥 난 신용을 그러모아 돈을 더 빌렸다. 매달 이자가 뭉텅뭉텅 빠져나가는데 그

위에 다른 근저당이 들어왔다. 더는 집을 지킬 수 없게 되었다.

돈 걱정 없는 세상에서 살아보고 싶다. 그런 세상에서 살게 되면 온종일 도서관에 처박혀 읽고 싶은 책을 읽고 쓰고 싶은 글을 쓸 것이다. 백화점에서 신상 러닝화를 사서 신고 푸른 나무들이 줄지어 서 있는 해변을 달릴 것이다. 산티아고 길을 걸으며 해탈에 대해 생각해 보고, 이집트 피라미드에 올라가 고대 인류의 위대함을 느낄 것이다. 상상의 그림에 엄마와 동생은 물론이려니와 남자도 없다. 나 혼자만으로도 충분히 행복한 그림이다. 하지만 현실은 어떠한가. 엄마의 병세는 날로 위중해지고, 돈은 아무리 벌어도 흔적도 없이 사라지고 있다.

◌

7시까지 학원 일을 하고 학생 집 두 곳에 들렀다 집에 오니 자정이 넘었다. 학원 아이들이 줄어 수업이 통폐합된 후 다행히 과외 자리가 늘어 총수입에는 타격이 없었지만 언제 어떻게 될지 몰라 신경이 곤두섰다. 학생들을 유지하려면 마지막 한 방울의 힘까지 짜내 최고의 수업을 하는 수밖에 없었다. 대강 얼굴을 씻고 이불 위에 눕자 사랑에 한 맺힌 존재가 말을 걸었다.

"또 찾아왔구나."

"제가 찾아온 거예요?"

주변을 둘러보았다. 물기가 가득한 구름 나라인 걸로 보아 내가 찾아간 게 맞았다.

"생각해 보았느냐?"

별로 생각하지 못했다. 생각한다고 똑 떨어지는 답이 나올 문제도 아니다.

"실험에 참가해 볼게요."

내가 왜 이러지? 이런 답을 하려고 한 건 아닌데. 좀 더 솔직해지자. 누가 봐도 손해 날 게 없는 실험이다. 벼랑으로 몰린 마당에 더운밥 찬밥을 가리며 배부른 투정을 할 때가 아니다. 신비한 힘에 기대 가보는 거다. 가다가 깨지면 어떤가. 뭘 해도 지금보다 더 팍팍할 수는 없다.

"현명한 선택이다."

"제가 무얼 하면 될까요? 그리고 그때 말한 그 '도움'…….'"

"그냥 편안히 있으면 된다. 물 흐르는 대로 네 몸을 맡기고 흘러가면 되는 거야. 실험 환경은 내가 조성하는 거니까. 그리고 그 '도움'은 네가 생각하지 못한 곳에서, 생각하지 못한 방식으로 주어질 거니까 걱정 말고."

에라, 모르겠다. 잃을 게 없는 사람은 이럴 때 좋다. 나를 다 던질 수 있으니까. 확실한 '도움'이 오지 않는다 해도 이 판에 무얼 더 잃겠는가.

"일어서 보아라."

몸매 테스트라도 하려는 걸까. 엉거주춤 일어났다. 여기서 떨어지면 안 되는데. 허리를 곧게 펴고 머리를 쳐들었다. 조금이라도 키가 커 보이기 위해 목을 곧추세웠다. 그때 몸이 붕 떠오르면서 펄럭이는 옷자락에 가까이 갔다.

"좀 더 가까이."

가까이 오라는 말에 긴장이 되었다. 바람에 낙엽이 일렁이듯 가볍게 몸이 떠올랐을 때 오른쪽 발목이 화끈했다. 순식간에 대왕 문어 다리처럼 촉수가 달린 기다란 것이 발목을 휘감았다. 휘감는 힘이 세서 넘어질 뻔했다. 두꺼운 바늘이 피부를 뚫고 들어가는 것 같았다. 차가운 액체가 다리 혈관에서 온몸으로 퍼져나갔다.

"아야."

신음이 흘러나왔다. 뭐라 말하려는데 아무 말도 나오지 않았다. 발목에 감긴 것이 풀리는 순간 휘청했다. 내려다보았는데 발이 보이지 않았다. 수증기인지, 연기인지 알 수 없는 것에 가려 사방을 분간할 수조차 없었다. 목소리가 웅장하게 사방을 울렸다.

"네 몸에 도장을 찍었다."

도장은 종이에 찍는 것이 아닌가. 왜 내 몸에다? 내 허락도 없이?

"네? 대체 이게 뭐예요?"

입에 재갈을 문 것처럼 발음이 샜다. 무슨 환각제라도 주입한 건가. 발목이 화상을 입은 것처럼 화끈거리고 쑤셨다. 페스티바가 사기꾼일지도 모른다는 생각이 들었다. 사기당하는 것은 엄마 하나로 족하다. 나까지. 한 집에 두 명은 너무 심하다. 처음부터 알아봤어야 했다.

"화내지 마라. 네 몸에 들어간 건 사람을 끌어들이는 약물이다. 설마, 너 혼자 힘으로 다중연애를 할 수 있다고 생각하는 건 아니겠지? 네 능력에?"

이미 페스티바는 내 능력치를 간파하고 있었다. 내가 연애에 젬병이라는 것을 인지하고 인위적인 힘을 사용해 나를 연애하기 쉬운 사람으로 만든 거였다. 성공적인 실험을 위한 사전 조치였다. 뭐가 뭔지 감이 잡히지 않아 불안했다. 사우나실에 있는 것처럼 공기가 뜨겁게 느껴졌고 심장이 소리 나게 벌떡거렸다. 다리 혈관을 뜨겁게 덥힌 이 액체가 나를 연애의 달인으로 만드는 것일까? 다리의 통증이 가시자 기분이 좀 나아졌다. 사람을 끌어들이는 데 필요한 조치라면 나쁜 일은 아니었다. 사람을 떨어져 나가게 하는 거라면 모를까.

"지금부터는 네 몫이다. 내가 할 일은 다 했으니 이제부터는 자유롭게 연애를 디자인해 보아라. 신이 인간에게 생명과 함께 자유의지를 준 것처럼, 내 역할은 사람을 만날 기회를 주는 데까지이고 그 다음부터는 네가 하고 싶은 대로, 알아서 하는 거다. 얼마 전에 실험을 종료한 사람이 '사람을 깊이 알게 되었고, 또 내가 어떤 사람인지 알게 되었다'고 하더구나. 실험의 끝에 넌 어떤 말을 하게 될지 궁금하다. 나는 너를 통해 또 한 인간의 욕망을 보게 되겠지."

그는 자랑스럽게 '자유의지'라는 말을 썼지만 내 귀에는 책임 회피처럼 들렸다.

"참가한 사람 중에 실험 때문에 폭망한 사람은 없나요?"

살면 살수록 인생 폭망에 관심이 커졌다.

"그건 말해줄 수 없다. 쓸데없는 선입견을 심어줄 수 있으니.

제 하기 나름이란 말밖에 할 수 없구나."

살짝 불안해졌다. 망한 사람도 있다는 말로 들렸기 때문이다.

"약효가 영원히 가지는 않을 거야. 적게는 몇 개월, 길게는 몇 년. 그동안 잘 해봐야 하는 거야. 약효가 도와줄 때, 사랑하는 법을 배우도록 해라. 사랑받는 법도 배우고. 약효가 떨어졌을 때를 대비해서 말이다."

약효가 있어야만 사람들과 사랑할 수 있단 말인가. 자존심에 살짝 상처가 났다. 실험이 아니라 내 힘으로 사랑하고 이별하고 싶은데, 평생을 기다려도 그런 날은 오지 않을 게 확실하니 어쩌겠나 하는 생각도 들었다. 신원도 분명하지 않은 존재의 실험 도구로 쓰이는 게 살짝 신경이 쓰이긴 했지만, 그나마 자유의지가 있는 게 다행이었다. 판만 제대로 깔리면 못할 것도 없었다. 인간 관계를 나에게 유리하게 이용하면 인생이 몇 단계 업그레이드 될 수도 있다.

"네가 꿈꾸는 미래를 그려보아라."

눈을 감자 무진장 솔직해지고 싶은 마음이 들었다. 내가 꿈꾸는 미래에는 그동안 못 누린 것들이 다 들어가 있었다. 사랑, 명예, 돈, 행복이 비빔밥 속의 나물들처럼 뒤범벅되어 있었다.

"앞으로는 이걸로 소통하자. 다른 실험 대상들도 돌봐야 하니 좀 바쁘다."

그가 내 손에 들려준 것은 노트 크기만 한 태블릿이었다. 물방울이 맺힌 구름은 사라지고 파란 하늘만 눈이 부시게 빛나고 있었다.

눈을 떴다. 유리창으로 찬란한 여름 햇살이 쏟아져 들어왔다. 발목을 내려다보았다. 오른쪽 복숭아뼈 밑에 동전 크기만 한 빨간 점이 생겼다. 이게 뭐지? 손으로 눌러보았지만 아프지는 않았다. 어디에 부딪힌 것인가? 그제야 발목을 휘감았던 대왕 문어 다리가 생각났다. 바늘이 들락날락했던 느낌이 생생히 살아났다. 촉수가 휘감았던 부위가 맞는데. 설마. 이 빨간 점이 꿈과 상관있는 건 아니겠지? 나도 엄마를 닮아가나? 말도 안 되는 것에 홀리고 속아 넘어간다.

손을 뻗으니 태블릿이 만져졌다. 어머머. 어머머.

시계를 보니 8시. 꿈속에서 페스티바랑 수다를 떠느라 늦었다. 다리에는 빨간 점, 손에는 탭.

귀신이 들린 건 분명한데 마법, 마술이 곁들여진 귀신이다. 정신세계뿐만 아니라 물질세계도 쥐락펴락하는 귀신.

귀신이든 신령님이든, 탭까지 받았으니 됐다. 그렇지 않아도 하나 장만하려고 했는데 귀신 세계의 영령까지 날 불쌍히 여겨 선물을 주는구나 싶었다.

"언니. 안 늦었어? 근데 이거 뭐야? 새로 샀어?"

이수의 손을 피해 재빠르게 탭을 가슴팍에 품었다.

"왜 그래? 훔쳐 왔어?"

분명 훔쳐 온 건 아닌데 갑자기 헷갈렸다.

"언니 다리에 빨간 점은 뭐야? 어젯밤에 모기 한 마리가 윙윙대더니만."

이수가 모기약을 찾아 내게 내밀었다. 탭과 모기 물린 자국. 페스티바를 만난 흔적이 둘이나 확실했다. 눈앞에 증거가 둘이나 있는데 꿈이나 환상이라고 부인할 수도 없었다. 순간 이수에게 사실대로 말하고 싶은 충동을 느꼈으나 입술을 깨물었다. 이 말도 안 되는 얘기를 누가 믿겠는가. 나도 믿어지지 않는데.

이수는 적당한 때에 퇴장해 주었다. 이수가 나가자마자 탭의 전원 버튼을 눌렀다. 하나, 둘, 셋, 속으로 숫자를 셌다. 바빠 죽겠으니 빨랑 좀 들어와라. 페스티바 탭아. 하지만 내 마음을 모르는 탭은 아무리 기다려도 먹통이었다. 전원 버튼을 열 번쯤 눌렀는데 깜깜무소식이었다.

'뭐야? 이걸로 소통하자고 한 거 아니었어? 켜지지도 않는데 어떻게 하라는 거야? 꿈에서도 사기를 치나? 고장 난 물건 던져 주면서 어떻게 넘어가는지 보는 그런 실험이었던 건가?'

시간 낭비, 감정 낭비, 에너지 낭비. 낭비할 것도 없는 나같은 사람에게 뭘 빼내겠다고 이런 짓을 하지? 책상 서랍에 탭을 넣었다. 다리의 빨간 점에 모기약을 발랐다. 괜한 훈장 하나만 다리에 얻었다. 눈먼 행운인 줄 알고 덥석하려 했는데 그럼 그렇지 하는 실망감에 맥이 빠졌다.

5. 빨간 점의 마법

　도로 한복판에 할머니가 머리를 처박고 엎드려 있고 머리맡에 빨간색 플라스틱 바구니가 놓여 있다. 이 할머니가 나보다 부자일지 모른다고 생각하면서 지폐 한 장을 바구니에 넣었다. 나보다 더 가난한 사람은 찾기 쉽지 않은데 난 오늘도 가난을 그냥 지나치지 못했다. 주제 파악을 못하는 걸까, 어려움 가운데 선행을 하면 더 큰 복을 받을지도 모른다는 기대 때문일까. 한 장의 지폐를 쓰고 기분이 좋아져 버스에 올랐다.

　일을 시작하기 전에 시간을 보내는 곳은 도서관이다. 책이 즐비한 곳에서 더위와 추위 걱정할 필요 없이 하고 싶은 것을 할 수 있으니, 집에 책상 없는 사람에게는 더할 수 없이 쾌적한 곳이다. 열람실에서 교정 아르바이트도 하니 사용료 없는 사무실이다.

　교정 본 원고를 보내고 계단에 앉아 샌드위치를 먹으며 과외 수업 자료를 훑었다. 바닥에 흘린 깨알을 주워 모으듯 일 분도 허투루 흘려보내지 않으니 효율성 높게 산다고 할 수 있다. 한

편으로는 그 시간들이 나랑 상관없는 곳으로 뭉텅뭉텅 흘러가고 있으니 한심하게 산다고 할 수 있다. 과외 시간에 맞춰 일어서려다 가방에서 통장을 꺼내 들었다. 학부모, 학원 원장, 출판사는 제때 돈을 입금해 주었는데 잔액은 120만 원이다. 집을 빼줄 날짜는 다가오는데 무슨 돈으로 세 식구 몸을 넣을 곳을 마련한단 말인가. 이런 궂은일에 나서줄 사람은 이십 년 친구 유선주, 심다미뿐이라 며칠 전에 떨어지지 않는 입을 뗐다.

"너희들은 참 친구 복도 없다. 돈 빌려 달라는 친구가 손절 일순위라는데……. 벼룩도 낯짝이 있는데 난 벼룩만도 못한가? 이번이 진짜 마지막이야. 한 번만 더 도와줘. 내가 살면서 몇 배로 갚을게."

내가 이렇게 말했을 때 둘은 눈을 마주치며 내키지 않는다는 표정을 지었다. 몇 달 전에 빌려 간 돈도 아직 갚지 못한 주제에 미래를 팔아 또 돈을 달라고 하니, 아무리 절친이라도 기분이 좋을 리 없었을 것이다. 나는 그게 누구의 것이든, 돈이라는 것이 필요하다. 페스티바가 말한 도움은 언제 어떻게 오게 될까. 실험에 참여한다고 했는데 언제 어떻게 연애는 시작되는 걸까. 통장을 뚫어져라 쳐다보았지만, 두둑해질 기미는 느껴지지 않았다.

박찬영을 우연히 만나기 전까지 탭이 들어 있는 서랍을 열어보지도 않았다. 연애 금치산자를 놀리는 사기에 휘말린 것 같아 잠도 자기 싫었다. 꿈에서 사기꾼 페스티바를 만나 또 우롱 당할까 봐 겁이 났다. 눕기만 하면 잠이 들었지만, 다행히 페스티바는 나타나지 않았다. 연애 실험하느니 마느니, 설왕설래한 게 무색할 정도로 남자는커녕 쥐새끼 한 마리 얼씬 않았다.

부동산을 기웃거리는 며칠 사이, 통장에서 돈이 빠져나가 친구들이 준 500만 원이 300만 원이 되었다. 들어올 과외비와 학원 강사비가 있었지만 이사 비용과 소개 수수료까지 계산해 안전하게 보증금이 싼 월셋집을 구하기로 했다. 페스티바가 이쯤에서 자신의 능력을 보여준다면 그의 말을 믿고 몸 바쳐 충성할 텐데, 그는 300만 원에 월세 50만 원짜리 지하 빌라를 계약할 때까지도 깜깜무소식이었다. 다리 밑을 면했다는 것에 한숨 돌리고 있을 때 유선주가 고등학교 동창회 얘기를 꺼냈다. 그런데 갈 때가 아니라고 몸을 뺐지만 친구들이 어떻게 살고 있는지 궁금해 따라가기로 했을 때 박찬영을 만나게 되리라고는 상상도 못 했다. 페스티바의 연애 실험은 내가 모르는 새 이미 시작되고 있었다.

재즈바에 들어서자 이미 스무 명이 넘는 친구들이 자리를 잡고 웅성대고 있었다.

"우와, 경이루, 너 왜 그동안 코빼기도 안 비쳤어? 어떻게 살았어?"

동창들은 나를 얼싸안고 한마디씩 했다. 그때 식당 문을 열고 들어서는 사람이 있었다. 누구인지 알아보기도 전에 심장이 먼저 내려앉았다. 쿵! 소리가 하도 커서 옆 사람이 깜짝 놀랐을 것이다. 그림자를 보는 순간, 원자탄에 피폭된 것처럼 움직일 수 없었다. 내가 얼음 공주가 된 것을 눈치챈 심다미가 옆구리를 찌르며 소곤거렸다.

"어머, 박찬영이잖아? 이게 웬일이니?"

박찬영은 대각선 끝에 앉아 있다 나를 발견하고 자리를 가로질러 내 앞으로 왔다. 심다미와 의미 없는 수다를 떨다 눈을 들었을 때 손을 대면 놀라움과 그리움이 묻어나는 눈길과 딱 마주쳤다. 얼마나 그리워하던 눈빛이던가. 오랜만이야 하고 말하려는 순간, 갑자기 오른쪽 발목이 가려웠다. 발목의 빨간 점이 성이 난 듯 부풀어 올랐다. 손가락을 뻗어 때리듯 긁지 않고는 견딜 수 없을 만큼 간지러웠다. 꿈에서 주사를 맞은 듯 따끔했던 바로 그 자리였다. 그제야 페스티바의 실험이 어떻게 가동되는지 감이 왔다.

손톱이 피부 긁는 소리를 서너 번 내자 갑자기 발목 주위에 비눗방울들이 맴돌았다. 방울이 터지면서 글자들이 공중 부양했다. 오랜만에 만난 첫사랑에게 집중해야 하는데 이건 또 뭔일? 잔 부딪치는 소리와 과장된 인사들이 오가는 테이블 밑에선 투명한 물방울들이 터진다. 나는 신경을 모으기 위해 그를 빤히 쳐다보았다.

감색 바탕에 회색 스트라이프 수트, 물방울무늬 넥타이, 빗자국이 살아 있는 헤어. 라일락 냄새가 음악소리를 지우고 코끝을 간지럽혔다. 박찬영의 냄새. 이 냄새를 그리워하며 십 년을 보냈다. 친구들은 십 년 만에 보는 얼굴이 두 명이나 되는 것이 신기한 듯 주위에 몰려들었지만, 그의 시선은 나에게 못박혀 있었다. "아⋯ 경이루⋯⋯."

나는 고개를 끄덕이기만 할 뿐 무슨 말을 할지 몰랐다. 겨우 잘 지냈냐고 했을 때 그도 고개를 끄덕였다. 주변에 앉은 친구들이 말을 붙여 우리의 대화는 이어지지 못했고 나는 뜨거운 공기 때문에 가슴이 답답해져 얼음물을 자꾸 들이켰다.

정신을 가다듬으려 하는데 발목이 간지러워 손을 아래로 내려 긁적긁적하느라 아래를 내려다봤다. 그사이 비눗방울이 만들어낸 글자들이 의미군을 형성하고 있었다.

연애 실험

(당사자: 경이루) 상대남: 박찬영

상대남의 경이루에 대한 **호감도: 1** (1~10) **매우 낮음**

경이루의 상대남에 대한 **호감도: 9** (1~10) **매우 높음**

연애 가능성: **8** (1~10) 높은 편임

#advice: 상호 호감도의 차이가 크네요. 당신만큼 그는 당신을 생각하지 않았나 봐요. 하지만 포기하기에는 일러요. 미래 가능성이 높다는 것은 상대남의 마음속에 당신이 있다는 거니까요. 단지 드러날 기회가 없어 감추어져 있었던 거죠. 이런 경우 한 꺼풀만 들추면 속으로 파고들 수 있죠. 추억 속의 사람과는 감정의 물꼬만 트이면 쉽게 가까워질 수 있어요. 용기를 내보세요.

이건 또 무엇인가. 말로만 듣던 상태창? 어디선가 두둥 두둥, 북소리까지 났다. 십 년 만에 그리운 너를 만났는데 내 상태가 안 좋다. 하필 이렇게 정신없을 때 만날 게 뭐람? 술기운에 헛소리를 맘속으로 지껄이다 페스티바의 마력이 그를 내 옆자리로 끌어들였다는 생각이 들었다.

상태창까지 어른거리니 실험, 데이터, 경험 축적 등 페스티바가 썼던 단어들이 떠올랐다. 그는 내가 맘껏 뛰어놀 판을 깔아주겠다고 했고 그 판을 어떻게 이용할지는 내 몫이라고 했다.

연애 대상 1호로 지목된 사람이 박찬영이라면 페스티바는 내 마음을 누구보다 잘 알고 있는 거다. 지금까지 박찬영보다 더 내 마음을 앗아간 사람은 없었다. 이 시점에서 그를 등장시킨 것은 매우 훌륭한 전략이다. 손을 뻗어도 닿을 수 없는 추상적이고 상징적인 존재로 묻어두었던 사람이 한순간에 입체감 있는 현실의 존재로 내 삶에 등장했다.

재회를 한 것까지는 좋았는데 상태창의 호감도 차이가 거슬렸다. 나는 9, 박찬영은 1. 차이 8. 그는 날 거의 잊고 살았나 보았다. 우연히 나를 보자 반가웠던 것 그 이상도 이하도 아니다. 하늘과 땅만큼의 차이. 혜왕성과 수성만큼의 거리가 우리 사이에 있는데, 연애 가능성은 왜 이리 높은 것인가. 과거에 뭔가가 있었다 해도 과거일 뿐인데.

첫사랑을 만났으니 실망은 금물이다. 앞으로 그에게 어떻게 어필하느냐에 따라 첫사랑의 성패가 판가름 날 것이다. 일단 페스티바가 주입한 약물이 그를 나에게 끌어당겨 놓았으니 그를 사로잡아 내 사람으로 만드는 것은 내 몫이라는 생각이 신의 계시처럼 마음속을 파고들었다.

나는 용기를 내어 그를 빤히 쳐다보았다. 내 눈 속에서 들끓고 있는 사랑의 외침을 보아주길 간절히 원하면서 그에게서 눈을 떼지 않았다.

○

고등학교 1학년.

학교 식당에서 식판을 들고 서 있던 그날을 잊을 수 없다. 그 많은 얼굴 중에서 유난히 눈에 띄는 얼굴이 있었다. 식판에 밥 담는 것도 잊고 홀린 듯 그에게 다가가자 친구와 이야기하던 그는 무슨 일인가 하는 표정으로 고개를 돌렸다. 그의 짙은 갈색 눈동자와 마주쳤을 때 나는 더 다가가지도 뒷걸음치지도 못하고 붙박이가 되었다. 심다미가 툭 치며 지나갔을 때 식판이 소리 내며 내 손에서 미끄러져 떨어졌다. 그는 재빨리 바닥에 나뒹구는 식판을 주워 내게 내밀었다. 내가 그에게 한 첫 말은 '고마워'였다. 그는 눈을 반짝이며 미소를 지은 뒤 서 있던 줄로 돌아갔고 그 다음 일은 기억도 나지 않는다. 그날 나는 사랑의 묘약을 마셔버렸다.

남학생반과 여학생반으로 나뉘어 있어 특별한 노력을 해야 그를 볼 수 있었다. 지나가는 척하며 그의 교실을 기웃거리다 눈이 마주치면 무표정하게 눈을 내리깔았다. 그의 미소를 독점하지 못하고 다른 사람과 나누어 가져야 한다는 것 때문에 가슴이 저렸다.

"죽을 거 같아. 심장이 팔딱거려서 터질 거 같아. 잠도 안 오고 밥도 먹기 싫어."

단짝 심다미와 유선주에게 시한부 환자에게나 있을 법한 증상을 얘기했을 때, 그들은 내가 진짜 죽을까 봐 걱정했다.

"상사병으로 죽은 사람도 있대. 해부했더니 심장이 까맣게 타 있었대. 어쩌냐? 경이루 심장도 까맣게 된 거 아냐?"

심다미가 심각한 표정으로 말했다. 누군가를 좋아하는 것이 좋기만 한 일이 아니라는 걸 그때 알았다. 그의 교실 앞을 지날 때면 얼굴이 상기되었고, 멀리서 박찬영이 나타나면 걸음걸이가 달라졌다. 그가 독서 동아리 반디에 가입하자 나도 따라 들어갔다. 가장 순수했던 순간에 등장했던 사람. 잊을 수 없는 이름 박찬영. 그 시절 우리는 무슨 내용인지 알지도 못하고 차라투스트라를 떠들어 댔다.

추억에 잠겨 있을 때 테이블 너머에 앉아 있던 박찬영이 명함을 건네주었다. 빳빳한 직사각형 종이에 '한결 법무 법인 변호사 박찬영'이라는 직함이 선명했다.

"전화해도 되지? 한번 보자. 밀린 얘기도 하고."

동창회에서 첫사랑과 재회라는 흔하디흔한 스토리는 페스티바의 상상력 한계를 보여주었지만, 어쨌든 나는 만나고 싶은 사람을 만났으니 되었다.

물론 전화해도 되지. 꼭 전화해 주렴. 나도 하고 싶은 말이 있어. 듣고 싶은 말도.

그렇게 십 년 넘게 멈췄던 우리의 관계가 다시 시작되었다.

○

박찬영을 만나고 집에 오자마자 탭을 켰다. 바닥을 두어 번 때리니 그동안 먹통인 줄 알았던 탭 화면이 밝아지면서 두둥 소리와 함께 '페스티바의 연애 탭에 오신 것을 환영합니다'라는 문구가 나타났다. 꿈속에서 받은 것 치고는 평범하기 짝이 없는 기계였다. 메뉴를 뒤지다 보니 Q&A란이 있었다. 나는 거기다 궁금한 것을 써넣었다.

Q: 오늘 누군가를 만났을 때 발목의 빨간 점이 마구 가려워 죽는 줄 알았어요.

실시간, 쌍방향 공간에서 기다렸다는 듯이 답이 왔다.

A: 가려운 것은 약효가 활성화될 준비를 끝냈다는 뜻이야. 긁으면 빨간 점은 활동을 개시하라는 명령으로 받아들이지. 긁는 자극으로 온도가 올라가고 약물 분자의 운동이 활성화되고 움직임이 빨라진 분자는 상대편 마음을 움직일 수 있는 에테르를 발산해. 그 기운의 영향권에 들어가면 냉랭했던 마음에 온기가 돌면서 지긋한 눈길로 바라보게 되고 결국 마음 문을 열게 되지. 사랑의 호르몬을 생성시킨다고 할까.

Q : 상태창에 나오는 어드바이스는 믿을 만한가요?

A : 상태창은 일종의 보조도구야. 호르몬과 동공의 움직임, 심장 박동과 맥박, 표정 등을 종합해 호감도를 알아내 참고하라고 알려주는 거야. 기존의 수많은 연애 실험에서 쌓인 데이터를 기반으로 상황에 맞는 조언을 해서 성공 확률을 높여보자는 거니까 지나치게 의존하지는 말고 직감을 따라 가는 게 좋을 거야.

Q: 호감도가 차이가 너무 큰데 연애 가능성이 높게 나오는 거는요?

A: 현재 호감도도 중요하지만, 그보다 다른 조건들, 예를 들어 추억, 취향, 성격, 케미스트리 등 다양한 지수가 더 중요하지. 제반 조건들이 맞다면 함께 시간을 보낼 기회만 확보하면 반은 된 거거든. 다시 말해 연애의 미래 가능성은 두 사람 간에 흐르는 기운을 토대로 판단하는 거야.

알 듯 모를 듯 애매한 점이 없지 않았으나 페스티바가 지정한 연애 대상자가 마음에 들면 가려운 데를 긁기만 하면 된다는 것이 핵심이었다. 갖은 애를 써도 사랑을 얻지 못해 아픈 마음을 안고 돌아서는 일이 수없이 많은데, 페스티바는 나 같은 연애 숙맥이 쉽게 사랑의 길에 들어서는 길을 열어놓았다. 요리 재료를 줄 테니 그 재료로 어떤 음식을 만들지는 알아서 하라며 박찬영이라는 최고의 요리 재료를 준 것이다. 그를 사로잡을 생각을 하는 것만으로도 마음에 묘목 한 그루가 심겨진 것 같았다. 나는 흡족한 마음으로 질문을 접고 내가 할 일, 즉 보고서를 작성했다.

나는 연애 보고서에 박찬영과 나누었던 말과 몸짓, 표정까지 하나도 빠뜨리지 않고 상세히 썼다. 내가 성실한 연애 보고자가 되어야 페스티바도 날 살뜰히 챙겨줄 것 같아 꼼꼼히 작성하고 저장 버튼을 눌렀다. 확실한 실험도구가 되기 위해 소설 한 편을 완성하듯 보고서에 한 문장 한 문장에 심혈을 기울였다.

두 시간 이상 공들여 쓰고 나니 이제야 잠잘 자격이 생긴 것 같았다. 이수가 짐을 싼다고 부스럭거리는 바람에 몇 번 눈을 떴지만, 곧 다시 잠이 들었다.

○

단행본 교정 마감이 내일이라 새벽 일찍 도서관에 자리를 잡았다. 오후 세 시까지 최종본을 보내고 학원에 출근해야 한다. 노트북을 켜기 전에 창밖을 내다보았다. 나뭇잎들이 살랑이는 바람에 이리저리 나부끼고, 흩날리는 꽃잎 세례를 받으며 교복을 입은 한 무리의 학생들이 떠들며 지나갔다. 나에게도 저런 시절이 있었지, 하며 넋을 놓고 있는데 전화기 진동음이 울렸다. 나는 황급히 복도로 나가 화장실에서 전화를 받았다.

– 오늘 우리 만나기로 한 거 잊지 않았지? 기다리기 힘들어서

전화했어.

박찬영의 입에서 흘러나온 단어들이 꽃잎처럼 가뿐히 내려앉았다. 그를 만나기 위해 과외 수업을 두 개나 미뤘다는 걸 알기나 할까. 연애를 시작한 지 육 개월, 그는 하루도 거르지 않고 문자를 하고 나는 일주일에 하루 저녁은 그를 위해 비워두었다.

– 그렇게 내가 보고 싶어? 호호.

– 응. 빨리 보고 싶어. 너 시간 괜찮으면 지금 갈까?

– 조금만 기다려.

목소리에서 열기가 느껴졌다. 사람을 이렇게 끈적하게 바꿔놓은 것은 섹스의 힘인가? 합체 과정을 거치지 않았다면 여전히 밀당하며 간을 보고 있지 않을까. 나는 그와 몸을 섞으면서 왜 인류가 절멸을 겪지 않고 수만 년 종족을 유지해 왔는지 이해하게 되었다. 왜 남녀가 끌리다 결국에 가선 서로의 몸을 안고 뒹구는지 이해했다. 별개의 개체로 살던 두 사람을 하나로 이어붙이는 데 이보다 더 확실한 의식이 있을까. 합체 의식을 치른 후 둘 사이의 벽이 허물어졌다. 못 할 말도 없고 지킬 선도 없어졌다. 말할 수 없는 것들이 말없이 한꺼번에 쏟아져 들어와 단번에 이해되었다. 사랑에 몸이 빠지면 소금을 넣지 않은 음식처럼 맹맹하다. 먹기 좋은 음식이 되기 위해선 MSG와 소금이 필요하다.

일을 끝낸 후 지하철에서 내려 뛰다시피 한정식집으로 들어갔을 때 종업원이 방으로 안내했다. 휴대전화를 들여다보고 있던 박찬영이 벌떡 일어나서 외투를 받아 걸어주었다. 식탁에 음식들이 깔리기 시작했을 때 샐러드 야채 하나를 입에 넣으며 말했다.

"다음주부터는 중간고사 대비 보충수업이 있어 좀 바빠. 당분간 보기 힘들 거 같아."

박찬영은 실망한 듯 젓가락을 내려놓았다.

"시험이 언제 끝나는데?"

"삼 주 후에."

"그럼 삼 주 동안 못 본다고?"

"십 년도 안 보고 잘만 살았잖아. 뭘 삼 주 가지고 그래?"

나는 잡채를 후루룩 삼키고 십 년 동안 연락 한번 없었던 박찬영을 살짝 비난했다.

"지금은 삼 주도 길어. 누가 그랬잖아. 사랑은 모호한데 보고 싶다는 건 확실하다고. 네가 바쁘면 학원 앞에서 기다렸다 얼굴만 보고 와야지. 더 간절한 사람이 움직여야지 어쩌겠어?"

내 발목은 참을 수 없이 간지러웠고, 나는 가차 없이 긁었고, 상태창 글자들은 식탁 밑을 떠돌았다. 나의 호감도 9, 박찬영의 호감도 9. 만난 지 육 개월 만에 두 개의 숫자가 같은 지점에서 만났다. 이야기와 섹스, 밥을 같이 나누며 그의 감정이 무럭무럭 자란 듯했다. 내가 더 많이 좋아하는 기간을 지나 우리는 드디어 같은 레벨에 도착했다. 페스티바의 마법이 없었다면 그의 호감도는 여전히 1, 2점에서 포복하고 있었을까. 나는 고개를 저었다. 페스티바의 손가락은 방향을 알려주었을 뿐이다. 때가 되면 꽃망울이 터지듯, 십 년 동안 무르익은 사랑이 우연한 만남을 거쳐 터져 나온 것이다. 온돌에라도 앉은 것처럼 밑에서부터 따스한 기운이 올라왔다. 허겁지겁 젓가락을 놀리던 손가락을 멈추고 햇빛에 반짝이는 호수를 바라보듯 그를 쳐다보다 환호성에 가까운 소리를 질렀다.

"이제 됐다. 이제 됐어."

영문을 알 수 없는 박찬영은 뭐가 됐냐고 물었다.

오늘 교정 보다 읽은 문장이 생각났다. "가장 완벽한 사랑의 경우에서조차 한 사람은 다른 사람보다 덜 깊게 사랑한다. 똑같이 착한, 똑같이 재능을 타고난, 똑같이 아름다운 두 사람이 있을 수는 있지만, 상대를 똑같이 사랑하는 두 사람은 있을 수 없다."(손턴 와일드) 두 사람이 비슷한 강도와 깊이로 사랑하는 일이 있을 수 없다면 지금 우리 사이에서 일어나는 일은 기적임에 틀림없다.

그때 내 입에서 잊었던 이름이 흘러나왔다.

"안나랑 연락돼? 정안나 말야."

말을 해놓고도 왜 이 이름이 튀어나왔는지 알 수가 없었다. 우리 얘기만으로도 부족한 시점에 다른 여자 이름을 입에 올리다니. 날 사랑하다는 게 확실해질수록 케케묵은 질투의 감정도 같이 커졌다. 해결되지 않은 것은 터져 나오기 마련이고 오늘이 그날인가 보다 싶었다. 그 시절 나는 박찬영으로, 박찬영은 정안나로 절절 끓어 넘쳤다. 처음으로 질투를 느꼈을 때 심장을 인두로 지진다는 뻔한 표현으로도 모자랄 만큼의 격렬함에 놀랐다.

"안나를 기억하는 거야? 잘살고 있겠지. 연락할 일이 뭐 있겠어? 전혀 몰라."

정안나라는 이름에 박찬영의 낯빛 채도가 서너 단계 떨어졌다. 괜한 말을 꺼냈나 후회했지만 이미 늦었다.

그해 겨울은 유난히 추웠다. 이수랑 시장 한복판에 있는 분식집에 들어갔을 때 박찬영이 빨간 떡볶이 국물을 입에 묻히고 웃고 있었고, 그 앞에 정안나가 앉아 있었다. 다행히 그들은 나를 보지 못했다. 이수를 먼저 집에 보내고 가게 맞은편 전봇대 뒤에 몸을 숨기고 범인을 쫓는 탐정이라도 된 듯 기다렸다.

가게를 나오는 그들을 자세히 보니 박찬영의 손이 정안나의 어깨에 얹혀 있는 게 아닌가. 벌건 대낮에 이런 일이? 나는 그둘이 사라질 때까지 그 자리에 얼어붙어 있었다. 집에 어떻게 돌아왔는지 모른다. 심장이 쿵쿵 뛰고 피가 쌩쌩 돌았다.

"사람 죽는 거라도 봤냐?"

하얗게 질려 뛰어 들어온 나를 엄마는 아래위로 훑어보았다.

그날 이후로 학교에 가는 것이 무서웠다. 그날의 충격은 오랫동안 마음에 남아 나를 괴롭혔다. 키스하거나 포옹한 것도 아니고 단지 어깨에 손이 올라간 것뿐인데, 성인 남녀의 정사 장면을 본 것처럼 한 장면이 못박혀 있었다. 내가 그 장면 때문에 얼마나 많이 괴로웠는지 박찬영은 알기나 할까.

적당히 만나다 찢어지기를 기다렸지만 둘은 졸업 때까지 붙어 다니며 내 마음을 헤집었다. 열심히 공부해도 성적이 안 오르는 것이 그들 때문이었다. 내가 좋아하는 사람이 다른 사람에게 마음을 온통 빼앗긴 채 내가 없는 듯 행동하는 것은 달군 꼬챙이를 맨살에 얹는 것과 같았다. 문제는 나는 죽을 것 같은데 정작 그들은 아무것도 모른다는 것이었다. 고등학교를 졸업하고 그를 다시 만나지 않게 되어 살 것 같았다. 몇 년 후 정안나가 다른 남자와 결혼해서 외국으로 떠났다는 소식을 들었을 때 묵은 상처에서 고름이 빠지고 피딱지가 떨어지는 걸 느꼈다. 잊으려고 애썼던 박찬영이 더욱 그리워졌다.

"미안해. 그냥 궁금해서 물어본 건데. 신경쓰지 마."
박찬영은 나의 사과에 풋, 하고 입에서 공기를 빼며 천장을 쳐다보았다. 나는 그의 낯빛이 돌아올 때까지 기다렸다.
맥주를 따라 주려는 손이 잔을 받으려고 뻗은 손과 부딪쳤다. 짜르르 전기가 왔다. 오늘 밤 우리는 하나임을 확인할 것이다. 이런 식으로 서로의 몸에 익숙해질 것이며 더 능숙하게 서로를 행복하게 만들어줄 것이다.
박찬영의 마음이 온통 내게 쏠려 있으니 해묵은 질투는 흔적도 없다. 얼마 전 아내가 다른 남자와 정사를 벌이는 걸 목격한 남편이 식칼로 아내의 정부를 찔러 죽인 기사를 보며 소름에 몸서리쳤다. 자동 연결 장치가 켜진 것처럼 정안나의 해맑은 얼굴과 더불어 엄마의 남자들이 흙바닥에서 개싸움을 하던 모습이 떠올랐다. 질투, 배신감 같은 감정이 얼마나 무서운지 페스티바는 알기나 할까?

네 남자가 등장하는 다중연애 실험에 내가 주인공이 되기로 동의했다는 사실이 갈고리가 되어 마음을 찔러댔지만, 아직 나에겐 박찬영밖에 없다는 것을 위로 삼았다. 박찬영이 나 때문에, 내 남자들 때문에 질투와 배신의 화염에 휩싸이게 된다면? 지금이라도 실험을 물러야 할까. 박찬영을 피가 철철 넘쳐 흐르는 질투의 바다에 던져 넣을 수는 없다. 내가 그의 유일한 여자이고 싶다면, 그 또한 나의 유일한 남자가 되어야 한다. 사랑하니까.

6. 루나의 사랑 이야기

과외 학생들이 우르르 들어왔다가 우르르 빠져나가면서 내 수입도 오르락내리락했다. 중간고사 성적이 오르지 않은 학생이 셋이나 그만두면서 월 백만 원 가까운 수입이 사라졌다. 학생들이 차지했던 시간이 내 차지가 되는 건 좋았으나 그 시간을 즐길 여유가 없었다. 줄어든 수입을 보충해 줄 일거리를 찾다 여성 잡지 '우먼월드' 편집자 강연주 선배에게 전화했다. 가끔 설문조사나 공연 취재 일거리를 주는 그녀는 내 글솜씨를 알아본 최초의 사람이며 내 재능을 안타까워한 최후의 일인이었다.

내가 국문과를 선택한 것은 소설을 쓰고 싶어서였다. 신춘문예 최종심까지 갔다 떨어졌을 때는 몇 년 투자하면 등단할 줄 알았다. 오 년 가까이 한 해도 쉬지 않고 투고했지만, 번번이 최종심에서 떨어졌다. 이런 사정을 아는 강 선배는 작은 지면이라도 연결해 주려고 애썼다.

– 할 일이 있긴 한데, 네가 할 수 있을지 모르겠다.

강 선배는 확신 없이 떠보는 식으로 말을 꺼냈다.

—우리 잡지에서 연애 칼럼을 기획하고 있는데 작가를 찾는 중이야. 경이루 얼굴이 제일 먼저 떠오르긴 했는데, 네가 할 거 같지 않아서 망설이던 중이었어.

　—선배, 저 잘할 수 있어요. 맡겨만 주시면.

　—어, 정말? 그런데 이런 게 글솜씨만으로 되는 게 아니야. 작가가 잘 모르는 거 아는 체해서 꾸며내면 어떻게 되는지 알지? 도통한 얘기라야 설득력이 있는 거야. 그런데 네가 영 이 분야 사람이 아니잖니. 요즘 독자가 얼마나 똑똑한데. 뻔한 얘기 하면 비웃음만 사.

　—내가 예전에 선배가 알던 경이루가 아니라니까요. 그동안 실전 경험을 얼마나 많이 쌓았는데요. 내가 그동안 만난 남자들 이름 쫙 말해볼까요?

　—됐다. 영수, 철수 뭐 그런 이름들이겠지.

　선배는 내가 실전 경험이라고 하는 것을 대놓고 비웃었다. 그동안 읽고 본 게 얼마며, 꿈꾸고 상상한 게 얼마인가. 비현실의 세계에서 현실보다 더한 경험을 쌓았기에 그나마 연애 실험에 참여할 용기가 생긴 것인지도 모른다. 현실에서는 내가 만나는 사람밖에 알 수가 없는데, 가상의 세계에는 상상조차 하지 못하던 다양한 캐릭터들이 말을 걸고 사귀자고 달려든다. 간접 경험의 가치를 끌어내리는 선배 앞에서 현실에서 진짜 섹스를 텄다는 것에 마음을 쓸어내렸다.

　선배가 내게 일감을 맡긴 것처럼 맘이 바빠졌다. 서너 개 이름을 후보에 올려놓았다가 최종적으로 '루나'를 필명으로 골라

잡았다. 내 이름에서 한 글자를 따오니 경이루와 연관성도 있고, 달의 신 '루나'의 음기도 서려 있었다.

과외를 끝내고 집에 오니 밤 11시. 씻을 생각도 하지 않고 노트북을 켠 뒤, 손가락을 하나씩 꺾고 고개를 양옆으로 돌려 몸을 풀었다. 원고지 30매는 별것도 아니다. 내 나이 또래의 루나가 자신이 만났던 남자들을 회상하며 그리움, 후회, 깨달음 등을 고백하는 형식이면 여성 독자들에게 커피 한잔 같은 휴식을 줄 것이다. 가벼우면서도 감각을 자극하는 글을 쓰려고 했지만 생각처럼 쉽게 써지지 않았다. 한 줄 쓰고 한 줄 지우고, 세 줄 쓰고 세 줄 지우다 보니 남아 있는 글자가 없었다. 자기 검열은 나중으로 미루고 대강의 초고를 써보았다.

루나의 사랑 이야기: 이런 게 사랑 맞아?

딱히 좋아하는 것도 아니었는데 야릇한 분위기가 미지의 모험에 뛰어들 용기를 주었지만, 처음부터 난관에 부딪혔다. 그가 바지를 내렸을 때 난 눈을 감았다. 귀여운 아기 고추가 길고 두꺼워졌을 거라고만 상상했는데, 그게 아니었다. 뱀 대가리 같은, 장작개비 같은 우람한 물건에 힘줄까지 도드라진 괴물이 나를 향해 돌진할 차비를 끝내고 있었다.

그의 힘에 눌려 괴성을 지르며 눈을 감았다. 그도 자신의 물건을 어찌해야 하는지 몰라 우왕좌왕하며 비비고 두드리고 별짓을 다 했지만, 어디로 들어가야 하는지 문을 찾지 못했다. 남들에게 다 있는 게 내겐 없는가? 나도, 그도 어색하게 끙끙거렸다.

엎치락뒤치락 끝에 겨우 찾아내긴 했으나 좋을 새도 없이 안도감은 고통으로 바뀌었다. 이런 걸 왜들 하지 못해 안달인 거야? 입에서 욕이 나왔다.

"제발 좀 그만. 잘못했어. 살려줘. 이제 좀 그만하자고."

싹싹 빌었지만, 그는 못 들은 체, 더 강한 힘으로 밀어붙였다.

그 후 며칠 동안 두들겨 맞은 듯 쑤시고 결렸지만, 그 일이 자꾸 떠올랐다. 밥을 먹을 때도 책을 펴고 있을 때도 그의 손가락이 내 몸을 훑고 지나갈 때의 느낌이 생각났다. 그 후, 마법에 걸린 것처럼 그를 만나면 손을 잡고 키스를 했다. 누군가 '잘할 때까지 계속하지 않으면 안 된다'고 한 것처럼 만나기만 하면 어설픈 사랑을 했다.

어느 순간, 보통의 인연이 아니란 생각이 들었다. 사랑이 섹스를 불러온 게 아니라, 섹스가 사랑 비슷한 감정을 불러온 경우였다. 정신을 통한 육체의 결합이든, 육체를 통한 정신의 합일이든, 몸의 부딪침으로 무엇인가가 통한 것이 분명했다.

한 달을 끙끙거리다 더는 견딜 수 없게 되었을 때 그를 좋아하게 되었다고 했다. 내 고백에 기다렸다는 듯이 '나도 그래' 해줄 줄 알았다. 하지만 '미안해, 나는 아닌 것 같아'라는 대답이 나오는 데 0.1초도 걸리지 않았다. 어떻게 이런 일이 있을 수 있는가. 그가 보냈던 뜨거운 눈빛은 무엇이며, 그동안 나누었던 섹스는 다 무엇인가.

'미안하다'는 얼굴에 미안함 따위는 찾아볼 수 없었다. 무안해져 바로 돌아섰다. 집에 돌아오면서 그를 사랑하기는커녕, 좋아한 적도 없었다는 것을 깨달았다. 그의 차가운 말 한마디에 불타오르던 정념은 재가 되었다. 거절의 말 한마디에 환상은 깨졌다. 사랑 따위를 입에 올리지 않은 것에 가슴을 쓸어내렸다. 내 풋사랑은 이렇게 끝이 났다.

발동이 걸리자, 글이 술술 풀려나갔다. 밤이 깊었는데 나는 냉수 한 잔을 마시고 계속 글을 썼다.

루나의 사랑 이야기: 별 볼 일 없는 사랑이었잖아

두 번째 남자는 한 살 연하였다. 기분 나쁠 정도로 무심해 서운함이 쌓여 있다 폭발했다.

"다시는 연락하지 마. 길에서 만나도 아는 척하지 마. 알았어?"

느닷없는 절연 문자로 그를 충격에 빠뜨리는 게 내가 할 수 있는 유일한 복수였다. 하지만 만나지 못한다고 생각하니 잠도 오지 않고 밥알도 넘어가지 않았다. 이틀을 참지 못하고 그를 찾아가 너 없인 살 수 없다고 했다.

"헤어지고 싶지도 않으면서 왜 헤어지자고 했어?"

"너무 좋아하는데, 네가 내 마음을 몰라줘서 화가 났던 거야. 앞으로 나한테 신경 좀 써주면 안 될까? 네 관심이 필요해."

자존심을 세울 때가 아니었다. 가르쳐서라도 원하는 것을 하게 만들고 싶었다. 내가 바라는 것은 대단한 게 아니었다. 밥을 다 먹을 동안 휴대전화가 아니라 나를 쳐다보는 것, 기념일에 꽃을 사 주는 것 등 어찌 보면 쉽다 못해 배고플 때 밥 먹는 것처럼 당연한 일이었다.

울고불고한 게 무색하게 얼마 가지 않아 관계는 흐지부지 끝이 났다. 무엇 때문에 멀어진 것인지 알 수도 없는 일로 멀어졌다. 이것을 원해, 저것을 싫어해 하며 너무 내 취향을 주장해서 지친 걸까. 풋내기 시절, 사랑의 말들이 별 볼 일 없이 되는 데 긴 시간이 걸리지 않았다. 사랑을 확인하는 방식으로 미성숙, 서투름, 질투만 보여주다 끝이 났다.

내 젊은 날의 책갈피에 많은 사람이 끼어들었다. 그들은 다 어디로 갔을까. 고귀한 품성을 가진 사람을 말도 안 되는 일로 호되게 내친 적도 있고, 헤어지는 게 목적인 양 들볶지 못해 안달 부린 적도 있었다. 연애도 인간관계의 일부이며 탄생, 성장, 소멸의 단계를 거친다는 걸 몰랐던 철없던 때는 미숙했지만 뜨겁긴 했다.

그 시기를 통과하면서 열정의 불은 서서히 꺼졌다. 모든 것에 때가 있는데, '연애 때'가 지나가고 있는 건 아닐까. 다시 그때를 붙들고 싶다. 얼굴이 빨개지고 가슴이 설레던 그때를.

이런 식으로 몇 편을 써서 전송 버튼을 눌렀을 때 시간은 이미 새벽으로 향하고 있었다. 며칠 뒤 강 선배는 한번 해보라고 했다. 한 달에 한 번씩 12회 연재이니 나는 1년 동안 루나라는 필명의 연애 섹스 칼럼니스트가 되는 것이다. 소설을 위한 문장 연습이 이렇게 쓰이게 될 줄은 몰랐으니, 살면서 했던 모든 노력은 무용한 것이 아니다.

─루나의 글에서 아름답고 눈물겨운 사랑 이야기는 별로 나올 거 같지 않은데? 사랑의 찌질한 속성을 집요하게 파고들다 끝날 거 같아. 제대로 된 연애도 해보기도 전에 열매가 익어서

땅에 떨어졌어. 허무주의가 팽배해. 호호.

선배가 농담처럼 웃음을 섞어가며 말했지만, 루나가 과연 진짜 사랑을 만날 수 있을지 나도 자신이 없었다. 전화를 끊고 나서 박찬영이 옆에 있기라도 한 듯 속삭였다.

적당한 때에 나타나 줘서 고맙다.

◌

우싱삼(우아한 싱글 삼총사)에서 싱글이라는 말을 빼고 이름을 다시 지어야 한다. 비혼 여자 셋이 얼마나 우아하게 살 수 있는지 보여주자던 친구들은 하나씩 대오를 이탈하려는 낌새를 보였다. 심다미는 일간지 기자 최강호와 결혼하겠다고 했고, 유선주는 결혼이 아니라 임신을 먼저 해 미혼모가 될 판이었다. 우싱삼은 개미가 빠져나간 개미 굴이 되었다.

최강호는 심다미가 툭 하면 헐뜯던 남자다. 원룸 보증금이 전 재산인 남자가 무슨 결혼이냐고 한심하다고 한 게 얼마 전인데, 심다미는 갑자기 그와 결혼을 서둘렀다.

친구의 남편이 될 사람이 어떤 품성을 가졌는지 꼼꼼하게 체크하는 게 당연하다. 나는 흔들리는 버스에서, 만원 전철에서 최강호가 쓴 기사를 빠짐없이 읽으며 인간 최강호를 분석했다. 그가 문화부에 있을 때 쓴 시인 소개 칼럼에는 문학적 소양을 가늠하게 하는 문장들이 빼곡했다. 절친의 남편 자격을 끝까지 의심했지만, 그의 글 때문에 친구를 채가는 만행을 용서하기로 했다.

심다미의 갑작스러운 이탈에 놀란 마음을 간신히 추스르고 있는데 이번엔 유선주가 충격적인 소식을 전했다. 속이 울렁거려 병원에 갔더니 임신 8주라는 것이다. 피임하지 못해 '실수'로 일을 친 것도 뒷목 잡을 일인데, 아기 아빠가 누구인지 알았을 때 뒤로 자빠질 뻔했다.

M 연예기획사 마케팅 부서에서 일하는 유선주는 내가 텔레비전에서나 보는 사람들을 대하는 게 일이었다. 그녀 회사에 놀러 갔다가 인간인지 인형인지 구분할 수 없는 선남선녀들의 외모에 취해 밥도 먹지 못하고 사람 구경만 하다 집에 온 적도 있었다. 공룡 머리만큼 작은 두상의 사람들은 유전자가 다른 신인류였다. 유리관 안의 마네킹 같은 존재가 내 친구에게 정자를 제공하는 일은 있을 수 없었다.

"임선재가 그 임선재라고? 우리가 아는 그 임선재? 노래하는 그 임선재?"

임선재는 요새 한창 뜨고 있는 사중창단의 리드 싱어였다. 망측한 농담도 유분수지 하며 넘어가려 했을 때 유선주는 진지한 표정으로 아이를 낳겠다고 했다.

"그런데 문제가 있어. 우리는 사귀는 사이도, 사랑하는 사이도 아니야."

"그럼 무슨 사인인데?"

"아무 사이도 아닌데 어쩌다 보니 이렇게 되었어. 그래도 아이는 낳을 거야."

심다미와 나는 미혼모가 되려고 기를 쓰는 유선주를 설득해 보려고 했지만, 그녀는 이미 마음을 정한 듯했다. 앞으로 그녀가 맞게 될 수많은 짱돌을 생각하니 내가 돌팔매질을 당하는 것처럼 얼얼했다. 우선 임선재의 팬들이 그녀를 가만히 두지 않을 것이며 매스컴이 그녀를 난도질하려고 칼을 들이밀 것이다. 유선주의 이름이 임선재만큼이나 사람들의 입에 오르내리게 될지도 모른다. 상대가 평범한 남자이기만 해도 잘해보라고 격려할 수 있다. 친구는 포화가 쏟아지는 전쟁터 속으로 왜 자진해 걸어 들어가려는 것일까.

"이미 생겨난 생명을 어떻게 해? 그도 나를 사랑하지 않고, 나도 그를 사랑하지 않는데 어떻게 해? 둘 다 어쩔 도리가 없는데 어떻게 해? 아기는 신의 축복이고 나는 그 축복을 걷어차고 싶지 않아."

"신의 축복은 맞는 거 같은데, 엄마 혼자 아이 키우는 일이 쉽겠니? 아이가 사춘기가 되어 엄마랑 아빠랑 한집에서 한 번도 같이 산 적이 없는 걸 따지고 들면 어떻게 할래?"

"아빠랑 같이 살지 않는다고 모두 불완전한 가정이야? 완전한 가정이란 게 있기나 해? 난 나에게 온 생명을 존중하려는 것뿐이야."

유선주는 마음을 정했다. 누가 무슨 말을 해도 그녀는 뱃속의 아이를 무럭무럭 키워 세상에 내놓을 것이다. 심다미와 나는 유선주를 설득할 전의를 잃었다. 이미 그녀는 생명 창조의 신화를 쓰고 있었다.

7. 신부와 미혼모

찢어진 청바지에 티셔츠를 입고 갈 수 없어 3개월 할부로 산 보라색 원피스를 입고 제이 출판사 소강당으로 향했다.

수백 종의 베스트셀러를 만들어 내는 대한민국 제1의 출판사 제이에서 합격 통보를 받았을 때, 심다미는 일주일 내내 술을 사주었다. 같이 원서를 냈던 나는 왜 떨어졌는지 이유도 모른 채 간택받지 못한 슬픔을 되새김질했다. 나를 버린 곳이 얼마나 잘 되나 보자 별렀지만, 제이 출판사는 날로 사세를 키우며 커 갔다. 버림받은 느낌 때문에 제이 쪽은 처다보기도 싫었는데, 칼럼이 실리고 있는 우먼월드가 제이 출판사 것이니 아예 인연 이 없는 것은 아닌 모양이었다.

합정역 모퉁이에 새로 지은 제이 출판사 건물에 들어서자, 로비의 화려한 샹들리에가 이곳이 호텔이 아닌가 헷갈리게 했다. 소강당에 막 들어섰을 때 라넌 큘러스과 유칼립투스로 장식된 버진로드를 따라 신랑 신부가 손잡고 입장하고 있었다. 신부가 신랑보다 키가 커 과연 제대로 된 그림이 나올까 했는데, 손을 맞잡은 두 사람은 세상에서 가장 잘 어울리는 커플이었다. 손바닥 아프게 손뼉을 치다 검은 스커트 위에 블라우스 자락을 내려 배를 가린 유선주를 곁눈질했다. 꽃향기에 섞여드는 감미로운 사랑의 향기를 맡으며 유선주는 임선재를 생각하고 있는 건 아닐까. 남편과 아빠라는 든든한 울타리 없이 홀로 가겠다는 친구의 얼굴에서 불안의 그림자는 찾아볼 수 없었다. 유선주는 크게 휘파람을 불며 친정엄마가 딸을 보는 듯한 눈길로 신랑 신부를 바라보았다.

"네가 신부보다 더 예뻐. 한 송이 아이리스 같다."

넋을 놓고 있는 내 등을 툭 치는 사람은 박찬영이었다. 그는 내 귀에 대고 부럽지 않냐고 하며 "너도 저렇게 예쁜 드레스 입게 해줄게." 하고 너스레를 떨었다. 내가 동창들 눈을 의식하는 걸 감지하고 멀찍이 떨어졌지만, 시선을 내게서 떼지 않았다.

너를 보면 어두운 동굴에 밝은 빛이 비쳐드는 것 같아. 오랫동안 조금씩 땅을 파내다 마침내 숨겨진 보물을 찾은 거 같기도 하고. 주황색 침실 조명 아래서 사각거리던 하얀 이불을 끌어다 덮어주며 박찬영이 한 말이다. 그와 결혼하면 이런 따뜻한 말을 들으며 평생 살 수 있을까. 이참에 나도 미친 척하고 결혼이라는 사고를 한번 쳐볼까.

피로연 자리에서 최강호의 회사 동료가 마이크를 잡고 새신랑에게 주는 글을 낭독했다. '평생 바람피우지 말 것이며, 죽을 때까지 아내를 마님으로 모시고 머슴으로 살 것이며, 아내 말에 절대복종한다.' 개그를 방불케 하는 축사에 하객들은 웃었다.

"저기, 김제이 대표 나타났다."

유선주가 스테이크를 자르고 있는 내 옆구리를 푹 찔렀다.

검은 피부에 각진 얼굴, 진한 일자 눈썹의 사나이가 강한 인상을 누그러뜨리지 않은 채 홀을 둘러보고 있었다. 머리통에 달라붙어 있는 뽀글뽀글한 곱슬머리는 조상을 의심케 했다. 생긴 것도 예사롭지 않은데 빨간색과 초록이 섞인 넥타이가 중간키의 남자를 도드라져 보이게 했다. 방송에서 여러 번 본 적이 있어 낯설지 않았지만, 실물이 더 생동감 넘쳐 보였다.

강연주 선배가 나를 그에게 데려갔다.

"대표님. 얘가 '루나의 사랑 이야기' 쓰고 있는 경이루예요. 인사해."

나는 얼결에 꾸벅 고개를 숙였다. 올빼미 눈처럼 툭 튀어나온 눈이 나를 날카롭게 꿰뚫어 보는 걸 느끼며 그가 내민 손을 잡았다. 박찬영의 부드러운 손과 달리 딱딱한 마디가 박여 있었다.

"그렇지 않아도 어떤 분인가 궁금했는데 우리 저자님을 이렇게 만나네. 반가워요. 이루 씨가 강 편집장 후배고, 심다미 실장 친구라고 들었어요. 칼럼 재미있게 잘 읽고 있습니다. 심 실장이 이렇게 예쁜지 미처 몰랐네. 안 그렇습니까? 하하."

농담 한마디 안 할 것 같은 인상인데, 그는 낮은 목소리로 술술 이야기를 풀었다. 이야기 사이사이 그의 눈이 조명을 받아 반짝 빛났다.

"또 봅시다. 칼럼 빵빵 터지게 잘해보자고요."

칼럼을 '빵빵 터지게' 한다는 것의 의미를 생각하는 사이 그는 잰걸음으로 멀어져갔다. 빨간 점이 반응하기엔 너무 짧은 시간이었지만 그의 뒷모습이 사라지기 전에 발목이 가려워졌다. 이게 웬 주책인가 했지만 긁지 않고는 배길 수 없을 만큼 간지러웠다. 그 와중에 주변을 둘러보았다. 약속 때문에 먼저 간다고 한 박찬영이 어디서 나타나 내 빨갛게 부어오른 발목을 부여잡고 왜 그러냐고 할 거 같았다. 생리작용을 참을 수 없는 것처럼, 가려움을 참을 수 없었다. 혹시나 김제이와 나의 관계를 알려줄 상태창이 나타나지 않았나 찾아보았지만, 사람이 사라져서인지 관계 정보창은 찾을 수 없었다. 약물의 작용이 시작되었다면 어찌해야 하는가. 나는 박찬영의 사람이고 언제까지 그만의 사람이어야 한다. 지금이라도 연애 실험에서 빠지게 해달라고 간청해야 하나. 연인은 박찬영 한 명으로 족하다고 애원이라도 해야 할까. 연인 숫자는 페스티바가 생각나는 대로 말한 것일 수도 있다. 남자의 숫자야말로 내 의지로 조절할 수 있어야 한다. 이 실험은 어디로 흘러갈 것인가. 쓸데없는 생각을 날려버리기 위해 신랑 신부 지인들과 쉬지 않고 떠들었다.

신혼여행 떠나는 두 사람을 배웅하고 집에 오는 버스에서 김제이를 검색했다.

나이: 45세

가족 관계 : 부인 차미애와 사이에 1남

학력 : 미국 뉴욕대 졸업. 현 제이 출판사 대표.

그를 인터뷰한 기사도 찾아보았다.

> 기자: 작년에 나온 '오늘 그리고 내일'이 130만 부나 팔렸고 그동안 제이 출판사가 만든 책 중에 100만부 이상 팔린 책이 삼십 권도 넘습니다. 요즘처럼 책이 팔리지 않는 시대에 제이출판사가 이룬 성과는 엄청나다고 할 수 있을 텐데요.

> 김제이: 시대가 요구하는 책, 사람들이 읽고 싶은 책, 읽어야 할 책을 내기 때문에 성공한 게 아닌가 합니다. 시대의 흐름에 따라 변하는 것과 변하지 않는 것을 생각합니다. 변하는 것은 점점 더 빨리 변하기 때문에 먼저 그 흐름을 예견하고 예측합니다. 우리 인류가 갈 길을 먼저 보여주는 거죠. 변하지 않는 것은 지구가 끝나도 변하지 않을 것이므로 그 속을 깊이, 더 깊이 파고드는 거죠.

버스에서 내리기 위해 읽던 기사를 덮었다. 인터뷰에서 그가 한 말은 알쏭달쏭하면서도 그럴듯해 보이지만 제이 출판사 책 중에는 종이가 아까운 것들도 여럿 있었다. 신변 잡담에 불과한 수필집, 색다르지 않은 여행 수다 책, 유명 배우의 인테리어 사진집은 그렇다 해도 '1년에 백억 벌기' 같은 재테크 관련 책은 어떻게 베스트셀러가 되었나 의구심을 갖게 했다.

선배와 친구가 제이 식구니 대놓고 말하지는 못하지만, 상업적 성공과 글의 가치는 별개라는 쓸쓸한 현실을 제이 출판사가 확인해 주었다. 언젠가 심다미가 말했다. '진짜 괜찮은 것은 스테디로 밀고, 쫌 허접한 것은 포장을 잘해 반짝 뜨게 미는 전략이지. 제이 딱지를 달면 어느 정도는 팔리니까. 유명 작가들 섭외하는 데 힘들일 필요도 없고 이젠 규모가 권력이 된 거지. 누

구 책이다 하면 반은 접고 들어가니까.'

얄팍하다 못해 너덜너덜해 보이는 책이 디자인과 마케팅 힘으로 정상까지 치고 올라가는 것이 공평하게 느껴지진 않았지만 세상에 이런 일이 어디 한둘일까. 내가 연재하고 있는 섹스 칼럼은 이런 비판에서 자유로울 수 있을까. 누군가는 쓰레기를 버젓이 쓰고 있는 루나를 욕하고 있을지도 모른다 생각하니 제이 출판사에 대해 할 말이 없어졌다. 글의 수준을 논하는 비판쯤은 한 귀로 듣고 한 귀로 흘리며 인기 칼럼니스트로 입지를 굳혀야 하는 게 내가 할 일이다.

○

보증금 300만 원짜리 집은 한심하다 못해 처참했다. 원당 전철역에서 내려 버스를 타고 20분 더 가면 집들이 모여 있는 동네가 나오고 그 집 중에 맨 끝 집이 우리 집이다. 이사 온 지 일 년이 넘었지만, 방 하나에 세 식구가 등을 맞대고 누우면 소정 방 아저씨에 대한 분노가 치솟았다. 우리를 이런 곳으로 밀어넣은 장본인은 지금 어디서 무얼 하고 있을까. 혹시 엄마에게 사기 친 돈으로 호의호식하고 있지나 않을까. 한숨을 들이쉬고 내쉬며 입맛만 다시고 있는 엄마와 눈을 마주치지 않기 위해 밥만 먹고는 얼른 가방을 챙겨 나오며 박찬영에게 전화했다.

－오늘은 의뢰인으로 나 좀 만나주지 않을래?

약속 시간보다 일찍 사무실에 도착했을 때 여직원이 박찬영 변호사라는 명패가 달린 방으로 안내해 주었다.

"무슨 일이야? 의뢰인은 뭐고? 변호사가 필요한 일이면 좋은 일은 아닌데?"

그림 한 장 걸려 있지 않은 사무실은 서류 뭉치로 가득찬 창고였다. 일 더미에 파묻혀 산다는 말은 그냥 한 말이 아니었다.

"너 사기꾼 찾아내는 것도 해?"

"왜, 사기당했어?"

"내가 아니라, 우리 엄마."

"그래서 의뢰인 어쩌고 한 거야? 그런 일이면 내가 전문가지. 후훗. 어떤 사기꾼인지 몰라도 아주 잘 걸렸다. 무슨 사기 당했는지 낱낱이 고해봐."

부끄러운 집안사를 까발려야 하나, 잠깐 망설였으나 자존심을 내세울 때가 아니었다. 사건의 전모를 얘기했을 때 박찬영은 왜 진즉 말하지 않았냐고 했다. 범인의 직업, 주소, 주민등록 번호 정도는 알아야 하는 데 내가 알고 있는 것은 전화번호가 전부였다.

"전화번호라도 있으면 됐어. 내가 누구야? 변호사이자 네 애인이잖아. 어떻게든 찾아내 뜯긴 돈 받아줄 테니까 걱정 말고 기다려. 그동안 어머님이 마음고생이 많으셨겠네."

그에게 사건을 맡기고 석 달쯤 지났을 때 통장에 5천만 원이 꽂혔다. 입금자는 박찬영이었다. 처음엔 액수를 잘못 본 줄 알고 서너 번이나 확인했다. 득달같이 전화해 무슨 돈인지 물었다. 그는 소정방 아저씨를 협박해 받아냈다고 했다.

"아저씨에게 그런 돈이 있었어? 돈이 있으면서 우리가 골탕

먹는 꼴을 두고만 보고 있었던 거야? 법으로 한다니까 겁에 질려서 옛다 이거 먹고 떨어져라, 하고 던져 준 거고? 무슨 그런 나쁜 인간이 있어?"

나는 돈을 받고 더 열을 냈다.

"피해액에는 못 미치지만, 그 정도라도 변제된 게 다행이지."

오랫동안 질질 끌어 포기했던 일이 너무 쉽게 해결된 게 이상해 소정방이 준 돈이 맞냐고 물었다. 입금자가 소정방이 아니라 박찬영인 게 이상했지만, 변호사를 통해 변제하는 경우도 있다는 말이 그럴듯하게 들려 더 따지지 않았다. 어떤 과정을 거쳐 돈이 내 수중에 들어왔는지를 캐는 것은 나중 일이고 나는 생전 처음 만져본 거액을 어떻게 쓸지 가슴이 두근거렸다. 두말할 필요 없이 이사 갈 집을 알아보는 게 먼저였다. 세 사람의 물건이 합쳐져 발 디딜 틈 없는 공간에서 서로의 팔다리에 걸려 넘어졌다. 여기서 탈출하지 않으면 식구가 원수가 될 판이었다.

"이 돈으로 집을 구해야겠어."

"그게 제일 급한 일이지. 서울 나왔다 집에 가려면 큰마음 먹어야 하잖아. 시내로 들어와. 반전세 보증금은 될 거야."

이게 페스티바가 말한 '도움'인가? 그렇다면 그는 나에게 했던 약속을 하나씩 지키고 있는 거다. 그가 할 일을 하고 있다면 나도 내 역할을 충실히 수행해야 하는데, 내 연인은 아직 박찬영 한 명뿐이다. 연애 실험 미션은 어떻게 진행될지 감도 오지 않는다. 뭔가 석연치 않았지만, 아무것도 따지고 싶지 않았고 따질 필요도 없었다. 오늘보다 나은 내일이면 더이상 바랄 게 없었다.

"고마워. 너 아니었으면 마음고생, 몸고생하며 엄마만 미워했을 거야."

엄마에게 돈을 받았다는 말은 하지 않았다. 원금의 반의 반에도 못 미치는 돈 때문에 풀 죽어 있던 엄마의 기를 살려놓고 싶지 않았다. 엄마는 조금 더 길게 반성의 시간을 가져야 하며 조금 더 마음고생을 해야 한다.

○

과외 수업이 미뤄져 일찍 집에 들어간 날, 보고서를 작성하기 전에 연애탭 Q&A에 들어갔다. 속이 답답해 말이라도 해보고 싶어서였다.

Q: 사랑하지 않는 게 확실한 남자의 아이를 가지면 어떻게 해야 하나요? 낳고 싶은 쪽으로 마음이 기운다면요.

A: 뭐야? 애를 가졌다는 거야? 실험이 끝나지도 않았는데 애를 낳겠다고?

Q: 그게 아니고요. 제가 아니라 친구 얘기에요.

A: 아이고, 깜짝이야. 놀랐잖아. 그런 일에 답이 어디 있겠냐? 낳고 싶은 마음이 든다는 거 자체가 답인 거지. 그 뒤에 닥

칠 일들은 그다음 일인 거야. 나중에 후회하게 될 수도 있고, 잘했다고 생각할 수도 있는데, 지금 뭐가 답이라고 어떻게 확언할 수 있겠냐?

Q: 그런 얘기는 나도 할 수 있는데요.

페스티바도 선택의 최종 결과를 몰라 뾰족한 답을 내놓지 못했다. 선택의 답은 시간만이 알고 있고 그 답을 조용히 기다릴 수밖에 없다. 하지만 한 가지는 확실히 알게 되었다. 누가 뭐라든 마음의 소리를 따르라는 것. 나중에 어떻게 되든 지금 내 마음이 기우는 쪽으로 가는 게 맞다는 것. 어차피 다른 사람이 책임져 주지 않기 때문이다.

누구도 이래라저래라 할 수 있는 문제가 아니다. 결혼은 싫고 엄마는 되고 싶은 사람도 있고, 둘 다 하기 싫은 나 같은 사람도 있는 거다. 이미 정해진 일에 토를 다는 대신, 입덧하는 친구에게 뭘 사 먹일까 생각해야 한다.

8. 두 번째 남자

2006년 가을이 저물어갈 무렵 강연주 선배에게 전화가 왔다.

–다음 주에 제이 출판사 창립 기념회가 있어. 초대장 갈 거야. L 호텔 그랜드 볼룸이니까 옷 신경 써서 입고 와.

전화를 끊고 조금 있으니 심다미에게서 전화가 왔다.

–창립 기념회 초대장 배부 명단에 네 이름 있더라, 올 거지?

'루나의 사랑 이야기' 덕에 초대 명단에 이름이 올라갔다고 했다. 다음 날 휴대전화 메시지에 제이 출판사 창립 40주년 기념식 초대장이 왔고 나는 바로 인터넷 포털에서 제이 출판사 연혁을 검색하다 관련 기사를 읽었다.

집집마다 돌아다니며 책을 팔던 김만종은 제대로 된 책을 만들어보고 싶어 돌쟁이 아들 이름을 따서 제이 출판사를 창업한다. 백과사전 전집을 내면서 궤도에 올라섰지만 90년대 들어 전집 붐이 사그라지면서 한동안 어려움을 겪으며 매각설이 돌기도 했다. 자금 흐름이 막혀 고전하고 있을 때 미국 유학하러 갔던 장남 김제이가 돌아와 사업을 이어받는다. 김제이는 월스트리트에서 펀드 판매를 하며 돈의 흐름을 익힌 사람이라 출판에는 맞지 않는 인물이었지만 이제무, 민정호 등 무명의 젊은 작가를 발굴해 연이어 대박을 터뜨리면서 출판 시장에 새 흐름을 만들어 냈다. 소설뿐만 아니라 심리, 정치, 경제 등 다양한 책들을 베스트셀러 대열에 올려 대한민국 제1의 출판사 입지를 굳혔고 그후로는 재테크, 인테리어, 성공담 등으로 분야를 확장 중이며 자매 잡지들도 성공적으로 런칭했다.

창립 기념일 아침. 그동안 가라앉아 있던 발목의 빨간 점이 아침부터 근질근질했다. 긁으면 분자가 활성화된다는 말을 들은 후 사람들과 함께 있을 때, 특히 그 사람이 남자일 때는 발목 근처에 손도 대지 않았다. 엉뚱한 남자와 얽히는 불행에 빠지고 싶지 않아서였다.

"언니, 병원에 가봐. 다리에 빨간 점이 몇 달이 가도록 안 없어지는 게 이상하잖아. 무슨 벌레가 그렇게 독하대?"

공들여 화장하고 있는데, 이수가 내 발목을 내려다보며 걱정했다.

이게 있어서 그나마 뭔가 되는 거야. 나는 훈장이라도 보듯 발목의 빨간 점을 내려다보며 진한 갈색의 스타킹을 신은 후 보라색 원피스에 검은 재킷을 걸쳤다.

L호텔 로비에 들어서자 강연주 선배가 안내데스크 옆에서 심다미와 이야기하고 있다가 나를 알아보고 함박웃음을 지었다.

"우리 저자 오셨어? 예쁘게 하고 오라고 했더니 진짜 예쁘게 하고 왔네."

그 옆에 서 있던 심다미가 날 아래위로 훑어보며 되었다는 듯 고개를 끄덕였다.

우리 셋은 나란히 회의장으로 들어가 각자의 이름이 쓰인 테이블을 찾아 앉았다. 얼굴을 알만한 작가와 문화계 인사들의 얼굴을 따라 가다 보니 축하 공연이 시작되었다. 시 낭송과 바리톤, 소프라노의 노래를 들으며 테이블 위로 서빙되는 음식들을 소스 한 점 남기지 않고 박박 긁어 먹었다. 제이 출판사에서 서너 권의 베스트셀러를 낸 소설가 민정우의 얘기를 마지막으로 2부가 시작되었고 김제이가 마이크를 잡았다. 그의 안색을 살피기에는 먼 자리였지만, 검은 점처럼 떠 있는 얼굴에 붉은 기운이 어릿거리는 것 같았다.

그의 목소리에 집중하려 할 때 발목에서 신호가 왔다. 스테이크를 소화하느라 위에 몰렸던 피가 빠른 속도로 발목에 쏠리는 느낌과 더불어 화끈한 열감이 불이 덴 듯했다. 맥박의 빠르기를 조절할 수 없는 것처럼 몸 안의 쏠림을 제어할 수 없었다. 나는 필사적으로 눈에 힘을 주어 최대한 크게 뜨고 심호흡했다. 하지만 오줌보가 터지기 직전의 방광처럼, 간지러움이 몸 전체를 쥐어짰다. 참아야 한다, 참아야 한다, 수없이 되뇌느라 김제이의 말이 한마디도 귀에 들어오지 않았다. 도저히 참을 수 없어 발목을 슬쩍 건드렸을 뿐인데 물방울들이 하나씩 터지면서 글자를 만들어냈다. 글자들을 보고 싶지 않아 눈을 감았지만, 언제까지 계속 눈을 감고 있을 수는 없었다.

상대남: 김제이

상대남의 경이루에 대한 **호감도: 0**

경이루의 상대남에 대한 **호감도: 4**

상태창을 보는 순간, 말이 되지 않는 숫자에 기가 막혀 자리를 박차고 나올 뻔했다. 경이루란 이름도 잊었을 사람을 상대로 무슨 연애 실험 놀음이란 말인가. 중간에도 못 미치는 외모의 중년 유부남은 어여쁜 칼럼니스트를 보고 아무것도 못 느낀 마당인데, 내 호감도가 양(+)의 방향을 향하고 있다는 게 말이 되는가.

"야, 너 왜 그래? 어디 아파?"

씩씩거리며 숨을 몰아쉬고 있는 나에게 심다미가 작은 목소리로 물었을 때 다리의 통증이 온몸으로 퍼지고 있었다. 자리에서 일어나며 아래를 슬쩍 내려다보았는데 상태창이 깜박거리고 있었고 김제이의 나에 대한 호감도의 숫자가 빠르게 움직이고 있었지만, 눈을 질끈 감고 보지 않았다. 그래봤자 0.1, 0.2 이런 식으로 소수점 뒷자리만 바뀌고 있었을 뿐이다.

팔을 잡아끄는 손을 물리치며 뒤풀이 자리에는 절대 따라가지 않으리라 굳게 마음먹고 있는데, 김제이가 산처럼 내 앞을 막아섰다.

"심다미 실장 결혼식에서 인사도 제대로 못 했는데, 같이 가시죠."

그는 손에서 빠져나가려는 물고기를 잡듯 튕겨 나가려는 나를 붙잡았다. 말도 안 되는 숫자에 분노하는 사이 호감도가 올라간 것일까. 처음 나를 본 순간 찌릿한 무엇이 그의 몸을 관통했는데 시간이 너무 짧아 데이터가 오작동을 일으킨 것인가.

들여다보기 부담스러울 만큼 강한 얼굴에 어울리지 않는 미소가 스쳤고, 알사탕 같은 눈에 맺힌 물기가 도르르 소리를 내며 굴러떨어질 거 같았다. 나는 거부할 수 없는 힘에 이끌려 그의 뒤를 따라 피로연장으로 내려갔다.

호텔 지하 바를 통째로 꾸민 파티장으로 들어가자, 벽을 둘러싸고 있는 둥근 유리장과 선반에 놓인 수백 개의 술병이 눈에 들어왔다. 김제이가 두 개의 위스키 잔을 들고 와 하나를 내밀었다.

"파티에 술이 빠질 수 없죠. 이루 씨는 술 좀 해요?"

그는 내 이름을 정확히 기억하고 있었다. 날카로운 눈빛을 정면으로 받으면 감추었던 걸 들킬 거 같아 시선을 피하며 미소만 지었다.

"칼럼에 남자들이 많이 등장하던데, 이루 씨의 솔직한 점이 마음에 들어요. 그래서 자꾸 찾아 읽게 돼요. 이 남자랑은 어떻게 되었나, 저 남자랑은 왜 삐그덕거리나 궁금해하면서."

"그게… 그냥."

칼럼은 내 남성 편력 고백서가 아니라 100% 꾸며낸 이야기라고 말하고 싶었는데, 그는 시간을 주지 않았다.

"작가님께 상의하고 싶은 것도 있는데, 오늘은 정신이 없으니, 다음에 한 번 봅시다. 꼭 전화 줘요. 기다리고 있을 테니."

그는 양복 주머니에서 가죽 지갑을 꺼내 명함을 주었다. 제이 출판사의 금박 로고가 흐릿한 조명 밑에서 반짝였다. 명함을 핸드백에 넣었을 때 강연주 선배와 심다미가 치즈 카나페가 담긴 접시를 가지고 와서 취기 어린 목소리로 떠들었다.

"아무튼 우리 대표님 돈 냄새 맡는 감각은 알아줘야 한다니까. 헐값에 산 땅 바로 앞에 전철역이 들어와 대박이 나질 않나. 작가가 무명일 때 매절로 계약한 책을 백만 부 넘게 팔지를 않나. 신인작가 책 내는 것마다 문학상을 족족 휩쓸잖아. 나도 대표님의 기를 받아 대박 아니라 소박이라도 좀 나봤으면……."

강 선배 말을 심다미가 큰 소리로 되받아쳤다.

"선배, 난 그런 건 바라지도 않아요. 회사가 팡팡 벌고 있으니, 월급이나 팍팍 올려줬으면 좋겠어요. 호호."

"그러게 말이다. 이루는 연애 잘 되고?"

내가 연애 중이라는 것을 믿지 않던 선배는 내 상대가 고등학교 동창이란 말을 듣고 가끔 근황을 물었다. 그냥 그래요, 하고 넘기려는데 심다미가 끼어들었다.

"말해서 뭐 해요? 십 년 만에 만난 첫사랑이 잃어버린 돈도 찾아다 주고, 열 일 한다니까요. 그런 순정남도 없어요. 내가 결혼만 안 했으면……. 에휴, 아깝다. 호호."

"조만간 국수 먹는 거 아냐?"

"아직 거기까진."

"암튼 애인이 있는 게 칼럼 쓰는 데 도움이 되지?"

그때 구겨진 회색 바지에 색이 바랜 흰 셔츠를 걸친 청년이 수줍어하며 두 사람에게 인사했다. 시골 만화방에서 라면에 밥 말아 먹다 급하게 뛰쳐나온 고등학생이 어울리지 않게 왜 이런 곳에 왔나 싶었다. 자세히 보니 못생긴 얼굴은 아닌데 얼굴에 흉터라도 있는 것처럼 고개를 당당히 들지 못했다. 천성적으로 수줍음이 많거나 사람이 많은 곳에 익숙하지 않은 것 같았다.

"손민 씨? 언제 왔어요? 그렇지 않아도 안 오나 해서 서운하려던 참이었는데."

"심다미 실장님이시죠? 좀 늦었어요. 서울에 오는 게 쉽지 않아서."

파리한 얼굴만큼 목소리에 힘이 없었다. 가느다란 목소리는 여자 것이라 해도 이상하지 않았다.

"이쪽은 우먼월드에 칼럼 쓰고 있는 내 친구 경이루고, 손민 씨는 장차 제2의 이중섭이나 장욱진이 될 화가야. 내년쯤 여기서 제이 후원으로 전시회를 하게 돼서 초대한 거지."

"안녕하세요?"

그는 어색해하며 고개를 꾸벅했고 나는 손민이 화가 이름으로 괜찮다고 생각하며 그를 찬찬히 뜯어 보았다. 주먹만 한 작은 얼굴이 보통보다 큰 키를 크게 보이게 했고, 몸은 하루에 한 끼를 간신히 먹는 것처럼 앙상했다. 큰 병을 앓고 난 사람처럼 창백했지만, 눈코입은 어느 하나 빠질 것 없이 단정했다. 1급수에만 사는 물고기가 홍수를 만나 얼떨결에 하류로 내려온 것처럼 와인 잔을 들고 어색한 표정으로 뚱하니 서 있는 그의 모습이 한 폭의 그림 같았다.

강 선배의 말이 다 끝나기도 전에 발목이 슬슬 간지럽기 시작했다. 하루에 두 번 연애 호르몬이 활성화되는 것은 너무 심한 것이 아닌가. 페스티바에게 따져야겠다는 생각도 가려움증에 희미해졌다.

"네네. 그럼, 다음에 봐요. 제가 급한 일이 있어서 먼저 좀 가 보겠습니다."

대충 싸잡아 인사를 하고 옷자락에 불이라도 붙은 것처럼 화들짝 놀라 피로연장을 빠져나왔다. 더 있다간 분명 가려움증을 견디지 못하고 발목을 긁을 판이었다. 택시를 잡아타자 간지럽던 빨간 점이 흥분을 가라앉혔고, 방망이질 치던 가슴이 진정되었다.

9. 폴리아모리

박찬영이 받아다 준 돈 덕에 은평구의 방 두 개짜리 빌라로 이사했다. 좁은 베란다 유리창 너머로 주먹덩이 같은 눈이 쉴 새 없이 내리는 게 보였다. 창가에 앉아 모습을 잃어가는 세상을 내려다보았다. 심호흡하며 손을 벌리자 오른손에 싱크대 모서리가, 왼손에 빛바랜 벽지를 바른 우툴두툴한 벽이 잡혔다. 누추한 생활의 증거들은 하루에도 몇 번씩 제 존재를 확인시켜 주었다.

창에서 몸을 돌려 냉장고 문을 열자, 김치통만 덩그러니 놓여 있었다. 풍성하게 음식으로 채워진 냉장고를 부러워한 적이 있었지만 단 한 번도 우리 집에서 그런 풍성함을 느껴본 적이 없었다. 냉기가 흘러나오는 문을 소리 나게 닫았을 때, 방 안에서 앓는 소리를 내던 엄마가 뭐라 소리쳤지만, 대답도 하지 않고 집을 나섰다.

김제이는 전화해서 다짜고짜 내일 시간 있냐고 물었다. 일이 있다고 하자 급한 일이 아니면 좀 미루면 안 되냐고 했다. 무슨 자신감인가 하면서도 김제이 같은 사람이 먼저 전화를 해서 만나자고 한다는 것에 긴장되었다. 그가 상의하겠다는 것이 무엇일까 나도 빨리 알고 싶어서 과외 약속을 주말로 미뤘다.

L 호텔 바에서 제일 먼저 눈에 들어온 것은 수백 개의 전등이 달린 샹들리에였다. 어디서 본 듯했는데 제이 출판사 로비 천장에 달린 그것처럼 보였다. 어디에 앉을지 몰라 어정쩡하게 서 있는데 마침 김제이가 또각거리는 구두 소리를 내며 층계를 내려왔다. 홀 직원이 뛰듯이 빠른 걸음으로 나와 팔을 길게 뻗으며 인사를 했고 김제이는 내 등을 툭 치고는 앞서 걸었다. 샹들리에 뒤편 무대에서는 세 명의 남녀가 건반, 색소폰, 기타로 연주를 하고 있었고 흑인 여자가 마이크를 살랑살랑 흔들면서 허스키한 목소리로 노래를 부르고 있었다. 처음 듣는 노래 가사가 귀에 꽂혔다.

'사랑하지 않는다고 말하지 말아요. 나를 죽음으로 몰아넣지 말아요.'

연주와 노래 소리에 발길을 멈추자 김제이가 어서 오라고 손짓했다. 청치마에 남색 셔츠, 바닥이 처진 천 가방을 든 여자는 괜히 왔나 하면서 김제이를 따라 홀 구석 자리에 앉았다. 몸에 딱 붙는 검은 양복을 입은 청년이 30이라는 숫자가 적힌 양주와 안주 접시를 가져왔다.

김제이가 맨 처음 한 말은 '왜 전화하지 않았어요?'였다. 할 말이 있다고 했는데 왜 자신의 말을 무시했냐는 것처럼 들렸다. 몇 마디 시시껄렁한 겉치레 말을 한 뒤 기습적으로 말을 놓아도 되냐고 했다. 처음 만난 자리에서 용건을 꺼내기도 전부터 할 말은 아니었다.

"말을 놓는 게 그렇게 급한 일인가요?"

"싫으면 할 수 없지만, 친해지고 싶으니까."

그는 어른이 어린아이 놀리는 듯한 표정으로 말했다.

"싫지는 않지만……."

"그럼, 말 놓을게요. 아니, 말 놓을게. 그리고 호칭은 뭐라고 할까. 경작가라고 할까?"

안하무인 말본새였지만 그의 나이와 사회적 지위, 친해지고 싶다는 말, 공간이 주는 위압감은 나를 다소곳하게 만들었다. 그는 작정한 듯 내 잔이 비기가 무섭게 채워주었다. 잔에 담긴 액체를 서너 잔 마시자, 속에서 뜨거운 기운이 야금야금 육체를 옭아매기 시작했고 사슬에 포박된 것처럼 손발이 내 맘대로 움직여지지 않았다.

"나, 경작가 보는 순간 친해지고 싶었어. 여자 남자 관계가 안 된다면, 출판사 사장과 작가로도 괜찮고, 친구도 좋고, 이름이야 뭐든 상관없어. 무진장 인팀(intimate)한 관계가 되고 싶다는 게 중요하지. 딱 내 타입이다 싶은 사람을 만났을 때의 느낌 알지? 세상에 많은 사람이 있지만 이런 찐한 감정을 자극하는 사람을 만나는 일이 쉽지는 않으니, 만났을 때 목숨 걸고 잡아야 하는 건 당연하지 않아? 행복하고 싶다면 말이야."

무슨 되지도 않는 성희롱이냐며 자리를 박차고 나가도 이상하지 않을 만큼 노골적인 추파였다. '무진장 인팀한 관계'가 뭘까 생각해 볼 사이도 없이 그는 말을 이어 나갔다. 사업체를 이끌어 나가는 어려움, 사업 확장에 따르는 고민 등 사업 파트너에게나 할 법한 이야기를 했다. 흔들림 없어 보이는 겉모습과 달리 결정의 순간에 갈등과 혼란에 빠지기도 하면서 앞으로 나아가고 있었던 걸까. 그가 솔직하게 자신의 이야기를 풀어놓자 처음의 불쾌했던 끈적함이 새로운 사람과 친밀해지고 있다는 즐거움으로 조금씩 채색되었다. 갑옷처럼 내 몸을 감싸고 있던 꺼풀이 한겹 한겹 벗겨져 나가는 게 홀가분하게 느껴지면서 나도 내 얘기를 했다. 심다미와의 우정과 강연주 선배와의 인연을 말하다 보니 소설가가 되고 싶었다는 내 꿈 얘기까지 하게 되었다. 그는 말하는 사이사이 은근한 눈빛으로 내 얼굴과 목선, 손의 움직임을 놓치지 않았다. 끈끈한 눈빛을 따라가면 노련한 어부가 쳐놓은 어망에 걸려들 것 같은 이상한 느낌이 있었다. 낚싯바늘에 걸릴 먹잇감을 잡았다는 것을 본능적으로 감지한 어부의 여유가 이상하게 기분 나쁘지 않았다.

"남자를 꽤 만나봤을 테니 내가 왜 이러는지 정도는 알 테고. 그중에 꽤 괜찮아 보이는 남자도 있었을 텐데. 지금은 누굴 만나고 계시나?"

"만나는 사람이 있긴 해요."

"그야 당연한 일이고. 경작가가 애인이 있거나 없거나 그건 우리 관계에 아무 상관없다는 걸 확실히 해두기 위해 물어본 것뿐이야. 내가 '루나의 사랑 이야기'에서 제일 관심이 갔던 부분이 뭔지 알아?"

그의 관심은 내 글에서 시작된 것일까. 그는 술잔을 비우고 나서 내 쪽으로 몸을 기울였다. 어떤 대목이 그를 잡아끌었는지 알 수 없었다.

"폴리아모리 부분이야."

"아… 그게."

김제이가 말한 부분이 생각났다.

루나의 사랑 이야기: 폴리아모리

나의 연인이 결정적인 증거를 들이밀며 물었다.

"너 Y랑 무슨 관계야?"

연인이 내민 증거 앞에 사실대로 말할 수밖에 없었다.

"너랑 똑같은 관계."

"뭔 말이야? 나랑 똑같다고? 둘 다 사랑한다는 거야? 지금 장난하냐?"

"응. 너도 사랑하고, Y도 사랑해."

"……."

"너는 나를 만나면서 다른 사람에게 호감 느낀 적 없어?"

"없어. 내가 너처럼 미친 줄 알아?"

"난 있어."

"뻔뻔스럽게 바람피운 거 변명하는 거야?"

"변명이 아니라 네 이해를 돕기 위해 설명하려는 거야. 잘 들어봐. 내가 A를 만나고 있는데 B에게 호감이 갈 수 있잖아. A도 여전히 좋지만, B와도 잘 통하다 보니 사랑 비슷한 감정을 느낄 수도 있는 거고, 그러다 진짜 사랑하는 사이가 되기도 하고.”

“정신 빠진 인간이군.”

“이런 식으로 C가 등장할 수 있는 거지. 이제는 A, B, C 셋을 다 진하게 사랑하며 잘 지낼 수 있는 거고.”

“폴리아모리 뭐 그런 거 하겠다는 거야?”

“이름이야 뭐든, 중요한 건 A, B, C가 별개로 굴러간다는 거야. A, B가 없다고 C가 잘 굴러가는 것도 아니고, C 혼자 남는다고 해서 사랑이 더 깊어지는 것도 아니야.”

“점점 가관이군.”

“근데 C가 무슨 손해라도 본 것처럼 날뛴다고 해봐. 말이 안 되잖아. A랑 B가 있어서 오히려 C와의 관계가 더 잘되는 경우도 있는 건데.”

“네 해괴한 생각 받아들일 수 있는 사람 찾아서 그놈이랑 잘 해봐. 나는 빠질 테니. 잘 가.”

김제이는 삼각형으로 잘린 파인애플을 입에 넣으며 말을 이었다. “내가 왜 거기에 꽂힌 줄 알아? 내 생각을 이루 씨가 소름 돋을 만큼 그대로 말해주었기 때문이야.”

김제이에게 아내 말고 애인이 여럿 있다는 말인가. 자신이 폴리아모리라는 것을 고백하는 걸로 들렸다.

“그건 그저…….”

“진짜 겪은 일이든, 상상으로 만들어낸 얘기든 그건 중요하지 않아. 그런 생각을 했다는 게 중요한 거지.”

"그럼, 사모님도 대표님 생각을 아세요?"

"그럼 당연하지. 아내에게 말했어. 나 말고 다른 사람 사랑해도 아는 척하지 않겠다고. 한집에 사는 게 불편하지 않다면 결혼 생활은 유지되는 게 낫거든. 서로를 위해서."

그는 말을 하며 포크에 파인애플 조각을 꿰어 내게 건넸다.

"서로 배려하고 아끼는 것과 별개로 다른 사랑이 들어올 가능성을 서로에게 열어두자는 데 합의한 거야. 내가 아내를 사랑한다고 해서 그녀가 원하는 모든 것을 채워줄 수 있는 건 아니잖아. 아내도 그렇고. 나 아닌 통로로 원하는 걸 찾을 수 있다면 굳이 말리고 싶지 않다는 거지. 질투와 배신감 같은 감정 빼면 양쪽 다 더 멋지게 살 수 있다니까."

내 상상의 산물이 김제이의 사랑 철학에 딱 들어맞다니. 사실 '루나의 사랑 이야기'의 많은 에피소드는 페스티바의 연애 보고서에서 영감을 얻었다. 한 여자가 여섯 명, 열두 명의 남자를 사귄 사례를 말해준 것은 페스티바였다.

"그 여자가 남자들을 정말 다 사랑한 거예요? 누가 누군지 헷갈리기도 하고 그 많은 이성을 관리하려면 몸도 힘들었을 텐데. 참 능력자네요."

내가 여러 명의 파트너를 한꺼번에 만난다는 걸 이해하지 못하는 걸 보고 페스티바는 다른 연애 실험자가 쓴 연애 보고서를 탭에 띄워주었다.

> 나는 동시에 여섯 명의 남자를 만났고, 그들 모두 나에게 소중한 사람들이었다. 그들은 각자 다른 매력을 가지고 있었고 각기 다른 결핍

을 채워주었다. 봄 여름 가을 겨울이 서로 다른 색깔을 보여주듯 그들은 내게 다른 계절을 선물했다. 아지랑이 피어오르는 땅을 뚫고 올라오는 새싹도 키워보고, 폭풍우 치는 밤바다를 건너 미지의 땅에 닿아 보기도 했다. 물론 내가 모든 계절을 똑같은 강도로 사랑했던 건 아니다. 여름 태양이 좋아 다가갔다가 화상을 입은 적도 있고 낙엽 더미에 앉아 소리 내어 운 적도 있다. 하지만 그들 모두 내 몸을 통과해 내가 되었다. 더하고 덜하고 차이는 있지만, 그들 모두 내 사랑의 대상들이었음은 확실하다.

실험 기간 내내 몸과 마음이 바빴다. 상대를 챙기는 것도 바빴지만 나 자신을 꾸미고 다듬는 것에도 에너지가 들었다. 내가 먼저 사랑받을 만한 존재가 되어야 했기 때문이다. 혼자였을 때보다 거울을 자주 보기도 했지만, 영화를 좋아하는 사람 때문에 더 많은 영화를 찾아 보게 되었고, 책을 좋아 하는 사람 때문에 책을 읽었다. 여행을 좋아하는 사람과 구석구석을 찾아다녔다.

페스티바의 보고서는 그야말로 내가 한 번도 상상해 보지 못한 이야기의 보고(寶庫)였다. 연애 실험에서 완전 폭망해 앞으로는 절대 아무도 만나지 않겠다고 하는 사람도 있었고, 그 무엇과도 바꿀 수 없는 절대적인 사랑을 찾아 중간에 페널티를 감수하고 실험에서 빠져나간 사람도 있었다. 세상에는 놀랄 만큼 다양한 사랑과 연애가 있었고, 나는 보고서를 읽으면 읽을수록 무엇이 진짜고 가짜인지, 무엇이 옳은지 그른지, 더 헷갈리게 되었다. 내가 연애나 사랑에 대해 품었던 질문들이 얼마나 단순한 것인지 실감했다. 경험을 통해서만 답을 찾을 수 있을 것이다.

다음은 연애 탭에서 읽은 문답이다.

다중연애의 어려움은 무엇이었습니까?

감정의 균형이 깨져 혼돈에 빠지는 것이었습니다. 나도 내 마음을 잘 몰라 헤맨 적이 있습니다.

다중연애의 좋았던 점이 있다면?
애인이 여럿이다 보니 한 사람에게 거는 기대가 줄어들어 오히려 둘 사이의 갈등이 줄었다는 것입니다. 지나고 생각해 보니 한 명을 만날 때 제일 많이 지지고 볶고 싸웠어요. 애인이 많아서 한 사람에게 덜 성실하다고 할 수도 있지만, 한편으로는 상대의 실수에 관대해지고 집착도 없어져 그런 쿨함이 상대를 편하게 해주었던 것 같습니다.

상대에게 애인이 여럿이라는 걸 알리지 않았나요?
알리지 못했어요. 받아들이지 못할 거 같았어요.

상대를 속인다는 죄책감은 없었나요?
죄책감까지는 아니고 맨 처음엔 좀 미안하고 찝찝했는데 점점 그런 게 없어졌어요. 함께 있을 때 최선을 다하면 된다는 식으로 생각이 바뀌었어요. 미안한 마음이 더 최선을 다하게 했다고 하면 궤변으로 들릴까요?

술기운에, 페스티바의 연애 보고서에서 읽은 핍진한 사연들에, '루나의 사랑 이야기'에, 김제이의 폴리아모리 예찬론까지 겹쳐 어지럽다 못해 세상이 빙글빙글 돌았다.
"맘껏 마셔. 깨알 같은 사람 중에서 우리가 만난 것을 축하해야지. 자. 한 잔 더."
그는 빈 잔을 채워 내 쪽으로 밀었다.
"폴리아모리가 뭐라고 생각해?"
그는 집요하게 한 가지 주제를 파고들었다.

"잘은 모르겠어요."

이 짧은 말을 하는 데도 혀가 제대로 움직이지 않아 식은땀이 났다.

"사랑을 소유와 혼동하지 않는 거야."

그는 내가 연애 실험을 하는 것을 알기나 하는 것처럼 말했다. 대표님. 어쩜 제가 고민하는 것을 콕 집어 말씀해 주실 수가 있어요? 지금 제가 그런 실험에 참여하고 있다니까요.

"그럼 대표님은 사모님과 일종의 오픈 메리지인 건가요?"

"그렇게 볼 수도 있고. 아무튼 한 사람을 사랑했다는 이유로 다른 걸 놓치고 싶지 않아. 양손에 떡을 들 수 있는데 왜 굳이 한 손만 써야 하나, 뭐 그런 거지. 어이쿠 우리 경작가 많이 늦었네. 가야지?"

재담에 시간 가는 줄 모르고 있다가 시계를 보고 깜짝 놀랐다. 벌써 자정이 넘어가고 있었다. 나보다 서너 배 더 마신 김제이는 눈이 빨갛게 충혈된 것을 빼고는 흐트러지지 않았다. 나는 생전 처음 갈지자로 걸었고, 그의 차가 집 앞에 나를 내려주지 않았으면 길바닥에 누워 새벽이슬을 맞을 뻔했다.

○

내가 뒤늦게 연애 전선에 뛰어들어 새로운 세상을 알아가는 동안 절친들은 다른 세상을 열어가고 있었다.

유선주가 여덟 시간 진통 끝에 자연분만했다는 소식을 듣고 병원으로 달려갔을 때 퉁퉁 부은 산모 옆에 빨간 살갗의 아기가 처음 보는 세상을 구경하느라 눈알을 요리조리 굴리며 누워 있었다. 부서질까 무서워 안아볼 생각조차 하지 못하고 들여다보고만 있다가 내가 한 말이란 고작 이런 것이었다.

"정말 네가 낳은 거 맞아? 어떻게 이런 아기가 네 몸에서 나올 수 있지?"

아기의 동그란 눈동자를 보자 출산을 말렸던 게 한없이 미안해졌다. 유선주가 사람들 이야기를 들었더라면 아기는 세상에 나오지 못했을 것이다. 한 생명이 태어나기까지 세상의 입들은 그녀를 가만히 놓아두지 않았다. 서로에게 숨겨진 여자와 남자가 있다는 둥, 자신의 아이를 가진 여자를 버린 임선재를 사회에서 매장해야 한다는 둥 두 사람을 도마 위에 올려놓고 난도질했지만, 아기는 아무것도 모르고 무럭무럭 자라 세상에 나왔다.

"힘들었지?"

나는 침대에서 삐죽이 나와 있는 그녀의 손을 잡았다.

"이제부터 더 힘을 내야지. 내가 애 보호자잖아. 호호."

아기 이름을 '은혜'로 지어준 심다미도 곧 임신했고 제왕절개로 딸을 낳았다. 이번에는 유선주가 '미정'이란 이름을 지어주었다. 나는 졸지에 두 아기의 이모가 되었다.

두 친구가 종족 보존의 신성한 임무를 수행하는 동안 나는 여전히 박찬영과 행복한 시간을 보내고 있었다. 날 행복하게 해주기 위해 사는 사람처럼 그는 내가 좋아할 만한 것들을 찾아냈다. 그가 찾아낸 특별한 요리, 특별한 공연, 특별한 장소, 특별한 여행, 특별한 이벤트는 나를 특별한 사람으로 만들어주었다.

"나 때문에 너무 돈 많이 쓰는 거 같아. 이러다 너 파산 변호사 되는 거 아니니?"

호텔 레스토랑의 앤틱 의자에 앉아 곰탕 열 그릇에 맞먹는 음식을 앞에 놓고 걱정스럽게 말했다.

"특별한 사람한테 특별히 신경 쓰는 게 당연한 거잖아? 너는 누리기만 해. 내가 좋아서 하는 거니까."

그날 그는 프랑스 와인 리베르 파테를 주문했다. 와인 한 병 가격을 듣고 기겁했지만, 말릴 수 없으니 즐기는 게 맞았다.

"어때? 네가 와인 맛 잘 모르겠다고 했잖아. 이걸 마셔보면 와인 미각이 생길걸."

와인 한 잔 가격을 계산하느라 무슨 맛인지 제대로 음미할 수 없었지만 뭔가 다르긴 했다. 그의 배려심은 침대 위에서도 예외 없이 발휘되었다.

"너무 애쓰는 거 아냐? 대강해도 돼. 난 충분해."

한 올씩 세기라도 하듯 정성껏 머리카락을 쓰다듬어주던 연인은 내 말에 아랑곳없이 하던 일을 계속했다. 소중한 사람과 함께하는 시간에 최선을 다하고야 말겠다는 그의 의지는 휴먼 드라마만큼 뭉클한 구석이 있었다.

"소정방 아저씨에게 돈 받아다 주면, 아르바이트 좀 덜 하게 될 줄 알았는데 뭐야, 점점 더 바빠지니. 이럴 줄 알았으면 돈 받아다 주지 말걸."

나는 '으흐흐' 괴상한 소리를 내며 웃었지만, 가난한 애인을 만나는 일이 쉽지 않을 거라는 건 짐작할 수 있었다. 변호사란 직업에 어울리는 신붓감도 많을 텐데, 하필 양어깨에 무거운 짐을 지고 있는 나를 만나 고생을 자처하는 그가 안돼 보였다.

그가 나에게 최선을 다할수록 발목의 빨간 점에 마음이 쓰였다. 나는 벌써 두 명의 남자를 만나 빨간 점을 긁었다. 현재의 사랑과 상관없이 다른 남자들의 특별한 점이 내 눈에 들어왔던 걸까. 아직은 다른 관계가 시작된 것도 아닌데 걱정이 앞섰다.

"칼럼에서 루나가 동시에 남자 네 명을 만나. 그들 모두와 섹스도 하고, 그들 모두와 사랑도 하고. 만약 내가 그런다면 어떻게 할래?"

슬쩍 떠보듯이 물었다.

"헷갈려서 네 명을 한꺼번에 어떻게 만나? 그게 가능해? 남자 만나는 게 무슨 비즈니스도 아니고. 잘못하면 루나가 너무 지저분한 여자로 보일 거 같은데? 그냥 두 명까지로 해. 그 정도는 봐줄 수 있겠다. 하하."

"여럿을 한꺼번에 사랑하는 건 불가능하다고 생각하는 거야?"

"그게 무슨 사랑이야. 사랑에서 배타성을 빼면 뭐가 남는데? 나는 네 것이고, 넌 내 것이고 그런 게 사랑이잖아. 내가 만약 정안나를 만나면서 너를 만난다고 생각해 봐. 그러면서 너를 사랑한다고 해봐. 그게 말이 된다고 생각해?"

정안나라는 이름을 듣자 그녀의 어깨에 얹혔던 그의 손이 생각났다. 칼보다 더 날카롭게 내 가슴을 후벼팠던 장면이다.

"우리 그런 얘기 그만하고 커피나 마시러 가자."

그는 괜한 말을 꺼냈다는 듯 서둘러 말을 끊고 가방을 챙겨 일어났다. 레스토랑에서 나왔을 때 젖빛 은하수가 강물처럼 흐르고 있었다. 그 강물 위로 내가 읽었던 연애 실험의 조건들이 두둥실 떠올랐다. 남자의 팔짱을 끼고 나란히 걷고 있는 나 자신을 낯설게 느끼며 그에게 몸을 기댔다.

집에 돌아와 노트북을 폈다.

루나의 사랑 이야기: 누가 최고인가

언젠가 나의 연인이 물었다.

"옛날에 만났던 사람들은 어땠어?"

"뭐가 어때?"

그가 진짜 알고 싶어 하는 것이 그들과의 섹스라는 것을 알아챘지만 모르는 척 물었다. 실은 이렇게 묻고 싶지 않았을까. '그놈과의 섹스가 얼마나 좋았어?' 또는 '나랑 하는 것보다 좋았어?' 결국 내가 과거의 섹스를 그리워하는지를 알고 싶어 하는 것이다.

섹스의 즐거움을 알기 전이라면 모를까, 그것을 즐기게 되면서 일명 속궁합이라는 것이 얼마나 남녀를 끈적하게 붙여놓는지 부인할 수 없게 되었다. 섹스만 잘 맞는 사람과 섹스 빼고 다 잘 맞는 사람 둘이 있다면 누굴 골라야 할까. 섹스를 포함해 모든 게 다 찰떡같이 잘 맞는 사람을 만나는 게 금상첨화인데, 꼭 둘 중 하나를 꼽아야 한다면… 난감하다.

"뭘 그런 걸 캐물어? 곤란하게. 그게 그렇게 중요해?"

내 마음속에 나만 아는 성적표가 있긴 하지만 그것을 맥없이 공개할 필요는 없어 이렇게 반문했다.

"뭐가 곤란해? 내가 별로라서?"

"알고 싶어? 말해줄까?"

그가 알고 싶다고 한들, 헤어질 생각이 아니라면 사실대로 말할 수 없다. 그가 1등이 아닌 이상.

"아니야. 됐어."

끈질기게 물었던 게 무색하게 내 남자는 슬그머니 꼬리를 내렸다.

"그런 거 신경 쓸 시간에 나한테 잘해줄 생각이나 해. 최선을 다하면 되는 거야. 내가 만났던 그 누구보다 나한테 잘해주면 종합 점수가 팍팍 올라가. 한 과목만 잘한다고 서울대 가는 게 아니잖아."

얼마나 현명한 상황 모면인가. 섹스의 즐거움이 분명 상대의 가치를 높이긴 하지만 관계가 오래가기 위해서는 배려심, 이해, 인내 같은 다른 인간적 덕성이 필요하다는 것을 내 지난한 연애 경험이 가르쳐주었다.

"하하. 알았어. 잘해줄게. 너만 위하고, 아끼고, 사랑할게. 그럼 됐지?" 그는 소년같이 천진한 미소를 지으며 다짐하듯 약속했다.

섹스만 놓고 보면 그는 1등은 아니었다. 침대에서 나를 녹여내다 못해 반쯤 죽여준 남자도 있지만, 그들이 내 영역에서 사라진 걸 보면 잠자리 기술이 필요충분조건이 아닌 건 분명하다. 이후로도 과거의 남자들에 대해 종종 물은 걸로 보아 내 과거가 석연치 않았나 보다.

결국 2년을 못 넘기고 헤어졌다. 무슨 이유 때문인지 알 것도 같고 모를 것도 같다. 편했던 것이 어느 순간 불편해지고, 사랑스럽게 보였던 것이 그저 그렇게 보이기 시작했으니 사랑의 유통기한이 끝난 것일까. 작은 균열은 점점 더 큰 틈을 벌리고 건물 전체를 와르르 무너지게 했다. 그럭저럭 괜찮다고 생각했던 섹스는 다른 사람으로 쉽게 대체되었고, 그의 얼굴이 가물가물해졌다. 나는 이렇게 사람들과 만나고 헤어졌다.

10. 청춘의 슬픈 얼굴

칼럼 연재가 끝나는 날, 강연주 선배에게 밥을 사겠다고 했다. 그녀는 후배가 사는 밥 먹게 되었다고 좋아하며 종로통에 있는 일식집으로 나왔다.

"무슨 밥을 산다고 해? 글 쓰느라 수고했으니 내가 사야지."

그녀는 메뉴판을 펴면서 말했다.

"진즉부터 한번 사고 싶었어요. 선배 때문에 칼럼니스트도 되고 신세 진 게 많잖아요."

"그래. 그럼 비싼 거 먹어야지."

모둠회를 앞에 놓고도 우리는 잡지 업계 동향과 판매 부수 등 일 얘기를 했다.

"저번에 봤던 화가 기억나지? 손민이라고."

이름을 듣자, 금방이라도 쓰러질 것처럼 보이던 청년의 파리한 얼굴이 떠올랐다. 화가라고 했는데 어떤 그림을 그리는지 궁금했다.

"다음 달에 인터뷰 기사 싣기로 했거든. 네가 해볼래? 칼럼도 끝나서 섭섭한데 기사 하나 잘 쓰고 마무리하자."

우먼월드는 정규직 몇 명만 남기고 인원 감축을 한 후 웬만큼 손이 가는 기사는 외부 필진에게 맡기고 있었다. 글을 쓰는 일이라면 마다할 이유가 없었다. 잡문을 쓰는 것만으로도 글에 대한 욕구가 조금은 풀렸다.

"내년에 손민 전시회를 출판사 강당에서 할 거야. 김제이 대표가 발굴한 청년이라 밀어주고 싶은가 봐. 손민 군에게 말해놓을게. 근데 뭘 좀 알고 만나야 하지 않겠어? 어디서부터 말해야 할까. 워낙 쉽지 않은 얘기라."

그녀는 음식 먹으면서 할 얘기는 아니라며 커피숍으로 자리를 옮기고 나서 얘기를 시작했다. 강연주 선배에게 들은 얘기를 간추리면 이러하다.

손민은 고등학교 때 미국으로 가서 RISD(Rhode Island School of Design)를 졸업하고 광고 회사의 미술 담당으로 취직했다. 그때까지만 해도 그는 탄탄대로가 보장된 청년이었다.

어느 날 새벽, 이상한 느낌에 2층 외부 계단을 타고 정원으로 나왔을 때 이층집이 불타고 있었다. 놀라 1층 거실로 뛰어 들어가려 할 때 온몸에 불이 붙은 엄마가 뛰어나와 자신의 발밑에 쓰러졌고 곧이어 지붕까지 폭삭 내려앉았다.

아버지와 여동생은 병원으로 옮겨졌지만, 며칠 사이로 죽었다. 손민은 참사에 혼자 살아남았지만 살아도 산 게 아니었다. 가족을 잃은 걸로도 모자라 아버지 회사가 도산하는 것을 보아야 했고, 그 와중에 할아버지와 외할머니가 한 달 간격으로 돌아가셨다. 화재보험에서 나온 돈은 만져보지도 못하고 공중분해 되었다. 가족과 재산 모두를 잃은 손민은 두 번이나 자살 시도를 한 끝에 지인의 도움으로 한국에 왔지만 적응하지 못하고 1년간 노숙인으로 살았다. 서울역에서 신문지를 덮고 살다 폐렴에 걸려 죽을 고비를 넘기고 주변의 도움으로 노숙자 쉼터에 들어갔다. 쉼터 관리인은 손민이 미술을 공부했다는 것을 알고 영정 하나 없이 죽는 사람들의 초상화를 부탁했다. 다 죽어가던 사람에게도 할 일이 있다는 것은 꺼져가던 생명에 불을 붙여주었다. 몇 년 만에 다시 붓을 잡게 된 후, 한 달 열흘 굶은 사람이 흰 쌀밥을 본 것처럼 미친 듯 그림을 그렸다. 그의 재능을 알아본 사람들 덕에 시골 산속에 작업실을 마련했고, 1년째 칩거해 그림을 그리고 있다고 했다. 우연한 기회에 그림을 본 김제이가 전시회를 열자고 했고, 수익금은 노숙자 공간을 마련하는 데 전액 기부된다는 것이다.

"소설도 이런 소설이 없지 않니? 너무 안됐어. 불행이 한 사람에게 어쩜 그렇게 몰빵될 수 있는지. 참."

강 선배는 숨 가쁘게 이야기하고는 목이 마른 듯 탁자에 놓인 물을 소리 나게 들이켰다. 그토록 고요한 분위기의 청년에게 그런 끔찍한 사연이 있다는 게 믿어지지 않았다.

"이게 손민 그림이야."

강 선배는 휴대전화 갤러리에 저장되어 있던 사진을 보여주었다. 평면을 분할해 점을 흩어놓은 걸로 봐서 추상화 작업을 하는 듯했다. 그림에 대해 잘 알지도 못하는 데 이런 난해한 그림을 어떻게 해석해 전달할지 자신이 없어졌다.

10시가 넘은 시각. 선배가 택시 타는 것을 보고 전철을 탔다. 편의점에 들러 과자와 맥주를 사서 집에 들어가려다 놀이터 앞 벤치에 앉았다. 이번 주 보고서를 오늘까지 써야 하는데 집에 들어가면 아무것도 할 수 없어 주홍빛 가로등 밑에서 연애 탭을 켰다. 무엇인가 기록해야 한다는 의무감에 밀려 지난 일주일을 더듬어 보았다. 박찬영과 영화를 보고 밥을 먹었고 김제이를 만나 양주를 마시며 자유로운 삶에 대해 얘기했다. 그들과 함께 했던 시간에 대해 자세히 쓰고 나니 한 편의 단편 소설을 완성한 느낌이었다. 박찬영과의 섹스를 묘사하는 부분만 떼어놓고 보면 포르노 소설처럼 보였다. 누구에게도 공개할 수 없는 비밀을 실험이라는 이름으로 속속들이 수집하는 페스티바는 어떤 기분일까. 판을 깔아줬는데 이것밖에 못 하나 안타까울 수 있고, 쭈뼛거리며 망설이는 걸 보면 답답할 수 있다. 연애 탭을 닫을 때는 이미 자정이 넘어가고 있었다. 이번에는 수첩을 꺼내 아무렇게나 휘갈겨 썼다.

김제이: 눈이 큰 사람은 다른 사람을 속일 수 없다고 하는데, 김제이는 큰 눈을 하고도 자신의 속내를 들키지 않는다. 내일 지구가 멸망한다고 해도 눈도 끔쩍하지 않을 것처럼 보이고 사막에 던져놓아도 살이 쪄서 돌아올 거 같다. 그의 유전자 속에 세상 자원을 움켜쥘 능력이 장착된 걸까? 나에게 끌린다고 하면서 손끝 하나 대지 않고 집 앞

에서 내려주었다. 아무것도 시작하지 않아서 무엇이 시작될지 긴장감이 돈다. 곧 뭔가가 터질 거 같은 조마조마함은 뭐지?

손민: 바보같이 착해 보이는 청년이 온 가족이 불에 타 죽는 것을 보았으니 정신이 온전하다면 그게 더 이상하다. 그의 아픈 사연을 들어서인지 창백하고 작은 얼굴이 아른거린다. 한 번밖에 만난 적이 없는 사람이지만 그의 차가운 어깨에 따뜻한 손을 얹어보고 싶은 것은 연민일까, 동정일까? 시멘트 바닥에 곤두박질치는 아이를 결정적인 순간에 두 손으로 받아내는 엄마처럼 그를 잡아주고 싶다. 서러운 시간을 견뎌본 경험이 있는 사람으로서 그에게 손을 내밀고 싶다. 설마 이런 감정에도 죄의식을 느껴야 하는 건 아니겠지?

극과 극으로 다른 두 사람을 만났다. 한 사람은 다른 사람들이 부러워할 만한 것들을 거머쥔 채 자신만만하고, 한 사람은 불행을 짊어지고 가시밭길을 걷고 있다. 나는 발이 푹푹 빠지는 늪에서 간신히 빠져나와 가녀린 숨을 쉬고 있다. 세상 무서울 것 없는 김제이의 자만이 부럽기도 하고, 끔찍한 불행을 딛고 살아남은 사람이 대견하기도 하다.

언젠가 김제이를 만나면 꼭 물어볼 것이다.

대표님은 출판사를 '어떻게' 일구셨어요? '어떻게' 부자가 되셨어요? '어떻게' 하면 저 같은 가난뱅이가 부자가 될 수 있을까요? '어떻게' 경이루라는 이름을 세상에 널리 알릴 수 있을까요?

내 삶을 업그레이드 시켜줄 비법을 전수받으면, 나도 그와 어깨를 나란히 할 수 있을까. 그러기 위해서 그를 완전한 내 편으로 만들어야 하는 걸까.

박찬영의 얼굴에 다른 두 얼굴이 겹쳐 보이는 것은 페스티바의 장난 때문인지도 모른다. 분명 나는 한 사람을 사랑하는데 자꾸 다른 사람들이 어른거리며 내 주의를 흐트러뜨린다. 폭풍 전야의 긴장감에 나도 모르게 손을 떤다. 나는 수첩을 챙겨 넣은 후 불 꺼진 건물로 들어가 타닥타닥 층계를 올라갔다.

○

엄마의 병원 검사를 수발하느라 온종일 병원에 묶여 있다 밖으로 나오니 겨울 하늘이 짙게 내려와 있었다. 엄마에게는 학원에 간다고 하고 영등포역으로 향했다. 강 선배가 알려준 주소를 검색하니 신연수역에서 내려 버스를 두 번 갈아타고도 30분을 걸어가야 하는 곳이었다. 두 시간 반이나 걸리는 여정을 생각하니 아찔했지만, 실물 그림을 보지 않고 어떻게 글을 쓰겠나 싶어 약속을 잡았다. 이 정도 시간이면 부산에 가고도 남겠다 투덜거리며 전철과 버스를 갈아타고 종착지에 내렸다. 지도가 가리키는 길을 찾아가는데 중간에서 길이 끊어져 되돌아 나오는 걸 서너 번 하자 슬슬 짜증이 났다. 해는 서산으로 기울어진 지 오래라 장막 같은 어둠이 시야를 더욱 어둡게 했다.

헤매고 있다고 전화하자 10여 분 뒤, 트레이닝복에 슬리퍼를 신은 청년이 초등학생 만한 누렁이를 데리고 논두렁으로 왔다.

"죄송해서 어떻게 해요? 힘드셨죠? 제가 찾아오기 어려운 데 살아서……."

피곤과 짜증 때문에 인사할 기분이 아니었지만 억지로 입꼬리를 들어 올리며 누렁이 이름을 물었다. 노숙인 회관에 살던 누렁이 모모를 데려와 한 침대에서 함께 체온을 나눈 지 반년쯤 되었다고 했다. 이런 데 집이 있을까 싶어 돌아 나온 지점에서 그는 무성한 풀을 헤치고 앞장섰다. 바지에 풀이 쓸리는 소리가 나고 옷감 틈새로 나뭇가지가 들어와 따끔거렸다. "아무도 찾아오지 못하게 하려고 이런 데 사는 거 아니에요?" 하고 물었을 때 어둠에 파묻혀 있는 조립식 창고 건물이 보였다. 은회색으로 칠한 철제 패널이 어둠과 싸우다 패한 듯 풀이 죽어 있는데 주위로 풀들만이 성성했다.

"들어오세요. 너무 누추한데 어쩌지요?"

이런 데 사람을 들이려니 당황스러울 만하겠다 하면서도 어눌한 말투가 신경에 거슬렸다.

철제 패널을 이어 붙인 문을 열자, 삐걱 소리가 어둠에 균열을 냈다. 모모가 먼저 뛰어들어가 방안을 한 바퀴 도는 동안 형광등이 켜졌고, 방을 서너 개 합쳐놓은 것 같은 넓은 공간이 나왔다. 화가의 방이라는 것을 알려주듯 홀 중앙에 이젤과 그림 도구들이 놓여 있었다. 맞은편 벽에 이불이 뒤엉켜 있는 침대, 다른 쪽에 작은 싱크대가 있었고, 맞은편 옷장을 열면 아무렇게나 쑤셔 박은 옷들이 쏟아져 나올 것 같았다.

"그림부터 볼게요."

이곳까지 온 목적을 명확히 하며 벽에 기대어져 있는 캔버스들을 하나씩 들춰 보았다. 강 선배가 보여준 사진들은 점과 선으로 채워진 추상이었는데, 가까이서 보니 동그라미 속에 세밀한 터치로 벌레와 꽃들이 그려져 있었다. 직접 와서 보지 않았다면 그림에 대해 전혀 엉뚱한 말을 할 뻔했다.

"이 작은 동그라미 속에 어떻게 이런 걸 다 그려 넣었대요?"

그는 웃으며 싱크대로 갔다. 자세히 들여다보니 그냥 동그라미가 아니라 속이 훤히 비쳐 보이는 물방울들이었다. 봉긋 솟은 물방울 꼭지에 반대편 세상이 슬쩍 비쳐 보이니 두 개의 세상을 두 개의 시선으로 그리고 있는 셈이었다. 수없이 이어지는 방울들 속에 나무, 구름, 나뭇잎, 솔방울 등 숲에서 볼 수 있는 것들이 연이어 그려져 있었다. 멀리서 볼 때와 가까이에서 볼 때 전혀 다른 그림이 한 편의 시처럼 느껴졌다. 자연을 가까이에서 관찰해야 그릴 수 있는 그림에서 시인의 감정과 사유를 보았다. 물방울을 하나씩 독립시켜 확대해도 하나의 작품이 될 만했다.

"피곤하시죠? 차 한 잔 드릴까요? 봄에 따서 말린 꽃차가 있거든요."

하얀 머그잔에 담긴 보랏빛 액체를 한 모금 마시자 온몸에 꽃향기가 퍼지면서 노곤해졌다. 질문을 적은 종이를 꺼냈지만, 독한 술을 마신 것처럼 몽롱해지면서 피곤이 몰려왔고 침대에 눕고 싶어졌다. 연이어 나오는 하품을 참으며 녹음기의 숫자가 빠르게 움직이는 것을 바라보고 있는데 발목의 가려움이 시작되었다. 긁지 말아야겠다고 생각할 새도 없이 내 손은 이미 발목을 소리 나게 긁고 있었다. 피부 각질이 떨어지며 손톱 사이에 핏방울이 묻어났다. 지금은 일하는 중이라고 되뇌며 다리 아래를 쳐다보지 않았다.

"미국에서 살았다죠?"

내 질문에 그는 순순히 자신의 이야기를 풀어 놓았다. 플로리다의 안개가 자욱했던 습지, 뾰족한 지붕의 고성, 그를 사랑했던 부모님과 여동생, 지금은 그리워해도 볼 수 없게 된 것들에 대해 말했다. 존재했지만 사라진 것들에 대해.

그날의 화재 사건에 대해 물었을 때는 어디서 불씨가 날아왔는지, 왜 하필 그날 바람이 세게 불었으며 어떻게 소방대원들은 아무도 구하지 못했는지 알지 못한다고 했다. 강 선배를 통해 대강은 알고 있었지만 푸르스름한 입술로부터 끔찍한 사건을 직접 들으니 인터뷰가 아니라 소설을 쓰고 싶어졌다. 실화라고 하기엔 그 비극성이 물샐틈없이 완벽했다. 햄릿, 오셀로, 리어왕, 맥베스에서 추출한 비극적 요소의 집약체를 보는 듯 가슴이 멍해졌다. 그는 남 이야기하듯 담담하게 말했지만 나는 울컥하는 걸 들키지 않으려고 여러 번 입술을 앙다물었다.

"그래서 지금 건강은 괜찮아요?"

"네. 여기 살면서 건강해졌어요. 매일 숲에 가거든요. 침입자 없는 안전한 요새죠. 해가 있을 땐 그림 그리다 해 떨어지면 나와요."

모모가 우리를 번갈아 보다 그의 발을 깔고 앉았다. 숲과 그림이 없었다면 그는 지금 어떤 모습이 되었을까 생각하며 검게 내려앉은 눈두덩이와 그 위에 떠 있는 말간 눈을 들여다보았다. 그는 모모의 머리를 쓰다듬으며 노숙자 공동체에 진 빚을 갚으려고 전시회 제안을 받아들였지만, 이번이 처음이자 마지막 전시회가 될 거라고 했다. 생활이 흐트러지고 무엇보다 자신을 알리는 게 부담스럽다고 했다. 인터뷰도 피하고 싶었다는 말에 미안해졌다. 글 쓸 재료를 충분히 얻었기에 마무리하려는데 문자음이 울렸다.

―아직 안 끝났어? 여기 맞긴 한 거지? 조립식 건물 앞에 왔어.

시계를 보니 박찬영이 데리러 온다던 시각을 지나 있었다.
"가봐야겠어요. 시간이 많이 늦었네요."
"어떻게 가세요? 택시를 부르면 돈이 꽤 나올 텐데."
"아니에요. 누가 데리러 온다고 했는데, 막 도착했다고 나오라네요."
나는 수첩과 녹음기를 챙겨 가방에 넣고 일어서며 말했다.
"원고 넘기기 전에 먼저 보여드릴게요."
"아니요. 그러실 필요 없어요. 작가님이 알아서 써주세요."
배웅하러 나온 손민은 승용차에 기대고 서 있는 박찬영을 보고 흠칫 놀랐다. 그는 내가 차에 오를 때까지 문간에 기대 쳐다보았고, 두 사람의 시선이 잠깐 마주쳤을 때 나는 움찔했다.
박찬영이 시동을 걸며 말했다.
"남자랑 외딴집에서 몇 시간이나 있다고 생각하니 일이 손에 잡혀야 말이지. 그래서 재빨리 왔지. 내가 괜한 걱정한 거야? 하하. 그림은 어때?"

불안에 쫓겨 밤길을 달려왔지만 청년 화가를 보는 순간 마음이 놓인 모양이었다.

"그림을 잘 몰라서 딱히 말은 못 하겠는데 예사롭지는 않아. 뭔가가 있긴 한데, 그게 뭔지는 모르겠어."

"괜찮으면 나도 그림 한 점 살까? 누가 알아? 저 청년 그림이 아주 비싸게 될지. 하하."

먼 길을 달려온 피곤을 날리려는 듯 일부러 의미 없는 농담을 했지만, 내 시야에는 화폭에 담겨 있던 물방울의 잔상이 어지러이 날아다녔다. 어눌함 속에 감춰진 불타오르는 열정의 불씨가 내 옷자락에 옮겨붙은 듯 몸에 이상한 열기가 느껴졌다. 그림을 그릴 때가 제일 좋아요. 그것 말고는 별로 할 일이 없어요. 살아 있는 걸 느끼는 유일한 순간이라 그림 그리는 걸 멈출 수 없어요. 그의 목소리가 징소리처럼 여운을 남기며 내 안에서 메아리쳤다. 하늘 높이 걸린 가로등이 바람에 흩날리는 눈발에 빛을 쏘아주었다.

"앞으로 사는 게 힘들다고 투덜거리면 안 될 거 같아. 화가 청년이 그런 걸 알려줬어. 뭔가 무진장 열심히 하고 싶게 만들어줬다고 할까."

"기사 쓰러 갔다가 뭔가 배워서 왔군. 좋은 일이야."

"한밤중에 이런 시골까지 와주고. 고마워."

"내가 안 왔으면 어쩔 뻔했어? 차도 끊기고 택시도 없으면, 깜깜한 숲속 집에서 청년이랑 밤을 지새운다? 생각만 해도 끔찍하다. 너를 데려다 놓아야 내가 잠을 자지. 안 그래?"

차는 질척거리기 시작하는 검은 도로를 달려 집 앞에 멈췄다. 그는 시동을 끄고 내 몸을 끌어당겨 뺨에 입술을 가져다 댔다. 아쉬운 듯 끌어당기는 손을 떼어내고 차에서 내려 굵어지는 눈발 속에 멀어져 가는 자동차의 뒷모습을 쳐다보았다.

일요일. 논술학원에서 나와 장미꽃 한 다발을 사서 박찬영 집으로 향했다. 그는 내가 식탁에 앉자마자 빨간색 굴라시 수프를 하얀 대접에 담아 주었다. 수프는 하얀색 꽃병에 담긴 붉은 꽃과 꼭 같은 색이었다.

"이런 건 또 어디서 배운 거야?" 하며 김이 오르는 수프를 한입 입에 넣었을 때 상태창이 떠올랐다. 처음에는 신기해서 한 글자도 놓치지 않고 읽었는데, 어느 순간부터 제대로 읽지도 않게 되었다. 하지만 슬쩍 눈에 들어온 호감도 숫자에 들고 있던 숟가락을 떨어뜨렸다. 우리에게 가능성이 있을까 싶게 차이가 났던 숫자가 동점을 거쳐 지금은 나를 넘어섰다. 떨어진 숟가락을 줍느라 허리를 굽혔다 펴며 그가 말했다.

"네 발목 그냥 둘 거야? 병원에 가봐야 할 거 같은데."

연애 실험

#advice: 축하 축하! 팡파르! 호감도의 역전이 일어났네요. 상대남의 호감도는 확 올라갔는데 당신의 호감도는 약간 떨어졌네요. 이제 균형이 좀 맞는군요.

그의 호감도가 올라간 것은 기쁜 일이지만 내 호감도는 9에서 7로 두 단계 떨어졌다는 것은 이해가 되지 않았다. 점점 더 박찬영에게 마음을 빼앗기고 있는데, 왜 호감도가 떨어졌을까. 그가 확실히 내 손에 들어왔다고 생각해 긴장이 풀린 걸까. 너무 바빠서? 발목을 간지럽게 한 다른 남자들 때문에?

11. 속물로 산다는 건 어쩌면 특권

페스티바는 아무 때나 끼어들었다. 내가 조언을 필요로 할 때면 신호가 끊긴 것처럼 한동안 반응이 없다가 어떤 때는 거의 매일 상태창이나 탭 메시지로 끼어들었다. 페스티바가 잠잠하면 새로운 실험을 시작해 정신이 없나보다 했고, 자주 나타나면 홍밋거리가 없나 했다.

페스티바가 귀찮을 정도로 상태창에 글자를 쏘아대면 다 읽지도 않고 넘겨버렸다. 내가 읽지 않으면 귀에 이어폰을 장착한 것처럼 선명한 목소리로 뭔가를 속삭였다.

2007년 8월. 기말시험이 끝나고 학원이 일주일간 방학에 들어갔다. 간만의 완벽한 자유 시간을 어떻게 쓸까 생각할 새도 없이 줄줄이 약속이 잡혔다. 박찬영은 경이루 혼자 놀게 할 수 없다며 월요일에 월차를 냈다. 아침 일찍 경춘선 기차에 몸을 싣고 소양강 댐에 가서 다른 청춘남녀들과 어울려 배를 타고 닭갈비를 먹었다. 강을 바라보며 카페에 앉아 있을 때 박찬영은 이대로 시간이 멈췄으면 좋겠다고 했고 나도 행복한 감정에 휩싸였다. 그때 누군가 부러워하는 눈길로 쳐다보는 것을 느꼈고 나는 그것이 페스티바라고 생각했다.

화요일엔 심다미와 유선주가 생리 휴가를 내는 성의를 보여 함께 만나 점심으로 스파게티를 먹고 남대문시장을 세 바퀴나 뺑뺑 돌아 청바지와 스웨터를 샀다.

수요일엔 김제이 대표가 소설가 민정우와 소주를 마신다고 나오라고 했다. 책 속에서만 보았던 사람을 만난다고 하니 감지 덕지한 기분이 되었다. 예전에 도서관에서 빌려 읽었지만 약속 장소로 가는 길에 서점에 들러 그의 책을 세 권이나 샀다. 작가 를 소개하는 김제이의 얼굴이 환하게 불이 켜졌다. 소설을 다 찾아 읽은 덕에 첫 대면이 어색하지 않게 흘러갔고 소설 주인공 이름과 성격을 말하자 민정우는 부끄러워하면서도 내심 기뻐하 는 것 같았다.

김제이가 아니면 어떻게 이런 사람과 얼굴을 맞대고 술잔을 부딪칠까 생각하니 새삼 김제이가 귀하게 생각되었다. 소설 습 작을 한 적도 있지만 현실적인 이유로 꿈을 접었다고 했을 때 두 남자의 눈이 반짝했다. 그들은 내가 젊다는 것으로 무엇이든 할 수 있다고 밀어붙였고 심지어 소설가로 만들어 주겠다고까 지 했다. 소설가로 만들어 준다고? 술을 마시면 무슨 소리를 못 할까 하면서도 나에게 관심을 가져주는 게 싫지 않았다. 김제이 는 집에 내려주면서 물었다.

"오늘 작가 선생 만난 거 어땠어?"

"좋은 경험이 되었어요."

"내가 누구야? 제이 대표 아니야? 그러니 내 주변에 어떤 사람들이 있겠어? 민정우 같은, 아니 민정우보다 백배 더 잘나가는 사람들이 쫙 깔려 있다고. 내 인맥이 자기 인맥이 되게 해줄게. 자기는 아직 세상이 어떻게 굴러가는지 몰라. 내 옆에 있으면 그런 게 얼마나 중요한지 알게 될 거야. 이런 거 돈 있다고 할 수 있는 거 아냐. 나니까, 김제이니까 해줄 수 있는 거야. 자긴 사람 잘 만난 줄 알아야 해."

강조하지 않아도 그가 가진 것들을 알만했다. 돈과 사람, 그것을 움직일 수 있는 힘. 그는 나를 위해 자기가 가진 것을 나눌 생각을 하고 있다. 왜, 무엇을 위해서, 나에게 자기 것을 주고 싶어 하는 걸까?

출판사 대표와 잘나가는 소설가를 양 옆에 두고 신나게 떠들었다. 문학을 사랑하는 사람 셋이 모이니 시간이 어떻게 흘러가는지 알 수 없었다. 민정우는 발자크가 벌이는 사업마다 족족 망해 빚을 갚기 위해 하루 열여덟 시간씩 글을 썼다는 일화를 들먹이며 자신에게도 그런 어려운 시절이 있었다고 했다. 소설이 아니면 죽는다는 생각으로 매달렸다고 했다. 취한 김에 나도 발자크 못지 않게 살았다고 목소리를 높였다.

집에 가서 탭을 켰을 때 페스티바는 실험 대상자의 글 한 조각을 띄워주었다.

아무것도 가진 게 없는 내가 나 혼자 해보겠다고 버티는 것보다 사회적 자원을 가진 사람과 함께 가는 게 낫다는 걸 깨달았다. 먼저 가시밭길을 헤쳐 길을 낸 사람이 내 길잡이가 되어 내 앞길을 같이 고민해 주는 게 얼마나 고마운 일인가. 모르는 걸 물어볼 사람이 있다는 게 어딘가. 먼저 간 사람을 따라가면 엉뚱한 길에서 헤맬 위험도 줄일 수 있다. 내가 영리하게 행동하면 남들이 오랜 노력으로 쌓아 올린 자원을 유리하게 써먹을 수 있다. 그것은 절도가 아니며 사회적 자원의 총합을 늘리는 방편이다.

전날의 만취 덕에 그다음 날엔 기운이 하나도 없었지만, 쉬는 동안 단 하루도 집에 붙어 있지 않는다는 엄마의 성화를 존중하는 뜻으로 딸 노릇 하며 하루를 보냈다. 병원에 따라가 혈액 투석을 지켜보고 약을 타서 집에 왔더니 옆집 살던 아줌마가 와서 기다리고 있었다. 아줌마는 엄마랑 두 시간 넘게 떠들다가 집에 가기 전에 내 방문을 조용히 두들겼다. 그녀는 나에게 빌려준 것도 아니면서 돈 얘기를 꺼냈다. 엄마에게 대놓고 말하지는 않지만 받을 돈이 있다는 것을 상기시키기 위해 주기적으로 행차하는 것 같았다. 형편 되는 대로 조금씩 갚아달라는 말에 어쩔 수 없이 그러겠다고 했지만 왜 내가 채무자가 되어야 하는지 살짝 짜증이 치솟았다.

다음 날은 휴가 마지막 날. 인터뷰를 수정해 최종본을 편집부에 넘긴 후 손민에게 기사를 보았냐고 문자했다. 답이 없어 전화하니 손민이 아니라 처음 듣는 목소리가 받았다. 그는 손민의 동네 친구로 손민이 의식을 잃고 쓰러져 있는 걸 발견해 병원으로 옮겼다고 했다. 수면제 과다 복용으로 인한 약물 쇼크로 서너 시간 만에 의식이 돌아오긴 했으나 안정을 취해야 해서 기다리는 중이라고 했다.

내일 오전에 퇴원할 거라고 했지만 전화를 끊고 나서 가만히 있을 수 없을 만큼 불안해졌다. 누가 옆에 있다고는 하지만 마음이 놓이지 않았다. 누군가가 내 귀에 속삭였다. '그의 눈빛을 생각해 봐. 혼자 절벽을 오른 후 아래를 내려다보는 사람의 눈빛이었잖아. 자신이 얼마나 외로운지도 모를 만큼 절대 고독에 빠져 있어. 그에게 누군가 필요해. 네가 그의 누군가가 되면 어떨까?'

분명 그것은 페스티바의 목소리였다. 평소라면 얼른 회복하길 바란다 하고 전화를 끊었을 것이다. 하지만 내 안에 메아리치는 목소리 때문에 지금 당장 가겠다는 말을 하고야 말았다. 그가 원하는 것이 사람의 온기일까 확신하지 못하면서도 전화를 끊자마자 운동화를 꺾어 신고 밖으로 달려 나갔다. 첫날처럼 기차와 버스를 두 번이나 갈아타고 두 시간 반이나 걸려 병원에 도착했다. 쉽지 않은 길이었으나 멀게 느껴지지 않았다.

병실에 들어섰을 때 손민은 눈을 감고 누워 있었다. 그리운 사람을 만난 것처럼 그의 손을 잡으며 괜찮냐고 물었다. 그는 깜짝 놀라 눈을 떴고 손을 잡은 사람이 나라는 것을 알고 또 한 번 놀랐다. 그냥 걱정되어 왔다고 했다. 그는 잡힌 손을 슬그머니 빼며 고개를 끄덕였다. 내가 달려간 게 무슨 도움이 되었을까 싶었지만 그를 보고 마음이라도 편해졌으니 되었다고 생각하며 일어섰다. 세 시간이 넘는 길을 되짚어 오면서 앙상한 몸에 살이 오르는 걸 상상했다. 죽은 가지에 물이 돌고 햇빛이 비춰 새 생명이 피어나듯이 그의 몸에 차가운 기운이 다 빠져나가 생명을 품을 수 있을 만큼 따뜻해지길.

손민을 만나고 온 다음 날 새벽 5시에 눈이 떠졌다. 세수를 하자마자 집을 나서 도서관에 도착했다. 창가에 자리를 잡고 노트북을 켜고 쓰다 만 소설 파일을 열었다. 단편 소설과 중편 소설이 끝맺지 못한 채 잠들어 있었다. 다시 읽어 보니 내가 쓴 게 맞는지 알 수 없을 만큼 낯설었다. 이 글을 쓸 때의 나와 지금의 내가 달라져 있으니 현재의 내가 과거의 나를 만나는 셈이었다. 지금은 하고 싶은 말도 달라졌고 같은 말도 다르게 표현할 것이다. 글을 쓰던 당시의 내가 보였다. 무엇을 할지 몰라 우왕좌왕할 때의 나, 정체성을 찾지 못해 방황할 때의 나, 연애 실험을 막 시작하고 혼란에 빠져 있던 경이루가 소설 속에 있었다.

다음 날에도 도서관에 가서 같은 자리에 앉았다. 전날 서너 번 읽은 단편 소설이 담겨 있는 파일을 열어 처음부터 고쳐 쓰기 시작했다. 손민에게 숲의 나무들이 세상의 화살들로부터 보호해 주는 요새이듯, 나는 도서관 서가에 꽂힌 책들을 방패 삼아 누구도 침해할 수 없는 안전 공간을 만들었다. 도서관의 딱딱한 의자, 그 의자에 허리를 펴고 앉아 글을 고민하는 것이 푹신한 소파에 앉아 나른한 오수에 빠져드는 것처럼 편하다. 나는 왜 글쓰기 봉인을 풀려는 것일까. 연애 보고서를 쓰다 보니 글쓰기 욕구가 되살아난 걸까, 마음의 여유가 생긴 걸까, 민정우와 김제이가 잊고 있었던 꿈을 상기시켜 준 것일까.

"프리지어 한 다발 주세요."

"요새 자주 오시네요. 좋은 일 많으신가 봐요."

꽃집 사장님이 양동이에서 꽃다발을 들어 올리면서 말했다. 박찬영을 위해 튤립과 장미를, 제이 출판사 창립식 때는 난을 샀다. 오늘은 손민을 생각하며 노란 꽃을 골랐다.

꽃다발을 들고 '손민- 물방울 너머의 세상, 꿈과 사랑, 후원: 제이 출판사 그룹'이라는 현수막이 걸린 제이 출판사 소강당으로 갔다. 벌써 다녀왔어야 했는데 시험 기간과 겹쳐 미루다 전시회 마지막 날에 부랴부랴 시간을 냈다.

홀에는 평일 오후인데도 사람들이 그림을 둘러보며 북적였다. 컨테이너 작업실 벽에 기대어 있던 그림들이 아크릴 액자 속에 넣어져 조명 속에 걸리니 달리 보였다. 물방울 숲속 생명체들이 꼼지락거리며 기어나올 듯 생생했고 더 가까이 가면 발을 타고 기어올라 온몸을 간지럽힐 거 같았다. 노력으로 얻을 수 없는 재능에 대한 존경심이라 해야 할까. 부러움을 포함한 질투라고 해야 할까. 역경을 딛고 일어선 불굴의 예술혼이라고 해야 할까. 100호를 가득 채운 물방울 앞에서 나는 맥락 없는 기분에 사로잡혔다. 교복 입은 여학생이 어떻게 물방울 속에 이렇게 작은 그림을 그렸냐고 했고, 옆에 있던 친구는 사람이 그린 것 같지 않다고 받아쳤다. 사람들은 경외감 어린 눈으로 오랫동안 작품 앞에 서 있었다. 그림 밑에 구매자가 정해졌음을 알리는 파란 스티커가 빠짐없이 붙어 있었다.

"주인공은 코빼기도 보이지 않네. 이런 날 손님들에게 인사하면 좀 좋아? 마지막 날에는 꼭 오라고 했는데 오는 거야, 마는 거야? 전시에는 도무지 관심이 없네. 그래도 우리 대표님, 눈

좋지 않니? 그림이 꽤 괜찮잖아. 거의 다 팔리고."

밥이나 먹으러 가자고 짐을 챙기고 있을 때 심다미의 전화기가 울렸다. 손민이었다.

─심 실장님. 좀 늦었어요. 죄송해요. 가는 중이에요.

전시회장을 정리하고 자리를 옮겼을 때 이자카야 유리창 너머로 손민이 휘청휘청 걸어오는 게 보였다. 구겨진 회색 셔츠와 바지를 입은 그가 검은색 나무 문을 천천히 밀고 들어와 장내를 한 번 훑은 뒤, 먼저 자리 잡고 앉은 우리에게 번갈아 인사했다. 병원에서 보았을 때보다는 안색이 밝았다.

"제가 너무 늦게 왔네요. 경작가님은 일찍 오셨어요?"

나는 악수를 청하고 나서 프리지아 꽃다발을 내밀었다.

"무명 화가가 세상으로 나온 날인데 축하해야죠. 그림도 거의 다 팔린 거 같던데."

"감사합니다. 도와주신 덕분입니다."

"일부러 늦게 온 거 아니죠? 화가가 얼굴을 비추면 좋을 거 같아 오시라고 한 건데. 잘 끝나긴 했지만."

심다미는 손민이 마지막 날에야, 그것도 관람장 문을 닫은 후에 나타난 것에 대해 더 말하고 싶어했지만, 그나마 이때라도 나타나 준 것이 어딘가 하며 말꼬리를 내렸다.

"심 실장님 수고가 많으셨어요. 경작가님, 인터뷰 잘 써주셔서 감사해요. 그리고 병원까지 와주시고."

심다미는 웬 병원인가 아리송한 표정을 지었다. 그날 나는 그의 침대 머리맡에 앉아 힘이 되어주고 싶다고 말했다. 상처 입은 아들을 돌보는 엄마의 마음이랄까.

"그냥 그런 게 있어. 지금은 좀 어때요?"

심다미에게 자세히 설명하고 싶지 않아 눙치고 들었다.

"괜찮아요. 병원비까지 내주시고 감사합니다. 경작가님."

심다미는 그제야 이해했는지 이만하니 다행이라고 했다.

"괜찮다니 마음이 놓여요. 앞으로 또 그런 일 없겠죠?"

앞으로 그릴 그림을 위해서 손민이 무사해야 한다는 생각이 들었다. 화가가 쓰러지면 그가 창조해 낼 세계도 스러지는 것이다. 심다미는 기분좋게 술잔에 술을 채워주었다. 손민은 한 잔이 주량인지 더는 못 마신다고 손을 저었다.

"김제이 대표님이 손민 작가 크게 될 거라고 했어요. 이제 테이프 끊었으니 세상으로 나와요."

"이번에는 좋은 일 한다고 해서 나온 거고, 앞으로 전시회 같은 건 하지 않을 거예요."

"왜? 돈도 좀 벌어야지. "

"동네일만 도와도 살 수는 있어요. 사는 데 별로 돈이 들지 않거든요. 조용히 지낼 생각입니다."

나에게 세상은 숨만 쉬어도 돈이 뭉텅뭉텅 빠져나가 하루도 돈을 벌지 않으면 안 되는 낭떠러지였다. 분명 같은 세상을 살고 있는데 그의 세계에서는 돈이 필요치 않은가? 우리 사이에 잠깐의 침묵이 흘렀다.

심다미는 머쓱해졌는지 목소리를 낮춰 말했다.

"그래요. 세상 명예나 물질에 대한 욕심이 없어서 손민 씨가 그리는 그림이 더 좋은지도 모르겠어요. 물방울을 보고 있으면 마음이 차분해진달까, 그림 속으로 빨려 들어간달까. 세상과 타협하지 않고 마음을 따라가며 사는 것도 나쁘지 않을 거 같네요. 특히나 예술을 하는 사람들은. "

내가 하고 싶은 말을 심다미가 읊어주었다.

"그나저나 그림값 치솟기 전에 나도 한 점 사야 할 텐데. 그림값이 비행기 타고 하늘로 날아가기 전에 말이에요. 다음에 그리는 그림은 제가 주인입니다. 적금이라도 깨서 살 테니 연락 꼭 주세요. 아셨죠? 호호."

나는 깰 적금이 없어서 그림을 예약할 수 없지만 언젠가 심다미의 말처럼 그림 값이 치솟게 될 거 같아 조마조마한 심정이 되었다.

"말씀만으로도 감사합니다만 다시는 그림을 파는 일은 없을 겁니다. 돈이 필요하지 않은데 돈과 작품을 바꿀 이유가 없으니까요. 천천히 아주 천천히 그릴 거라 언제 완성작이 나올지 알 수도 없고요. "

병색 있는 고등학생처럼 보이는 외모와 달리 손민은 하는 말마다 강단과 고집이 있었다. 세상이 추구하는 가치 반대편에서 유유히 자신의 길을 걷고 있는 사람에게 세상의 논리를 들이대며 허점을 지적하고 싶었지만, 심다미와 나는 아무 말도 하지 못했다.

12. 다중연애의 조건

김제이가 전화했다.

— 오늘 밤에 L 호텔 지하 바로 와.

— 아르바이트해야 해요. 저를 기다리는 학생이 많아요.

— 그렇게 주야장천 일해서 얼마 벌어? 그 돈 내가 줄 테니까 교통사고 났다고 하고 싹 그만둬. 인생이 그리 긴 게 아니야. 그런 거 하면서 시간을 낭비할 때가 아니니까.

— 그럼 뭐 해야 인생을 낭비하는 게 아닌가요?

— 인생을 즐겨야지. 한창 좋을 때에 일만 하면 되겠어?

— 스폰서라도 되어주겠다는 말인가요? 그럼 저는 스폰의 대가로 뭘 해야 하는 건데요?

그제야 김제이는 내 반응이 심상치 않다는 것을 감지했다.

— 대가는 무슨. 그렇게 말하면 내가 서운하지. 스폰이 아니라, 그 뭐랄까. 계약금 같은 거라고 해두지. 앞으로 나올 책 계약금을 먼저 받는다고 생각해. 돈 버는 데 힘 다 쓰면 언제 글을 쓸 수 있겠냐고. 시간을 벌어야 작품을 쓸 수 있지 않겠어? 내

가 자기를 믿는다는 뜻이야. 자기는 꼭 해낼 수 있어. 내 말 알
아듣지?

　내 자존심을 생각해서인지 '그냥 주는 돈'이 아니라 앞으로 쓸
지도 모를 작품의 계약금이라고 했다. 작품을 쓸 수 있을지 없
을지 장담할 수 없는데 계약금이라니. 내가 나를 믿지 못해 자
신이 없었지만 절대 그런 애매한 돈은 받을 수 없다고 하지 못
했다. 그의 말대로 나에게 가장 필요한 것은 집중할 수 있는 시
간이었다. 일정 정도의 돈만 있으면 오직 나를 위한 시간을 떼
어 놓을 수 있고, 작품을 생산할 수 있는지 시험해 볼 수 있을
것이다. 그가 나에게 주는 것은 돈이지만 그것은 내가 자유롭게
쓸 수 있는 시간으로 변환될 것이다.
　얼마 뒤 계약금인지, 스폰인지 알 수 없는 돈이 통장에 꽂혔
다. 야생에서 뛰놀다 우리에 걸려든 느낌이었지만 소설에 도전
해 볼 공식적인 이유가 생긴 것이라 생각하니 부담이 덜해졌다.
생존을 걸고 싸워야 하는 야생에 살다 밥을 챙겨주는 주인을 만
난 기분이랄까. 처음의 뾰족했던 기분은 돈 앞에서 무뎌졌다.

　첫날의 끈적한 분위기면 바로 객실에 올라가 내 옷을 벗겨야
했다. 하지만 김제이는 이어지는 만남에서도 술을 마시는 도중
슬쩍슬쩍 손과 팔을 터치할 뿐 그 이상의 스킨십을 시도하지 않
았다. 입으로는 성행위를 연상하게 할 만한 말을 거침없이 늘어
놓았지만 그의 손은 단정했다.

문제는 내 몸이었다. 너랑 같이 자고 싶어. 그가 건너편 자리에서 하는 말에 그의 품에 안겨 있는 내 벗은 몸이 연상되었다. 말만으로 상대를 달아오르게 하는 그는 진짜 연애 고수인 걸까. 그는 맞은편에 앉아 나를 지긋이 넘겨다보며 쉬지 않고 떠들었다. 내가 가보지 못한 나라, 먹어보지 못한 음식, 생전 처음 들어보는 명품 브랜드. 그가 늘어놓는 이야기 곳곳에서 내가 경험하지 못한 것들이 튀어나와 나를 당황하게 했다. 상상만 했던 세계에서 사는 사람이 나를 보고 싶어 하고, 불러내 술을 사주고, 내 능력을 믿어주고, 나를 도와주겠다고 하는 것이 부담스럽기는커녕 즐기고 싶은 생각을 들게 했다.

　한번은 옆에 가서 앉고 싶다고 생각하며 비어 있는 옆자리를 넘겨다보았지만 그는 나를 불러들이지 않았다. 곧 심각한 사건이 터질 거 같은데 언제 어떻게 사건이 터질지 알 수 없는 심정이었다. 째깍째깍 초침 소리를 들으며 폭탄이 터지기를 기다리는 긴장감은 이상하게도 내 몸에 뭔가를 고이게 했다. 엘리베이터 앞에서 그의 손이 우연히 스쳤을 때는 뜨거운 것이 울컥 쏟아져 나왔다. 그 물기의 뜨거움 때문에 하마터면 그의 손을 잡아끌 뻔했다.

　마치 폭약의 도화선이 타들어가는 것처럼 그는 분위기가 무르익을 때까지 기다렸고 마침내 선이 다 타들어 갔을 때 폭탄은 굉음과 함께 터졌다. 알코올이 심장의 온도를 끓게 했을 때 그는 객실로 내 손을 잡아끌었다. 누군가 떠오르려고 했을 때 축축한 목소리가 그 환영을 지워버렸다.

네 몸은 한 사람만을 위해 존재하는 게 아니야. 네 몸은 너를 위해 존재하는 거야. 왜 한 사람만을 사랑해야 하며 왜 한 사람하고만 섹스해야 하는 거야? 남편이나 애인 얼굴을 떠올려서 지금 누려야 할 행복을 망치는 게 도덕적이고 윤리적인 걸까?

죽을 때까지 수백 번, 수천 번 섹스할 수 있지. 하지만 그 중에 순전히 몸이 달아올라서, 지금 못하면 죽을 거 같아서 하는 때가 몇 번이나 있을 거 같아? 습관적으로, 의무 방어전으로 하는 섹스 말고, 진짜 섹스 말야.

지나 보면 알아. 그때 그냥 그 분위기에 몸을 온전히 맡겼어야 한다는 걸. 욕망이 온몸을 태우는 순간이 그렇게 자주 오지 않는다는 걸. 온몸의 세포가 떨리게 하는 상대를 만나는 것이 얼마나 희박한 확률로 오는 것인지.

속살이 뒤틀릴 정도로 흥분했다는 것은 동물적인 욕망 이상의 무엇인가가 자극되었다는 뜻이지. 나랑 정말 잘 맞는 누군가를 만났다는 신호인 거지. 그런 사람과 진짜 잘 맞는지 실전으로 들어가 봐야 하는 거 아니겠어? 일생에 몇 번 없는 기회인데 말야.

그는 나를 자신의 몸 위에 앉혔다. 아니, 내가 먼저 그의 몸 위로 올라갔는지도 모른다. 나는 말 위에 올라탄 것처럼 몸을 세운 후 위아래로 움직여 페니스를 삽입했다. 슬슬 몸을 아래로 끌어내리려는데 그는 '더 깊숙이'라며 두 손으로 엉덩이 양쪽을 잡아 힘을 주었고 그의 가슴팍에 얹혀 있는 내 허벅지를 가볍게 눌렀다. 깊숙이 꽂히는 느낌을 원하는 것 같았다. 내 몸이 그의 몸을 꽉 물었다는 느낌이 들었을 때 가벼운 쾌감이 혈관을 따라 머리로 올라왔고 그 느낌을 잡아두느라 숨조차 쉬지 않았다. 춤을 추듯 두어 번 몸을 위아래로 흔들었을 때 그는 잠깐만 하며 무릎을 잡았다. 나를 느낄 시간이 필요한 듯했다. 그는 눈을 감고 견딜 수 없는 표정으로 입을 벌렸다 오므렸다 한 후 내 세워진 몸을 앞으로 쓰러뜨렸다. 그의 입술이 내 입술을 찾았다. 두 개의 몸이 바늘 하나 밀어 넣을 수 없을 만큼 하나로 붙었다. 맞닿은 입술도 오르락내리락하며 서로의 혀를 찾았다. 몸에 꽂힌 페니스의 각도가 달라지면서 좌우, 위아래로 포인트를 달리해 마찰을 반복했다. 울혈되었던 클리토리스가 터질 듯 팽팽히 부풀어 오르고 작은 돌기에 몰렸던 피가 온몸으로 퍼져나가 머리 위로 올라갔다. 몸속에 촘촘히 박힌 주름들이 춤을 추기 시작했다. 절정을 지연시키려 주먹을 꽉 쥐고 어금니를 앙다물었지만 이미 롤러코스터는 비행을 시작했다. 질 근육이 주먹을 꽉 쥐었다 놓는 것처럼 빠르게 움직이자, 눈동자가 제멋대로 돌아가고 온몸이 펄펄 끓는 물에 빠진 것처럼 얼얼해졌다. 그는 자세를 바꿔 나를 침대에 눕힌 후 내 위로 올라와 다시 나의 몸에 자신의 몸을 꽂았다. 차분하지만 당돌한 공격에 날아올랐다 곤두박질치기를 여러 번 한 뒤에야 그의 몸이 내 몸 위로 풀썩 쓰러졌다. 한바탕의 전쟁이 지나고 나서 김제이는 숨을 고르며 젖꼭지에 입을 맞추었다.

"허, 참……."

그는 말을 할 수 없다는 듯, 가쁜 숨만 몰아쉬며 감탄사만 내뱉었다.

"내 감은 틀린 적이 없어. 자기를 보는 순간 짜르르했어. N극과 S극이 서로 잡아당기듯 그렇게 끌려가는 느낌 있잖아. 상상한 거 이상이었어. 이런 섹스는 정말 처음이야. 자기랑 나랑 이렇게 잘 맞을 수가. 자기도 보통 좋아하지 않던데? 그래서 내가 더 좋았지만."

질벽이 움찔움찔할 때마다 그의 얼굴이 따라서 움찔거렸다. 우리는 동시에 다른 세상을 구경하다 정념을 탕진하고 피곤해진 몸으로 현실로 돌아왔다. 나는 미진한 듯 그의 가슴에 머리를 비볐다. 운동으로 다져진 딱딱한 가슴팍 사이의 땀에 머리카락이 눅진하게 들러붙었다. 한 번의 정사로 그와 나는 다른 차원의 관계에 들어섰다. 시작까지는 시간이 걸렸지만 지금부터는 다른 고리 하나가 우리 관계를 새롭게 만들어줄 것이다.

그는 택시로 집에 갔고, 나는 운전기사가 모는 자가용을 타고 집에 내렸다. 바람이 나뭇잎을 흔드는 소리를 들으며 빌라 건물에 들어섰다. 센서등이 켜지는 복도에 긴 그림자를 드리우며 한 계단씩 올라갔다. 내가 오늘 한 짓은 뭐라 해야 할까. 애인이나 남편을 두고 다른 이성을 만나는 사람, 일명 양다리는 머리에 뿔이 돋은 도깨비거나 인간의 탈을 쓴 짐승으로 생각했다. 오늘 나는 확실한 양다리를 했으니 머리에 뿔이 돋거나 내 안에 짐승이 자라야 했다. 하지만 뿔이 돋거나 짐승이 되지도 않았다. 누구와 어떤 섹스를 했는지 떠벌리지 않는다면 아무도 모를 일이었다. 하기 전에는 별별 상상이 다 되었지만 막상 하고 나자 별일 아니었다. 박찬영의 얼굴이 떠오르긴 했지만 격렬한 열기를 이길 만큼은 아니었다.

집에 들어갔을 때 이수는 얕게 코를 골며 자고 있다가 부스럭 소리에 눈을 떴다.

"언니 지금 왔어? 대체 어디 있다 오는 거야?"

술에, 유혹에, 흥분에, 오르가슴에, 정신을 차릴 수 없어 이수에게 문자 하는 것을 깜빡하고 있다가 정신을 차렸을 때는 이미 동이 터오고 있었다.

술기운이 다 빠져나가려면, 그가 넣어준 밤꽃향이 나는 점액질 액체가 내 몸에서 다 빠져나가려면, 얼마의 시간이 지나야 할까. 눈을 감았지만 잠이 오지 않았다. 나는 이제 부인할 수 없는 양다리가 되었다. 이렇게 2008년 겨울은 김제이가 내 두 번째 남자가 되면서 시작되었다.

나는 마음이 분주한 와중에도 빠짐없이 연애탭에 보고서를 작성했다. 처음으로 김제이와 같이 밤을 보내고 나서 탭을 열었을 때 화면에는 수많은 별이 팡파르와 함께 요란스럽게 터졌다. 나와 달리 페스티바는 이 실험의 주제와 목적을 잊지 않았을 뿐만 아니라 실험 대상자가 제2, 제3, 제4의 연인을 만들 날을 기다리고 있었다. 내 힘만으로 목적지에 다다를 수 없다. 시시때때로 페스티바는 산란한 내 마음을 다독이기 위해 다른 사람들이 작성한 연애 보고서를 열어 보여주었다.

다중연애를 성공적으로 수행하기 위해선 한 번에 한 사람에게만 몰
두하는 스킬이 필요하다. A를 만나는 순간에는 A에게만, B를 만나는
순간에는 B에게만 집중해야 한다. A와 키스하면서 B와의 약속을 생
각하고, B와 사랑을 속삭이면서 C에게 줄 선물 걱정을 하는 수준이
라면 당장 다중연애를 때려치워야 한다. 지금 내가 함께 있는 사람이
전부인 것처럼 그에게만 최선을 다해야 한다. B를 만나는 시간조차
A를 떨치지 못하고, C를 만나면서 B에게서 걸려올 전화 때문에 전전
긍긍한다면 다중연애 시장을 기웃거릴 자격이 없다.

　박찬영을 만날 때는 박찬영을, 김제이를 만날 때는 김제이 생
각만 해야 한다는 뜻이다. 그것이 다중연애자의 기본 태도다.
페스티바는 내가 제대로 시작도 못하고 일을 망쳐버릴까 봐 걱
정되었는지 뭔가 알려주고 싶어했다.

　하지만 섹스 대상이 단수(單數)에서 복수(複數)가 되는 순간, 페
스티바의 강의나 설명이 필요 없게 되었다. 이미 돌이킬 수 없
는 길로 들어선 이상, 내가 사랑하는 사람들과 평화롭게 관계를
지속할 방법을 본능적으로 체득하게 되었다고 할까. 둘 중 누구
도 잃고 싶지 않은 마음을 뻔뻔한 욕심이라고 해도 어쩔 수 없
다. 나는 끝까지 두 개의 끈을 놓지는 않게 될 것이다. 박찬영과
김제이 두 사람 모두 특별한 의미 속에 놓여 있기 때문이다.

　만에 하나, 둘 중 하나를 포기해야 한다면? 박찬영은 어떤 경
우에도 놓칠 수 없다. 내가 하는 이 실험의 난점은 가장 중요한
것을 흔들어 놓을 수 있다는 것이다. 이런 위기가 오지 않도록,
선택을 강요당하는 난감한 순간이 오지 않도록 할 수 있을까.

　박찬영은 '루나의 사랑 이야기' 속에 등장하는 폴리아모리를

인정할 수 없다고 했다. 그가 인정하지 않는 것을 내가 하고 있다는 것을 알게 된다면? 그 다음은 생각하기도 싫고 생각할 수도 없다. 그래서 그에게는 사건의 내막과 진실을 알릴 수 없을 뿐만 아니라 알게 해서도 안 된다.

김제이는 박찬영과 대척점에 있다. 그는 폴리아모리에 열려 있다고 했고, 그런 맥락에서 내게 애인이 있다 한들 아무 문제 없다고 했다.

너무 복잡하게 생각하면 이 연애 실험을 끝낼 수 없다. 미안함 따위의 찝찝한 감정은 옆으로 밀어두고 내 앞에 있는 사람에게 최선을 다하기로 했다. 박찬영과 함께 있을 때는 박찬영에게, 김제이와 함께 있을 때는 김제이에게.

한 사람만 사랑한다 해서 그 사랑을 영원히 붙들 수 있을까. 여럿을 동시에 사랑한다 해서 그 사랑이 빨리 끝나게 될까. 영원히 변치 않는 사랑이라는 게 존재할까. 오늘 죽을 듯이 사랑해도, 내일 무덤덤해질 수 있고, 모레는 미워하다 못해 죽이고 싶어질지도 모른다. 그런 의미에서 어쩜 우리의 사랑은 시한부인지도 모른다.

○

─대표님이 감이 좋다고 하더니 정말 이렇게 되었네. 뭐야, 이제 나 베스트셀러 작가 친구 둔 거야? 인세가 얼마야? 우와 경이루 책 팔아서 부자 되겠네. 돈 받으면 술 한번 사. 아니 한번으로 안 되겠다.

〈루나의 사랑 이야기〉가 대형 서점에서 집계한 에세이 부문 베스트셀러에 올랐을 때 심다미가 숨찬 목소리로 전화했다.

−하하. 생각보다 잘되고 있다니 나도 의외다. 근데 얼마나 가겠어?

책이 나오고 나서 나는 매일 눈을 뜨자마자 인터넷 서점에 들어가 판매지수를 확인했다. 처음엔 보잘것없던 숫자가 매일 자릿수를 바꾸며 커졌다. 자고 일어났더니 유명해졌다는 말이 나를 위한 것 같았다. 매대에 누워있는 내 책을 보기 위해 서점을 순례했다. 펼쳐보지 못하게 비닐포장이 되어 있는 책더미 옆에는 '루나가 고백한 섹스와 연애, 우리 시대 사랑의 무섭도록 솔직한 자화상'이라는 선전 문구가 사람들의 시선을 불러 모았다. 아무리 흔하고 진부한 주제라 해도 여전히 할 말이 많은 섹스와 연애, 사랑에 20대와 30대 여성이 지갑을 열었다. 나는 내 책을 집어 드는 손을 한참 세다 돌아왔다. 책이 발간된 지 육 개월이 지나자 판매 부수는 상승에서 하향으로 바뀌었지만 이미 예상치를 훨씬 벗어나 선전을 한 뒤라 아쉽지 않았다.

"경이루가 쓴 줄 아무도 모르니 동네방네 떠들고 다닐 수도 없고. 입이 간지러워 죽겠다." 루나가 경이루라는 것을 아는 사람은 출판과 관련된 강연주, 심다미, 김제이, 내가 쓴 글에 코멘트를 해준 박찬영이 전부였다. 김제이가 칼럼을 묶어 책으로 낸다고 했을 때 나는 이런 책을 누가 사서 보겠냐고 했다. 매 편마다 남자와의 섹스 이야기가 적나라하게 묘사된 글이 책으로 나오는 것이 뭔가 께름직했다. 내가 탐탁해하지 않는 것을 감지한 김제이는 '루나가 경이루라는 것을 비밀에 부친다'는 조항을 출판 계약서에 첨부하자고 했다. 내가 전면에 드러나지 않는다면 책 내용이 무엇이든 내가 책임질 게 없었다.

나는 판매부수와 더불어 〈루나의 사랑 이야기〉 관련 기사를 검색했다. 뉴스 기사, 블로그 리뷰 등을 찬찬히 읽어가다 '베스트셀러의 현주소, 잘 팔리는 책은 과연 좋은 책인가'란 제목이 보여 클릭했다.

> 베스트셀러가 꼭 좋은 책이 아니라는 것은 공지의 사실이지만, 〈루나의 사랑 이야기〉 같은 책이 베스트셀러 1위가 되는 현실은 출판 시장을 되돌아보게 한다. 한 여자의 섹스와 연애를 들여다보고 싶은 관음증이 이 책을 정상에 올려놓았지만, 천박한 상술로 짜깁기된 낙서 같은 글이 독서 시장과 출판계를 오염시켰다.
>
> 또한 이것이 작가의 실제 경험담이라면 더 심각하다. 우리 사회가 그어 놓은 윤리와 도덕의 한계를 훌쩍 뛰어넘어 물불 안 가리고 방종을 일삼는 것이 진보적인 사랑인가. 사람을 노리갯감으로 희화화하는 것을 사랑에 대한 탐구로 포장해도 되는 걸까.
>
> 이런 식의 행태가 만연한다면 사람을 귀히 여기는 것은 불가능해질 것이고 진정한 사랑 또한 찾기 힘들 것이다.

기사를 쓴 사람은 〈루나의 사랑 이야기〉를 불태우는 상상에 빠졌을 지도 모른다. 책은 낙서 같은 쓰레기 모음집이 되었고, 나는 윤리 도덕을 개에게 던져버린 파렴치한이 되었다. 하지만 이런 류의 비난 글에 의기소침해지지 않았을 뿐만 아니라 아무런 영향도 받지 않았다. 오히려 이런 반응을 보이는 사람들을 탓하고 싶어졌다. 이렇게 사는 사람도 있구나 하며 다양성의 차원으로 가볍게 넘어가면 안 되는가. 수많은 책 중에 이런 책도 있을 수 있지 관대하게 보아줄 수는 없을까. 좁아터진 사고에 갇혀 답답한 틀을 넘어서려고 하지 않는 사람들이 오히려 한심해 보였다. 한편 나는 필명 뒤에 숨은 일이 얼마나 잘한 일인가 가슴을 쓸어내렸다. 하마터면 이런 반격이 내 얼굴로 바로 떨어질 뻔했다.

한편 내 글을 읽으며 자신이 만났던 찌질남을 떠올렸다는 댓글도 있었고, 소름이 돋을 정도의 솔직함에 감동했다는 긍정적인 의견도 있었다. 지우고 싶은 기억조차 모두 합쳐져 나를 만든 재료가 되었기에 우리의 연애사와 그 등장 인물들은 쉽게 잊히지 않는 것이다. 내가 쓴 글이 나쁘게든 좋게든 세상에 작은 물결을 만들었다는 것이 신기했고 그것으로 충분했다.

믿을 수 없는 일이 일어났다. 내가 드디어 1200매 소설을 완성했다.

지난 1년 6개월 동안 새벽부터 저녁까지 하루 평균 열 시간 이상 노트북 자판을 두들겼다. 온종일 글을 쓰다 저녁이 되면 머리가 무겁고 눈이 침침했다. 해가 뉘엿하게 질 때면 박찬영과 저녁을 먹거나 김제이가 사주는 발렌타인을 마시며 기분 전환했고 두어 달에 한 번은 손민의 컨테이너에 가서 그림에 대해 이야기하다 왔다. 열 번도 넘게 퇴고를 한 발자크처럼 마지막 두 달은 저녁 외출도 하지 않고 고치고 또 고쳤다. 읽을 때마다 미진한 부분이 튀어나와 문장을 다듬은 것만 열 번도 넘었다. 더 붙잡고 있을 수 없게 되었을 때 제이 출판사 문학부 편집자에게 송고했다.

소설 '사소한 거짓말'은 남편의 장례식장에서 슬피 우는 여자에게서 시작된다. 갑자기 교통사고로 남편이 죽자 여자는 깊은 슬픔에 잠긴다. 장례식장에서 오열하는 그녀 앞에 묘령의 여자들이 하나씩 나타난다. 이 여자들은 누굴까.

사실 이 이야기는 페스타바의 연애 탭에서 읽은 것을 소재로 했다. 연애 보고서에는 소설보다 더 소설 같은 이야기들이 넘쳐나 현실의 이야기 같지 않았다. 이런 걸 소재로 쓰면 개연성이 없다고 할까 봐 걱정될 정도였다. 남편이 죽고 나서야 퍼즐 맞추듯 남편의 삶을 더듬어가는 아내. 여자는 남편의 여자들을 찾아다니며 해코지를 할 계획을 세운다. 남편도 죽고 없는 마당에 왜 그녀는 쓸데없는 복수에 혈안이 된 것일까. 배신의 상처를 준 사람이 죽고 없는 마당에 말이다. 원고를 읽은 심다미는 주인공이 남편의 여자들에게 복수하는 지점에서 열광했다.

"원래는 남편에게 복수해야 하는데 남편이 죽었으니 어쩔 수 없이 상간녀들에게 복수를 해버리네. 누구에게 하든 아주 속이 다 시원하다. 호호."

"네가 이 아내라면 어떻게 할래? 강호 씨가 바람피워 여자들을 여럿 거느렸다면 너도 이 여자처럼 할 거야?"

"여자를 여럿? 하나도 아니고?"

"복수나 단죄까지 할 일은 아니지 않을까?"

"너는 너 자신도 동의 못 하는 이야기를 어떻게 소설로 썼냐? 나는 이 아내 백번 이해해. 유부남인 걸 알면서도 관계를 한 거면 변명의 여지가 없는 거야. 남의 남편을 왜 건드려? 유부남이 수작을 걸면 미친 자식 하며 멀리 피해 다녀야지, 같이 장단을 맞춰? 남자든, 여자든 다 똑같이 혼나야 하는 거야. 하면 안 되는 짓을 한 거니까. 그런 정신 없는 것들은 뼈도 못 추리게 아작 내야지 그걸 그냥 두냐? 남편도 죽었다고 그냥 둘 수야 없지. 관 뚜껑을 따서 시체라도 마구 쥐어 패야지. 호홋."

심다미는 물 만난 물고기처럼 신바람 나게 말을 쏟아냈다. 심다미가 나와 김제이의 관계를 안다면 어떻게 반응할까 갑자기 두려워졌다. 나는 그저 복수혈전을 소재로 소설을 썼을 뿐이지 아내의 행동에 전적으로 동의하는 것은 아니었다.

"결혼하고도 바람피우는 사람들도 있잖아. 요즘은 가정주부들도 애인 없으면 바보 취급받는다잖아."

"그런 것들은 다 쓰레기 소각장에 처넣어야지. 짝짓기에 혈안된 금수도 아니고. 지켜야 할 선은 지키며 살아야지. 그럴 거면 결혼은 왜 하냐? 혼자 살면서 헌팅이나 하지. 결혼은 신성한 계약이야. 정조의 의무는 그 계약의 가장 중요한 부분이고. 신뢰가 흔들리면 모든 게 흔들리는 거고."

"너무 교과서적인 얘기네. 괜찮은 사람 보면 마음이 설레는 게 인간의 본성이잖아. 자연스럽게 좋아하는 감정이 생기는 걸 어떻게 막을 수 있겠어? 죽네 사네 해서 결혼한 사람들도 일단 한 집에 살게 되면 가족이 된다고 하더라. 가족끼리 섹스 같은 거 하면 안 된다는 농담도 있잖아. 더는 설레지 않게 된다는 거지. 그래서 진짜 연애 상대는 집 밖에서 찾는 사람들이 생기는 거고. 넌 강호 씨가 아직 남자로 보여? 강호 씨는 널 여자로 보고? 인정하고 싶지는 않겠지만 남 얘기가 아닐 수도 있다?"

"우리 강호 씨는 여자 붙여줘도 멀리 도망갈걸. 나 말고는 여자라면 일단 무서워해. 유부남 옆에서 알짱거리는 여자들 속셈 다 알만하다는 거지. 제 처자식 챙기기도 정신이 없는데 무슨 바람피울 생각을 하겠어? 이 세상에서 자기 마음을 설레게 할 사람은 나밖에 없다고 했어. 내가 자기 새끼를 낳아준 미정이 엄마니까. 호호."

괜히 말을 꺼냈다는 생각에 입을 다물었다. 남편을 잘 안다고 하는 심다미는 진짜 얼마나 남편을 잘 알고 있는 걸까. 호언장담하는 자신감이 부럽기까지 했다. 상상하지 못한 어떤 이야기가 튀어나온다면 그녀는 감당할 수 있을까?

13. 감정의 정체

장수촌에 들어섰을 때 숯 타는 매캐한 냄새가 콧속으로 파고 들었다. 석쇠 위에 팔뚝만 한 장어를 올리고 있는 김제이가 보였다. 하얀 와이셔츠 소매 끝에 달린 커프스 단추가 반짝거렸다. 감색 유니폼을 입은 종업원이 다가왔으나 그는 집게를 내려 놓지 않았다.

"오느라 수고했어. 차 두고 왔지?"

중고차를 사고 뚜벅이가 느낄 수 없던 신체의 자유가 생겼다. 손민의 집에도 한 시간 안에 갈 수 있게 된 게 좋았다. 오늘은 술을 마시게 될 거 같아 차를 두고 왔다. 그의 얼굴은 숯불의 열기 때문인지 불그레하게 보였다.

"3주 만이지? 나 좀 보고 싶었나?"

내가 대답하려는 찰나 종업원이 다가와 장어를 뒤집고 한입 크기로 잘라주었다. 그는 가끔 이런 질문으로 나를 시험했다.

"보고 싶었어요."

그는 되었다는 듯 미소를 지으며 장어를 깻잎에 올려 내 입에 넣어 주었다. 그는 내가 많이 보고 싶었다 해도, 자신에 반의반에도 미치지 못한다고, 도량형이 달라 자신이 언제나 손해라고 했다.

"대표님은 얼굴이 더 좋아 보여요. 난 엉망인데."

무슨 일인지 기억도 안 나는 일을 가지고 엄마랑 밤늦게까지 싸우느라 잠을 제대로 자지 못해 좀 어질어질했다.

"무슨 그런 말씀을. 자기는 언제나 예쁘지."

그는 나에 대해, 특히 내 몸에 대해 이런 식으로 말했다. 당신을 쳐다보고 있으면 시간이 어떻게 가는지 모르겠어. 이렇게 여자의 몸이 아름다운지 처음 알았어. 보기만 해도 황송한데 만질 수 있다니. 자기 피부가 닿으면 뱀 같은 게 내 몸에 착 감기는 느낌이야. 뭐랄까 온몸이 근질근질해서 가만히 있을 수 없어.

"실컷 먹고 힘내야지. 참 이거."

하얀 사각봉투를 내밀었다. 봉투에서 여인의 벗은 등 위에 '사소한 거짓말'이라는 제목이 크게 박힌 책이 나왔다.

"어머머, 벌써 나왔어요?"

"빨리 뽑으라고 푸시했더니 기계가 빨리 돌아가던데?"

"참, 대표님도."

그는 책을 내 쪽으로 돌려 겉표지를 넘겨주었다. 책날개에 상반신을 찍은 여자 사진이 박혀 있었다.

"내가 좋아하는 사람이 낸 책인데. 빨리 보여주고 싶었어."

책을 받아 들고 첫 장부터 주르륵 훑어보았다. 김제이가 밀어붙인 첫 소설집을 들고 야릇한 감상에 젖었다.

"홍보 확실히 해야지. 역사에 길이 남을 책이 되게 말이야."

아무리 농담이라도 역사 운운하는 수식어는 얼굴을 뜨겁게 한다.

"만 부 가는 거예요? 호홋."

"만 부가 뭐야, 자기는 꿈이 작은 게 문제야. 백만 부 가게 해야지. 기다려 봐. 하하."

유니폼을 입은 종업원이 석쇠를 갈며 물었다.

"좋은 일 있으신가 봐요."

"좋은 일 있지요. 이분이 책을 내셔서. 이제 곧 매스컴에서 보게 될 거예요."

제이는 장난하듯 유쾌하게 말했다.

"축하해요."

종업원은 내 손에 들려 있는 책을 슬쩍 쳐다보았다. 나는 맥주잔에 소주를 반 잔 붓고 맥주를 채워 내밀었다.

장어 2킬로를 소맥과 함께 먹고 나오니 내쉬는 숨에서 생선 냄새가 났다. 대리 운전사 뒷자리에 앉아 그의 어깨에 머리를 기댔다. 김제이는 한 팔을 뻗어 내 좁은 어깨에 두르고 다른 한 손은 내 허벅지 위에 올리고 꼼지락거렸다. 나는 그의 손가락을 하나씩 들어 올리며 장난쳤다. 떨어지는 손가락은 단단한 허벅지에 부딪혀 튕겨 올라갔다. 그의 손을 가지고 장난치고 있을 때 전화가 왔고, 전화기 너머로 여자 목소리가 흘러나왔다. 나는 재빨리 내 휴대전화를 찾아 무음으로 했다.

"언제 와요?"

허스키한 여자 목소리가 조용한 차 안의 공기를 갈랐다.

"한 시간 안으로 들어갈 거야. 오늘 새 책이 나와서 작가랑 얘기 좀 하느라."

"많이 마셨어요? 운전해서 오는 거 아니죠?"

"그럴 리가 있나. 먼저 자."

"자긴요. 조심해서 와요."

전화는 끊어졌고 나는 내 전화기 소리를 살렸다. 아내는 매번 비슷한 시간에 전화했다. 둘만의 공간에 찾아 들었을 때 아내에게 전화가 온 적도 있었다. 헐떡이는 숨소리가 아내에게 전해지지 않도록 김제이는 응, 그래, 단답식으로 말하고 전화기를 얼굴에서 멀리 떼었다. 지금 바쁘냐는 물음에 김제이는 거리낌 없이 회의 중이라고 했다.

둘의 대화를 들으며 이 부부가 오픈 메리지와 폴리아모리 개념을 공유하고 있는 게 맞을까 생각했다. 결혼 밖의 공간에서 다른 행복을 찾을 권리를 보장하지만 암묵적으로 자신들의 '딴짓'을 비밀에 부치기로 했다는 김제이의 말은 사실일까. 희망사항을 사실처럼 내게 말한 것일 수도 있고, 한편으로 나는 거짓의 가능성을 희미하게 느끼면서도 모른척하고 있는 것일 수도 있다. 내 아내도 바빠. 낮에 뭐 하는지, 누굴 만나는지 모르지만 그게 나랑 무슨 상관이람? 물론 캐묻지도 않지. 저녁에 무사히 만나면 그걸로 된 거야. 그가 이렇게 말할 때 김제이는 아닐지라도 나는 그의 아내가 낮에 누굴 만나 무얼 하는지 궁금해졌다. 아내가 이런저런 얘기를 길게 하려 하자 그는 바쁘다며 전화를 끊었지만 목소리는 다정했다. 그는 전화를 끊고 나서 하던 일을 계속했고 일을 다 끝내고 나서 괜찮냐고 물었다. 나는 괜찮았다.

어느 순간부터는 일정한 시간에 전화가 오지 않으면 내가 여자의 전화를 기다리게 되었다. 늦은 밤 들어오지 않는 남편에게 전화하는 것은 자연스럽고 당연한 일이다. 매번 괜찮았던 것처럼, 오늘도 괜찮다.

전화를 끊음과 동시에 자동차 창문에 물방울이 세게 부딪쳐 왔다. 일기예보의 신빙성을 증명이라도 하듯 하루 종일 참고 있던 물줄기를 쏟아냈다. 나는 김제이의 어깨에 기댔던 고개를 들어 차창 밖을 내다보았다. 굵은 빗줄기 때문에 총천연색 네온사인의 불빛이 흐릿하게 혼합되어 흔들렸다. 마치 어둠을 흔들어대는 클럽의 조명 안에 있는 것 같았다. 그는 오늘 밤 한결 고양된 기분으로 아내를 안아줄지 모른다. 애인에게 존재를 증명받은 설렘으로 더 행복하게 남편 역할을 할지도 모른다.

그에게 나 말고 다른 애인이 있을 수도 있고, 어쩜 그의 진짜 애인은 내가 아닌지도 모른다. 나보다 오래 만나온 여인이 가까이에서 그를 지키고 있을 수도 있다. 나는 무엇인가? 나는 그냥 나일 뿐이다. 이런들 저런들 달라지는 건 아무것도 없다. 만나고 싶을 때 만나는 것만으로도 충분한 관계도 있다.

우리가 하는 게 사랑인지, 호감인지, 그저 서로를 이용하는 것인지, 따지고 싶지 않다. 손을 뻗었을 때 닿는 곳에 있다는 것만으로 충분해 모든 의문을 덮어버렸다. 그에게 내가 어떤 의미인지 캐고 싶은 마음도 없다. 박찬영과는 뭔가 달랐다고 생각했는데 그것도 착각인지 모른다.

"왜 나를 만나요?"

"새삼스럽긴. 많이 말한 거 같은데."

나는 여러 번 물었고 그는 여러 번 대답했다. 하지만 종종 궁금해졌다. 부족한 게 없는 그가 왜 나를 만나고 있는지. 그는 크게 심호흡하고 나서 대답했다.

"설레고 싶어서."

뜻밖의 대답이었다.

"고작 그걸 위해서?"

"고작이라니. 나한테는 절박한 이유야. 내가 살아 있다는 걸 확인하게 해주고, 나를 살고 싶게 만들어주는 데 고작이라고?"

"사람들이 대표님을 부러워하는 거 아시죠? 다 가진 사람이라고 하잖아요."

"그렇게 보이는 사람에게도 채우고 싶은 빈칸이 있는 거야."

부족한 게 없어 보이는 사람에게도 부족한 것은 있었다. 모든 걸 다 가졌다는 것, 부족함이 없다는 것이 부족함이 되는 경우였다. 나도 채우고 싶은 빈칸이 너무 많아 이 늦은 시각까지 그의 옆에 있는 걸까. 페스티바는 일찍이 내가 어떤 사람인지 파악한 것 같았다.

— 자네 보고서가 자세하고 생동감 있어 자료로서 가치가 있어

만족이야. 글 속에 녹아 있는 경험을 다른 누군가가 읽어야

할 테니 구체적일수록 도움이 되겠지.

- 글쓰기는 제 전문 분야잖아요.

- 하긴. 앞으로 자네의 미래가 어떻게 펼쳐질지 궁금하지 않

아? 지금까지는 나와의 인연이 별로 나쁘지 않을 거 같은

데.

- 끝까지 가보면 제대로 알 수 있겠죠.

- 일단 실험에 들어왔으니 자기 암시나 설득 따위는 빼고, 하

고 싶은 대로 해보는 거야. 마음이 시키는 대로 살면 어떤

대가를 받게 되는지. 살고 싶은 대로 살았으니 후회와 여한

이 없을 수도 있고, 세상과 싸우느라 만신창이가 될 수도 있

고. 결과를 알 수 없으니 더 재밌지 않아?

페스티바가 고안한 실험은 한 번뿐인 인생을 사는 존재에게
는 위험했다. 삶을 통째로 실험, 그것도 연애 실험에 바치다니.
하지만 페스티바가 빠진다 해서 인생이 알 수 없는 힘의 장난질
이 아니라고 할 수도 없었다. 내가 태어난 것부터가 신의 장난
질이다.

나는 틈틈이 탭에서 연애 실험 보고서를 읽었다. 페스티바의
관음증에 전염된 것일까. 연애 보고서를 읽는 것은 남의 집 침
실을 몰래 들여다보는 것처럼 나를 전율케 했다. 커튼이 드리워
진 집 안에서 사람들이 어떻게 살고 있는지 알고 싶었는데 연애
보고서는 커튼을 제치고 타인의 침실에 잠입하게 해주었다. 사

람들의 얼굴만큼 다양한 사랑과 삶의 이야기가 연애탭에 저장되어 있었다. 사랑 그 자체를 원하는 사람은 사랑에 목숨을 걸었다. 관계에서 오는 안정감을 원하는 사람은 위기관리에 심혈을 기울였다. 돈과 재화를 얻고자 한 사람은 타산이 맞지 않을 때 과감히 관계를 정리했다. 심지어 몸과 마음이 분주해지는 것에 만족감을 느끼는 사람도 있었다.

"빈칸이 하도 많아서 저로도 채워지지 않는 거죠?"

"하하. 그렇다면 질투라도 할 셈이야? 자기가 잊지 말아야 할 게 있어. 나는 최선을 다한다는 거. 이게 답이 될까?"

그는 내 머리에 코를 박고, 깊게 심호흡했다.

"자기도 날 만나 손해 본 건 없을 텐데. 안 그래?"

손해나 이익, 그것도 연애를 이어 나가는 한 축이 될 수 있다. 사랑해서 얻는 이익이 사랑 그 자체보다 더 강력하게 사람들을 이어놓을 수도 있다. 서로의 이익이 보장되는 한 헤어질 이유가 없는 것이다.

"우리는 오래 갈 거야."

양재역을 지나고 있을 때 문자가 왔다. 엉덩이 밑으로 휴대전화를 펴보았다. 박찬영이라는 것을 확인하고 바로 전화기를 닫았다.

"누구야?"

"친구예요."

"친구? 아 맞다. 경작가에게 좋은 친구들이 많지."

마치 문자를 보낸 사람을 알기라도 하듯 말했다. 청록색 벤츠는 나를 빌라 앞에 내려놓고 미끄러지듯 출발했다. 나는 차가 보이지 않을 때까지 서 있다가 박찬영에게 전화를 걸었다.

─지금 들어가는 길이야. 오늘 책이 나왔거든.

─우와. 빨리 나왔네. 우리 경이루 잘나간다. 내일 시간 있어? 소설가 된 거 축하해야지.

집에 들어서자 술기운과 함께 피로가 몰려들었다. 가방을 마루에 털썩 내려놓았을 때 삐죽이 가방 밖으로 책이 삐져나왔다. 내가 벗어놓은 옷을 정리하던 이수는 책을 발견하고 즐거움에 겨워 소리를 질렀다. "그동안 이 책 쓰느라 애썼는데 고생한 보람이 있네? 소설가 언니 돼서 자랑스러워." 그녀는 책표지가 예쁘다며 사진을 찍으며 쉼 없이 떠들었다. 안방에서 끙끙 앓는 소리를 내던 엄마도 마루에 나왔다. "이 책 많이 팔렸으면 좋겠다." 엄마는 딸이 쓴 책을 쓰다듬으며 말했다. 엄마가 이 책을 읽으면 뭐라 할까. 뭐 이런 책을 썼냐며 부아를 낼 수도 있으니 엄마가 책을 안 읽는 사람인 게 다행이었다. 엄마의 주위에서 서성였던 유부남들은 아내에게 들키지 않고 완전 범죄를 했을까. 그 남자들 때문에 심심하지 않게 살았던 여자는 과거에 했던 행동을 후회할까. 소설을 쓰면서 엄마를 인터뷰하고 싶었지만, 엄마 입에서 나올 말들이 무서워 아무것도 묻지 않았다. 샤워를 하고 방에 들어오자 정신이 맑아졌다. 수백 번 읽어 외울 정도지만 오늘 밤엔 하얀 종이 위의 인쇄된 글자를 한 글자도 빼지 않고 느끼고 싶었다. 이부자리에 몸을 던진 후 책을 얼굴 위로 들어 올려 프롤로그부터 읽었다. 〈책 읽어주는 여자〉의 꿈

스땅스가 된 것처럼.

눈을 감으려고 할 때 김제이가 유튜브 링크를 보냈다. 화면을 켜자 원숭이들이 서로의 털을 골라주는 모습이 나왔다. 나는 왜 한밤중에 원숭이인가 하면서도 어둠 속에서 휴대전화에 시선을 고정했다.

실험자는 우리 안에 한 쌍의 히말라야 원숭이를 가두고 생활하게 했다. 이 실험은 원숭이들이 일부일처제에 만족하는지 알아보기 위한 것이었다. 암컷과 수컷은 처음에는 행복한 표정으로 먹이를 챙겨 주고 털을 고르며 시시때때로 서로의 몸을 쓰다듬어 주었다. 시간이 지나면서 처음의 활기는 사라졌지만 별다른 다툼없이 그럭저럭 지냈다. 더 시간이 지나자 섹스 횟수도 줄고 그것을 할 때조차 지루해했다. 60년을 같이 산 할아버지 할머니에게서 성적 긴장감을 느낄 수 없는 것처럼 서로에게 시큰둥했다.

실험자는 두 마리만 외롭게 있던 우리에 열 마리의 암컷과 수컷을 풀어놓았다. 빗장이 풀리고 많은 개체를 만날 기회가 생기자 갑자기 원숭이 부부에게 생기가 돌았다. 동굴처럼 어두웠던 눈이 반짝하며 전에 하지 않던 행동을 하기 시작했다. 새로운 상대 주위를 맴돌며 낯선 이성에게 매달리기도 하고 등을 툭툭 치다 배에 올라탔다. 정해진 파트너에 묶여 있던 수컷은 새로운 로맨스를 만드느라 암컷이 무엇을 하든 신경을 쓰지 않았다. 암컷은 고개를 쳐들고 자신감 넘치게 수컷들 사이를 돌아다녔다.

여기까지 보여주고 나서 실험자는 질문을 했다. "다른 이성들을 만나게 되면서 원숭이 부부의 관계는 어떻게 되었을까요?" 다음 장면에서 바로 답이 나왔다. 부부 원숭이의 섹스 횟수는 더 늘어났고 관계의 친밀도는 더 높아졌다.

김제이는 내가 차 안에서 했던 질문에 원숭이 실험으로 답을 주었다.

14. 세 번째 남자

손민의 컨테이너에 도착했을 때 비가 내리기 시작했다. 집주인은 풀이 허리까지 자란 마당에서 모모와 함께 기다리고 있다가 양손에 들려 있는 장바구니를 받으며 눈을 끔벅였다. 저 풀들은 언제 벨 거냐고 물었을 때 손민은 쑥스러운지 머리를 긁적였다.

홀 가운데 장바구니를 내려놓았다. 각종 육류와 과일, 채소가 쏟아져 나왔다. 그의 집에 오는 날이면 장부터 봤다. 손민의 얼굴을 떠올리면 물통만 나뒹굴고 있는 냉장고가 생각났기 때문이다. 냉장고를 열고 식자재를 차곡차곡 쌓았다.

얼마 전까지는 나도 먹는 것에 신경을 안 썼지만 지금은 제대로 먹으려고 애쓴다. 평생 텅텅 빈 냉장고를 뒤져가며 먹고 산 것에 한이 맺혀 좋은 고기와 신선한 야채로 냉장고를 그득히 채워놓는다. 엄마는 부지런히 챙겨 드셨다. 딸이 엄마를 위해 열심히 식재료를 사다 나른다고 생각하고 있는 게 분명하다. 거금을 주고 사들인 사이비 약 때문인지, 내가 사다 나른 음식 재료들 때문인지 엄마의 낯빛은 점점 나아졌다. 부담스럽기만 했던 엄마의 병원비가 아직도 부담스럽지만 견딜만해지고 있었다.

냉장고 정리를 마치고 싱크대 앞에 서서 앞치마를 두르는 나를 손민이 밀어냈다.

"말리지 마. 네 얼굴 보니 안 되겠다. 오늘은 너 고기 먹는 거 꼭 보고 갈 거야."

시즈닝한 소의 안심을 가열된 팬에 올리자 고소한 냄새가 홀 안을 가득 채웠다. 박찬영이 처음으로 자신의 집에 초대한 날 만들어주었던 음식을 손민을 위해 해주다니 뭔가 야릇한 기분이 들었다. 까뭇까뭇하게 구운 고기를 접시에 올리고 가장자리에 당근과 브로콜리를 얹으니 그럴싸해 보였다.

"여기까지 오는 것도 미안한데 요리까지……."

나는 그가 더이상 말을 못 하도록 입에 고기 한 점을 집어 입에 넣어주었다. 박찬영이 만들어 주는 음식을 받아먹던 나처럼 손민도 똑같이 했다. 입을 오물오물하더니 꿀떡 삼키고 엄지척을 했던 것이다. 나는 두 장면이 겹치는 것을 느끼면서 손민이 접시를 깨끗이 비우기를 즐겁게 기다렸다.

손민을 서너 번 만났을 때 다리에 불이 붙은 것처럼 뜨거웠다. 견딜 수 없는 가려움에 손톱을 세워 벅벅 소리 나게 긁으면서 우리 사이에 무슨 일이 일어날 것을 예감했다. 상태창까지 어른거리는 것에 페스티바의 입김이 느껴졌다. 만난 지 이 년이 되도록 우리는 서로의 벗은 몸을 보지는 못했지만, 그가 '누나가 좋아요'라고 한 날, 연애탭에서는 팡파르가 울렸다. 페스티바가 규정한 연인의 개념에 섹스가 필수는 아닌 모양이었다. 나중에 페스티바에게 연인 관계의 정의를 물었더니 "섹스를 트지 못한 관계에 팡파르가 울린 것은 예외적이야. 육체관계 없이도 누군가를 절실히, 뜨겁게 사랑한다면, 예외적으로 연인으로 인정하지. 대부분의 성인 남녀관계에서 섹스를 뺀다는 것이 좀 어색하긴 하지만, 단테와 베아트리체 관계를 생각해 봐. 같이 자기는커녕 길에서 눈인사만 나눈 게 전부인데도 단테는 베아트리체를 마음에 품고 죽잖아."라고 대답했다. 페스티바의 얘기를 듣고 나서야 손민이 나를 '절실히, 뜨겁게' 좋아한다는 것을 알게 되었다. 맹숭맹숭한 얼굴로 그림과 책 얘기만 나누는 관계이니 그저 친한 누나 동생 사이로만 생각했다. 나중에 나를 진짜 좋아하냐고 물었을 때 손민은 이렇게 말했다.

"누나는 여자가 아니에요."

"내가 여자가 아니면 뭔데?"

"여자가 아니라 여신?"

"오, 정말? 아부 아니지? 나쁘지 않은데?"

나는 웃으며 농담처럼 넘겼지만 손민의 표정은 굳어 있었다.

"살아 있는 사람 중에서, 숨 쉬고 있는 사람 중에서 누나는 내가 제일 좋아하는 사람이에요. 이 세상에 모래알처럼 많은 사람들이 살고 있는데 그 중에 한 명은 사랑하다 죽어야죠."

살아 있는 사람이라는 말을 듣는 순간, 영원히 잊을 수 없는 사람들, 이 세상에서는 만날 수 없는 그의 아버지와 어머니, 여동생이 생각났다. 사랑할 사람이 필요하다는 말은 꺼져가는 생명을 지탱해 줄 한 사람이 필요하다는 말로 들렸다.

손민은 접시와 컵을 닦고 나서 찻물이 끓는 사이 사과를 깎았다. 나는 홀을 빙글빙글 돌며 나무가 즐비한 숲속을 거닐 듯 그림 사이를 거닐었다. 숲에서 만났던 거미와 무당벌레가 그의 작업실에서 숨 쉬고 있었다. 숲속 생물이 가득한 화폭을 지나 새로 들여놓은 책상 의자에 앉았다. 손민이 나무를 켤 때 옆에서 잡아주고 사포질도 함께 했던 나무 의자가 기름을 적당히 먹고 반짝였다. "만들 때 내가 거들어서 그런가 오동나무가 여자 피부처럼 따스하게 느껴지네."

책상 위의 종이더미를 치우다가 한 장의 종이가 눈에 들어왔다. 손민이 빠르게 다가와 내가 집은 종이를 빼앗아 얼른 서랍에 넣었다. 나는 다시 서랍을 열어 종이를 꺼내 인쇄된 글자를 소리 내 읽었다.

"기부자 손민. 기부 액수 천만 원. 귀하의 기부 실천에 감사드립니다? 기부?"

나는 어이없는 눈길로 손민을 쏘아보았다. 그는 내 손에 들려 있는 증서를 빼앗아 바지 주머니에 넣었다.

"아무것도 아니에요."

나는 서랍을 다시 열어 그의 통장을 찾아 펼쳤다. 그 하나뿐인 통장엔 천만 원이 보육시설로 입금된 기록과 잔액 56만 원이라는 숫자가 찍혀 있었다. 나는 통장과 손민의 얼굴을 번갈아 보았다.

"너무하는 거 아니야? 생각이 있는 거야 없는 거야? 몇 억쯤 있는 사람이 선행을 쌓기 위해 십분의 일쯤 희사했다면 내가 이러지 않아. 근데 너는 어때? 56만 원만 달랑 남기고도 잠이 오니? 불안하지도 않아? 돈이 없으면 어떻게 되는지 알고도 남잖아. 노숙자로 살아봤다며? 다시 옛날처럼 춥고 배고프게 살고 싶어? 서울역에서 신문지 덮고 자고 싶냐고. 세상이 정글이라는 거 알잖아. 너까지 나서지 않아도 돼. 도움을 받아야 할 사람이 누굴 돕는다는 거야? 무슨 교만이야?"

나는 최대한 칼끝을 날카롭게 해서 그를 겨누었다. 내 말을 끔찍한 모욕으로 받아들이고 다시는 주제넘게 나서지 않길 바랐다. 가여운 영혼이 안전하고 건강하게 살기를 바라는 마음에서 내가 할 수 있는 모든 걸 다 하고 있는데, 정작 본인은 얼마 되지도 않는 자원을 불필요하게 쓰면서 자신을 위험에 빠뜨리고 있다는 걸 받아들일 수 없었다.

"예. 주제넘었어요. 그런데 앞으로는 이럴 일도 없을 거예요. 돈이 없을 거니까."

손민은 험악한 분위를 넘기기 위해서인지 어색한 미소를 지으며 말했다. 나는 집에서 쫓겨나지 않으려고 돈을 구하러 다닐 때도 나를 비롯한 모든 가난한 사람이 겪고 있는 빈한함을 조롱하고 비웃었다. 가난은 인간 자체를 바꿔놓는 악마와도 같았다. 주머니에 빵 하나 살 돈이 없어 고픈 배를 감싸안아 본 사람은 안다. 한 개의 빵을 위해 무엇이든 할 수 있을 거 같은 절박함이 인간을 얼마나 비참하게 하는지. 나는 그런 절대 빈곤을 간신히 빠져나와 이제 겨우 한숨 돌리는 중이다. 손민은 아직 캄캄한 터널을 헤매는 중이다. 철딱서니 없는 손민은 자신의 처지를 모르고 세 끼 밥 먹으면 됐지 그 이상이 왜 필요하냐며 혹여나 눈먼 돈이 자신에게 붙을까 두려워 벌벌 떤다. 나는 그런 손민이 낭떠러지 밑으로 떨어지지 못하게 해야 할 책임감을 느꼈다. 나도 얼마 전까지 타인의 선의에 기대야 하는 불우 이웃이었고, 그 시절을 지나온 지 얼마 되지 않았다. 아직 갈 길이 멀다. 사실 기부 같은 선행을 해야 할 사람은 손민이 아니라 김제이다. 그가 10억쯤 사회에 환원한다면 두 팔을 들어 환영할 것이다. 하지만 그는 사업을 확장할 생각으로 가득차 있다. 화수분처럼 돈이 넘쳐나는 사람은 더 많이 모으려고 안달이고, 무일푼인 사람은 나누지 못해서 안달이라는 게 아이러니했다. 나는 그에게 안전한 삶의 테두리를 만들어 주려는 것인데 그는 자꾸 바깥으로 튕겨 나가려고만 했다. 우리는 각자 인생의 처절한 구멍에서 나왔지만, 전혀 다른 길을 걷고 있었다. 그는 그에게 맞는 길로, 나는 나에게 맞는 길로.

돈을 쓸 때는 내 허락을 받겠다는 약속을 받아내고서야 비로소 험악한 표정을 거두었다. 색감이 점점 좋아진다며 그림으로 화제를 바꾸자 그의 얼굴에 미소가 살아났다. 불안 요소가 이곳저곳에서 손민을 노리고 있지만 그나마 하루도 쉬지 않고 그림을 그린다는 것에 안도했다.

"열심히 일하고 있으니 이번에는 용서해 줄게. 다음에는 국물도 없어."

내 말에 손민은 손뼉이라도 칠 듯 좋아하며 코를 찡긋거렸다. 나는 소년같이 표정을 숨기지 못하는 여린 영혼을 살짝 안아주었다. 그는 엄마에게 기대듯 내게 몸을 기대왔다. 그가 내 몸에 기대올 때면 가끔 궁금했다. 내가 그에게서 그 어떤 성적 흥분과 긴장을 느끼지 못하는 것처럼 그도 아무런 번민이나 망설임이 없는지. 나는 섹스가 없는 관계인 게 오히려 편안했다. 몸으로 서로를 행복하게 해주어야 한다는 강박이 빠지니 의무 하나가 사라진 듯했다. 맹인에게 시각이 빠진 자리를 청각이나 촉각이 대신하듯, 몸이 빠진 자리를 대화와 마음이 채워주었다.

차에 타자마자 휴대전화를 여니 박찬영에게서 부재중 전화가 와 있었고 문자함에는 문자가 세 개나 와 있었다.

- 뭐 하느라 전화를 안 받는 거야? 연락 안 되면 전화기가 고문 도구가 된다고.
- 나랑 오늘 약속한 거 잊었어?
- 늦으면 늦는다고 말이라도 해주면 좋잖아.

나는 문자를 확인하자마자 바로 전화했다. 오늘 만나기로 했지만 시간 약속은 하지 않아 서둘지 않았다.

- 화났어? 미안해. 두 시간쯤 걸릴 거 같은데 어쩌지?
- 걱정했잖아. 목소리 들었으니 됐어. 천천히 조심해서 와.

그는 어디냐고 묻지 않았다. 그는 퇴근하고 집에 오자마자 청소기를 돌리고 공기 청정기를 틀었을 것이다. 오늘은 경이루와 뭘 먹을까 어제부터 고민하고 매운탕을 끓이기 위해 우럭을 사왔을지도 모른다.

비밀번호를 누르고 집에 들어가자 집주인이 보이지 않았다. 이름을 크게 불렀을 때 안방에서 우렁찬 목소리가 났다. 문 여는 소리가 나면 뛰어나왔는데 무슨 일인가 의아해하며 안방 문을 열었다. 박찬영은 침대에서 이불을 목까지 끌어다 덮고 누워 있었다.

"어디 아파?" 손을 뻗어 이마에 손을 얹으려고 할 때 그가 내 손을 덥석 낚아챘다.

"너 기다리다가 병났잖아. 책임져." 끌어당기는 힘에 내 몸이 그의 몸 위로 쓰러졌다. 욕조에서 나와 바로 침대에 뛰어든 듯 얼굴이 빨갛게 물을 머금고 있었다. 나는 그의 품에서 벗어나 침대 옆에 서서 블라우스 단추를 풀었다. 그는 그림을 감상하듯 눈을 가늘게 뜨고 내가 옷을 다 벗을 때까지 기다렸다. 내가 침대에 뛰어들지 않고 가만히 서 있자 그는 말을 하는 대신 한쪽 팔과 다리를 들어 올렸다. 반쯤 감싸고 있던 이불이 젖혀지면서 벗은 몸이 드러났다. 그는 장난하듯 이불자락을 나비 날개처럼 퍼덕거리며 신호를 보냈다.

나는 다이빙하듯 퍼덕이는 날개 속으로 들어갔다. 그는 번데기가 실로 제 몸을 감싸듯 나를 이불로 감싸 안았다. 그의 가슴을 손으로 밀어내자 그 틈으로 향긋하고 부드러운 공기가 들어왔다. 부드러운 손이 머리카락을 쓰다듬고 목덜미를 지나 등뼈를 훑고 지나갔다. 그는 가슴의 봉긋한 언덕을 올라 유두에 손가락을 걸고 천천히 돌렸다. 배꼽을 지난 손이 엉덩이 선을 따라 내려갔다. 눈을 감은 채 미끄러지듯 움직이는 손길을 느꼈다. 열이 오른 그의 숨결만으로도 내 몸은 충분히 뜨거워졌다. 달구어진 그의 몸이 들어왔을 때 내 몸은 열기구처럼 공중으로 붕 떠올랐다.

육체의 향연이 끝나고 그는 숨을 몰아쉬며 한참 동안 말없이 있더니 갑자기 할 일이 생각난 것처럼 몸을 돌려 탁자 위에 있던 책을 집어 들었다. 내 벌거벗은 몸이 반 이상 이불 밖으로 밀려났다.

"갑자기 왜?"

그가 집어든 책은 내 소설 '사소한 거짓말'이었다.

"네가 우엘백을 인용한 게 있더라고. 어디더라?" 그는 모서리를 접어놓은 부분을 폈다.

"'남자들은 연인의 전 남자 친구를 종종 질투하고 때로는 매우 지독하게 질투하는 것만큼이나, 다른 놈이랑 더 좋았던 것은 아닌지 다른 놈이 더 큰 오르가슴을 선사했던 것은 아닌지 자문하며 수년 동안 때로는 죽을 때까지 전전긍긍한다. 끝난 관계의 연인도 이렇게 질투하는데 하물며 현재 진행형인 사람이 나 말고 또 있다는 걸 알게 된다면?' 네가 인용한 대목이야."

"그걸 지금 왜 읽는 건데?"

"그냥 책 읽다가 꽂혀서."

얼마 전, 그는 와인 한 병을 비우고 작심한 듯 고백했다. 쟁쟁한 집안에서 중매가 줄줄이 들어오는데 이를 마다하느라 진땀을 흘리고 있다고. 그런데 경이루는 다른 일에만 신경 쓰는 거 같다고.

"뭔가 부족한 듯한 이 느낌이 뭔지 잘 모르겠어. 내가 너에게 1순위가 아닌 거 같고. 네 마음을 누구랑 나눠 가진 거 같기도 하고. 막 질투가 나려고 하고. 나도 모르겠어. 왜 이런 기분이 드는지."

나는 속으로 뜨끔했지만 아무렇지 않은 듯 차분하게 말했다.

"미안해. 내가 소설 쓴다고 좀 소홀했던 거 같아. 노력할게."

"노력 같은 말 싫어. 노력하지 않아도 그냥 마음이 쏠리는 거. 나는 너에게 그런 대상이 되고 싶은 거야."

박찬영이 씁쓰레한 표정으로 질투 운운했을 때, '사실은… 내가'라는 말로 시작해 그간의 일을 떠벌릴 뻔했다. 사랑하는 사이에 비밀이 있어선 안 되고, 속이는 일은 더더욱 있을 수 없다고 생각하던 때가 있었다. 하지만 지금은 이 비밀을 더 안전하게 지켜야 한다는 생각뿐이다. 연인이 내 다른 연인을 인정해야 진정한 폴리아모리라고? 상대의 동의를 구하지 못한 다중 관계는 사기와 거짓이라고? 서로 다른 관계를 인정하는 게 진짜 폴리아모리라면 개에게나 줄 일이다. 문자를 제때 하지 않는다고 질투 운운하며 보채는 사람에게 여럿과 함께 같이 잘 가자는 말을 끌어낼 수 있을까. 내가 김제이와 잤다는 것을 안다면, 그것이 한 번이든, 두 번이든 상관없이 그는 침대를 박차고 뛰어나

갈 것이다. 나를 사랑하는 사람에게 그런 고통을 주고 싶지 않다. 사랑하는 사람이 고통스러워하는 것을 봐야 하는 것은 나에게도 고통이다.

그가 우엘백을 들먹이는 사이 몸이 식었지만, 나는 페니스를 꽉 움켜쥐고 흔들며 '하고 싶다'고 그의 귀에 대고 속삭였다. 그는 왜 이러냐며 내 몸을 떼어내려 했지만 나는 더욱 그에게 찰싹 달라붙었다. 배고프지 않냐고 말로 내 입술을 막았지만 가느다란 신음이 흘러나왔고 서서히 그의 몸이 부풀어 올랐다.

"사랑해. 사랑해. 사랑해." 나는 술에 취한 듯 풀기 빠진 목소리로 그의 목과 겨드랑이, 젖꼭지에서 입술을 대고 속삭였다. 그를 사랑하고 있으므로, 사랑하고 있다는 걸 느끼게 하는 것은 당연하다. 나는 손안의 물건을 입술로 가져갔다.

○

－어제 어디 갔었어?

심다미가 전화하자마자 대뜸 물었다.

－왜? 어제 뭐 했더라?

－치매야? 어제 일도 생각이 안 난다는 거야?

형사가 범인을 취조하는 듯한 말투였다.

－도서관에서 글 썼어. 새 소설 시작했거든.

－이렇게 나오면 더 의심할 수밖에 없지. 솔직하게 말해. 정말 어젯밤에 도서관에 있었어?

'의심, 솔직'이라는 단어가 귀에 거슬렸다.

－왜 그러는 건데? 내가 어디 있었든 너랑 무슨 상관인데?

　－매우 상관 있거든. 나 어젯밤에 너랑 같은 곳에 있었어. L 호텔. 이래도 딱 잡아뗄래?

　앙칼진 목소리가 칼끝을 겨누고 달려들었다.

　－둘이 탄 엘리베이터가 14층에서 멈추더라. 거기가 도서관이야? 김제이랑 호텔 방에서 시국 토론이라도 했어? 발가벗고? 지금 뭐 하는 거야? 그 사람 유부남이잖아.

　－아. 그게…….

　－대표님이랑 무슨 사이야? 언제부터 그런 사이가 된 거야?

　－그게 아니라.

　－양다리야? 그럼 박찬영은 뭐고? 참 능력도 좋다. 너 이렇게 살아도 되는 거냐? 미안하지도 않아? 죄의식 그런 거 없어? 김제이 와이프 내쫓고 거기 기어 들어가려고? 박찬영은 심심할 때 만나서 놀고?

　흥분할 때 나오는 갸르릉 소리까지 내며 수십 개의 의문문으로 포박해 왔고 나는 쏟아지는 질문에 할 말을 찾지 못해 뜸을 들였다.

　－그게 아니라.

　－김제이가 너 좋다던? 애인 해달라고 애원이라도 했어? 출세 시켜준대? 그래서 넘어갔어? 네 책에 유난히 신경 쓴다 했는데 다 이유가 있었던 거네.

목소리가 떨리면서 점점 높아졌다. 한꺼번에 하도 많은 폭탄이 떨어져 어디서부터 어떻게 수습할지 몰라 정신 못 차리고 있다가 겨우 한마디 했다.

－어쩌다 보니 그렇게 되었어.

－내가 널 잘못 본 거니? 이십 년 동안? 원래 이런 앤데 내가 몰랐던 거냐고.

어디서부터 어떻게 설명해야 할지 난감해하는 사이 시간이 지났고 지루한 침묵을 견디기 힘들었는지 심다미가 힘없는 목소리로 맺음을 했다.

－좀 생각해 보고 나중에 전화할게.

무엇을 생각해 보겠다는 건지 알 수 없었지만, 전화를 끊을 수밖에 없었다. 나는 휴대전화를 내려놓지도 못하고 그대로 얼어붙은 듯이 서 있었다. 방에 들어온 이수가 하얗게 질려 있는 내 어깨를 툭툭 쳤다.

수백 대 얻어맞은 듯 온몸이 얼얼했다. 내가 한 짓이 이렇게 비난받을 짓인가 하면서도 속수무책으로 당하기만 한 게 억울해졌다. 네가 뭔데 나를 단죄해? 나에게도 다 그럴만한 사정이 있다고. 남자가 남자를 사랑하기도 하는데, 하나가 둘을 다 사랑하는 게 뭐가 어때서? 한 사람이 한 사람만 사랑하라는 건 누가 정한 법인데? 이수가 차려놓은 밥상에 앉긴 했으나 밥알이 목구멍으로 넘어가지 않았다. 미역국 국물만 따라 마시고 개수대에 쏟아버리고 돌아섰을 때 유선주에게 전화가 왔다.

－다미가 너한테 화가 머리끝까지 났던데, 어떻게 된 거야?

―미안해. 내가 지금 말할 기분이 아니다.

내가 양다리에 대해 어떻게 생각하냐고 물었을 때, '한 다리면 뒤뚱거리다 넘어질 텐데, 양다리쯤은 돼야 넘어지지 않지'라며 장난으로 넘겼던 유선주는 심다미와 달리 차분했다.

―그래그래. 알았어. 난 다미랑은 생각이 좀 달라. 아무리 친구라도 남녀 관계에 제삼자가 이러쿵저러쿵할 문제는 아니라고 생각한다. 단, 찬영이가 상처받지 않았으면 해. 우리가 박찬영을 모른다면 모를까 걘 우리 친구잖아. 그게 걱정되어서 심다미가 더 흥분한 거야. 이해하지?

심다미는 바람과 외도, 불륜 같은 것에 트라우마가 있었다. 그녀는 치를 떨며 엄마와 아빠에 대해 말한 적이 있었다.

"엄마가 아빠 잡으러 다닌 게 몇 번인가 몰라. 엄마가 그 난리를 치는데 아빠는 놀리듯 계속 여자를 갈아치우며 밖에서 애까지 만들고. 어른들이 그 난장을 피우는 걸 보면서 어땠겠니? 결혼하지 말든가, 애를 낳지 말든가 하지 왜 결혼해서 난장판을 만드는지. 난 그런 인간들 경멸해. 아니 혐오해."

이런 경험 때문인지 심다미는 남자를 사귀는 데 신중했다. 바람기 있는 얼굴이라며 맞선 상대를 퇴짜 놓은 일도 있었다. 가리는 게 많은 심다미에게 최강호는 최초의 남자이자 마지막 남자가 되었다. 바람피울 가능성이 없는 걸 제1의 결혼 조건으로 삼아서 그랬는지, 외모 면에서 전혀 경쟁력 없는 남자를 남편으로 선택했다.

심다미가 길길이 날뛰는 것은 박찬영 때문이기도 하고, 김제이 때문이기도 하고, 최강호 때문이기도 할 거라는 생각에 마음이 좀 누그러지고 있을 때 문자 도착음이 울렸다.

　　– 창문으로 밖을 내다보고 있어요. 창문 너머로 흔들리는 나뭇잎들이 왜 이렇게 아름답게 보이는지. 이렇게 행복해도 되는지 잘 모르겠어요. 누나가 내 옆에 있기 때문에 느낄 수 있는 행복이지만.

손민의 문자를 확인했을 때 다른 사람이 끼어들었다.

　　– 이번 주말에 여행 가지 않을래?

박찬영은 한 달 전부터 하동에 놀러 가자고 했는데 자잘한 일들로 미뤄졌다. 누군가와 주말을 보내려 하는데, 다른 누군가가 그 시간을 내놓으라고 졸라댔다.
　두 가지 선택 사이에서 어정쩡하게 머뭇거리고 있을 때 또 문자음이 울렸다.

　　– 참, 아까 깜빡했는데 이번 주말에 곤지암에 있는 별장에 같이 갈래? 꽃도 피고 딱이야.

둘 중 하나가 아니라 셋 중 하나를 선택해야 하는 상황이 되었다.

2부

–

우리들의 연애 상황실

사랑은 졸업하지 않는다

15. 여덟 개의 팔과 다리

한 명씩 떠올리려 했는데 한 장면 속에 내 연인들이 무더기로 등장했다. 휘몰아치듯 돌아가는 머릿속 영상에서는 여덟 개의 손과 다리가 얽혀 결박해 들어왔다. 나는 팔과 다리들을 쓰다듬으며 조인 힘을 풀려고 했지만 그러면 그럴수록 더 세게 나를 압박해 왔다. 숨이 조여올 즈음 눈을 떴지만 온몸이 프레스 기계에 눌렸다 나온 것처럼 화끈거렸다.

나는 네 명이라는 숫자를 채움으로써 실험을 완료했다. 박찬영, 손민, 김제이. 나머지 한 명이 정우성이라는 사실은 차마 말하지 못했다. 헤어졌던 그를 다시 만나 어떻게 관계가 다시 시작되었는지에 대해서는 입도 뻥긋하지 못했다. 그건 차츰 풀어놓기로 하고 연애 실험 종료에서부터 이야기를 시작하겠다.

네 명의 연인을 채우고 십 년이 지났을 때 실험 종료를 알리는 알림이 떴다. 쉽지 않았던 사람도 막상 떠난다 하면 서운한 법이다. 마지막 인사를 할 때는 수없이 많은 감정의 파도가 몰려와 눈이 뜨거워졌다. 그동안 주고받았던 대화를 떠올리니 좋은 친구 하나를 잃는 것처럼 섭섭해졌고 페스티바를 붙잡고 싶기까지 했다. 힘든 순간에는 따지듯 원망을 쏟아낸 적도 있었지만 얼마 가지 않아 곧 고민을 털어놓고 조언을 구하곤 했다. 이제 나는 누구에게 미궁 같은 관계에 대해 흉금을 터놓고 이야기할까.

실험이 시작된 지 십 년. 그새 나는 마흔의 문턱을 넘었고 쓰고 단 열매를 맛보며 삶의 절정을 향해 치닫고 있었다. 연애하고 사랑하면서 경험했던 다양한 감정들이 되살아났다. 더 많이 주지 못해 안달할 정도로 갈급했던 순간도 있었고, 당장 보고 싶은 마음에 천 리를 마다 않고 밤을 새워 달려간 적도 있었다. 서로의 인생에 필요한 조언을 주기 위해 고민을 했고 사랑이 무엇인지 배우고 깨닫는 과정에서 무릎이 깨지기도 했다. 그 격렬했던 시간의 총합이 지금의 경이루를 만들었다.

"기분이 어때? 벌써 십 년이 흘렀군."

"얼떨떨해요. 시간이 어떻게 지나갔는지 모르겠어요. 강산이 변하고도 남을 시간이 이렇게 눈 깜짝할 새 지나가다니."

"시작할 땐 애송이였는데. 실험에 참여한 것을 후회하는 건 아니겠지?"

"후회하지는 않아요. 삶이 좀 복잡해지긴 했는데 제가 감당할 몫이죠."

"십 년 전과 지금의 경이루는 완전 다른 사람처럼 보이는군. 앞으로 나 없이도 잘해낼 수 있을 거야. 무엇보다 타인에 대해, 자기 자신에 대해 많이 알게 되었을 테니까."

밀 잘해내야 하는지는 몰라도 나는 천천히 고개를 끄덕였다. 나는 보고서 마지막에 이렇게 썼다.

> 네 명의 연인들을 다 사랑했지만 마음이 n분의 1로 쪼개지지는 않았다. 마음의 분량에서는 차이가 났지만 색깔이 다르고 질감이 달라 어쩜 비교하는 것 자체가 말이 안 되는 것일지도 모른다. 한 사람 한 사람 떼어놓고 보면 모두 1대1 관계의 대상들이었고, 상대가 다른 만큼 전혀 다른 네 개의 사랑을 했다. 한 개의 방이 네 개로 쪼개지는 게 아니라 각각의 방이 새로 만들어지는 신기한 경험이었다. 네 명의 애인이 있어서 네 배 만큼 행복감이 증폭되는 것은 아니지만, 적어도 한 사람을 사랑할 때보다는 더 많이 행복했고, 더 많이 복잡했고, 더 많이 괴로웠다. (아 참, 더 많이 바빴다는 말을 빼먹으면 안 되는데……) 나는 그들의 사랑과 관심 속에서 나를 키웠다. 우리는 서로 잘되는 길을 알려주고 싶어 했다. 내가 가진 것을 아낌없이 주었으니 후회도 회한도 없다. 실험이 끝난 후에도 우리는 연인이라는 우산을 함께 쓰고 있을까.

"그동안 수고했다. 앞으로 다시는 나와 소통할 수 없을 거야. 네가 행복하길 빌겠다."

어떻게 해야 하는지 헷갈리는 국면마다 그의 목소리에 귀 기울였다. 누군가 내 곁에 있다는 것만으로도 힘이 되었다. 이제 나 혼자 내 길을 가야 한다. 인생과 사랑이 단순하지 않다는 것을 보여준 보고서들도 오래 생각이 날 것이다.

안녕이라는 말과 함께 연애 탭이 꺼졌다. 마지막 인사를 하려고 탭을 두들겨 보았지만 먹통이 되었다. 발목의 빨간 점은 점점 줄어들어 흔적조차 없어졌다. 내 발목은 십 년 만에 원래대로 돌아왔다.

십 년이란 시간은 많은 걸 바꾸었지만 그 이후 벌어진 일들에 비하면 고요한 시간이었다. 지금부터 펼쳐지는 이야기는 그동안의 고요나 평화와는 거리가 멀다. 우지끈 유리창이 깨지고 바닥이 흔들리고 지붕이 주저앉는 이야기가 될 것이다. 어디서부터 어떻게 이야기를 시작해야 할까.

연애 실험 종료 한 달 전, 나는 가진 돈을 끌어모으고 최대한 대출을 받아 심다미가 새로 입주한 아파트 옆 동으로 이사했다. 내가 옆 동을 샀다고 하자 심다미는 놀란 얼굴로 축하한다고 했지만, 곧 씁쓸한 표정을 지었다.

짐을 풀면서 여기저기 끌고 다니던 옷과 가방, 신발은 물론이려니와 엄마의 유품까지 모두 버렸다.(엄마는 병세가 나빠져 입원한 지 보름 만에 세상을 떴다.)

이사한 지 반년 후, 심다미가 한밤중에 찾아와 술을 달라고 했다. 김제이 일로 한동안 서먹했지만 중간에서 유선주가 열심히 중재하는 통에 서서히 관계가 회복되던 중이었다. 술을 찾다 주방 선반에서 잭다니엘을 꺼내왔다. 그녀는 잔에 술을 따르자마자 두 잔을 연거푸 마시고 한숨을 쉬었다. 왜 그러냐고 물을 새도 없이 세 번째 잔을 입에 털어놓고 나서 입을 열었다.

"나 죽을 거 같아. 속에서 열불이 치솟고 머리에서 김이 올라서 가만히 있으면 호흡 곤란으로 죽을 거 같아."

진짜 죽을 거 같은 얼굴이라 이 말은 필요치 않았다.

"그놈이 진짜 사랑을 만났대. 그동안은 다 가짜였대."

"지금 무슨 말을 하는 거야? 그놈은 누구고 진짜 사랑은 또 뭐야?"

횡설수설하는 말을 중간중간 끊어가며 질문을 하고 대답을 들었기에 대략 앞뒤를 맞출 수 있었다. 심다미는 이상한 낌새를 감지하고 남편의 거동을 살피던 어느 날, 남편의 휴대전화에서 결정적 증거를 찾았다. 불륜의 증거. 그 증거는 한 방에 심다미를 나가떨어지게 했다. 그 증거는 최강호와 어떤 여자 사이의 음성 녹음이었다.

최강호는 전화기 속 여자와 사랑에 빠져서 허우적거리고 있었다. 나는 친구 편에서 최강호 욕을 하면서도 전화 속 여자가 누굴까 궁금했다.

최강호가 사랑에 빠져 이혼을 요구하는 것도 충격인데 그게 다가 아니었다. 그녀를 더 분노하게 한 것은 '다른 여자'의 나이와 배경이었다.

"나이도 많아. 마흔여덟이라나?"

이 대목에서 내 상상이 여지없이 깨졌다. 적어도 우리보다 어린 여자일 거라 생각했다. 취향이 연상이었나?

"게다가 뭐 하는 여자인 줄 알아?"

최강호가 신문사 기자이니 같은 업계 종사자거나 정치판의 취재원쯤이겠거니 했다. 허나 그 어림짐작도 여지없이 깨졌다.

"술집 여자."

"엥?"

토끼눈을 한 나를 향해 심다미는 '상상할 수 없는 세계'라는 표현을 써가며 그녀의 출신 성분에 대한 성토를 시작했다. 심다미로부터 들은 횡설수설을 정리하면 대강 이렇다.

최강호가 사랑에 빠졌다는 여자의 본명은 김은실. 그녀는 남해 어느 섬에서 고등학교를 중퇴하고 서울에 올라와 동가숙 서가식하다 룸살롱 업소녀로 정착했다. 손님이 아롱이라는 닉네임을 지어준 후 그녀는 아롱이로 불렸다. 손님들에게 인기가 많았던 아롱이는 업소녀로 십 년을 지낸 후 새끼마담이 되었다. 승진해서 대마담까지 올라간 후 업소 생활 이십 년 만에 룸 스무 개짜리 업장을 운영하게 되었다. 그 과정에서 재산은 수십억 원으로 늘었다.

"그럼 룸살롱 마담이랑 사랑에 빠졌다는 거야? 아롱인지 다롱인지랑?"

밤마다 손님 접대하러 나가며 '자기야 나 일하러 가야 해' 하는 걸 듣고 있을 최강호를 상상하니 속이 메슥거렸다.

"지금은 은퇴해 아가씨들을 두고 돈만 챙긴다는 거야. 어깨들 데리고 다니며 가게를 한 번 쓱 훑고 뭐 그런 거 있잖아."

최강호의 필력과 역사에 대한 방대한 지식, 정치관을 존경해 오던 터였다. 정론을 펼치는 사람의 숨겨둔 여자가 룸살롱 사장이라는 걸 어떻게 믿으란 말인가.

이때만 해도 이 일이 나에게 어떤 영향을 줄지 전혀 알지 못했다.

"그런 여자한테 한번 빠지면 헤어나기 어렵대. 남자들을 요리하는 데 도통한 여자를 어떻게 따라가겠어?"

그녀는 코를 팽 소리 나게 풀었다.

"내가 그런 여자한테 밀린 거야? 이건 너무 비참하잖아. 남편을 그따위한테 빼앗기다니. 민정이를 위해서도 그럴 수는 없지. 두 사람에게 매운맛을 보여줄 거야. 미친 짓 한 걸 후회하게 할 거야."

금방이라도 폭발할 듯한 감정을 힘겹게 누르는 목소리였다.

"진짜 끝장 보려고? 너무 닦달하지 말고 좀 기다려봐."

이성을 잃고 날뛰는 심다미 얼굴에서 김제이 아내의 얼굴이 뭉개졌다. 불필요한 혼돈에 빠지고 싶지 않아 거리를 두고 이야기를 들었다. 나는 아롱이가 아니고, 김제이는 최강호가 아니며, 그의 아내는 심다미가 아니라는 식으로.

아롱이는 '그동안 거친 남자가 몇 명인지 셀 수 없는 여자, 지금도 몇 명이랑 붙어먹고 있을지 헤아릴 수 없는 여자, 남자 후리는 거 외에는 머리에 든 게 없는 여자'로 지칭했다. 남편이 자신 대신 선택한 여자가 그런 류라는 사실을 받아들이지 못해 심다미는 쭈글쭈글 말라가고 있었다.

"괜찮은 여자, 아니 평범한 여자이기만 해도 잘해보라고 할 거 같아. 하지만 백만 번 생각해도 이해가 가지 않아. 어떻게 그런 여자 때문에 이혼을 하자고 하냐고. 내가 유흥업소 바닥녀보다도 못하다는 거잖아?"

　많은 말을 했지만 다 듣고 나면 그 말이 그 말이었다. 최강호는 '대화 되는 여자, 책 읽는 여자, 품위 있는 여자'를 좋아해서 심다미와 결혼했다고 했다. 지금은 취향을 바꾼 것인가.

　"내가 이 세상에서 그 인간을 가장 잘 안다고 생각했는데 착각이었나 봐."

　심다미는 이 지점에 걸려 넘어져 일어나지 못했고, 사랑에 대한, 인간에 대한 근본적인 질문에 봉착했다. 영원, 순수, 진심 이런 미사여구는 쓰레기통에 처넣고, 남자들은(배운 놈이나 못 배운 놈이나) '예쁘고 눈앞에서 살살거리는 여자'면 된다는 참혹한 결론에 이르렀다. 최강호에게 그렇게 애지중지 아끼던 딸아이보다 더 좋은 게 생겼다니.

16. 남편의 여자

 ─강호 씨 아내세요? 전화할 줄 알았어요. 이쪽으로 오세요. 만나서 얘기해요.

심다미가 전화했을 때 아롱이는 기다렸다는 듯이 거침이 없었다.

"그래서 룸살롱으로 오라는 거야? 최강호 때문에 별 데를 다 가보네."

룸살롱 근처에도 가본 적 없는 심다미는 그 전화를 받은 후 심장 벌떡임이 잦아들지 않는다고 했다. 심다미를 혼자 적진에 보낼 수 없어 유선주와 내가 따라나섰다. 오후 5시, 유흥 거리에 도착했을 때 화려한 네온사인 불은 아직 켜지지 않았다. 지도를 보며 찾아간 '댄싱 퀸' 입구에는 떡대 같은 남자들이 서 있다가 길을 열어주었다. 우리는 우는 아이를 어린이집에다 떼어놓고 온 엄마의 심정이 되어 카페에서 기다렸다.

"잘하고 올까?"

"뭘 잘해? 그 여자를 만나서 뭐해? 최강호 마음이 중요한 거지. 저렇게까지 나오는 거 보면 이미 돌이킬 수가 없는 거야."

나와 유선주는 똑같은 생각을 하고 있었지만 배신의 고통에 몸부림치는 친구에게 차마 내색하지는 못했다.

⟡

다리가 후들거려 괜히 왔나 후회했지만 때는 늦었다. 심다미는 긴장할 사람은 자신이 아니라는 생각으로 마음을 다잡았다. 양손 손잡이가 달린 문을 열자 이상한 나라의 앨리스에서나 나올 법한 방이 나왔다. 사방 벽과 천장까지 보라색과 검은색 가죽으로 둘러싸여 있었고 소파 바로 위쪽에는 크리스털이 촘촘히 달린 샹들리에가 늘어져 있었다. 한쪽 벽을 등지고 차려 자세로 서 있는 스무 명 가까운 젊은 아가씨들이 심다미를 쳐다봤다. 그리 과하지 않은 향수 냄새가 나는데 취할 것 같았다. 그 여자들의 깎은 듯한 미모는 심다미를 휘청이게 했다. 미인깨나 보았다는 심다미였지만 전에 없이 위축되었다. 최강호가 이런 곳을 드나들었다고 생각하니 심장이 벌렁거렸다.

소파에 앉아 있던 여자가 일어나 손바닥을 탁탁 치며 '이제 끝났으니 다들 나가 봐'라고 했다. 딱 붙는 미니 원피스를 입은 여자들이 패션쇼장 모델들처럼 줄 맞춰 방을 나갔다.

"찾는 데 어렵지는 않았어요? 앉으시죠."

여자는 외모로 보면 심다미보다 여덟 살쯤은 아래인 것 같았다. 구불구불 세팅한 머리 사이로 조막만 한 얼굴이 어릿거렸다. 숨구멍 하나 찾아볼 수 없이 깨끗한 피부에 딸기 같은 입술이 노래하듯 움직였다. 불필요한 살 한 점 붙어 있지 않은 아롱이는 검은 바지 정장 차림이었다.

늙지 않는 명약이라도 몰래 마시는 걸까. 아침 드라마에서는 조강지처가 상간녀에게 물을 끼얹거나 머리채를 잡았다. 하지만 현실은 드라마와 달랐다. 끼얹을 물이 없었고 머리채를 잡기에는 거리가 멀었다. 심다미는 말이 나오지 않는 입술만 억세게 깨물었다.

"내가 먼저 말할게요. 왜 일이 이렇게까지 되었는지 솔직하게 말할 테니, 화가 나겠지만 그냥 들어줘요." 아롱이 사장은 심다미를 한참 쳐다보고 나서 다시 입을 열었다. "우리 집에 가끔 오는 손님이었어요. 얘기하다 보니 뭔가 통한다는 걸 알게 되었지만 다른 욕심은 없었어요. 그냥 가벼운 연애 정도였는데 언제부터 진지해지기 시작하는 거예요. 최 부장도 나 없으면 안 되겠다고 하고, 내 마음도 뜻대로 되지 않고. 다미 씨에게 모든 걸 다 털어놓았다고 했을 때 놀라긴 했지만 차라리 잘되었다, 싶었어요."

어디서 끼어들어야 할지 몰라 심다미는 듣고만 있다 한마디 한 것은 고작 이런 거였다.

"너무 사랑해서 못 헤어지겠다, 뭐 그런 거예요?"

"미안해요. 이렇게 되지 않으려고 노력했다는 것은 알아주길 바랄게요."

이 여자는 심다미를 열받게 해 기절이라도 시킬 작정인지 솔직을 가장해 제 할 말을 다 했다. 아나운서처럼 높낮이 없이 차분한 어조였다. 그 포근한 목소리에는 어떤 저급함이나 무례함을 찾아볼 수 없었다.

"힘들겠지만 아이 키우는 데는 부족함 없도록 보상할게요."

"지금 돈으로 남편을 사겠다는 거예요? 얼마에 팔까요? 당신 그렇게 돈이 많아요?"

"……."

심다미는 아롱이의 무학력, 무지성, 무개념, 무정조 관념을 상기시켜 남편에게서 떼어내려고 여기까지 왔다. 막상 만나고 나니 칼로도, 톱으로도, 망치로도 두 사람을 떼어낼 수 없을 것 같은 절망감만 들었다. 게다가 아롱이와 자신 중에 누가 더 최강호에게 좋은 파트너일까 하는 고민까지 덤으로 얻었다.

○

심다미가 창백해져서 지옥에서 나왔다. 상대의 머리채라도 잡을 듯 등등했던 기세는 온데간데없었다.

"괜찮아? 왜 이렇게 기운이 빠진 거야."

편치 않은 마음으로 친구를 기다렸던 우리는 심다미의 한마디 한마디에 흥분했다. 남편의 여자가 천하고 무식한 늙은 마귀할멈이 아니라는 걸 확인하기 위해 여기까지 온 게 아닌데. 생각보다 젊고, 예쁘고, 솔직한 그녀라니.

"내가 생각한 거랑 완전 달랐어. 젊고 예쁘고 교양까지 있더라고."

룸살롱녀 채널에서 들은 말이 떠올랐다.

'어디어디 고쳤는지 궁금하시죠? 혓바닥 빼고 다 고쳤다고 보시면 돼요. 얼굴은 돌려 깎고, 쌍꺼풀 만들고, 코는 높이고, 입은 도톰하게 부풀리고, 귀까지 손보았어요. 성형을 게을리하는 것은 직업 정신이 없는 거예요.'

외모가 곧 경쟁력인 직업을 가진 여자에게 미모로는 견줄 수 없는 게 당연하다. 비비크림조차 귀찮아하는 심다미의 얼굴이 한층 더 푸석해 보였다.

"이렇게 버림받을 수는 없어. 민정이를 생각해서라도 순순히 물러설 순 없지. 용서하지 않을 거야. 나한테 이런 수모를 겪게 하고 모멸감을 준 것들을."

심다미는 갑자기 정신이 돌아온 것처럼 눈을 동그랗게 뜨고 주먹을 불끈 쥐었다. 탁자에 컵을 소리 나게 놓았을 때 산산이 부서지는 줄 알았다. 조강지처라는 강력한 무기도 새로운 사랑 앞에서 경쟁력을 잃을 수밖에 없는 것인가. 그러나 무슨 일이든 끝장을 보는 성격인 심다미가 순순히 물러나지는 않을 것이다. 게다가 그들 사이에 딸아이가 있지 않은가.

"끝까지 가볼 거야. 두고 봐. 뭘 잘못했는지 모르면 알게 해줄 테니." 심다미의 눈에서 불이 튀었다. 그녀가 말하는 끝은 어디란 말인가. 이 비장한 결심은 무엇을 위한 걸까. 유선주와 나는 뭔가 아니라는 생각에 눈을 마주쳤다.

심다미가 아롱이 사장을 만나고 온 후 최강호는 옷가지만 대략 챙겨 집을 나갔다. 남편이 집을 나가자 심다미는 이상해졌다. 잠을 자지 못하는 날이 계속되자 눈은 퀭하게 들어가고 광대가 솟았다. 기미가 얼굴을 뒤덮어 귀신 몰골이 되었다. 배신의 고통이 얼마나 큰지 얼굴만 보아도 알 수 있었지만 우리가 할 수 있는 것은 그저 이야기를 들어주는 것뿐이었다.

○

애인이 남자 여럿과 원나잇 하는 걸 알고 충격에 빠진 남자의 사연이 유튜브에서 흘러나왔다. 헤어지고 싶지만 후폭풍을 감당할 자신이 없어 뜸을 들이고 있다고 했다.

"이런 여자들은 성이나 관계 중독일 수도 있어요. 양다리 정도면 어떻게 해볼 텐데 문어나 오징어 다리는 좀 어렵지 않나요? 지금은 좀 힘들겠지만 빨리 헤어지세요. 더 좋은 여자가 나타날 겁니다."

"이런 사람은 죄의식이나 미안한 감정을 못 느끼는 걸까요?"

"못 느끼니까 그렇게 살죠. 오히려 즐기고 있을걸요."

댓글 창을 보니 입에 담기 민망한 욕설이 난무했다. 댓글을 쓴 남자들 모두 사연남에 빙의해 게거품을 물었다. 여기에 네 명의 남자를 만나고 있는 내 이야기를 올리면 어떻게 될까. 오징어 다리, 문어 다리라며 날카로운 이빨과 발톱을 곤두세우고 달려들까. 얼마 전에는 심다미가 나를 아롱이로 착각해 달려드는 꿈을 꾸었다. 며칠 동안은 속이 메슥거렸다.

채널을 돌리려고 했을 때 GOD의 〈2♡〉가 흘러나왔다. 노래 가사를 따라 흥얼거렸다. 그냥 노는 것과 사랑하는 것은 다르다. 원나잇 대상이라도 그 순간 마음이 통했다면 얘기가 달라지지 않을까. 내가 사랑하는 사람은 '나만 사랑하는 사람'이어야 하는가? 나만을 사랑하지 않는 사람이 내 사랑의 대상이 되어선 안 되는가? 사랑이라는 이름으로 옴짝달싹 못하게 나에게만 묶어두는 게 맞나? 다른 사람을 사랑할 수 있는 여지를 열어두면 진짜 사랑이 아닌가?

시침은 오후 1시를 가리키고 있었다. 늦은 아침을 천천히 먹고 티톤 커피를 마신 후 나갈 채비를 했다.

제이 출판사에서 나온 B 소설가의 신간 〈바람이 부는 저녁〉의 북 콘서트 사회를 맡기로 한 날이다. 추천사를 쓰느라 세 번, 오늘 행사를 위해 또 한 번 읽었고, 질문지도 꼼꼼하게 만들었다. 네 번을 연달아 제이 출판사 행사 사회자로 나서다 보니 제이 전속이냐는 얘기까지 돌았다. 신발장에서 구두를 고르고 있을 때 제이에게서 문자가 왔다.

－ 북 콘서트 잘 부탁해. 오늘은 일이 있어서.

언제 보자는 얘기는 없었고 나는 '걱정 마시고 일 잘 보세요.' 라고 짧게 답을 보냈다. 평균 시속 30킬로미터로 엉금엉금 기어가는 차 속에서 화장을 고치고 머리를 매만졌다. 수첩을 꺼내 일정을 체크하고 전화도 서너 통 받았다. 조수석 사물함을 열었을 때 향수병이 잡혔다. 이 향수병을 만지면서 엉덩이가 빵빵한 여자 몸을 만지는 것 같다고 한 사람은 정우성이었다.

심다미가 일을 쳤다. 본때를 보여주겠다는 선언이 말뿐이 아님을 몸소 보여준 것이다. 최강호의 아이디로 회사 게시판에 글을 올렸다. '귀사의 정치부 부장 최강호의 더러운 행태를 고발합니다.'로 시작하는 글은 읽지 않아도 어떤 내용인지 알 수 있었다.

저는 귀사의 정치부장 최강호의 아내입니다. 저는 그와 결혼해 여섯 살 딸을 둔 엄마이자 아내로 살아왔습니다. 지난 5월, 그는 술집 마담을 사랑하게 되었다며 집을 나가버렸습니다. 지금은 그 여자 집에서 살면서 이혼해달라고 협박하며 쌍욕도 서슴지 않고 있습니다. 룸살롱을 제집처럼 드나든 것도 창피한데 마담과 눈과 배를 맞추다니요. 여자에게 미쳐 충직한 개처럼 헌신한 아내를 버리고 아이까지 나 몰라라 하고 있습니다. 한 가정의 가장으로서, 인간으로서 기본이 되어 있지 않은 사람이 정치를 논할 자격이 있을까요? 제가 오죽 억울하면 남편의 명예를 생각하지 않고 이런 글을 올리겠습니까? 이런 파렴치한이 얼굴을 들고 사회 정의 운운하는 것이 사회정의에 어긋나는 일이 아닐까요? 오직 자신만을 위해 살아온 사람을 단물 빠진 껌처럼 뱉어버리는 사람이 사회에서 무슨 일을 제대로 할 수 있을까요? 위선과 거짓으로 포장된 인간의 명연기에 속는 사람이 더 나와서는 안 되겠다는 생각에 글을 올리게 되었습니다. 명석하신 분들께서 잘 판단하셔서 최강호가 언론계에 발을 붙이지 못하도록 해주십시오.

사람들의 분노를 자극하기 위해 얼마나 단어 선택에 신중했을지 알 수 있었다. 하지만 글의 내용을 떠나 이런 걸 회사 게시판에 올렸다는 것이 경악스러웠다. 남편을 고발해 봤댔자 누워서 침 뱉기이며 이런 걸 통해 얻을 게 없었다. 유선주와 나는 심다미가 무엇을 하면 안 되는지 판단력이 없어졌다고 생각했다.

"이건 좀 아니지 않니? 최강호를 사회에서 매장하면 뭐가 돌아오는데? 이건 너무 미친 짓이잖아. 다른 여자랑 살겠다는 게 중범죄도 아니고."

유선주도 입을 삐죽거렸지만, 심다미에게는 아무 말도 하지 못했다.

"자승자박의 길로 가는 것 같다. 어떻게 해야 할까? 다미가 누구 말을 들을 애도 아니고……."

세상을 향해 던진 돌멩이가 곧 그녀의 머리 위로 떨어질지도 모른다는 생각에 우리 모두 공포 영화를 보는 듯한 두려움에 사로잡혔다.

밤늦게까지 술을 마시며 그림을 그리는 모습을 지켜보다 손민의 발치에서 잠이 들었다. 눈을 떴을 때 나는 그의 품 안에 안겨 있었다. 악수를 하는 것에서 조금 발전했지만 함께 밤을 지내도 아무 일도 없었다. 여태껏 없었다는 것은 앞으로도 있을 수 없다는 걸 의미했다. 내가 움직이자 그가 눈을 떴다. 볼에 입을 맞추는 것으로 아침 인사를 하고 몸을 일으키려는데 그가 내 어깨를 잡았다. 나는 그의 품으로 쓰러졌다.

"그대로 있어요."

부드러운 손이 머리카락을 쓰다듬고 목덜미를 지나 등뼈를 훑고 지나갔다. 내 이마에 그의 딱딱한 쇄골이 닿았다.

"나는 점점 살이 찌고 너는 살이 빠지고…… . 잘 챙겨 먹으라고 그렇게 말했는데……."

손민은 대답할 생각을 하지 않고 더 세게 끌어안았다. 그가 먼저 내 몸에 손을 댄 것은 처음이었다. 한참을 침묵 속에서 안겨 있다 몸을 떼어내려 했을 때 뜨겁고 척척한 게 이마에 떨어졌다. 고개를 들어 보니 어깨를 들썩이지도 않고 소리 내지도 않고 눈물이 두 줄기 흘러내렸다.

"갑자기 왜 그래? 무슨 일 있어?"

갈비뼈가 만져지는 가슴을 밀어내고 일어나 앉았다.

"왜 그러냐니까."

"이렇게 같이 있는 게 좋아서요. 믿어지지 않을 만큼."

"어휴, 깜짝이야. 뭔 일 있는 줄 알았잖아. 나랑 같이 있는 게 너무 행복해서 눈물까지 났어? 호호."

"너무 좋아도 눈물이 나잖아요."

인중에 맺혀 있던 눈물이 까칠한 수염을 타고 턱밑으로 흘러내렸다.

"그게 다가 아닌 거 같긴 한데. 암튼 울고 싶으면 울어. 남자도 울고 싶을 때가 있는 거니까."

찜찜하지 않은 건 아니었으나 벽시계를 보고 침대에서 빠져나와 옷을 입고 손가락으로 머리를 빗었다.

"걱정하는 내 생각 해서라도 밥 좀 제대로 먹어. 뼈가 몸 밖으로 튀어나오겠어. 누가 보면 죽을병 걸린 줄 알겠다."

내 말에 놀란 듯 그의 얼굴이 잠깐 경직되었지만, 곧 희미한 미소가 떠올랐다. 그의 눈물이 마른 것을 보고 마당에 나왔다. 컨테이너 주변으로 무릎까지 웃자란 풀들이 매끈하게 정돈되어 있었다. 울고 싶으면 전화하라고 한 뒤 차에 올랐다. 큰길로 나왔을 때 심다미에게서 전화가 왔다.

– 손민 집에서 오는 길이야?

물에 잠긴 듯한 목소리였다. 그녀는 내 일정을 적어두는 수첩이 따로 있는 것처럼 내가 누구를 만나는지, 어디에서 무엇을 하는지 알고 있었다. 애인 중에 누가 제일 좋냐고 물어왔을 정도니, 그녀로서는 나를 많이 봐주게 된 것이다. 하지만 최강호의 일이 터지고 나서는 날 쳐다보는 눈길이 심상치 않았지만, 내 원죄라고 생각하고 그러려니 했다. '들통나는 것에 대해 생각해 본 적 없어? 세상에 영원한 비밀은 없는 거야.'라며 나를 떠보았을 때 괜히 다 까발렸나 후회했다.

– 손민은 잘 있어? 그림 많이 그린다며?

– 응, 일을 너무 많이 해서 그런가? 볼 때마다 조금씩 더 야위어 보이는 게 좀 있으면 미라 될 거 같아.

눈물을 보았다는 말은 하지 않았다.

– 무슨 병이라도 걸린 거 아닐까? 손민도 한번 보고 싶은데. 내가 너희 둘을 만나게 해준 거나 마찬가지잖아. 둘 사이에 아무 일도 없다는 것도 좀 믿기진 않지만.

– 안 믿어도 할 수 없지. 아직도 사람 관계에 법칙 같은 게 있다고 생각하는 건 아니지?

– 그 나이에 성욕이 없다면 몸에 문제가 있는 거지.

아침 댓바람에 전화해 할 이야기는 아니었다. 자기 일만으로도 머리가 아플 텐데도 심다미는 내 모든 것, 특히 남자관계, 연애, 섹스에 대해 속속들이 알고 싶어 했다. 기자가 기사를 쓰기 위해 사실 관계를 캐듯 내 사생활을 캤다. 페스티바 대신 나선 것은 아닌가 하는 생각까지 들었다. 하지만 페스티바와는 반대 방향의 간섭이라 그런지 불편했다.

– 사람은 자기 보고 싶은 것만 본다고 하던데.

나도 당하고만 있을 수 없어 마음먹고 쏘아붙였지만 내 말뜻을 아는지 모르는지 심다미는 제 할 말만 했다.

– 아무튼 이따 선주랑 우리 집에 와.

별로 내키지는 않았으나 알았다고 하고 전화를 끊었다.

17. 깊은 어둠 속을 헤매다

뜨거운 물에 샤워하고 한잠 잘까 하다 도서관으로 방향을 틀었다. 한 달째 퇴고 중인 원고 생각이 났기 때문이다. 서가 사이를 누비며 이 책 저 책 펼쳐 아무 데나 읽다 보면 얽힌 실타래가 스르르 풀렸고 가끔 남들이 읽는 책을 곁눈질하는 것도 재미있었다. 원고지 1000매를 쓰고 나서 '끝'이라는 글자를 타이핑 했을 때 세상이 다 끝난 것 같았다. 하지만 처음부터 다시 읽기 시작한 게 문제였다. 고칠 게 없던 글에서 석연치 않은 것들이 무더기로 튀어나왔다. 조잡한 문체, 엉성한 묘사, 어색한 대화, 성급한 결론. 맘에 들지 않는 곳을 손보다 보니 거의 다시 쓰는 셈이 되었다. 편집자는 왜 원고를 넘기지 않느냐고 했고 김제이는 한국판 레미제라블이 산통을 겪는 중이냐고 했다. 자판기 커피를 두 잔이나 마시고 여섯 시간 넘게 자판을 두드렸다. 시간을 들인 만큼 글이 매끄러워졌지만 내일 읽으면 또 다시 고칠 데가 보일 것이다.

시린 눈을 깜박이며 아파트 단지에 도착했을 때는 저녁 9시가 넘어 있었다. 손민이 싸준 국화차를 가지고 심다미네로 갔다. 나를 보자 먼저 온 유선주가 검지를 입에 가져다 댔다. 민정이가 자고 있다는 뜻이었다. 나는 소리 나지 않게 식탁 의자를 끌어내 앉았다. 심다미가 하얀 다기에 찻잎을 넣으면서 마음을 정했다고 말했다.

그 말이 무엇을 뜻하는지 알 수 있었다. 심다미는 병원 사이트를 드나들며 성형 수술 방법과 부작용, 재수술 등에 대해 외국 논문까지 뒤지며 공부했다. 외모 때문에 당당하지 못했던 적이 없는데 아롱이 사장을 만나면서 생각과 기억이 죄 꼬여버린 것 같았다. 동그란 얼굴에 평평한 이목구비의 다미는 일반적인 기준으로 미인이라고 말할 수는 없지만, 평소 외모를 별로 의식하지 않는 다미에게 그리 중요한 문제는 아니었다. 그런데 태어나서 처음으로 얼굴을 자세히 뜯어보고 '이런 얼굴로 그동안 어떻게 살았나' 생각한 모양이다. 얼굴 때문에 최강호가 떠난 게 아닌데 마치 얼굴이 모든 죄의 씨앗이라도 되는 듯 모든 혐의를 뒤집어씌웠다.

마음을 정한 자의 얼굴을 건너다보았다. 웨이브가 풀린 머리카락은 빗질이 될까 싶게 엉켜 있었다. 이마에는 가느다란 주름이 자리 잡기 시작했고 볼살은 꺼져 광대가 더 솟아 보였다. 작지만 야무진 눈매 속에 빛나던 눈동자는 빛을 잃었다. '무엇을 위해, 누구를 위해 그런 고생을 하냐?, 얼굴 바꾼다고 인생 자체가 바뀌냐' 따위의 말은 아무 소용이 없다.

"내가 예뻐지고 싶어서 그러는 거 같아? 눈코입 고치고 새로 남자 만나 연애하고 싶어서 그러는 줄 아냐고? 그냥 지금의 내가 싫어서 그래. 다른 사람이 되고 싶다고. 달라지고 싶은 나를 확실하게 바꿔줄 건 성형뿐이잖아…….”

　말려보려던 우리는 입을 다물었다. 그녀의 강한 의지를 누구도 꺾을 수 없을 것이다. 민정이가 깨서 나왔다. 잠이 덜 깬 얼굴로 엄마의 품에 파고들어 얼굴을 더듬었고 심다미는 딸아이 손을 떼어내느라 실랑이했다.

　바쁜 나날이 이어졌다. 읽고 쓰는 일을 반복하며 하루를, 한 달을 보내고 있었다. 손민의 야윈 몸과 척척하게 머리카락을 적시던 눈물이 떠올랐지만, 글을 넘기는 것이 우선이라 일부러 신경 쓰지 않았다. 손민이 오랜만에 전화해 할머니 보러 미국에 다녀오겠다고 했을 때 마음이 선득했다. 척척한 눈물이 내 이마에 다시 떨어지는 느낌이었다. 얼마나 있을 거냐는 말에 답을 하지 않고 평소와는 다른 목소리로 그동안 고마웠다고 했다. 현재형이 아니라 과거형인 게 거슬렸지만 그냥 지나쳤다. 며칠 뒤 손민은 공항에서 비행기를 기다리고 있다고 문자를 보내왔다.

◌

　미국에 도착하자마자 전화한다던 손민의 휴대전화는 꺼져 있고, 김제이는 일을 핑계로 만나는 것을 미루고 있었다. 정우성은 나를 보지 못해 안달했고, 박찬영은 부모님이 결혼 압박을 시작했다고 했다.

손민은 왜 연락이 없는 걸까. 미국으로 가던 비행기가 추락했는지, 미국에서 한국인 청년이 다쳤다는 기사는 없는지 검색해보았지만 손민의 흔적은 찾을 수 없었다. 착잡한 마음에 책들을 뒤적이고 있을 때 유선주에게서 전화가 왔다. 심다미가 퇴원했다고 했다.

전복죽을 사 들고 갔을 때 민정이가 문을 열어주었다. 안방에서 나오는 심다미의 얼굴은 사람의 것이 아니었다. 금방이라도 터질 듯 부풀어 오른 얼굴이 붕대로 칭칭 감겨 있었고 그 사이로 보라색 멍 자국이 설핏 비쳤다. 실핏줄이 터진 눈은 인형의 유리 눈알처럼 괴기스러웠다. 입술을 움직이지 않은 채 웅웅거리다 답답한지 손짓, 발짓했다.

호박즙 파우치에 빨대를 꽂아 입에 가져다주었다. 눈두덩 위에는 시뻘건 칼자국과 실로 꿰맨 흔적이 선명했지만 눈은 커져 있었다. 늙은 호박덩이 같은 얼굴을 들여다보고 있기가 뭣해 거실에서 혼자 돌아가는 텔레비전을 쳐다보았다. 대학 정문 앞에서 여자가 피켓을 들고 있는 장면이 나왔는데, 처음엔 임금을 올려달라거나 복직을 시켜달라는 것쯤으로 생각했다. 소파에 앉아 빨대를 빨던 심다미의 커진 눈이 순간 번쩍했다. 텔레비전 속 여자는 교수 남편이 제자랑 바람을 피웠다며 해직시키라고 외치고 있었다. 빨간 매직으로 쓴 팻말에는 두 사람이 자신을 어떻게 속였는지 증거들이 가득했다. 여자의 분노는 언젠가 친구 얼굴에서 본 바로 그것이었다. 입이 제대로 벌려졌다면 심다미는 '저런 것들은 다 감방에 처넣어 콩밥을 먹여야 해. 가정

파괴범들이 어엿하게 활보하면 이 세상이 어떻게 되겠어?'라고 말했을 것이다.

나는 탁자 위에 놓인 리모컨으로 텔레비전을 껐다. 심다미는 왜 물어보지도 않고 끄냐는 뜻으로 날 째려보았다. 심다미가 말을 할 수 없다는 게 오히려 다행이라 생각하고 일어서려는데 최강호에게서 전화가 왔다. 수술한 걸 모르는 그는 전화를 받자마자 큰 소리로 떠들었다.

ㅡ언제까지 할 거야? 이러지 좀 마. 제발. 이제 그만 좀 하자. 이런다고 돌아가지 않아. 우리 관계는 이미 끝장난 거라고.

애원인지, 협박인지 쩌렁쩌렁한 목소리가 맞은편 내 귀에 선명하게 들렸다. 심다미는 뭔가 말하려고 했으나 전화는 끊어졌다. 삼키지 못한 침이 입에서 떨어졌다. 휴지를 뽑아 얼굴 밑에 대어주자 휴지가 금세 젖었다.

"이혼 소송을 어떻게 해서라도 하겠대."

혀까지 마비된 듯 모든 단어가 뭉개졌고 끈적한 침이 입 주변을 더럽혔다.

"그만하고 네 인생을 살아. 너도 괴롭잖아. 그냥 개새끼 하면서 무시하면 끝인 거야. 이건 누가 봐도 아니야."

식탁 위 가족사진 속의 남자는 딸아이를 어깨에 얹고 활짝 웃고 있었다.

"나도 그만하고 싶어……. 근데 죽을 거 같은 데 어떡해? 내가 오죽하면 이러겠어? 나도 살려고 이러는 거야."

"알았어. 그만 말해."

호박즙과 섞인 누렇고 끈적한 침을 흡 소리 나게 들이마시고
는 넋이 나간 사람처럼 멍하니 앉아 있었다. 나는 플라스틱 그
릇에서 죽을 떠서 냄비에 담았다.

"잘 먹고 빨리 낫기나 해. 민정이 생각해서라도. "

일부러 목소리를 밝게 하려 했지만 그 어느 것도 깊은 어둠을
들어내지 못했다.

18. 널 사랑하지만 그녀도 사랑해

2016년 가을이 겨울에 자리를 내주고 있었다. 계절이 바뀔 때, 해가 바뀔 때, 인생의 길이 바뀔 때 무엇이 변한 것인지 모르고 있다가 창밖의 나무를 보거나 하늘의 구름을 보다 문득 다른 시간 위에 서 있는 걸 느끼게 된다. 발을 디디고 있는 세계가 천천히 움직여 나를 다른 국면으로 이동시키고 있다는 걸 감지했지만 그 세계가 어떤 곳인지 알지 못했다.

미국에 도착하자마자 잘 도착했다는 문자가 와야 하는데 아무 연락이 없을 뿐만 아니라 내가 보낸 문자도 읽지 않았다.

왜 답이 없어? 많이 아픈 거야?, 제발, 전화 좀 해줘. 나한테 왜 이러는 거야? 만나면 가만두지 않을 거야. 그동안 떠날 계획을 세우고 있었던 거야? 비겁한 놈.

2주 사이 문자는 절박해졌다. 전화기를 들면 감전이라도 된 듯 찌르르한 느낌이 들었다. 손바닥만 한 기계에다 대고 빌고 애원하고 위협까지 하는 모습이 희극의 한 장면 같았다. 가만히 앉아만 있을 수 없어 손민의 집에 가보기로 했다. 날 기다리고 있을 사람을 생각하며 오갔던 길이 이렇게 멀게 느껴진 적은 처음이었다.

야트막한 연두색 울타리를 열고 들어서자 적막만이 흘렀다. 꼬리를 치면서 가슴까지 뛰어오르던 모모의 맹렬한 기세가 새삼스레 그리웠다. 현관문을 두드리자 젊은 여자가 나왔다. 전에 살던 청년은 어디 갔는지 모르겠고 자신은 3주 전에 이사 왔다고 했다.

내가 머리를 감싸 쥐고 일어날 생각을 하지 않자 집주인은 문을 소리 나게 닫고 들어가 버렸다. 도저히 걸을 수가 없어 마당의 나무 의자에 걸터앉았다. 단서가 될 만한 게 없나 되짚어 보았다. 할머니를 보러 다녀오겠다고 한 게 전부였다. 창고에 있던 차와 발효주, 나물 말린 것을 싸준 것이 이상하다면 이상한 일의 전부였다.

그동안 내가 만난 것은 사람의 탈을 쓴 유령이었나? 거짓말하거나 누군가를 속일 사람이 아니었다. 그럴 이유도, 필요도 없었다. 분명 '돌아온다'고 했다. 마지막 날 그의 손길은 전과 다름없이 따뜻했다. 이사가기 위해 몇 달 동안 계획을 세웠고, 그 계획을 나에게 숨겨왔다는 뜻이다. 돌아오지 않을 거라는 걸 차마 말할 수 없었던 걸까. 헤어지는 게 가슴 아파 조용히 떠나기로 한 것인가.

서울로 돌아오면서 손이 떨려 핸들을 놓칠 뻔했다. 브레이크를 제때 밟지 않아 여러 번 급정거했다. 스피커폰으로 유선주에게 전화를 했다.

－이사? 잠깐 다녀오는 거 아니었어?

－몰라. 아무것도 모르겠어. 그냥 연기처럼 사라졌어. 집주인 여자가 돈 떼인 거 있으면 경찰서에 가보라고 하더라.

－둘 사이에 무슨 일 있었던 거 아니야? 그렇지 않고서야 어떻게……. 미스터리네.

－모르겠어. 모르겠다구.

울부짖듯이 소리를 질렀다. 자동차 핸들에 머리를 박다 클랙슨을 잘못 눌러 빵빵 소리가 났다.

－진정해. 사정이 있겠지. 연락이 올 거야. 기다려 보자.

하루아침에 먹다 버린 햄버거 신세가 되었다. 핸들 사이에 처박힌 얼굴에서 눈물이 떨어졌다. 연락이 올 수도 있겠지. 하지만 말없이 사라져버린 것은 용서할 수 없다. 분노인지, 실망인지, 허탈인지, 외로움인지 알 수 없는 감정이 눈물과 함께 쏟아졌다. 말없이 떠나버린 그를 찾는 게 맞나. 실타래처럼 엉켜버린 머리를 흔들었다. 머리를 짓찧어서라도 혼란의 실마리를 찾고 싶었다. 당장이라도 미국행 비행기표를 끊을 기세였는데, 며칠 지나니 마음이 점차 가라앉았다.

추억은 영화 속의 빛바랜 장면일 뿐이다. 최첨단 CG를 이용해 생동감 넘치게 만들어진 영화. 너무 생생해서 현실과 혼동했던 길고 긴 스토리일 뿐이다. 이렇게 생각하니 마음이 한결 편해졌다. 괴로움에서 벗어나기 위한 가장 좋은 치료법은 몸을 바삐 움직이는 것이다. 한가할 새 없이 손가락을 움직이니 '루나의 사랑 이야기2' 원고를 반 이상이나 썼다. 이 책도 첫 책처럼 루나라는 필명으로 나갈 것이다.

버려졌다는 비참함은 강연자로서, 소설가로서, 칼럼니스트로서 더 확실한 입지를 마련해야 한다는 오기로 이어졌다. 기묘한 굴욕 장면이 삶에 끼어들었지만 나는 아직 삶에 대한 기대로 가득 차 있다고 스스로에게 수도 없이 말했다.

○

결혼이 쉽지 않았듯 이혼도 쉽지 않았다. 새로운 삶에 민정이가 필요했는지 최강호는 양육권을 주장하며 아이를 자신이 키우겠다고 했다. 양육비는 주겠다고 하면서도 담보 잡힌 집을 팔아 나눠봤자 얼마나 되겠냐고도 했다. 매번 얘기가 바뀌어 무엇이 진심인지도 헷갈렸다. 숙이고 들어오기는커녕 게시판의 글을 가지고 명예훼손으로 고소하겠다고 으르렁거렸다. 거기가 끝이 아니었다. 20분짜리 영상이 나타나 타오르는 불길에 기름을 부었다.

사각이는 하얀 침구 위에서 남자와 여자는 안고 쓰다듬고 빨았다. 전희로 품질 좋은 포르노를 시작한 두 사람은 본게임에서 유감없는 실력을 발휘했다. 남자는 여자의 은밀한 곳에 머리를 박고 핥아 주었고 여자는 가느다란 신음을 흘리다 남자를 끌어올렸다. 남자의 것이 여자를 공략하자 막막한 해변에 파도가 들어왔다 나갔다 하듯 두 사람의 몸이 화면에서 출렁거렸다. 천상의 기쁨을 겪고 있는 최강호의 표정은 심다미가 한 번도 본 적이 없는 것이었다. 참을 수 없어 질러대는 아롱이의 교성은 심다미가 한 번도 내본 적이 없는 소리였다. 너무 끔찍해 끝까지 보지도 못하고 덮어버렸다. 독가스에 노출된 것처럼 잠깐 눈앞에 스친 장면들은 심다미의 뇌리에 깊이 남아 정신을 파먹었다. 눈을 감아도 눈을 떠도 둘이 벌거벗고 있는 장면이 파노라마처럼 돌아갔다. 심다미는 밤마다 둘의 대화, 애무, 섹스를 지켜보는 지옥에 떨어졌다. 남편의 헐떡거리는 소리와 여자의 교성이 섞여 악마의 쉿소리로 변하다 둥둥 울리는 북소리가 되었다. 두 사람이 심다미의 귀에 대고 절정의 쾌감을 속삭였다. 미치지 않는 게 이상한 일이었다.

나 아닌 사람과 있는 게 행복하다는데 말릴 방법이 없었다. 맘껏 행복하라고 놓아주면 아무것도 아니었지만 그게 마음대로 되지 않는다는 게 문제였다. 마구 미쳐 날뛰는 호랑이 등에 올라타 고삐를 잡아보려고 채찍을 휘두르지만 호랑이를 제어하기엔 기운이 모자랐다. 호랑이가 제풀에 지쳐 잠잠해지기를 기다리는 수밖에 없었다.

어느 날 심다미가 재밌는 게 있다며 유튜브 링크를 보내왔다. 피드를 여니 여자가 울면서 잘못했다고 빌고 남자는 용서할 수 없다고 소리를 지르고 있었다. 이게 뭔가 했더니 홀로 아이들을 키우는 돌싱남이 만든 채널이었다. 채널 주인장은 거침없이 자신의 얘기를 공개했다.

남자는 돌싱남이 되기 전에 중학교 선생님의 남편이자 두 아이의 아빠로 성실한 가장의 삶을 살았다. 아내밖에 모르던 그에게 어느 날 폭풍우가 몰아쳤다. 아내가 자신의 친구와 모텔을 드나들며 사랑놀음을 하고 있었다. 그는 눈이 뒤집혀 잠도 자지 못하고 밥도 먹지 못한 채 괴로워했다. 아내의 따귀를 때리고 친구의 멱살을 잡긴 했지만 분이 풀리지 않았다. 아내와 친구가 싹싹 빌면서 만나지 않겠다는 혈서를 쓰겠다고 했을 때 아이들을 생각해 용서하기로 마음을 먹었다. 그 난리를 겪었는데 설마 다시 만나랴 믿는 마음도 있었다. 하지만 믿음은 어이없이 깨졌다. 얼마 후 두 사람은 더 치밀한 작전을 세워 눈을 피해 모텔을 드나들었다. 암호까지 정하고 이름까지 바꿔 연락하는 것은 일경의 눈을 피해 독립운동을 하던 열사를 방불케했다. 네비게이션에 동선이 찍히지 않기 위해 택시를 탔고 녹음에 대비해 차량에서는 통화하지 않았다. 들키면 죽는다는 절박함이 문자와 이메일 곳곳에서 발견되었다.

그는 불륜 남녀의 기기묘묘한 작전에 혀를 내둘렀다. 자신은 빠질 테니, 같이 살든 죽든 알아서 하라고 했지만 조용히 그들을 놓아줄 수는 없었다. 자신을 기만한 파렴치한들이 뒤에서 웃는 꼴을 볼 수는 없었다. 우선 친구의 가정이 깨지도록 친구의 아내에게 불륜의 증거 자료를 열심히 보내주었다. 거기서 끝낼 수 없었다. 아내의 직장인 중학교 교장과 선생님들, 학생들, 친구와 친척들에게 사건의 전모를 알렸다. 친구의 직장과 친구, 동네 커뮤니티까지 발이 닿는 모든 곳에 친구가 저지른 악행을 알렸다. 그들이 우왕좌왕하며 괴로워하는 모습을 보니 피눈물 흘리며 보냈던 시간이 보상되는 듯했다.

이혼남으로서의 생활이 안정되어갈 즈음 주변에 자신과 같은 사연으로 고통받는 사람들이 많다는 것을 알게 되었다. 누구에게 털어놓을 수도 없는 일로 죽음과 같은 고통을 겪는 사람들에게 연민이 일었다. 살신성인의 마음으로 불륜의 피해자를 돕기로 했다. 채널을 개설하자 자신의 사연을 들어달라는 사람의 이메일이 산처럼 쌓였다. 피해자와 함께 가해자의 행방을 좇으며 어떻게 하면 피해를 보상받고 효과적으로 복수할 수 있는지 함께 머리를 맞대고 연구하자 다양한 방법들이 등장했다. 각각의 피드는 복수혈전의 다양한 사례를 보여주고 있었다.

심다미는 이 채널에서 최강호를 어떻게 응징할지 영감을 얻은 것일까. 울고불고 싸우고 소리치는 에피소드를 보며 찝찝한 기분이 되었지만 이상하게 계속 보게 하는 힘이 있었다. 이 세상 구경 중에 싸움 구경과 불구경이 제일 재밌다는 말은 틀리지 않았다. 유튜브에서 나와 칼럼 파일에 들어갔다.

루나의 사랑 이야기: 너를 사랑하지만 그녀도 사랑해

친구 A는 6년 동안 사귄 애인에게 다른 여자가 있다는 것을 알게 되었다. 그 순간 연보랏빛 세상은 흙빛 지옥으로 변했다. 사랑한다, 죽을 때까지 변하지 않겠다던 맹세를 쓰레기통에 처넣고 싶어졌다. 믿었던 사람이 뒤에서 칼을 꽂은 것이다. 더는 그의 얼굴을 볼 수 없어 그만 만나자고 했다. 그는 이별 선언에 '사랑했고 사랑하고 있다'며 매달렸다.

"그럼 그 여자는? 나를 사랑한다면서 그 여자는 뭐냐고?"

"미안하지만 그 사람도 사랑해."

"지금 뭐 하자는 거야? 에잇, 뭐 이런 더러운 새끼가 있어? 그게 사랑이야? 그 더러운 입에 사랑이란 말 올리지도 마. 그런 더러운 사랑 받고 싶지 않아."

A는 남자의 뺨을 때리고 그 자리를 박차고 나왔다. 전화번호를 바꾸고 그의 흔적을 지웠다. 헤어지고 난 다음에도 A는 가끔 남자를 생각했다. 잊으려 했지만 그의 따뜻한 눈빛과 친절했던 손길이 자꾸 생각났다. 마지막 장면에서 남자가 흘렸던 눈물이 가짜가 아닐 수도 있다는 생각이 들었다. 두 개의 사랑이 공존 가능하다면, A는 분명 사랑을 잃은 것이다.

친구들은 A가 바람피운 놈을 걷어찬 것을 두고 잘한 일이라고 했다. 바람기 다분한 놈이랑 얽혀봤자 인생이 복잡해질 뿐이라며 A의 등을 두드려주었다. 하지만 먼 훗날, A가 그 사람보다 더 잘 맞는 사람을 만나지 못했다고, 그 사람보다 더 설렘을 준 사람이 없었다고 말하게 된다면? 그래서 오래도록 그를 잊을 수 없었다고 고백하게 된다면? 그 바람기 많은 남자만이 일생의 유일한 사랑이었다고 말하게 된다면?

차라리 이런 헤어짐이 더 설득력 있지 않을까?

"그동안은 우리가 얼마나 맞지 않는 사람들인지 증명하는 시간이었어. 하나에서부터 열까지."

이런 마음으로 끝장을 낸 사람들은 헤어진 후 한번도 그리움으로 서로를 떠올리지 않았다. 감정이 타서 재가 되었기에 되돌리고 싶은 게 없었다. 만날 때마다 조금씩 엇나가는 것을 느낀 두 사람은 조용히 이별을 향해 걸어가고 있었다. 그들은 속으로 생각했다. 함께하는 시간이 없었다면 맞지 않는다는 걸 어찌 알 수 있을까. 이런 헤어짐에는 회한이 남지 않는다. 조금의 희망도 없다는 것을 탈탈 털어 증명했으므로.

19. 행복은 붙잡히지 않는다

　정우성에 대해 이야기 하려니 속이 답답해진다. 기억을 소환하는 것이 힘들어 마치 없었던 것처럼 덮어두고 싶은 사연이다. 하지만 인생 후반부를 이야기하려면 그와의 사연을 털어놓을 수밖에 없다. 이야기는 몇 년 전으로 거슬러 올라간다.

　연애 실험이 시작된 지 5년이 지났지만 페스티바가 설정해 준 남자의 숫자를 채우지 못했다. 미션을 완성하지 못한 채 실험이 끝나게 되는 것인지, 채울 때까지 실험이 계속되는 것인지 묻지도 못한 채 어정쩡하게 시간이 지나가고 있었다. 마음 한구석이 찜찜했지만, 사실 다른 일들로 정신이 없어 페스티바의 눈치를 볼 여유도 없었다. 연인이 세 명이든, 네 명이든 사람의 숫자가 중요할 리 없었다. 내 마음은 열려 있었고 누군가 틈을 비집고 들어올 수 있었겠지만 세상 모든 일이 그렇듯 인연의 끈이 작동되지 않고는 아무것도 시작되지 않았다. 다른 누군가가 나타나지 않는 것에 페스티바의 책임도 있는 것 같아 내가 먼저 아는 체하지도 않았다. 하지만 페스티바는 호락호락 대강 넘어가지 않았다. 실험에 자원을 투자한 이상 맨 처음에 설정했던 목표가 이뤄지는 것을 보아야 했다. 능력과 의지가 있는 이상 그의 입김을 벗어날 수 없었다. 올 것은 오게 마련이었고 피할 수 없는 것은 맞아들일 수밖에 없었다.

〈사소한 거짓말〉에 이어 〈사막과 바다〉를 내고 소설가로 입지를 굳혀 갈 무렵, 지방 신문사에서 인터뷰 요청이 왔다. 홍보할 기회만 있으면 어디라도 달려갈 준비를 하고 있던 때라 대전까지 내려가는 것을 마다하지 않았다. 역에서 멀지 않은 대로변의 3층 건물 회의실에서 두리번거리고 있을 때 남자 두 명이 들어와 자리를 배치하고 마이크를 달아주었다. 그때 카메라를 가지고 들어오는 사람이 있었다. 180센티미터가 넘는 신장에 균형 잡힌 뒷모습에 시선이 갔다. 그가 몸을 돌렸을 때 나는 깜짝 놀랐다. 정우성이었다. 그는 어제 본 듯 아무렇지 않게 눈을 찡긋하며 미소를 지었다. 시간이 우리를 많이 바꿔놨을 텐데 함께했던 기억이 우리를 젊은 시절로 돌려놓았다.

"소설 나왔을 때 너 말고 다른 경이루가 또 있나 했다. 이렇게 우연히 만나다니. 아니 우연이 아닐 거야. 아무튼 이따 밥이나 먹자."

이렇게 해서 일 년도 못 만나고 헤어진 사람과 이탈리안 레스토랑에 앉았다. 사람들의 눈길이 그에게 쏟아졌다. 짙은 눈썹, 가늘게 쌍꺼풀진 눈, 얼굴에 비해 크고 오뚝한 코, 갸름한 얼굴은 세월을 이기고 더 완벽해져 있었다. 영화배우를 빼다 박은 남자랑 함께 있는 나에게도 사람들의 눈길이 쏠렸다. 시샘과 질투, 선망이 쏟아지는 것을 느끼며 허리를 꼿꼿이 세웠다. 한 무리의 여자들이 '저 사람 정우성 동생 아니야?'하며 우리 쪽을 넘겨다 보며 지나갔다.

그는 내가 소설가가 된 것이 대견한지 대학신문에서 소설상을 받았을 때 이런 날이 올 줄 알았다고 했다.

"그때 살던 집에서 쫓겨나게 되었다고 했던 거 같은데……. 지금은 괜찮아진 거야?"

그는 호랑이 담배 피던 시절 얘기를 꺼냈다. 하긴 집 문제로 징징대던 게 마지막이었으니 그의 기억 속의 나는 학원에서 떨려나지 않기 위해 원장의 눈치를 보며 밥값을 아끼기 위해 사과 한 개로 끼니를 때우던 모습에 고정되어 있을 것이다. 생각지도 못한 방향으로 흘러간 시간이 아득하게 느껴졌다.

정우성을 다시 만난 것은 우연일까, 운명일까. 만남의 의미를 알 수는 없지만 거부할 수 없는 냉담한 힘의 전조가 빙글빙글 오랏줄처럼 내 몸을 묶었다. 퍼즐의 마지막 조각을 찾은 듯한 느낌은 고지를 눈앞에 둔 등반가의 심정과도 비슷했다. 헤어질 만해서 헤어진 사람과 우연히 만나 뭔가를 시작할 마음은 조금도 없었지만 주책없이 온몸이 근질근질하다 못해 불이 붙은 듯 달아올랐다. 호감도 숫자와 떠도는 상태창을 보는 순간 그가 내 네 번째 남자라는 걸 직감했다.

우리는 레스토랑을 나와 막걸릿집으로 옮겨 앉았고, 술잔을 기울이자 짧았지만 친밀했던 기억이 어색함의 벽을 허물었다. 그는 나를 만난 게 신이 난 듯 그간의 얘기를 속사포처럼 쏟아놓았다. 결혼과 딸아이, 별거 중이며 이혼을 생각하는 요즘 근황까지. 정우성의 사연을 요약하면 이러하다.

　문화센터에서 글쓰기 강사로 일할 때 만난 여자와 2년 만나고 결혼했다. 배려심이 많고 조용했던 여자는 결혼식과 동시에 다른 캐릭터가 되었다. 안 맞아도 너무 안 맞는 여자와 결혼했다는 것을 깨달은 것은 그녀가 법적 아내가 된 뒤였다. 아내가 임신했고 이러지도 저러지도 못하다 아빠가 되었다. 여자는 남편 얼굴만 보면 소리를 지르며 물건을 던지고 시비를 걸었다. 정우성은 아내가 발광하는 통에 운전하다 핸들을 놓고 차에서 내린 적도 있고, 한밤중에 경찰에 신고한 적도 있다. 한 공간에 같이 있기만 해도 숨이 막혀 죽을 것만 같았다. 잘못하다간 죽고 죽이겠다는 공포심에 아내 곁에는 가지 않게 되었다. 아이를 생각하면 가정을 깨고 싶지는 않았지만, 더는 참고 살 수 없어 이혼 변호사를 찾는 중이었다.

　치료가 필요한 강박증 환자와 한집에 사는 것은 고문이라고 하며 중간중간 미간에 깊은 우물을 드리우며 생각에 잠겼다. 고해의 한가운데를 지나고 있는 옛 남자는 처량해 보였다. 그는 헤어지며 가끔 전화해도 되겠냐고 했고 얼마 뒤 그가 자주 가는 술집에서 마주 앉았다.

"네가 그때 그렇게 사라지고 내가 얼마나 힘들었는지 알아?"

그는 오랫동안 실연의 아픔에 방황했다고 했다. 나는 그가 하는 말을 믿을 수 없었다. 우리가 그 정도 사이였어? 잠깐 만나다 쫑 났던 거 아냐? 내 반문에 그는 무슨 말을 하냐고 했다. 나를 집에 데려다준 것이 백 번이 넘고, 내게 보낸 시가 백 편이 넘는다고 했다. 생각해 보니 그런 것도 같았다.

"시를 좋아하는 줄 알았지. 그 시들이 나에게 보내는 연서인 줄 어찌 알았겠어? 허허. 밤에 백번 데려다줬다고 치고, 그밖에 또 뭐가 있는데?"

"장미꽃을 바치며 사랑한다고 했잖아. 근데 네가 그 장미를 학원 현관에 두고 갔잖아. 내가 얼마나 상처받았는지 알아?"

장미는 생각나는데 사랑 고백은 금시초문이었다. 같이 보낸 시간에 대해 어쩜 이렇게 서로 다른 기억을 가질 수 있을까. 그는 사랑의 감정이 목까지 올라와 괴로웠는데, 나는 뭐가 뭔지 알지도 못했다.

"정말 나한테 그렇게 마음이 있었다면 잘해줬어야지. 적어도 내가 알 수 있을 만큼은 말야. 나는 어떻게 생각한 줄 알아? 얼굴은 멀끔하게 생겨가지고 어쩜 저렇게 저밖에 모르나 했어."

"어떻게 사랑하는지 몰랐던 거지. 내가 제일 후회하는 게 그 지점이야. 너무 미숙했다는 거. 그때로 돌아가면 정말 잘해줄 텐데."

그는 후회 때문인지, 회한 때문인지, 눈물까지 글썽였다. 나는 더 이상 그를 탓할 수 없었다.

그는 꼭 이혼하고 말겠다고 했다. 이혼이 목표가 되어버린 사람, 이혼하기 위해 사는 사람에게 무슨 말을 해야 할까.

"사는 게 재미가 없어. 무엇으로 나를 채워야 할지도 모르겠고. 왜 사는지도 모르겠고."

눈웃음만 쳐도 여자들이 줄줄이 걸려들 텐데, 그는 왜 외모 재능을 자신을 행복하게 하는 데 이용하지 못하는 걸까.

"우리의 호프 정우성이 경이루를 잡고 이렇게 한숨 쉬고 있다고 하면 누가 믿겠어? 선배 따라다니던 그 많은 여자는 다 어쩌고 고독에 몸부림치시냐고. 실패를 교훈 삼아 이제 진짜 사랑을 해봐. 그러면 괜찮아질 거야."

"여자들도 잠깐씩 만나봤어. 근데 경이루가 아니면 안 되겠다는 게 내 결론이야. 진짜야. 계속 네 생각만 나. 십 년 동안 쭉. 병이라고 해도 할 수 없고."

"나 만나는 사람 있어. 결혼할지도 모르고."

"그냥 네 옆에 있게 해줘. 이렇게 만나서 밥 먹고 차 마시고. 그것으로 충분해. 친구 정도는 돼줄 수 있지?"

이 현장을 목격한 사람이라면 누구라도 조각 미남자가 하는 말이 진실이라는 것을 알았을 것이다. 내가 밀어내면 절벽에서 떨어져 죽을 것 같은 사람을 어떻게 밀어낼 수 있을까. 그의 얼굴은 괴로움에 몸부림칠 때조차 아름다웠다. 나는 대리석 조각 같은 얼굴을 쓰다듬었다. 불쌍한 처지에 놓인 그를 절망의 구렁텅이에서 꺼내주고 싶은 마음도 있었지만, 더 정확히는 인간의 육체라는 물성이 가질 수 있는 최고의 아름다움에 끌렸다고 해야 할 것이다. 처절한 눈빛조차 심연으로 인도하는 최고의 경지가 나를 압도했다.

술을 많이 마신 날, 우리는 밤을 같이 보냈다. 그의 꽉 막힌 답답함을 풀어주고 싶은 마음을 술기운이 고조시켜 놓기도 했지만, 그의 벗은 몸이 얼마나 빛날지 궁금하기도 했다. 내가 만났던 지구인 중에 가장 멋진 남자가 나를 원하고 있다. 젊은 시절, 조금 더 마음의 여유가 있었다면 그때 우리는 후회 없는 연애를 했을까.

그사이 페스티바의 연애 실험이 끝나고 나는 본래의 나로 돌아왔다. 금방 이혼할 것 같던 그는 3년이 지나도록 지지부진하게 가족 관계를 이어갔다. 나는 결별할 때가 왔음을 직감했다. 젊은 시절 그랬던 것처럼. 슬슬 그의 전화를 기다리지 않게 되었다. 전화가 와도 만날 생각을 하면 귀찮았다. 왜 마음이 변했냐고 물으면 할 말이 없다. 그는 과거에서 확실한 교훈을 얻었는지 내게 모든 걸 아낌없이 쏟아부었다. 하지만 그와 함께 있는 시간이 지루해지기 시작했고 나에겐 그게 헤어져야 할 가장 확실한 이유였다. 헤어지고 싶다고 했을 때 그는 한참 동안 움직이지 않았다. 악마에 붙들린 사람처럼 눈동자조차 움직이지 않았다. 내가 뭘 잘못했어? 나는 최선을 다했는데. 왜 두 번이나 경이루에게 버림을 받아야 하는 거야? 나는 그게 아니라고, 누가 잘못해서가 아니라고 했지만 그의 눈동자는 여전히 움직일 줄 몰랐다.

"나는 너를 의지했어. 이제는 살 수 있겠다 했어. 그런데 다시

날 떠나겠다고? 내가 너한테 바라는 게 아무것도 없다는 거 알잖아. 내 옆에 있기만 하면 되는데 그것도 못하겠다는 거야?"

그의 눈에서 눈물이 흘러내렸다. 그는 종종 '너를 만나서 행복하고 그 행복을 놓칠 수 없다'고 했다. 내가 그에게 주었던 행복에 발목이 잡히다니. 그와의 인연은 충분했다. 더 이상 할 말도 없고 들을 말도 없다면 끝이 온 것이 아닌가. 같이 하고 싶은 일이 없었다. 같이 밥을 먹는 것도, 영화를 보는 것도, 나란히 걷는 것도 더는 하고 싶지 않았다. 내 마음이 이런데 무슨 말이 더 필요할까.

그는 망연자실했고, 분노했고, 괴로워했고, 매달렸지만 그럴 때마다 거리를 좁힐 수 없다는 것만 확인하게 되었다. 6개월 가까이 별별 노력을 다 해봤지만 내 마음을 돌릴 수 없게 되었을 때 그는 결연한 표정으로 '더는 비참해지고 싶지 않다'고 했다. 어기적거리며 뒤돌아서는 그의 모습을 보며 눈가가 시큰했지만 곧 괜찮아졌다.

여기가 끝이었으면 좋았을 것이다. 이러던 차에 박찬영에게서 정우성의 이름을 들었다.

○

"혹시 정우성 알아?"

"누구?"

"영화배우랑 똑같이 생긴 사람 몰라? 너네 학교라고 하길래 혹시 경이루 아냐고 했더니, 잘 안다는 거야. 웃기지? 나보고 널 어떻게 아냐고 묻더라. 세상 정말 좁지?"

"그 사람이 널 찾아왔다는 거야?"

"이혼 소송하겠다고. 아내가 보통 무서운 게 아닌가 봐. 이혼 안 해주고 괴롭히나 봐. 잘 아는 사이야?"

나는 머리를 망치로 얻어맞은 듯한 충격을 받았다. 숱하게 널린 변호사 중에 하필 정우성이 박찬영을 찾아갈 것은 무어란 말인가. 둘이 만나는 모습을 상상하자 속이 울렁거렸다. 며칠 후 밤 10시가 넘은 시각. 박찬영에게서 전화가 왔다.

– 집에 가는 길이야?

왁자지껄한 소음이 들리는 것으로 보아 밖인 것은 확실한데 박찬영의 목소리는 들리지 않았다.

– 언제든 들어가겠지. 네가 상관할 일이 아니잖아. 걱정하는 척 가식 떨지 마. 이게 뭐야… 너는 뭐고… 나는 뭐고?

목소리는 심하게 떨렸고 중간중간 끊겼다. 술을 많이 마셔 혀가 꼬인 것 같았다. 가식? 평소의 그가 할만한 말은 아니었다.

– 왜 그래? 술 많이 마셨어?

– 찔리는 거 없어? 네가 나보다 잘 알 텐데.

– 뭘?

– 네 입으로 말해. 네가 누군지 네 입으로 말하라고. 날 끝까지 속이려고 했어?

– …….

– 정우성이랑 어떤 사이야? 오늘 상담에서 그놈이 다 털어놨어.

－······.

　－그 사람도 네 애인이야? 유부남이랑 계속 만난 거야? 나를 만나면서?

　머릿속이 하얗게 되었다. 어떻게 이런 일이 있을 수 있을까. 더는 듣고 있을 수가 없어 전화기를 귀에서 멀찍이 떼어놓았다. 일이 이쯤 되면 우연히 만났을 거라는 순진한 예측을 지워야 마땅했다. 앙심을 품은 정우성이 계획적으로 박찬영에게 접근한 거라면? 감히 이별을 입에 올린 나를 응징하기 위해 시나리오를 짠 것이라면? 잠깐 사이에 머리가 팽팽 돌아 주저앉고 싶어졌다. 머리를 저었을 때 귀 뒤의 힘줄이 탕탕 소리를 내며 가야금줄처럼 튕겨 올랐다. 이미 끝난 사람이 내 영역에 들어와 모든 것을 망치고 있다니.

　－잤냐구? 그놈과 그런 사이였냐니까?

　박찬영이 소리를 지르며 다그쳐 물었다. 이미 끝난 관계고, 지금은 아무것도 아닌 사람이라고 했다.

　－널 9년이나 만나면서 몰랐던 걸 하룻밤 새 다 알게 되었어. 그 친구가 다 알려주었지. 한 가정을 깰 정도로 네 실력이 그렇게 대단한 거야?

　－정우성이 나 때문에 이혼하는 거라고 그래? 그게 아니야. 아니라고. 좀 진정되면 그때 다시 얘기하자.

　－나랑 그 자식 사이 오가면서 재미있었어?

　목소리는 점점 높아갔고 숨소리가 거칠어졌다.

　－만나서 얘기해.

마음이 급해졌다. 감정의 골이 더 깊어져 화석화되기 전에 변명인지, 설명인지를 해야 했다. 사실을, 진실을 말할 필요는 없다. 경찰서에서 증인 조서를 쓰는 게 아니다. 정우성 때문에 박찬영을 잃게 되는 일을 막아야 한다는 생각만이 절실했다. 전화기를 잡은 손은 떨렸고 관자놀이는 세게 고동쳤다.

— 지금 만나. 어디야?

— 아니. 보고 싶지 않아. 지금은.

거친 숨소리만 들리다 조용해졌다. 나는 전화기를 들고 어두운 거실에서 한참 동안 서 있었다.

그 후 몇 달 동안 박찬영에게서 연락이 없었다. 그가 사라졌지만 내 일상은 굴러가야 했다. 도서관에서 작가와의 대화 강연을 마치고 나오자 쌀알 같은 눈발이 얼굴에 부딪혔다. '땅속에서 파란 잎들이 나올 준비를 하는데 웬 눈발?' 하며 천천히 비탈길을 내려왔다. 주차장까지 걸어가는 동안 눈발이 굵어졌다. 서너 명의 학생들이 '눈사람 만들게 푹푹 와라' 하며 소리를 질렀다. 봄에 눈이 오는 것에 대해 이상하게 생각하는 사람은 없는 듯했다. 집에 돌아와 욕조에 뜨거운 물을 받아 어깨까지 담갔다가 더워진 몸을 침대에 뉘었다. 침대 속에서 나를 기다리던 박찬영이 생각났다. 죽을 때까지 계속되는 남자의 질투 따위의 얘기도 떠올랐다. 전화기를 들었다 놨다 하며 마음을 졸이던 시간이 지나자 격렬했던 감정이 수그러들었다. 어쩔 수 없다는 자포자기와 함께 기다려보자는 느긋함이 생겨났다. 침대에 누워 휴대전화를 집어 들었다. 독자들이 보낸 메일이 쌓여 있었다.

작가님께

알량한 지식을 몸에 두르고 잘난 척하는 모습이 역겨워 글을 씁니다. 당신이 쓴 글의 한 대목입니다.

'내 소설 속 주인공들이 윤리나 도덕면에서 취약하게 보일 수도 있다. 그들은 기회가 없거나 시간과 에너지가 달려 몸을 사린 적은 있어도, 찾아온 사랑의 기회를 윤리나 도덕을 이유로 걷어차지 않는다. 사랑에 있어서 윤리나 도덕을 존중할 마음이 애당초 없다. 행복을 포기하게 하는 윤리는 존중할 필요가 없는 너절한 것에 지나지 않는다. 나는 '한 사람을 깊이 아는 것이 하나의 세계를 얻는 것이다'는 말에 꽂혀 있다. 두 사람을 알면 두 개의 세계를 얻는 것이고, 사람의 숫자가 늘어나는 만큼 내가 획득하는 세계의 숫자가 늘어난다. 한 사람이 내가 원하는 모든 것을 다 줄 수 없지 않은가. 한 명이 삶의 총체성을 다 보여줄 수는 없다. 한 사람이 수혈해 주는 신선한 피는 한계가 있다. 나의 파트너에게도 같은 잣대를 적용하기만 하면 되는 것이다.'

자유로운 영혼인 체하면서 무책임한 방종을 조장하는 일을 멈춰주세요. 그렇지 않으면 불매 운동을 해 이 세상에서 이런 쓰레기 글을 몰아내는 일에 남은 생을 걸 것입니다.

메일을 끝까지 읽은 것을 후회하며 통째로 긁어 휴지통에 넣었다. 정우성에게 보낸 문자는 읽히지도 않았다. 전화해 보았지

만 아예 신호가 가지 않았다. 그가 문자 하나만 줬다면 그를 찾
아 나서지는 않았을 것이다.

20. 처음이 아름다웠듯 끝도 아름답게

손민을 찾아갔다가 쓸쓸히 돌아왔는데 이번에는 정우성을 찾으러 나섰다. 전화번호를 바꾼 것일 수도 있고 재수 없다고 차단한 것일 수도 있지만 싸한 느낌이 들어 가만히 있을 수 없었다. 다 끝난 마당에 왜 내 사람을 만나 쓸데없는 말을 했냐고 따져 묻고 싶었지만, 내가 나서는 게 맞는 건지 알 수도 없었다. 하지만 모르는 일이 물밑에서 일어나고 있다는 이상한 느낌에 정우성의 회사에 갔다. 1층 안내 데스크 여직원은 서너 군데 전화를 한 뒤 정우성이 3개월 전에 퇴직했다고 하면서 개인정보는 알려줄 수 없다고 했다. 평생 먹여 살려줄 직장이 고맙다고 하던 그가 회사를 그만두었다고 하니 음산한 기운이 한층 두꺼워지는 느낌이었다.

손민, 박찬영, 정우성 모두 한꺼번에 연락이 되지 않는다는 사실을 어떻게 해석해야 할까. 아무것도 생각할 수 없을 만큼 머릿속 혈관이 막혀 버렸다. 페스티바를 생각하다 연애 탭에서 복붙해 저장해 놓았던 보고서 파일을 열었다.

그를 만나기 전에는 삶의 표면만 만지고 있었다면, 그를 만나고 나서
는 삶을 까뒤집어 샅샅이 뒤진 느낌이다. 그는 좁은 세계에 갇혀 있
던 게으른 나를 부추겨, 넓은 세계로 진입하게 해주었다. 그를 깊이
만나면서 난 다른 사람이 되었다.

나는 사랑에 열광할 수밖에 없다. 사람이 다른 사람에게 끼치는 영향
만큼 놀라운 게 또 있을까? 다른 두 색깔이 만나, 알지도 못하는 사이
서로를 물들여, 또 하나의 고유한 색을 만든다. 이것은 일종의 창조
다. 이런 감정의 고양이 없다면 누군가를 왜 만나겠는가. 연인을 통
해 세상에 대해, 사람에 대해 깊이 알게 되었으니 그것으로 족하다.
끝 장면까지 아름다울 필요는 없다.

이 보고서를 쓴 사람은 끝이 아름답지 않을 것을 예감하고 있
었고, 옆에 아무도 없이 쓸쓸히 삶을 마감했다. 모두가 떠나 외
롭게 죽어가지만 화려한 추억을 가지고 가게 되어 만족한다고
했다. 처음, 중간이 아름다웠듯 끝 장면까지 아름답게 끝날 수
있다면.

일요일 저녁, 24시간 동안 핸드폰을 끄고 세상과 단절된 하루
를 보냈다. 집 밖에 나가지 않고 두꺼운 암막 커튼을 들추지도
않고 불도 켜지 않았다. 집은 아무도 찾지 않는 깜깜한 동굴이
되었다. 바닥에 떨어진 머리카락도, 뭉쳐 다니는 먼지도 보이지
않았다.

우물에 들어앉은 것처럼 다리를 모으고 앉아 허공을 응시했
다. 초상화의 모델이라도 된 듯 움직이지 않고 있다 천천히 일
어났다. 같은 자세로 한참 동안 앉아 있어서인지 허리가 묵직했

다. 여러 개의 문자가 왔을지도 모를 휴대전화를 멀찍이 밀어두었다.

한 개 남아 있는 라면을 끓여 국숫발을 하나씩 들어 올리며 천천히 먹었다. 서너 젓가락 먹었을 때는 면발이 불어 대강 씹어도 꿀떡 넘어갔다. 라면 그릇을 씻지도 않고 거실 소파 밑에 깔린 이불에서 잠이 들었다. 뺨에 난 칼자국에서 피를 철철 흘리는 심다미가 살려달라고 비명을 질렀다. 그녀의 머리를 받쳐들고 어쩔 줄 몰라 하는데 최강호가 우리를 보고도 모르는 척 지나갔다. 잠결에 알람 소리를 들은 것처럼 눈이 퍼뜩 떠졌다. 밤이 되려면 아직 멀었다. 영화를 한 편 찾아 플레이 버튼을 눌렀다.

사랑하는 남자와 여자가 있다. 여자(올가 쿠릴렌코)는 남자(제레미 아이언스)에게서 평상시처럼 편지와 선물을 배달받는다. 어느 날 여자는 그가 한참 전에 죽었다는 것을 알게 된다.

죽음을 앞둔 남자가 죽은 뒤에도 계속 배달될 수 있게 편지, 동영상, 꽃다발 등을 치밀하게 준비한 것이다. 남자는 둘의 추억이 담긴 별장을 선물하고 마지막으로 사랑의 메시지를 남긴다. 남자의 마지막 시간은 연인에게 남길 것을 준비하는 것에 바쳐졌다.

엔딩 크레딧이 올라가고 핸드폰을 켜자 전화가 울렸다. 받지 않으려고 밀쳐놓으려는 순간 박찬영이라는 이름이 보였다. 숨이 훗 멈춰졌다. 심장은 얼얼해지고 손에는 땀이 배고 귓불이 홧홧 달아올랐다. 십 초도 안 되는 순간에 블랙홀에 빠져들었다. 금방 통화 버튼을 누를 수 없어 울려대는 핸드폰을 가슴에 가져다 댔다.

－나야. 오랜만이지? 잘 있었어?

어제 통화한 사람의 목소리였다. 하얗게 비어 있는 공백을 날려버리는 무심한 말투에 그리움과 서운함이 녹아내렸다. 휴대전화가 미끄러질 거 같아 다른 손으로 바꿔 들었다.

－별로. 너는?

－네가 별로인데 설마 내가 괜찮았겠어? 지금 나올 수 있어?

여러 번 상상했던 순간이었으나 막상 말이 나오지 않았다. 심호흡을 크게 하고 나서 기어들어가는 소리로 말했다.

－알았어. 곧 출발할게.

전화가 끊겼는데도 심장이 발딱거려 갈팡질팡했다. 샤워하다 뜨거운 물에 어깨를 데었고, 슬립을 찾느라 다섯 개의 서랍을 열었고, 마스카라가 눈에 들어가 눈물을 뺐다. 쟈도르 향수를 펌핑하자 익숙한 냄새가 몸을 감쌌다. 일요일 저녁인데도 차도에는 차들이 많아 가다 서기를 반복했다.

조용히 끝내려니 억울해서 마지막 펀치를 날리려고 보자고 한 걸까? 사랑을 빙자해 이중 플레이한 것을 응징하려고? 정중히 끝인사라도 하려고? 그의 의도를 알 수 없고, 그가 어떻게 나올지 감이 오지 않았다.

사당역의 와인바 U are here에 들어섰을 때 진득진득한 색소폰 선율이 흐르고 있었다. 하얀 조명 아래 반짝이는 와인 병과 다양한 크기의 잔들이 한 폭의 정물화 같았다. 짧은 치마를 입은 여자와 이야기를 나누던 청년이 홀을 지나 프라이빗 룸으로 안내했다.

테이블 위의 텍스트북 까베르네 소비뇽과 붉은 액체가 반이나 담긴 와인 잔을 보고 나서야 눈을 들었다. 박찬영은 입꼬리를 들어 올리며 어색한 미소를 지었다. 옆머리를 짧게 깎아 전보다 젊어 보였지만 어두운 조명 속에서도 그의 낯빛에서 어둠이 보였다. 잔에 술을 따라주며 핑거푸드가 담긴 접시를 내 쪽으로 밀었다.

"마셔."

잔을 두 번 흔들어 향을 음미한 뒤 붉은 액체를 넘겼다. 이제 본격적인 심문이 시작되는 것일까. 나는 목이 마른 듯 와인을 들이켰다.

"오랜만이지. 무슨 말부터 할까. 너부터 하고 싶은 말 있으면 해."

살포시 내려앉던 미소는 사라지고 어둡고 음울한 눈빛이 무겁게 내려앉았다. 내가 무슨 말을 하겠는가. 내 말은 그가 하는 말에 달려있기에 그에게 선수를 줄 수밖에 없다.

"한 가지만 말해 줘. 정우성이랑 정리된 거 맞는지."

멜라니 사프카의 〈The Saddest Thing〉이 심장을 긁어대고 있었다. 허스키한 가수의 목소리 너머로 박찬영의 목소리가 멀게 들렸다.

"정말이야. 다 끝났어."

끝났다는 말은 거짓이 아니었지만, 아직도 그에게 다 까발릴 수 없는 뭔가가 있긴 했다. 고막을 울리는 스피커 소리와 붉은 액체 때문에 현실과 가상의 세계를 들락날락하는 것처럼 정신이 오락가락했지만 한 단어 한 단어 또박또박 말했다.

"그 사람을 좋아했어?"

끝난 게 확실해도 그에게는 짚고 넘어갈 것이 남아 있었다.

"그런 건 아니야. 어쩌다 보니. 그가 죽네 사네 힘들어했어. 그래서 얘기를 들어주다 보니 가끔 술을 마시게 됐을 뿐이야."

'어쩌다 보니'는 책임감 없어 보이는 바보 같은 대답이었으나 지나고 보니 이것처럼 지난 일을 설명하는 데 적절한 대답이 없었다. '어쩌다 보니' 하게 되는 일들이 얼마나 많은가. 정리되고 말고 할 것도 없었다. 보고 싶지도 않고 그립거나 궁금하지 않은데 뭐가 더 남아 있을까. 확인하고 또 확인하려는 박찬영의 조바심이 안쓰럽게 느껴졌다.

"그러다 같이 잠도 자고? 그놈은 경리루에게 인생을 걸었었던가 보던데, 너는?"

"무슨 인생을 걸어? 그냥 잘 안 맞았어."

"내가 아니었어도 헤어졌다는 거네? 안 맞아서?"

박찬영 때문에 끝낸 것은 아니었다. 끝날 때가 되어서 끝이 난 것이다.

"내가 너에게 중요한 사람인지 아닌지 헷갈려서 힘들었어. 나를 덜 좋아해서 다른 사람이 필요했던 건지."

"그건 아니야. 절대로."

"솔직히 다 이해가 되지는 않아. 날 사랑하면서 어떻게 그럴 수 있는 건지. 이해되지 않아. 이해되지 않아서 괴롭다. 에휴.
근데 내가 왜 보자고 했을 거 같아?"

내가 알고 싶은 게 바로 그거였다. 나는 가볍게 고개를 저으
며 머리카락을 귀 뒤로 넘겼다.

"우리 결혼하자."

내 귀를 의심했다. 정우성과 어떻게 엮였고 어떻게 끝났는지
서너 가지 버전의 시나리오를 써먹을 새도 없이 훅 치고 들어왔
다. 아닌 밤중에 홍두깨는 이럴 때를 두고 하는 말인가. 기습 청
혼도 수준 높은 복수의 한 종류인가.

"저기⋯⋯."

'저기'는 시뮬레이션 속에 없던 대사였다.

"다 정리하고 결혼하자. 복잡하게 살고 싶지 않아."

그는 와인잔을 내려놓고 의미심장하게 말했다.

"한 가지만 약속해 줘. 앞으로 나한테 숨기는 거 없이 다 얘기
하겠다고. 그 정도는 지켜줄 수 있겠지? 나를 놓치고 싶지 않다
면 말야."

"⋯⋯."

"오래 생각했어. 너랑 끝내고 다시는 보지 않을까도 생각해
봤어. 너는 그래도 괜찮아?"

괜찮지 않았다. 박찬영을 만나지 못하게 된다면 나는 평생 그
를 마음에 묻고 괴로워하며 살게 될 것이다.

"나는 안 괜찮아. 너 없이는 안 되겠어. 그래서 못 헤어져. 근
데 새벽에 잠이 깨면 뭐가 제일 먼저 생각나는지 알아? 네가 다

른 놈이랑 침대에서 뒹구는 거. 네가 그놈한테 몸을 내주고 기쁨을 느끼고 신음 소리를 내고. 이런 환영을 털어버리려고 이불을 박차고 일어나 찬물에 샤워를 하지만 또 그 생각이 따라붙는 거야. 하루종일 네가 나 아닌 다른 놈이랑 섹스하는 게 보인단 말야. 아, 이런 말 하려는 게 아닌데, 주책같이 이런 얘기가 왜 튀어나오지?"

그는 두 손으로 자신의 머리를 부여잡았다. 지금도 나랑 정우정이 겹쳐 보이는 것은 아닐까. 깊이 넣어둔 날카로운 단검이 자신도 모르게 옷 밖으로 삐져나온 것을 민망해하며 다시 무기를 밀어 넣었다.

"이렇게 괴로워하면서 어떻게 나랑 같이 살아?"

"그래서 빨리 결혼하고 싶은 거야. 너를 옆에 두면 괜찮아질 거 같다고."

잠시 내 표정을 살피다 두 모금에 와인 잔을 비웠다. 빈 잔을 채우기 위해 와인 병을 들어 올린 손이 미세하게 떨렸다. 그는 독초를 먹고 독성에 중독된 것이다. 그의 몸에서 어떻게 독을 빼내야 할까. 나는 뭐라 대답해야 할지 몰라 눈을 아래로 깔았다. 못 만나는 동안 만나고 싶었고, 연락을 기다렸으며, 관계가 끝날까 봐 조바심을 냈다. 그의 빈자리가 얼마나 큰지도 느꼈다. 그런데 왜 '그래, 약속할게. 결혼하자.'라고 못하는 걸까.

"네가 결혼에 흥미 없다는 거 알아. 하지만 지금쯤은 생각을 바꿔도 괜찮아. 해볼 거 다 해봤잖아. 이제부터 늙어갈 일만 남았어. 애인과 남편은 또 다른 거고."

말투는 설득 조로 바뀌었다. 그를 사랑하지 않거나 덜 사랑해서도 아닌데 인절미 조각이 목에 걸린 듯 말이 나오지 않았다. 만나는 게 행복의 전부였던 때로 돌아갈 수는 없을까. 차라리 오늘 박찬영이 배신, 상처, 분노를 들먹이며 으르렁댔으면 마음이 편했을지도 모른다.

적당한 때에 적당한 사람을 만나 결혼하고 아이 낳고 한번 선택한 삶을 책임지다 죽는 사람들이 신기했다. 그렇게 난이도 높은 일을 당연히 해낸 사람들이 대부분이라는 게 더 놀라웠다. 나는 세상에 맞지 않는 별종인지, 남들이 다 하는 것을 할 자신이 생기지 않았다. 사랑과는 별개로 결혼이라는 법적 구속력에 묶일 생각이 들지 않는다. 한 사람에게 모든 걸 걸고 서로를 책임지며 끝까지 함께 가보자고? 나 하나도 책임질 자신이 없는데, 결혼에 따라오는 그 많은 꼬리표를 무슨 수로 다 책임질 수 있을까. 결혼을 통과하지 않고도 오래 가는 사랑을 하고 싶다. 테이블 다리만 쳐다보던 시선을 들어 그의 얼굴을 쳐다보았다. 그의 눈에 물기가 맺혔고 얼굴이 빨갛게 달아올라 있었다.

생각해 보겠다고 하고 와인 바를 나왔다. 트렌치코트를 어깨에 걸치고 주차장으로 걸어가는 데 몸에 붙는 원피스로 날씬함을 강조한 여자가 양옆에 남자를 끼고 지나갔다. 서너 번 U are here에서 마주쳤던 사람들이었다. 그들을 기억하는 것은 술자리에서 보인 행태 때문이었다. 여자는 번갈아 가며 남자들의 손을 잡고 얼굴을 쓰다듬었고, 남자들은 아무렇지도 않게 그녀의 손길을 받았다. 남자들도 여자의 어깨에 손을 올리고 머리를 쓰다듬어 주었다. 나는 그들을 쳐다보다 박찬영을 툭툭 쳤다.

"쟤네 좀 봐. 네 눈에는 무슨 관계로 보여?"

"여자 하나에 남자 둘이라⋯ 여자가 힘들 텐데."

"허헛. 그럼 남자 하나에 여자 둘은 좀 낫나?"

우리는 함께 웃었고 여자는 두 남자 중에 누굴 더 좋아할까 생각했다. 여자가 남자 둘을 똑같이 좋아해 그 어느 쪽도 질투 나지 않게 하는 것이 저들의 비결일까. 어떤 끈이 그들을 묶어 놓았는지 알 수 없지만 셋이 함께 술을 마시러 온 것을 보면 관계가 잘 유지되는 걸로 보였다. 사이좋게 걸어가는 세 친구의 뒷모습을 보며 시동을 걸었다.

조만간 그가 내준 문제에 답을 줘야 한다. 결혼하지 않고 오래 만나자던 박찬영이 마음을 바꾼 이유가 뭘까. 비혼을 떠들어 대던 소란스러움이 그가 내민 손 앞에서 고요해졌다. 오늘의 이벤트가 내 인생의 마지막 청혼일 수도 있다.

21. 나는 폴리아모리, 너는 나 하나만

정우성에게 결별 선언을 하고 한 달쯤 지난 뒤였다. 아직 그가 잠수를 타기 전이었고 이혼 상담을 하러 박찬영을 찾아가기 전이었다.

어느 날, 아파트 베란다에서 화분에 물을 주다 아이들 노는 소리에 아래를 내려다보았다. 우리 동 맞은편 놀이터 벤치에 베이지색 코트를 입은 남다른 비율의 남자가 앉아 있는 게 아닌가. 물뿌리개를 놓쳐 베란다 바닥이 물이 흥건해졌다.

커튼 뒤에 숨어 그가 무엇을 하는지 내려다보았다. 남자가 주변을 두리번거리다 위를 올려다보았을 때 내 집 창문을 찾아 시선을 멈췄다고 생각했다. 순발력 있게 몸을 낮추지 않았으면 창문에 붙어 있는 걸 들켰을 거다. 그가 왜 벌건 대낮에 아파트 놀이터 벤치에 앉아 있는지 알 수가 없었다. 정우성에게 전화했다. 벌레만큼 작게 보이는 그가 주머니에서 전화기를 꺼내 들고 한참 동안 가만히 있는 게 보였다. 신호음이 열다섯 번이나 가고 나서 통화음이 떨어졌다.

- 어디야?

- 전화하지 않을 줄 알았는데 웬일?

- 어디냐고.

- 다시는 연락하지 말라더니 내가 어디 있든 네가 무슨 상관이야? 다 끝났다며? 다시 나한테 관심이라도 생겼어?

그는 마치 술이라도 마신 듯 풀린 목소리로 시비를 걸었다.

- 알았어. 잘 지내.

전화를 끊으면서 내려다보니 정우성은 전화기를 주머니에 넣고 있었다. 언제부터 우리 집을 감시했을까. 30분 뒤, 재활용 쓰레기를 가지고 내려갔을 때 그의 모습은 보이지 않았다. 그가 나를 쫓고 있다고 생각하자 소름이 오소소 돋았다. 거실 소파에 앉아 물을 한 컵 마시고 나서도 손이 떨렸다.

정우성이 박찬영을 만나고 잠적하자 그날의 일이 다시 생각났다. 박찬영과 내가 사귀는 사이라는 걸 어떻게 알고 그를 찾아갔을까. 그에게 내가 양다리임을 밝히고 나서 회심의 미소를 지었을까. 나를 파괴할 공작을 세우고 박찬영을 우연히 만난 것처럼 가장한 뒤 내 얘기를 흘렸다는 쪽으로 결론을 내자 모든 의문이 풀렸다. 자신이 만든 폭탄의 폭발력이 어떤지 알기 위해 폭발물을 던진 것이다. 그가 던진 폭탄은 불발되어 청혼이라는 뜻하지 않은 결과를 만들어냈다. 그가 원한 것은 나와 박찬영의 관계가 끝나는 것이었을 텐데, 의도와 정반대로 일이 되어가고 있다.

박찬영이 청혼한 걸 알면 어떤 표정을 지을까. 결혼식 청첩장이라도 보낸다면? 누가 누구에게 복수한 것인지 헷갈린다.

　유통기한이 없는 관계는 없는 걸까. 활활 타오르던 불이 점점 사그라들고 있었다. 일주일만 못 봐도 안달증이 나서 달려오던 김제이는 이 주일, 삼 주일 못 만나도 조급증을 내지 않았다. 연인으로서의 대화가 줄어든 만큼 사업 파트너로서의 대화가 늘었지만 서운하지 않았다. 그에게 새 애인이 생겼다 한들, 있는 그대로의 김제이를 받아들일 수밖에 없다는 것은 만남의 전제조건 같은 것이었다. 나도 자유를 누리고 있으니 그의 자유를 비난할 수 없다. 그런 면에서 우리는 공평하다.

　관계의 온도가 식어가고 있지만 내 전화나 문자를 씹은 적 없던 김제이가 무슨 일인지 하루종일 전화를 받지 않았다. 이틀이나 답이 없자 병원에 입원이라도 한 걸까 걱정하며 출판사에 전화했다. 그는 회사에 있었다. 평소처럼 제 할 일 다 하면서 내 전화만 받지 않았던 거다.

　'인이 박인다는 표현 알지? 경작가에게 인이 박였어. 이제는 방법이 없어. 끝까지 가는 수밖에'라고 했던 사람이 나를 피하고 있다. 그런 말을 한 적이 없다고 잡아떼기엔 너무 가까운 과거였다. 거슬릴 만한 일이 있었다면 짐작이라도 해볼 텐데, 내가 기억하는 한 아무 일도 없었다. 나를 피하는 이유를 알아야 했다.

　지난해 이맘때쯤 김제이는 파격적인 제안을 했다.

　"우리 회사에 들어오는 건 어때? 편집위원 경력도 3년이 넘었고, 베스트셀러 작가니 간판은 차고 넘치잖아. 경영 수업만 받으면 키워줄 수 있어. 어때?"

소설 인세로 경제적인 어려움은 없었지만 안정적인 타이틀을 갖고 싶었다.

"경영 수업을 받는다면 그다음에는요?"

"과장, 부장, 전무, 부사장 순으로 가는 거지. 이 김제이 빽으로 매우 빠르게. 하하."

말이 되는 것 같기도 하고, 말이 되지 않는 것 같기도 했지만, 나를 키워줄 생각을 하는 게 싫지 않았다.

"나도 내 사람이 필요하잖아. 회사가 커나가는데 믿고 맡길 사람이 필요해. 강연이나 저술을 겸할 수 있으니 여러모로 괜찮을 거야."

"내가 그럴 능력이 있다고 보는 거예요?"

"그럼. 2~3년 후쯤 온다고 생각하고 준비하고 있어."

이 말을 할 때 누룽지 백숙을 먹고 있었다. 그는 마저 먹으라고 했지만 수저를 다시 들지 않았다. 머리가 복잡해지면서 포식한 듯 배가 더부룩했다.

그 후, 그는 만날 때마다 출판사 살림살이에 대해 말했다. 덕분에 각 부문별 매출과 순이익, 경영 구조 등에 대해 속속들이 알게 되었고, 주제넘게 회사를 글로벌 공룡으로 키울 고민을 하며 작품의 번역 공정까지 세세히 논의했다. 이런 마당에 전화를 받지 않는다는 건 무슨 뜻인가. 약속을 지킬 생각이 없어진 게 분명했다.

회전문을 통과하자 전면 유리창이 거울처럼 빛을 반사해 눈을 바로 뜰 수 없었다. 여직원이 대표실로 안내하려고 일어섰을 때 손사래를 쳤다.

대표실 문을 노크한 후 답을 기다리지 않고 문을 열었다. 제이는 컴퓨터 자판을 두드리다가 슬쩍 쳐다본 후 시선을 돌려 화면을 쳐다보았다. 전에 없는 냉랭함에 할 말을 잊고 멍하니 서 있었다. 평소 같으면 희색이 만면하였을 김제이가 부어오른 얼굴로 계속 컴퓨터만 들여다보고 있었다.

그가 일어나기 전까지 움직이지 않을 태세로 버텼다. 두 시간 같은 몇십 초가 지나고 그는 손바닥을 비빈 후 머리통에 딱 달라붙어 있는 라면땅 같은 머리카락을 쓸어 올리며 일어섰다. 가까이 다가오는 얼굴은 침통하다 못해 검게 타들어 가고 있었다. 무슨 일이 있는 게 분명했다. 그는 소파에 풀썩 주저앉으며 솟구치는 쌍욕을 걸러내고 '허, 참, 아 놔.' 같은 단발성 탄성을 내뱉었다.

왜 전화를 받지 않냐고 따지려고 왔는데, 그런 말은 나오지도 않았다. 가족 중에 누가 죽었거나, 시한부 판정이라도 받았나. 나는 홧홧 달아오르는 열기를 삭이며 어색한 침묵을 견뎠다. 기세등등하게 따지려던 생각을 바꿔 목소리를 누그러뜨리고 조심스레 물었다.

"무슨 일 있어요?"

그는 대답하지 않고 담배를 꺼내 물었다. 한 개비를 다 피울 때까지 아무 말도 하지 않고 담배만 뻐끔거렸다. 며칠 사이에 다른 사람이 되어 있었다.

"뭐냐니까요?"

따져 묻는 말에 충혈된 눈을 들어 힐끗 쳐다보았다. 핏발 선 눈에서 날카로운 칼이 겨누어졌다. 그는 탁자 밑 서랍에서 누런 봉투를 꺼내 내 쪽으로 밀었다. 봉투 속에 답이 있을 터였다.

봉투에서 내용물을 반쯤 꺼내는 순간 손이 부들부들 떨렸다. 사진의 주인공은 나 경이루였고 모든 사진에 남자가 있었다. 어떤 사이인지 알려주는 결정적 장면들을 포착한 사진들이었다. 영화관 앞에서 박찬영과 키스하는 모습, 어깨에 손을 두르고 호텔에 들어가는 모습, 포개질 듯 몸을 붙인 채 아파트 현관으로 들어가는 모습……. 앞마당 통창문을 들여다보며 찍은 사진에는 나를 부둥켜안고 있는 손민이 있었다. 마당 공터에서 주저앉은 손민에게 몸을 기울이는 장면도 있었다. 여러 영화에서 스킨십 장면만 모은 필름처럼 연인들과 함께한 순간들만 짜깁기한 필름을 보는 것 같았다. 마지막 서너 장의 사진에는 여주의 H 호텔과 서울의 L 호텔에 함께 들어가는 김제이가 있었다. 망원렌즈 등 프로 장비를 동원해 찍은 작품들은 전문가의 솜씨였다.

손에 들려 있던 사진들이 무릎을 타고 미끄러져 떨어졌다. 거지가 떨어진 동전을 줍듯 바닥에 흩어진 사진을 주워 들고 다시 한 장 한 장 넘겨보았다. 정우성과 함께 있는 사진만 없었다. 왜 그의 사진만 빠져 있는가.

김제이는 사진 속 남자들이 누구냐고 묻지 않았다. 그들과 무엇을 했냐고도 묻지 않았다. 백 배 시급한 일이 있어 그따위 일에는 신경 쓸 여유가 없는 거 같았다.

"이런 게 나에게만 왔으면 괜찮아."

"……."

마른침을 삼키고 양복 주머니에서 휴대전화를 꺼내 아내와의 카톡 대화창을 열어 내 얼굴 쪽으로 들이밀었다. 손가락을 움직이자 내가 방금 전에 본 사진들이 슬라이드처럼 돌아갔다.

사진 밑으로 문자가 백 개도 넘게 이어졌는데 그중에 '창녀와 호텔 드나들며 더러운 짓 하느라 밤마다 늦게 온 거야?', '이 년이랑 놀아나는 걸 도대체 누구한테 걸려서 나까지 똥물을 뒤집어쓰게 하는 거야? 당신이 꽃뱀 기둥서방이야?'라는 문자도 있었다. 일부러 아내의 막말 문자까지 보여주는 것 같았다.

"이 사진들이 사모님께도 배달되었다는 거예요?"

"이놈들도 나처럼 다 너한테 속고 있는 거지? 네년이 저하고만 노는 줄 알고. 네가 이렇게 하고 다니는 것도 모르고. 멍청이 같은 놈들. 하긴 경이루가 열 명이랑 놀든, 백 명이랑 놀든 그게 중요한 게 아니지. 우리 집이 지금 어떻게 됐는지 알아? 에잇."

사진으로 받은 충격이 가시지 않았는데 전과는 사뭇 다른 김제이의 태도에 또 한 번 세게 얻어맞았다. 이 사람이 폴리아모리 어쩌고 하면서 자신이 자유로운 만큼 나도 자유로워야 한다고 했던 사람이 맞나? 아내가 자신의 철학을 이해하고 있어 아무 문제없다며 진정한 행복을 함께 찾자고 했던 사람이 맞나? 그동안 가짜를 진짜처럼 가장해 속여온 것은 내가 아니라 김제이였다.

"대표님. 사진이 사모님께 배달된 것은 유감이지만 제가 이렇게까지 비난받아야 하나요? 그동안 대표님께서 뭐라고 했는지, 다 잊어버린 거예요?"

"이게 지금 뭘 잘했다고 따박따박 따져? 놀았으면 논 걸로 끝나야지, 이렇게 똥을 질질 싸고 다닌 게 잘했다는 거야? 이런 거 하나 깔끔하게 처리하지 못하고, 이게 뭐냐? 왜 내 아내가 네 남자들까지 알아야 하냐고? 넌 폴리아모리 자격이 없어. 앞으로 조용히 살아. 깝죽대지 말고."

머리 위로 퍼부어진 오물을 털어내듯 나를 털어냈다. 나는 상관없는 사람이 되었고, 이제 그에겐 아내와의 줄다리기만 남았다. 하지만 나는 알고 있다. 그는 분노한 아내를 설득할 말들을 찾아낼 것이고 가정은 흔들림 없이 지켜질 것이다. 흩어진 사진을 차곡차곡 추려 봉투에 넣었다.

"이건 제가 가지고 갈게요. 너무 큰일을 만들어서 면목이 없어요. 앞으로 깝죽대지 않고 조용히 살겠습니다. 저도 자신을 돌아볼 테니 대표님도 그동안 했던 말과 행동에 대해 성찰해 보세요. 자신이야말로 진짜 더러운 위선자는 아닌지."

나는 허리를 숙여 인사를 하고 뒤돌아섰다.

"뭐라고? 만나면 안 되는 걸 만나 이런 꼴을 당하고. 다 내 잘못이지."

분한 듯 씩씩 소리 나게 숨을 몰아쉬며 하는 말이 뒤꼭지에 꽂혔다. 이게 그의 마지막 말이 될 것이고 이것이 우리의 마지막 장면이 될 것이다. 사진 몇 장에 몇 년간 지속되었던 관계는 끔찍한 재앙이 되었고, 난 더러운 창녀가 되었고, 우리의 만남은 악연이 되었다. 여직원이 일어나 뭐라 했지만 아무 말도 들리지 않았다.

제이 출판사를 나와 무작정 시동을 걸고 하릴없이 달렸다. 충청도를 넘어 알 수 없는 동네까지 갔다가 해가 지고 나서야 내 차가 경찰서 앞마당에 들어서고 있는 것을 깨달았다.

이런 흉계를 꾸밀 사람은 한 사람밖에 없었다. 내가 망하는 걸 보고 싶은 사람의 멱살을 잡아 흔들며 소리치고 싶었다. '겨우 이것밖에 안 되는 사람이었어? 비겁하게 뒤에서 이런 짓이나 하고? 나를 망치고 싶은 거야? 미안하지만 네가 이런다고 너에게 기어서 다시 돌아갈 거 같아? 도대체 무슨 이득이 있다고 이런 짓을 하는 거야? 이렇게까지 하는 진짜 이유가 뭐야?'

경찰서 정문을 지키는 수위가 방문 목적을 물었을 때 잘못 들어왔다며 황급히 차를 돌렸다. 집에 들어왔을 때 다리가 풀려 바닥에 주저앉았다. 불 꺼진 거실에서 벽에 기대고 한 시간 넘게 앉아 있다 노트북을 켜고 페스티바에게 전송했던 보고서 파일에서 김제이 편을 열었다. 보고서는 김제이의 말로 시작하고 있었다.

'우리는 같이 있는 동안만 서로에게 최선을 다하자고. 그 외의 시간은 완전히 자유야. 떨어져 있는 시간에는 누굴 만나든, 무엇을 하든 터치하지 말자는 말이야.'
'대표님이 터치받고 싶지 않은 거죠?'
'하하. 그렇다고 할 수 있지. 얼마나 공평해? 나도 자유, 경이루도 자유. 사랑을 구속이랑 착각하는 올드한 사랑은 이제 끝낼 때가 되었어. 시대에 맞는 새로운 사랑법이 나와야 한다고. 하루에도 얼마나 많은 이성을 만나는데, 집 안에 갇혀 살던 시대의 사랑법이 웬 말이야?'

'그런 식이면 끝내는 것도 쉽겠네요.'

'역시 자기는 똑똑해. 내가 말하는 게 바로 그거야. 만나는 것도 쉽게, 끝내는 것도 쉽게, 고로 인생을 가볍게. 그러다 죽고 못 살겠다 하는 사람 만나면 끝까지 가는 거고. 나는 그런 사람을 이미 만났지.'

'그게 누군데요?'

'누구긴 누구야? 바로 경이루지.'

조금 읽다가 파일을 송두리째 휴지통에 버렸다. 내 파일에서 영구 삭제된 글이 페스티바의 보고서 파일에 남아 다른 사람들이 읽을 것을 생각하니 당장 찾아가 지워달라고 하고 싶었다. 실험은 끝났고 먹통이 된 연애 탭은 쓰레기통에 버려졌다. 페스티바가 지금의 수난을 안다면 뭐라 할까. 한때 풍요롭게 보였던 다중 관계가 회복할 수 없는 상처를 남기고 무너져 내리고 있는 것을 안다면? 괜히 실험에 끌어들여 미안하다고 하려나.

22. 아는 만큼 모른다

마지막이라는 심정으로 전화했다. 오늘도 받지 않으면 손민이라는 이름을 카톡에서 지워버릴 생각이었다. 신호음이 다섯 차례 갔을 때 통화음이 달가닥 떨어졌다. '여보세요' 하는 목소리는 분명 손민의 것이었다.

– 살아 있었어? 어떻게 이럴 수가 있어?

– 죄송해요.

가래 낀 쇳소리에 기운이라곤 하나도 없었다.

– 죄송? 죄송하면 다야? 죽은 줄 알았잖아.

모모를 빗질해 주고 있던 손민이 누런 봉투를 배달받는다. 봉투 속에서 남자들과 함께 있는 사진들이 나오고 힘이 풀린 손민의 손에서 사진들이 주르륵 미끄러져 떨어진다. 누나에게 이렇게 많은 사람이 있었던 거예요? 그의 목소리가 들렸다.

다른 시나리오는 손민이 떠나고 사진이 배달되는 것이다. 새 주인이 주인 없는 봉투를 신발장 위에 던져둔다. 끝까지 손민은 사진의 존재를 알지 못한다. 사진을 보낸 사람의 목적이 어그러진다. 손민은 할머니를 보러 갔다 어쩔 수 없는 일 때문에 연락을 못한 것뿐이다.

이러저러한 환영 속에서 갈피를 잡지 못할수록 손민이 더 궁금해졌다. 갑자기 떠난 이유, 연락하지 않은 이유를 알아야 했다.

– 도대체 무슨 일이야?

– …….

– 제발 말 좀 해. 무슨 일 있지?

– 지금 제 모습 보면 좀 놀랄 거예요.

– 왜?

– 몸무게가 많이 줄었어요. 지금 침대에 누워서 전화 받는 거예요. 한국을 떠나기 전에 말하려고 했는데 말이 안 나왔어요.

숨이 찬 듯 거칠게 숨을 몰아쉬고 기어가듯 천천히 말했다.

– 알아듣게 말해. 무슨 말 하는지 하나도 모르겠어.

– 시간이 별로 없어요. 조금 있으면 이 세상에 있지 못할 거예요. 끝까지 전화 안 받으려고 했어요. 그럼 내가 죽었다는 것도 모를 테니까. 죽었다는 것과 사라졌다는 것 중에 뭐가 더 나을지 생각했어요.

– …….

– 암이 온몸에 퍼지는 중이에요. 할머니에게 너무 미안해요. 할머니에게는 나밖에 없는데. 부모님과 동생이 빨리 보고 싶다고 부른 거 같아요. 여기보다 거기가 더 좋다고.

– 무슨 말을 하는 거야?

– 죽는다는 말을 하고 있는 거예요.

－널 만나면 혼구녕 내주려고 했는데, 잘못했다 빌면 용서해 줘야지 했는데, 지금 뭐라는 거야? 누구 허락을 받고 죽어?

손이 부르르 떨려 전화기가 얼굴 옆면을 불규칙적으로 때렸다. 나는 수도 없이 많은 말을 쏟아냈다. 무슨 암인지, 어디까지 진행되었는지, 무슨 치료를 받고 있는지, 치료 가능성은 없는지 묻고 또 물었다. 손민이 세상 떠날 준비를 하는 동안 나는 아무것도 모른 채 그를 원망만 했다. 말을 이을 수 없을 만큼 진득한 것이 복받쳐 올라와 한참 꺼억꺼억 소리만 냈다.

－지금 할 수 있는 것은 기다리는 것뿐이에요. 내가 완전히 소멸할 때를요. 손가락 발가락 끝이 검게 변하고 있어요. 온몸이 검게 되기 전에 가고 싶은데.

말을 잇지 못하는 사이 시간이 흘렀다.

－너 혹시, 뭐 받은 거 없어?

한참 동안 수화기 너머로 숨소리만 크게 들렸다.

－사진들이요?

－…….

다리가 후들거려 소파에 몸을 던졌다.

－저랑 상관없는 일이에요. 좋은 기억만 가져가고 싶어요. 누나 옆에 좋은 사람들이 있어 안심했어요. 누나가 행복하면 다 된 거예요. 진짜 누나를 아껴주는 사람이었음 좋겠어요.

사진을 받지 않았다면 떠나기 전에 자신의 병을 알렸을까. 외로운 이별의 동반자로 나에게 손을 내밀었을까. 되돌리기에는 너무 늦었다. 그의 안전을 기도하면서 수도 없이 혼잣말을 되뇌었다. 너를 진심으로 좋아했고 존경했어. 너랑 있으면 나도 너 같이 깨끗해지는 거 같았어. 하지만 목구멍까지 차올랐던 말을 쓴 약처럼 꿀꺽 삼켰다.

　―사진은… 아니야. 한 가지만 약속해. 내 전화 받는다고. 알았지?

　―네, 알겠어요.

　사진에 대해 어떤 변명도 늘어놓고 싶지 않았다. 이제 그 어떤 말도 다 소용없게 되었다. 사랑했다는 말 외에는. 아니, 사랑하고 있다는 말 외에는.

　손민의 말을 믿고 매일 서너 번씩 전화했지만 받지 않았다. '네가 있는 곳을 알려줘, 꼭 만나야 해. 너를 이렇게 보낼 수는 없어. 너를 잃고서는 제대로 살 수가 없다고. 한 번만 만나줘. 제발 내게 기회를 줘.' 읽지도 않는 문자를 수십 개 보냈다. 울부짖음에 가까운 문자들은 허공에 대고 말을 걸고 있었다. 입술을 잘근잘근 씹은 탓에 콩알만 한 혹까지 생겼을 때 부고 문자가 왔다.

　― 손민 군이 00월 00일 00시 고인이 되었습니다. 그는 △△묘지에서 영원한 안식을 취할 것입니다.

　연락만 오면 바로 달려가려고 여행 가방까지 싸두고 미국행 비행기표를 검색하던 중이었다. 쓸모없어진 여행 가방을 거실

가운데 던져두고 그에게 주려고 샀던 선물들을 꺼냈다. 주인을 잃은 털모자와 장갑, 머플러, 양모 잠옷이 나왔다. 말없이 사라지는 게 죽는 것보다 백번 나았다. 그를 찾지 말고 언젠가 연락이 오겠거니 하며 하염없이 기다리는 게 더 나았다. 죽었다는 것은 다시 만날 수 없다는 것이고 그건 영원히 회복될 수 없는 끝을 의미했다.

사진 때문에, 정우성 때문에, 나의 미욱함 때문에, 모든 것들이 엉클어졌다. 정우성을 찾아야 한다. 내가 아끼는 사람이 죽어가는 것도 모르고 함부로 매서운 채찍을 휘두른 자를 그냥 두어서는 안 된다. 눈에 핏발이 섰고 심장이 팔딱거렸다.

◌

박찬영에게서 문자가 왔을 때 그가 청혼했다는 것도 잊고 있었다. 내 곁을 지키고 있는 마지막이자 유일한 사람인 박찬영이 죽음, 잠수, 복수 등으로 뒤로 밀렸다. 김제이에게 한 방 얻어맞고, 손민을 손 쓸 틈 없이 떠나보내고, 연인을 배신의 고통에 빠뜨렸다. 늪에 빠져 허우적거리며 정신없이 손을 휘저었다. 더 깊은 수렁으로 빠져드는 내 손을 잡아준 사람이 박찬영이었다.

부채감, 책임감, 죄의식 없이 진짜 내 마음을 되짚어 보았다. 김제이가 겉과 속이 다르다는 게 밝혀졌지만 그를 사랑했다는 것을 부인할 수 없다. 소설가로 키워주겠다고 손을 내밀었을 때, 나를 안고 아름답다고 했을 때, 잔에 가득 술을 채워주며 은근한 눈길을 보냈을 때, 나는 분명 그를 사랑했다. 그를 통해 많은 사람을 만났고 기회를 얻었다. 그가 마지막 한 말이 낚시 바늘처럼 심장에 걸려 있지만, 그동안 나에게 보여주었던 것들을 다 거짓이라고 말할 수 있을까. 현실이 말할 수 없이 참혹해졌다 해서 과거의 소중했던 추억들을 부정하고 싶지 않다.

박찬영은 말할 것도 없이 그 무엇으로도 대체할 수 없다. 가슴 저리는 첫사랑의 대상으로 변함없이 곁을 지켜주었고 마지막까지 내 손을 놓지 않았다. 내 마음에 그는 언제나 같은 모습으로 자리하고 있다. 그는 내가 만난 최고의 남자이며 가장 멋진 사람이며 그를 사랑하게 된 것은 행운이다.

내 모든 것을 망치려는 정우성조차 내 어깨에 기대게 하고 싶었다. 상처받고 돌파구를 찾지 못해 방황하고 있을 때 쉴 곳이 되어주고 싶었다. 문제는 그런 감정이 오래가지 않았다는 것인데 그건 누구의 책임도 아니다. 노력해서 되는 것도 결심해서 될 일도 아니다. 그냥 우리는 거기까지였던 것이다.

짧게든 길게든, 양상은 달랐지만 그들 모두를 사랑했다.

맥주를 사러 편의점에 갔다 들어오는데 집 앞에 벽면을 다 채울 만큼 큰 상자가 놓여 있었다. 배송받는 사람에 내 이름이 찍혀 있었고 발송인 이름은 없었다. 현관 안에 들여놓는 것도 힘들어 질질 끌어다 놓았다.

상자를 벗기자 충전재로 꼼꼼히 포장한 상자가 또 나왔다. 칼로 흠집을 낸 후 거칠게 포장을 뜯어내자 캔버스 모서리가 삐죽이 나왔다. 손바닥만 한 모서리만으로 무엇인지 감이 왔다. 컨테이너 벽에 기대어 있던 그림이었다. 손민의 집에서 영화 〈시크릿 레터〉를 두 번이나 보고 나서 '너는 죽을 때 누구에게 무엇을 남기고 싶냐'고 물었다. 손민은 영화에 몰두해 있다가 더듬거리며 '나에게 누가 있겠어요? 누가 있다 한들 가진 게 아무것도 없는데 뭘 줄 수 있겠어요?'라고 했다. 한참 후에 '사랑한다면 홀로 남겨질 사람에게 가장 소중한 걸 남기는 게 맞겠죠?'라고 했다. 영화에서 영감을 얻었다 해도 죽은 지 한 달, 한국을 떠난 지 여섯 달이나 지났다. 그런데 어떻게 이 그림들이 나에게 배달되었을까.

미국에서 한 줌 재가 된 사람의 혼령이 그림을 가지고 대한민국 우체국에 갔을 리 없다. 영화 속 주인공처럼 한국을 떠나기 전에 누군가에게 배송을 부탁해 놓았을까.

나는 캔버스를 거실로 가지고 와 벽에 기대어 놓고 손민을 보듯 그림을 들여다보았다. 네가 이거 그리느라 하루종일 숲에서 살았는데. '그 숲에 가보고 싶지 않니?' 나는 저녁 내내 그림에 대고 말을 걸었다.

이걸 시작으로 매일 그림 상자가 배송되었다. 하루에 하나씩 그림이 늘어나니 한 달 뒤에는 거실과 방 세 개가 그림으로 가득 차 움직이는 것조차 힘들게 되었다. 컨테이너에 있던 그림들이 한 점도 빠짐없이 오고 나서야 배송은 멈췄다.

"부고장을 받으면 발송을 시작해 주세요. 내 그림의 주인은 경이루입니다. 하루에 하나씩만 보내주세요. 그림 하나를 충분히 느끼게 하고 싶어요."

부탁받은 사람은 유언을 지키기 위해 우체국을 오가며 손민이 적어준 배송지로 그림들을 부쳤을 것이다.

손민은 집안 곳곳에 있었다. 움직일 때마다 그의 몸에 내 몸이 닿았다. 살아 있을 때보다 더 많이 살을 부벼대는 느낌이었다. 그는 하루종일 숲에 가부좌하고 앉아 눈앞에 영감이 떠오르기를 기다렸다. 보라색 사과 속의 회색 구름, 자기 머리통보다 큰 도토리를 입에 물고 있는 사슴벌레. 나는 그림에서 은유를 읽었다. 하루종일 그림을 들여다보고 있어도 지루하지 않았다. 어느 날은 손민이 엉금엉금 기어 나올 거 같아 그림을 벽을 향해 돌려놓기도 했다. 어떤 날은 물방울들이 터지지 않았나 확인하기 위해 이방 저방을 돌아다녔다.

나는 하루에도 몇 번씩 서로 몸을 맞대고 있는 그림들을 한 점씩 들여다보며 중얼거렸다.

"여기서 사는 게 힘들어서 그렇게 빨리 떠난 거야? 거기는 어때? 천국 지옥 그런 거 있어? 너는 어디에 있어? 이제는 아프지 않지? 혹시 거기서 나를 원망하고 있는 건 아니지?"

나는 많은 것을 물었지만 그 어떤 질문에도 답이 없었다. 그는 그림 속에서 입꼬리를 치켜올리는 특유의 미소로만 답했다. '저는 잘 있어요. 지금 웃고 있잖아요.' 그는 죽었지만 사라지지 않았다.

○

일요일 오후, 유선주가 집으로 오겠다고 하는데 집 앞 카페에서 보자고 했다. 그림 수장고로 변해버린 집을 보여주고 싶지 않아서였다. 유선주는 M 엔터테인먼트 부장으로 승진했고 은혜 때문에 가끔 임선재를 만나고 있었지만 남자 없는 삶에 별다른 불만이 없는 것 같았다. 카키색 양복을 입은 것으로 보아 결혼식에 갔다가 내 생각이 난 모양이었다. 카페 라테를 마시고 있던 유선주가 내가 앉기도 전에 물었다.

"김제이 대표한테 연락 없어?"

어떻게 끝이 났는지 아는 처지에 뜬금없는 질문이었다.

"무슨 연락을 하겠어? 그렇게 험하게 끝났는데."

"얼마 전에 김제이 봤어. 문화 엑스포에 아내랑 같이 왔더라고."

이 말을 하고 싶어 일부러 온 것이다. 나는 의자 깊숙이 엉덩이를 밀어 넣었다. 유선주는 행사에서 뭘 했는지 모를 정도로 김제이 부부를 따라다녔다며 그녀가 목격한 것들을 스케치해주었다. 부부는 그늘 한 점 없는 얼굴로 사람들과 인사했다. 김제이는 감싸 안은 아내의 어깨를 바짝 끌어당기며 귀엣말을 했고, 그때마다 아내는 까르륵 소리를 내며 웃었다. 뭐 그리 할 말이 많은지 끊임없이 소곤거리며 웃음을 나눴다. 다른 사람을 의식한 연출된 다정함이 아니라 오랜 시간에 걸쳐 숙성된 친밀감이었다. 20년을 함께 산 부부라기보다 갓 만나 사랑을 키워가는 연인처럼 보였다.

"세상 두 쪽이 나도 이혼 같은 거 안 할 거 같더라고. 이혼은 커녕 그냥 아직도 서로 좋아죽어. 괜한 걱정 할 필요 없어."

유선주는 김제이 부부가 꿀이 돋는 표정으로 서로를 포옹하는 것을 보고 나에게 달려온 것이다. 정말 그의 아내는 오픈 메리지를 받아들이고 있었던 걸까. 그럼 그날의 문자는? 사진을 보고 남편에게 화가 난 게 아니라 남편의 여자가 화냥년이라 분노가 들끓었을까? 심다미가 아롱이가 술집 마담이라는 것 때문에 분노했던 것처럼 존경하는 남편이 격에 맞지 않는 여자랑 놀았다는 것 때문에 퍼붓고 싶었던 걸까. 이젠 알 수도, 알 필요도 없는 남의 얘기다.

'아내에게 마음이 동하는 사람이 있으면 만나도 된다고 했어. 단, 나한테 들키지만 말라고 했지. 하하. 그때 아내가 뭐라고 했는지 알아? 그게 무슨 오픈 메리지냐, 들키기 전에 자발적으로 말할 수 있어야 그게 진정한 오픈 메리지지, 이렇게 말했다니까. 우리 아내가 이런 여자야. 하하.'

김제이가 자신이 한 말을 기억한다면 아내의 문자를 내게 보여주지 않았을 것이다.

'젊음은 잠깐이야. 연애할 날이 영원히 계속되지 않는다고. 그러니 한 살이라도 젊을 때 많이 사랑해야 하는 거야. 꼬부랑 늙은이가 돼서 억울하지 않게. 나 김제이는 경이루의 연애를 응원한다. 하하.'

나에게 했던 약속의 말과 사랑에 겨운 몸짓, 마지막 날 대표실에서 나를 몰아세우던 앙칼진 목소리, 유선주가 본 행복한 부부의 모습, 뭐가 진짜일까.

"맘 편히 있어. 김제이는 지금까지도 잘 살았고, 앞으로도 잘

살 인간이야. 앞으로 너는 네 걱정만 해."

얼굴 근육이 뻣뻣해져 입을 벌렸다 오므리기를 서너 번 했다. 한겨울에 외투를 입지 않고 밖에 나간 듯 찬바람이 뼛속으로 스며들었다.

김제이와는 맥없이 끝났지만 제이 출판사에서 다섯 번째 소설이 나왔다. 사진 사건 한참 전에 원고가 넘어갔기 때문이었다. 김제이에게선 그날 이후 문자 한 자락 없었다. 가진 걸 모두 줄 것처럼 달콤한 말로 속삭였을 때는 그의 말이 현실이 될 줄 알았다. 그 당시엔 그도 자신의 말이 현실이 될 줄 믿었을 것이다. 사람이 거짓말을 하는 게 아니라 상황이 우리의 마음을 바꾸고 뜨거운 약속을 시궁창에 처박는다. 만리장성 같은 오해와 착각 속에서 꿈을 꾸고 있다가 현장감 넘치는 사진이 뺨을 세게 치는 바람에 화들짝 깨어난 것이다.

정우성의 행방을 캐고 다니던 즈음, 학원 선배가 얼마 전에 그를 보았다고 했다. 원하던 이혼이 성사되었지만 무척 우울해 보였다고 했다. 좋아하는 사람에게 차이면 빌딩에서 떨어진 것보다 더 골병이 들 수도 있다는 아리송한 말을 했다. 그가 사라진 게 전적으로 나 때문인가. 혹시나 그가 나를 너무 좋아해서 그냥 둘 수 없는 거라면? 좋아하는 마음을 잴 수 있는 줄자나 저울이 있다면 얼마나 좋을까. 말과 행동으로 미루어 짐작할 수밖에 없다는 것이 사랑의 맹점이다.

"사실 우성이한테 들어서 대강 너희 사이 알고 있어. 그 자식이 만날 때마다 네 얘기 엄청 했어. 너랑 헤어진 게 최대 실수라고. 좀 늦긴 했지만 잘해보고 싶다고 했는데, 네가 헤어지자고 하니 힘이 빠졌겠지."

선배 목소리에 나에 대한 원망이 살짝 배어났다. 흥신소 사진 사건의 내막을 말할까 했지만 입이 떨어지지 않았다.

"혹시 연락되면 내가 할 말이 있다고 전해주세요.

선배는 내가 그와 다시 잘해보려는 줄 알고 이번에 다시 만나면 넓은 마음으로 잘 품어주라고 했다. 일주일쯤 지났을 때 모르는 번호에서 문자가 왔다.

– 네가 나를 찾아다니고 있다면서? 왜?

정우성이었다. 팔 개월 만에 연락하면서 인사말도 생략한 채 다짜고짜 수소문한 이유를 물었다.

– 왜 잠적한 거야?

참아왔던 분노가 폭발할 듯 팽팽해졌다.

– 잠적? 내가 한 게 잠적인가? 어차피 헤어진 사이에 전화번호 바꾼
  것까지 시시콜콜 말해야 하는 거야? 참 이상하군.

– 회사는 왜 그만뒀어?

본론으로 들어가지 못하고 주변에서 변죽만 울렸다.

– 그거 알고 싶어서 찾아다닌 거야? 급한 일이 있는 거 같다고 하던
  데. 하고 싶은 말이나 해.

어디서부터 어떻게 말을 꺼내야 할지 헷갈렸다. 우선 어떻게 숨어서 그런 짓을 할 수 있냐고 따져야 했다. 헤어지자고 한 게, 너를 만나면서 다른 사람을 동시에 만난 게 이 정도의 보복을

받을 일이냐고 물어야 했다.

  – 사진 그거 뭐야? 왜 그런 짓을 했어? 언제부터 내 뒤를 캐고 다닌
    거야?
  – 사진이라니. 무슨 사진? 내가 무슨 짓을 했는데?
  – 이렇게 나오면 곤란하지. 오리발을 내밀면 속아 넘어갈 줄 알았어?
    도대체 왜 이래? 다 끝났잖아. 뭐가 남아서 나를 쫓아다녀? 내가 망
    하는 걸 보고 싶어 이러는 거야?

문자가 끊기고 조금 있다 전화가 왔다.
  – 문자로 할 말이 아닌 거 같아서. 그게 무슨 말이야? 못 잊어
서 너를 쫓아다니기라도 했다는 거야? 내가 언제 널 쫓아다녔
는데? 무슨 증거라도 있어? 이젠 날 스토킹 범죄자까지 만들고
싶은 거야?
  끼어들 사이도 없이 소리를 질러댔다. 그는 정말 아무것도 모
르는 것 같았다. 그가 딱 잡아떼는 폼으로 보아 뭔가 잘못된 거
같았다. 김제이에게 배달된 사진에 정우성 사진만 빠져 있다는
게 그가 범인이라는 유일한 증거였다.
  – 정말 모르는 거야? 누가 내 뒤를 캐고 다녔어. 사진을 찍어
서 여기저기 보내고.
  – 그래서 그 사진에 뭐가 찍혔는데?
  – …….
  – 사진에 찍히면 안 될 짓거리를 하고 있었다는 거네. 그건
네 사생활이니까 모르겠고, 그래서 내가 그런 짓을 했다고 생각

한 거야? 이런 일이 아니면 날 찾아다닐 일이 없었던 거고?

한숨을 쉬는 소리가 귓전을 아프게 파고들었다.

─정말 슬프다. 나를 그런 인간으로 보았던 거야?

숨소리조차 들리지 않는 침묵이 이어졌다. 물속에 얼굴을 처박고 있는 것처럼 가슴이 답답해졌다.

─그동안 잘못 살았어. 경이루가 조금은 날 알고 있다고 생각했는데. 모든 게 다 오해고 잘못이었어.

그의 목소리에서 끈적한 회한이 묻어났다. 생각해 보니 그에 대해 아는 게 없었다. 그에 대해서 뿐만 아니라 그 누구에 대해서도 제대로 알지 못했다. 김제이는 내가 알고 지내온 김제이가 아니었다. 나의 절친들은 또 어떤가. 우정을 이어온 세월만큼 서로를 잘 알고 있는가. 그가 한 말 중에 오해라는 말이 윙윙 귓전을 맴돌았다.

함께 보낸 시간이 아무리 길어도, 타인은 타인일 뿐이다. 함께 할수록 상대를 안다는 오해만 더 커질 뿐인지도 모른다. 정우성을 안다고 믿었던 것은 근거 없는 오만이었나. 결혼하자는 박찬영은 무슨 생각을 하는 걸까. 죽음을 선고받은 손민은 아무 일도 없는 것처럼 떠났다. 나는 손민의 앙상한 몸을 만지면서도 무엇이 그의 췌장을 파먹는지 알지 못했다. 우리는 서로 그림자를 보면서 그 사람의 실체를 상상했을 뿐이다. 상상과 너무 다른 실체를 보고 놀라지만 너무 늦었다.

─나를 그런 일에 연루시키지 말아줘. 네 뒤를 캐지 않았고,

사진을 찍은 적도 보낸 적도 없으니까.

그가 아니면 누가 한 짓이란 말인가. 사과를 할 수밖에 없는 상황이 되었다.

─정말 아니야? 그럼 오해했나 봐. 미안해.

─됐어. 널 원망하고 싶지도 않아. 이제 그만 좀 하자.

전화는 맥없이 끊어졌다. 무엇을 그만하라는 것인지 알지 못한 채 전화기를 귀에서 떼지 못하고 한참을 서 있었다.

23. 그물의 엉킨 데를 잘라내고

　박찬영에게서도 연락이 없자 나는 혹시나 그사이에 그도 사진을 받은 게 아닌가 하는 의심이 들었다. 그가 누런 봉투를 받고 부들부들 떨다 사진들을 벽에 집어던지고 짐승 같은 울음을 토해내는 꿈을 꾼 후론, 먼저 전화번호를 누를 수 없게 되었다. 전화를 한다 해도 청혼을 받아들이겠다는 말이 나올 거 같지 않았다. 그에게 경멸에 가까운 비난을 듣는 것은 한 번으로 족하다. 너 따위는 필요 없으니 꺼져버리라는 말을 자청해 들을 것까지는 없다. 격렬한 분노를 소화하기 위해 힘겨운 싸움을 막 끝내고 손을 내밀어 준 대가가 사진 속의 남자들이라면 박찬영은 지난번과는 비교할 수 없는 고통의 나락에 빠질 것이다.

　사실대로 털어놓고 설득하는 것도 생각해 보았다. 남자들 여럿을 동시에 만나 사랑을 나눌 수밖에 없었던 상황을 솔직히 말하고 이해와 용서를 구한다면? 여럿을 만난 것은 사실이지만 그럼에도 그에 대한 감정이 조금도 흔들리지 않았다는 것을 강조하며 눈물로 호소한다면? 최종 연애 보고서를 보여주며 내가 연애 실험에 무엇을 느꼈는지 차분히 알려준다면? '루나의 사랑 이야기'에 썼던 루나의 생각이 실은 모두 다 내 생각이라고 실토한다면? 더 솔직히 말하면 일이 이런 지경이 되었지만 내가 뭘 잘못했는지 알 수 없다고. 그래서 뭘 사과하고 뭘 미안해해야 하는지 모르겠다고.

생각하면 할수록 자신이 없어졌다. 날 설명할 자신도, 이해시킬 자신도, 붙잡을 자신도 없었다. 자신이 베푼 관대함이 얼마나 어리석었는지 머리를 쥐어뜯는 것을 말릴 자신도 없었다. 왜 이리 조용한 걸까. 연락이 없는 걸 보면 불안이 만들어낸 심증이 아닌 게 틀림없었다.

박찬영과도 모든 게 끝났다고 생각하니 자다가도 눈물이 났다. 이게 아닌데 하면서도 달리 방법이 없는 게 더 미칠 거 같았다. 하루하루 마른 논처럼 쭉쭉 갈라지고 있을 때 구원의 문자가 왔다.

 — 왜 답이 없어? 목 빠지게 기다리고 있는데……. 할 거야? 말 거야?

사진을 받았다면 이렇게 태연할 수 없었다. 걱정과 공포로 비틀어져 가던 나는 문자 한 통에 숨을 쉬게 되었다. 사진을 받지 못했다는 걸 직접 확인하고 싶어질 만큼 나는 흥분했다. 손민과 김제이에게 배달된 것이 왜 정우성과 박찬영에게는 배달되지 않았을까. 살인 사건을 풀어야 하는 탐정처럼 처음부터 관계도를 그려보았지만 더 헷갈렸다. 나에게서 손민과 김제이를 떼어내서 이익을 얻는 사람은 누구일까. 미스터리를 추적하는 것과는 별개로 박찬영에게 답을 주어야 할 때가 되었다. 답을 하지 않자 다시 문자가 왔다.

－ 나랑 결혼하기 싫어서 답을 못하고 있는 거야?

－ 그런 거 아니야. 별일 없지?

별일 없냐는 말에 수만 가닥의 의미가 숨어 있다는 것을 박찬영은 눈치채지 못한 거 같았다.

－ 만나서 얘기하자.

마음이 놓여 살만했는데 그 전과는 급이 다른 불안이 엄습했다. 지금까지 배달되지 않았던 사진이 그가 사무실을 나오는 순간 배달될지도 모른다. 수십 장의 사진들이 뛰어나오려던 그의 발길을 멈추게, 아니 발길을 돌리게 한다. 청혼은 없던 일이 된다. 생각만으로도 피가 쌩쌩 소리를 내며 심장으로 질주했다.

페스티바는 떠났지만 가끔 그가 했던 말이 기억의 숲에서 불쑥 솟아올랐다.

"처음엔 사람들 사는 모습이 신기해 눈을 뗄 수 없었다. 나는 어두운 방 안에 앉아 평생 촛불을 보며 기도밖에 안 해서 세상을 잘 몰랐거든. 세상이 쉬지 않고 밀려들었다 밀려 나가는 파도처럼 계속 움직이는 거야. 그냥 가만히 있어도 시간은 가고 생명은 꺼져 갈 텐데, 왜 쉬지 않고 끊임없이 무엇인가를 하는지. 목표를 세우고, 노력하고, 실패하고, 때론 성공하고, 욕망하고, 질투하고, 사랑하고, 미워하고, 싸우고, 화해하고……. 모두들 죽을 때까지 쉼 없이 기를 쓰는 게 이상하게 보였다. 모든 인생이 다들 자신만의 드라마를 만들더라고."

"사람들은 주어진 시간을 비워두는 것보다 뭘로든 채우는 게 낫다고 생각해요."

나도 쉼 없이 일을 꾸미는 인간 세상의 대표 주자라, 페스티바에게 이상한 게 전혀 이상하지 않았다. 시간과 생명이 주어진 한 움직이는 걸 멈출 수 없다.

"얽히고설킨 그물이 발에 채이도록 널려 있어서 정신이 빠질 지경이었다. 처음엔 장난으로 그물을 더 헝클어뜨린 적도 있었지만 사람들이 망가지는 것을 보고 곧 그만두었다. 지금은 오히려 엉킨 그물을 풀어주려고 하지."

재미로 그물을 헝클어뜨릴 때 그를 만나지 않은 게 다행이었다. 그때 그는 분명 엉킨 그물을 풀어주고 있다고 했다. 그의 말을 믿고 싶었는데 지금은 잘 모르겠다. 그는 내 인생의 그물을 헝클어놓은 걸까, 풀어놓은 걸까.

"내가 제일 놀란 게 뭔지 아냐? 회복력이야. 미쳐버릴 만큼 끔찍한 일을 겪고도 멀쩡히 살아남더라고. 죽을 것처럼 울다가도 어느 순간엔 배꼽 빠지게 웃고 있고."

페스티바도 인정한 사람들의 회복력. 심다미는 언제쯤 예전의 모습을 되찾을 수 있을까. 어쩌면 심다미는 최강호가 아닌, 자신이 만든 괴물과 싸우는 중인지도 모른다. 괴물을 쳐부수고 원래의 자리로 돌아오는 데 얼마나 많은 시간이 필요한 걸까.

"알 수 없는 건 그냥 그러려니 하고 넘어가. 왜 금성 다음에 지구가 있고, 지구 다음에 화성이 있는지 백번 물으면 뭐 하냐고. 어차피 알 수가 없는데."

심다미가 부서져 내리는 걸 그냥 두고 볼 수 없어 여러 번 이러저런 말로 구슬렸지만 결국 그 어떤 말도 완악해진 마음을 녹여주지 못했다.

나야말로 피켓을 들고 서 있고 싶었다. '누가 내 뒤를 미행했는가, 누가 나를 망치려 하는가. 그것이 알고 싶다!' 빨강 파랑 매직으로 손바닥만 하게 글씨를 써서 버스의 광고판에 붙이고 싶었다.

이대로 있으면 사건은 미궁으로 빠질 것이다. 나 혼자 옴팡 뒤집어쓰고 범인은 웃으며 비밀 프로젝트를 마무리 지을 것이다. 정우성만 잡으면 일이 해결될 줄 알았다. 하지만 지금은 해결의 실마리가 보이지 않는다. 나에게 원한 가질 사람이 없는데 누굴까. 돈을 떼어먹은 적도, 피해 입힌 적도 없는데, 내 파멸을 원하는 사람은 누구일까.

박찬영의 아버지는 대기업 엔지니어로 퇴직한 뒤 이제부터 하고 싶은 공부를 해야겠다며 대학원에 들어가 일흔 나이에 박사학위를 따고 서재에 틀어박혀 책을 팠다. 어머니는 일 년의 반 이상을 해외를 떠돌며 여행을 하다 한국에 들어와서도 또 집 밖에서 살았다. 그들은 자기 삶에 바빠 아들 일에 간섭하지 않았다. 변호사 아들이 소설 쓰는 여자와 결혼하겠다고 했을 때는 환영하지도 반대하지도 않았다. '잘 생각하고 결정한 거지?' 한마디만 물었다. 아들 인생의 중대한 결정을 오롯이 아들에게 맡겼다. 그만큼 아들을 믿은 걸까. 비혼으로 혼자 늙어가든, 실험적인 동거를 하든, 동성 친구들과 모여 살든, 아들의 최종 선택이라면 다 받아들이겠다는 입장이었다. 박찬영이 둘이서만 결혼식을 하겠다고 했을 때도 정말 그러고 싶냐고 물었을 뿐이다.

양가의 부모와 의식이 빠지고 나니 결혼이 어려울 게 없었다. 내 인생에 결혼은 없다던 선언이 해변의 모래알처럼 흩어진 후 우리는 함께 살 준비를 했다. 나는 아내가 되기로, 박찬영은 남편이 되기로 했다.

"이제는 우리 둘이 함께 가는 거야. 둘이서만. 과거에 무슨 일이 있었든 다 쓰레기통에 처박아 버리고."

나는 고개를 끄덕였다.

"너뿐이야. 지금도 앞으로도."

나는 배타적이고 독점적 사랑의 굴레를 선택해 그 안으로 들어갔다. 돌고 돌아서 그런지, 그 굴레가 불편하게 느껴지지 않았다. 나는 넓은 정원에서 하늘 높이 날겠지만 그 정원에는 새가 날아가지 못하도록 성긴 그물이 쳐져 있을 것이다.

"그러면 됐어. 내가 원하는 것은 그것뿐이야."

실험은 오래전에 끝났고 한 사람 빼곤 다 떨어져 나갔다. 다른 사람을 사랑하기도 했지만 지금은 추억의 서랍에 넣었다. 내 손에는 현재의 사랑이 있고 손을 펼치는 순간 그 안에 있던 것들이 주르륵 쏟아져 내릴 것이다. 손을 펴지 않을 것이다. 손에 움켜쥔 것을 놓치지 않을 것이다.

24. 또 하나의 이별

선배에게서 문자가 왔다. 부고였다. 죽음의 자리가 아직 메워지지 않고 선명한데 또 다른 죽음이 찾아왔다. 무슨 장난인가 했지만 부고가 장난으로 올 리는 없었다.

－선배, 이게 뭐예요? 정말 정우성이? 정우성이 죽었다는 거예요?

왜 죽었는지를 캐기 이전에 도무지 믿기지 않아 확인하고 또 확인했다.

선배는 말을 잇지 못하고 흐느껴 울었다. 손민은 췌장이 암세포의 공격을 받아 세상을 떠났다. 정우성은 무슨 일로 죽은 것인가. 누가 죽인 것인가. 어이가 없어 멍하니 아무 생각도 없어졌다.

－사고예요? 얼마 전 통화할 때까지만 해도 멀쩡했는데.

－장례식장으로 와. 마지막 길을 지켜줘야지.

내가 아는 사람들이 하나씩 죽는 마법에라도 걸린 걸까. 손민이 죽고, 정우성이 죽고 그다음에는 누가 죽을 차례인가? 슬프지도, 눈물이 나지도 않았다. 동생이 죽어도, 내가 죽어도, 그누가 죽어도 눈물 한 방울 나올 거 같지 않았다. 부조리극의 한장면이 내 인생에 잘못 끼어든 게 틀림없다. 누군가가 '너무 실감이 나서 현실인 줄 알았지?' 하면서 어깨를 툭 칠 거 같았다. 마법이 풀리고 나면 죽었다던 사람이 부스스 일어나 '재밌는 임사 체험이었다'며 호탕하게 웃을 것이다.

— 바보 같은 자식. 이렇게 갈 게 뭐야? 조금만 참으면 괜찮아진다고 그렇게 말했는데.

선배의 목소리가 눈물에 잠겼다. 그렇다면 자살이라도 했다는 말인가? 그가 했던 말들, 그의 표정, 그의 숨결, 그가 남긴 인스타 글들이 감당할 수 없게 한꺼번에 밀려들었다. 마지막 통화에서 했던 말이 특히나 내 가슴을 쳤다.

내가 그것밖에 안 되는 거야? 나를 그렇게밖에 안 봤어?

설마. 그의 죽음에 내가 연관된 건 아니겠지? 내 이기심, 의심, 억측, 변명이 그의 죽음과 연관되어 있다면? 나는 세게 고개를 저었다.

장례식장에 알만한 얼굴들이 보였다. 나와 정우성의 관계를 아는 몇몇이 삐뚜름한 눈길로 장례식장에 들어서는 나를 훑어보았다. 이혼한 아내가 아이의 손을 잡고 상주 자리에 앉아 있다 인사했다. 살이라고는 찾아볼 수 없는 뾰족한 얼굴에 눈물

자국이 얼룩져 있었다. 구겨진 미간에서 나오는 차가운 눈빛과 마주쳤을 때 나는 얼른 몸을 돌려 하얀 국화 뒤에서 웃고 있는 정우성을 향했다. 한 번도 본 적이 없는 환한 미소가 '어서 와. 보고 싶었어.'라고 말을 걸었다. 그의 미소가 낯설어 한참 쳐다보았다. 정우성이 이렇게 환하게 웃을 수 있는 사람이었구나. 내가 알고 있던 정우성은 누구였을까. 국화 한 송이를 그의 미소 앞에 놓았다.

'날 벌주기 위해 이렇게 가버린 거야? 이건 너무하잖아. 도대체 뭐 때문에 죽냐고. 다시 한 번만 전화해 줘. 사과할 기회는 줘야지. 제발.'

눈물이 방울져 떨어졌다. 그가 몸서리쳐지게 그리웠다.

'네가 조금이라도 내 마음을 알았다면 좋았을 텐데. 이젠 너무 늦었어.' 그의 마지막 말이 살아나 가슴을 쳤다. 언젠가 '너는 내 모든 것이야. 네가 없으면 모든 게 의미가 없어. 네가 얼마나 소중한지 너무 늦게 알게 된 게 후회될 뿐이야.'라고 했을 때 그 상투성이 성의 없게 느껴져 마음을 쓰지 않았다. 정우성의 목소리에 사람들이 하는 말이 섞여들었다.

"바보 자식. 사는 게 힘들었다지만 저렇게 예쁜 아이를 두고 어떻게 이렇게 가냐?"

"우울증이 심해 회사도 그만뒀다잖아. 우울증이 무섭다니까."

"고비만 넘기면 되는 건데 그걸 못 참고……."

곧 내 이름이 나올 거 같았다. 홀의 음식 냄새가 역하게 느껴저 손으로 입을 막았다. 위경련이 일어날 것 같았다.

"그만하자. 왜 죽었는지는 당사자만 알겠지. 아무튼 간 사람도 불쌍하지 뭐야. 산 사람은 어떻게든 살아."

더 앉아 있을 수가 없어 일어났다. 나를 잡는 사람은 없었다.

장례식장에서 집에 오니 열 시가 넘었다. 소파에 털썩 소리나게 주저앉았지만 집 안에서 타이어 타는 것처럼 역한 냄새가 진동했다. 앉을 수도 누울 수도 없어 창문을 열었다 닫았다를 반복하다 깜깜한 밤거리로 나갔다. 시원한 바깥 공기를 쐬니 좀 살 것 같았다. 단지 밖으로 난 산책로를 두 바퀴나 돌았는데도 집에 들어가고 싶지 않아 느티나무 아래 벤치에 앉았다. 자정이 다 된 시간에 개 한 마리를 끌고 중년의 남녀가 지나갔다.

집에 변변한 책상 하나 없을 때 집 앞 놀이터 벤치에서 연애탭을 켜고 보고서를 썼다. 무릎에 가방을 올리고 두툼한 책까지 올려 책상을 만든 뒤 자판을 두드렸다. 겨울바람에 손이 곱기도 했지만 생활 소음과 엄마의 앓는 소리가 들리지 않는 놀이터 벤치가 더 마음이 편했다. 나에겐 보고서 쓰는 일이 일기를 쓰는 것과 같았다. 그날 있었던 일을 더듬고 글을 매만지다 보면 두세 시간이 훌쩍 지나갔다.

그때처럼 나는 벤치에 앉아 휴대전화를 열었다. 죽은 사람이 보낸 메일이 메일함에 있었다. 죽기 직전에 정우성은 무슨 말을 하고 싶었을까. 미궁으로 빠질 뻔한 죽음의 비밀이 들어있을까. 그의 메일은 자작 시로 시작되었다.

쿵!

가슴을 찌르는 한 마디 비수

이마에 꽂힌 태산 같은 고드름이 가볍다

카인의 표지에서 흘러내리는

한줄기 핏물은

영겁의 시간 동안 멈추지 아니할 시시포스의 바위

레테의 강을 건너는 공허한 눈동자는

한 방울의 강물도 적시지 않고

오시리스의 기적을 꿈꾼다

불변 불멸의 산을 넘으면

아르카디아가

아르카디아가…….

조심조심 살면 허방에 빠지지 않고 평균치의 삶은 살 줄 알았다. 하지만 어느 날 보니 나는 헤어나올 수 없는 늪에 빠져 출구를 찾지 못한 채 헤매고 있었다. 늪을 빠져나오려고 손발을 휘저었는데 더 깊은 늪으로 침잠해 들어갔고, 이제는 손가락 하나 들어 올릴 만큼의 힘도 남아 있지 않다.

경이루를 만나지 않았다면 어땠을까. 분명 지금과는 달랐을 것이다. 그만큼 그녀는 많은 것을 바꿔놓았다. 한때는 구원인 줄 알았는데 지금 와서 보니 바닥을 알 수 없는 늪이었다. 빠져나오려고 하면 더 빠져드는 늪.

수렁에서 허우적거리는 게 힘들어 죽고 싶어졌다. 누군가는 사람은 삶을 영위함으로써 죽음을 향해 나아가고, 어찌 보면 산다는 게 느린 자살인데, 굳이 스스로 목숨을 끊을 필요가 있냐고 할 것이다.

삶이란 그런 것이기 때문에 이쯤에서 끝내고 싶은 거다. 삶이란 어차피 같은 목적지를 향해 달리는 거니까.

두 달 동안 가방에 넣고 다니던 약 봉투에서 분홍색 알약을 꺼냈다. 알약이 입에서 녹으면서 달콤하고 쌉싸름한 맛이 났다. 조금 있으면 혈관을 타고 약 기운이 퍼질 것이다. 숨이 멎고 피가 굳고 모든 의식 작용도 멈출 것이다. 격렬했던 감정의 소용돌이가 가라앉고 세계는 소멸할 것이다.

덜 사랑했고 대강 사랑했다면 지금 이런 선택을 하지 않게 되었을까. 사랑의 뜨거움이 한 사람을 죽음으로 몰아넣을 수도 있다는 것을 미리 알았다면 열정이 한 곳으로 치닫지 못하게 했을까.

자신을 스스로 파괴하지 않고 안전하게 지킬 수 있었을까. 나는 이 모든 질문에 고개를 젓는다. 그녀를 만난 그 순간, 이 모든 것은 활시위를 떠난 화살이 되어버렸다. 슬슬 약 기운이 심장에서 피를 앗아간다. 이 순간에도 내가 사랑했던 여자의 얼굴이 어른거린다. 이루, 내가 사랑했던 여자의 이름, 내가 가장 많이 불렀던 이름. 꿈은 깨졌고 나는 원하는 사랑을 얻지 못했다. 그녀는 내 품을 벗어나 나를 피해 더 멀리 달아나 버렸다.

나의 사랑은 조롱거리가 되었고 거추장스러워졌다. 그녀의 사랑을 얻고자 했으나 정작 마음 한 조각 가져오지 못했다. 그동안 벌여왔던 모든 싸움에서 패배했다. 진심은 배반당했고 땅바닥에 패대기 쳐졌다. 어울리지 않는 여자와 분수 모르는 사랑을 했기에 불행한 결과는 당연한 걸까.

사랑이 사람을 매개로 밖에서 안으로 들어오는 것인지, 안에서 밖으로 터져 나오는 것인지조차 알지 못한다. 그녀가 떠난다고 했을 때 기다리는 것 외에는 어떤 일도 하지 않겠다고 결심했다. 그녀가 절대 돌아오지 않을 거라는 것을 알면서 말이다.

한편으로는 혹시나 하는 희망 때문에 완전히 폐허가 되지도 못한 채 무섭도록 외로운 시간을 견뎠다. 시간이 흐를수록 그녀가 잊히기는커녕 그녀만이 나의 유일하고 절대적인 사람이라는 생각이 더 절실해졌다.

내가 죽었다는 소식에 그녀는 어떤 표정을 지을까. 세상에서 그녀밖에 없다고 부르짖던 한 남자의 죽음 앞에서 잠시 숙연해질까. 내 정신적 방황을 조금이라도 이해하게 될까. 딱딱하게 굳어가는 나의 몸을 떠올리며 내가 지었던 사랑의 몸짓을 기억해 낼까. 어떤 사람은 사랑을 위해서 죽음을 택할 수도 있다는 것을 알게 될까.

머리가 깨질 듯이 아프다. 죽음을 마주하고도 나는 사랑을 얘기하고 있다. 지금 가장 서러운 것은, 죽음을 앞둔 이 순간조차 그녀가 내 곁에 없다는 거다.

마지막으로 나를 사랑했다는 이유로 가슴에 상처를 안고 살아가게 될 사람들에게 미안하다는 말을 남기고 싶다. 하지만 그들이 겪을 아픔 때문에 나의 죽음을 유예할 수는 없다. 무의미한 시간을 견딜 만큼의 힘이 남아 있지 않기 때문이다.

나는 정우성이 무슨 말을 하는지 몰라 서너 번 읽고 나서 또 읽었다. 그러고 나서도 무슨 말을 하는지 알 수가 없어 다시 읽었다. 그를 다시 살려내야 한다. 심판대에 올려 진실을 말하지 않으면 불방망이를 내리겠다고 위협해 자백을 받아내야 한다.

"뭐야, 날 이렇게 사랑했다는 거야? 진짜로? 정말?"

나도 모르는 새 나를 죽을 만큼 사랑했다는 거야? 날 마음에 두었겠지만, 사랑하기도 했겠지만, 날 위해 뭔가를 걸 생각도 했겠지만, 이 정도인 줄은 몰랐다.

그가 죽었다는 사실보다, 그가 날 죽을 만큼 사랑했다는 것에 충격을 받았다. 죽음을 생각할 만큼 내가 중요했다는 것에, 죽을 만큼 사랑했다는 것에 정신이 혼미해졌다. 푸릇한 시절에 맥없이 헤어졌고, 다시 만났을 때는 유부남이 되어 있었고, 이혼한다고 하면서 시간만 끌었다. 가끔 사랑한다고 했지만 남자가 여자를 만나기 위한 말이라 생각했다. 한 줌 가루가 되어 항아리에 갇힌 사람을 깨워 묻고 싶었다. 혹시 내가 세상을 떠나고 싶은데 소품으로 쓰인 것은 아닌지.

그가 한 말은 진실일까? 죽어가면서 거짓말할 이유는 없다. 내 무엇이 그리 좋았던 걸까? 그가 원하는 사랑을 얻지 못해 죽은 게 사실이라면, 왜 자신의 마음을 충분히 보여주지 못한 걸까. 왜 나는 그가 지독한 사랑에 빠져 괴로워하는 걸 눈치채지 못했을까. 진심 어쩌고 했던 건 나를 붙잡아 두기 위한 뻔한 수작이라고만 생각했다.

집에 걸어오는 내내 나는 계속 같은 말만 했다. 바보, 멍청이,

바보, 멍청이. 그는 충분히, 제대로 보여줬을 수도 있다. 하지만 나는 그가 무슨 말을 해도 귀를 기울일 마음이 없었다. 보고 싶지 않은 사람에게는 보이지 않고, 듣고 싶지 않은 사람에게는 들리지 않는다.

두 개의 죽음을 겪고 죽음 같은 시간을 보냈다. 밤마다 침대에 누워 깨지 않게 해달라고 기도했지만 동이 트기도 전에 눈이 떠졌다. 운명의 순간은 왜 아직 닥치지 않는 걸까? 의미 없는 시간을 의미 없게 보내는 사람에게 더 이상의 시간은 필요하지 않다. 일어날 끔찍한 일은 다 일어났고, 더 끔찍한 일은 생길 수 없다.

저녁 뉴스는 나뭇가지가 퍼져나간 것처럼 쭉쭉 갈라진 땅을 보여주며 십 년만의 가뭄이라고 했다. 수은주는 어디가 끝인지 알 수 없게 올라갔으나 창문을 열거나 에어컨을 틀지 않았다. 찜통에 들어앉은 것 같은 더위가 시원하게 느껴졌다. 육체에 가해지는 고통이 감사할 지경이었다.

그 누구와도 통화를 하거나 문자를 주고받지 않았다. 할 말도, 듣고 싶은 말도 없었다. 나를 아는 모든 사람들로부터 사라지고 싶었다. 나를 아는 사람들의 기억에서 경이루를 삭제하고 싶었다.

정우성이 남긴 글을 읽고 또 읽었다. 하도 읽어 글자들의 모서리가 무너져 내릴 거 같았다. 그동안 알아 왔던 것들은 다 허깨비였다.

"좋아하지 못한 건 죄가 아니야. 하지만 엉뚱한 누명을 씌운 것은 사죄해야겠지."

유선주는 뼈 때리는 말을 날렸다. 미안하다는 말이 지금 와서 무슨 소용이겠는가. 사과할 기회를 주지 않고 가버림으로써 그는 나를 단죄했다. 미안하다고 할 기회를 주지 않는 것은 잘못을 벌하는 확실한 방법의 하나다.

사랑은 하나가 아니다. 사람의 얼굴만큼 다양한 사랑이 있다. 내가 줄곧 해왔던 말인데, 정작 나는 그 말의 참뜻을 알지 못했다. 그것 때문에 죽을 수도, 살 수도 있다는 것, 그만큼 절실한 사랑이 있다는 걸 제대로 알았어야 했다.

25. 등잔 밑에서

여름이 가을로 기울고 있을 때, 유선주에게서 연락이 왔다.

"일 년 동안 떠나 있을 거야."

일 년 전부터 은혜와 함께 유학 간다고 했었는데, 드디어 결단을 했다고 했다.

"다미네서 보자."

내가 머뭇거리는 걸 알고 먼저 쐐기를 박았다. 할 수 없이 세수만 대강 하고 나섰다. 몇 달 새 키가 훌쩍 큰 민정이가 두 손을 머리 위로 들어 흔들었다. 피가 맺혀 있던 손톱이 아물어 딱지가 앉아 있었다.

"잘했다고 좀 해줘라. 그 말 들으려고 저런단다."

나는 민정의 머리를 쓰다듬어 주었다. 민정이 얘기가 끝나자 어색한 침묵이 흘렀다. 분위기를 돋우려 말을 찾던 유선주도 나의 얼굴을 보고 어색하게 입을 닫았다. 심다미는 민정이 방에 들어가 만화 영화를 틀어주고 나왔다.

"이제 괜찮아?"

나에게 물으면서도 나를 쳐다보지 않았다. 내가 그녀를 피하는 것인지, 그녀가 나를 피하는 것인지 우리의 시선은 어긋났다. 이 선득한 냉랭함이 무엇 때문인지 알고 싶지도 않았다. 그냥 모든 게 다 귀찮았다.

"괜찮아."

의례적인 질문에 쫓기듯 말했다. 지옥에 빠져 허우적거리는 사람에게 손을 내밀면 같이 빠진다. 나를 펄펄 끓는 가마솥에서 꺼내줄 사람은 나 자신뿐이다.

"그래도 그때보다 얼굴이 좀 나아졌네. 시간이 가야 돼. 그거밖에 약이 없어."

유선주의 말에 심다미가 자업자득이라는 말로 끼어들 것 같아 조마조마했다. 다미에게 날 위로할 마음 따윈 없다는 걸 느끼면서도 대놓고 섭섭함을 드러낼 수도 없었다.

"하고 싶은 공부도 하고 좋겠다. 여행도 많이 하고 잘 지내다와."

회사를 휴직하고 딸 은혜와 뉴질랜드로 떠나는 유선주를 한동안 보지 못할 것이다.

"고생길이지. 그래도 기대가 돼. 언제 이런 시간을 가져보겠나 싶기도 하고."

간식을 찾으러 나왔던 민정이가 우리가 하는 대화에 끼어들었다.

"엄마, 우리도 가. 나도 은혜 언니 가는 데 갈래. 나도 뉴질랜드 가고 싶다."

유선주가 떠나는 날, 심다미가 이른 아침에 문자를 했다.

– 민정이가 장염에 걸려버렸어. 계속 토하고 있어서 학교에도 못 보낼 거 같아.

살던 집이 일찍 빠져 심다미네 집에서 일주일 지냈던 유선주를 공항까지 데려다주라는 말이었다. 나는 문자를 받자마자 유선주에게 아침 여덟 시까지 1층 주차장으로 내려오라고 했다. 없던 스케줄이 생기니 갑자기 바빠졌다. 샤워하고, 서랍에서 처박혀 있는 티셔츠와 반바지를 꺼내 입고, 드라이어로 머리를 말리고 있을 때 벨이 울렸다. 문을 여니 유선주가 손바닥만 한 베이지색 가방을 크로스로 메고 문 앞에 서 있었다. 시계를 보니 7시 30분이었다.

"왜 올라왔어? 주차장에서 보기로 했잖아?"

"가방은 경비실에 맡겼고 좀 있다 택시 부르면 돼. 잠깐 얘기 좀 하자."

그녀의 얼굴은 평소보다 상기되어 있었다.

"데려다준다고 했는데 왜 택시를 불러?"

"그럴 필요 없어. 차나 한잔 얻어 마시고 갈게."

유선주는 문 앞에 버티고 있는 나를 밀치고 거실로 들어서다 놀라서 숨을 멈췄다. 창문을 빼고 모든 벽을 몇 겹으로 둘러싸고 캔버스에 놀라 미끄러질 뻔했다.

"이게 다 뭐야? 손민 그림이잖아."

"줄 사람이 없었나 봐."

"이걸 다 어떻게 할 건데? 갤러리라도 차려야겠다. 김제이보다 손민이 백번 낫다. 끝까지 네 생각한 거잖아."

유선주는 뜻하지 않은 광경에 가빠졌던 숨을 몰아쉬고 한숨을 크게 쉬었다. 무슨 일이 생긴 것 같았다.

"왜 그래? 무슨 일이야?"

대답할 생각이 없는지 호흡만 골랐다. 미세하게 떨리는 손을 힐끗거리다 커피포트의 전원을 켰다.

"왜 그러냐니까?"

그녀는 생각에 잠겨 있다 놀란 듯 동그랗게 눈을 치떴다.

"말해야 하나 말아야 하나, 골백번도 더 생각했어. 너 힘든 거뻔히 아는데 내가 나서는 게 맞나 싶기도 하고."

뜸을 덜 들였는지 입을 다물고 손을 쥐었다 놓았다 했다. 그 사이 탁자에 놓인 커피는 식고 있었다.

"말해. 충격받을 일이 뭐가 더 있겠니?"

"……."

"말하려고 왔잖아. 내가 알아야 하는 게 있어?"

그녀는 앞섶에 매달고 있는 가방에서 휴대전화를 꺼냈다. 그속에 중요한 진실이라도 숨겨져 있는 듯 비장한 표정이었다. 김제이가 내밀었던 전화기 생각이 나서 부르르 떨렸다. 그녀는 사진 갤러리를 열어 내 쪽으로 돌려놓았다. 나는 그녀의 핸드폰을 집어 들 생각을 하지 못하고 가만히 있었다.

"이것 좀 봐."

유선주는 증거물을 확보한 수사관 같았다.

"심다미 글씨잖아?"

펜글씨를 배운 것처럼 가지런한 심다미의 필체가 눈에 들어왔다. 검지로 화면을 터치하자 여러 장의 사진이 지나갔다. 수첩에서 무엇인가 발견해 사진을 찍은 모양이었다. 뭐가 있기에 남의 수첩 사진까지 찍은 걸까. 유선주가 사진을 확대해 내 쪽으로 들이밀었다. 이번에는 글자가 너무 커서 무엇을 쓴 것인지 맥락이 잡히지 않았다.

"다미가 뭘 써놓은 건데?"

글자의 의미를 해독하는 것보다 유선주의 이야기를 듣는 것이 빠를 것 같아 물었다. 유선주는 대답하는 대신 휴대전화를 다시 내 쪽으로 밀었다. 할 수 없이 글자를 조정해 슬쩍 훑어본 순간 손민이 죽었다는 소식을 들었을 때처럼, 정우성의 장례식장에 오라는 말을 들었을 때처럼 심장이, 아니 온몸이 떨렸다.

"이게 다 뭐야? 왜 여기에 이런 게 있어?"

화면에 박찬영, 김제이, 손민, 정우성의 이름이 있었다. 심다미의 수첩에 있을 만한 이름들이 아니었다. 각각의 이름 옆에 집 주소가 적혀 있었다. 전화기를 들고 있는 내 손이 심하게 떨렸다. 할 일이 없어서, 심심해서 친구 남자의 신상 털기를 하고 있었을 리 없다.

"밑에 있는 번호들이 뭔지 알아?"

손가락으로 화면을 위로 쓸어 올리자, 휴대전화 번호들이 대여섯 개 올라왔다. 내가 아는 번호는 아니었다. 그 밑에는 '방법을 찾을 수 없을 때, 법이 제대로 분노하지 않을 때 조용하고 비밀스럽게 효과적인 복수를 해줄 곳'이라고 쓰여 있었다. 글귀와 전화번호를 연결할 수 없어 머리를 흔들었다. 다음 페이지로 넘어가지 못하고 부들부들 떨고 있는데 유선주가 담담한 어조로 말했다.

"다미 없을 때 우연히 봤어. 뭐지? 하면서 펼쳤는데…… 처음에는 나도 내 눈을 의심했어."

"이게 다 뭐야?"

뇌도 쓸개도 온몸의 내장기관이 다 빠져나간 기분이었다. 담담한 어조는 여기까지였고 이후 유선주의 목소리는 떨리기 시작했다. 중간중간 끊어지기도 했다. 그녀의 이야기를 정리하면 다음과 같다.

유선주는 수첩을 한 장씩 스캔하듯 사진을 찍은 후 수첩을 원래 있던 자리에 놓았다. 심다미의 눈을 피해 수첩에 있는 전화번호들을 하나씩 눌렀다.

─안녕하십니까, 고객님. 무슨 일을 의뢰하시려고요?

굵은 목소리의 남자가 고객 응대에 나섰다. '의뢰'라는 단어에서 감이 맞았다는 것이 확인되었지만 말을 이어나갔다.

─남편이 바람피우는 거 같은데 답답해서 전화드렸어요. 이런 일도 처리해 주시나요?

─일단 맡기시면 확실히 해드립니다. 절대 눈치 못 채게 말이에요. 고객분들은 백이면 백 원하는 것을 찾아가셨어요. '혹시나'가 모두 '역시나'로 밝혀진 거죠. 저희에게 전화할 맘이 들었

다면 이미 그 속에는 어마어마한 게 있는 겁니다. 신속 정확하게 해드릴 테니 걱정하지 마시고 맡겨주세요. 착수금은…….

─네, 좀 더 생각해 보고 다시 전화드리겠습니다.

의뢰자 중에 심다미라는 이름이 있는지 묻고 싶었지만 물으나 마나 한 것이었다. 다른 전화번호도 눌러보았지만 모두 다 같은 일을 하는 곳이었다. 유선주의 얘기를 끊어야 했다. 잠깐만. 머릿속이 또 엉키기 시작했다.

"그럼, 심다미였다는 거야? 지금 그 말 하는 거지?"

유선주는 고개를 끄덕였다.

걔가 왜? 심다미는 내 30년 친구잖아. 세상에서 날 가장 많이 알고 내가 제일 의지했던 친구. 그동안 했던 얘기만 모아도 도서관 하나는 채우고 남을걸? 그 많은 시간을 함께 웃고 울고 떠들었는데 어떻게 이래? 내가 그동안 저한테 어떻게 했는데?

힘든 고비마다 쓰러지지 않게 부축해 줬어. 불행한 표정을 지으면 마음 아파했고, 같이 울었어. 하루빨리 콧노래 부르며 살게 해달라고 빌었다고.

너도 알잖아. 내가 그동안 다미한테 어떻게 했는지. 근데 내가 세상에서 제일 믿었던 사람이 뒤에서 이런 일을 꾸미고 있었던 거야? 나는 그것도 모르고 모든 걸 다 쏟아부었던 거고? 나를 파멸로 몰아가는 사람에게 우정 어쩌고저쩌고하다니. 이제 나는 어떻게 해야 하는 거야?

이런 말을 하고 싶었지만 한 마디도 나오지 않았다.

"믿어지지 않지? 누가 이걸 믿겠니?"

"나 혼자 알고 있을까 했지만 아무래도 그건 아닌 거 같아 큰 마음먹었다. 내가 악역을 하는 것 같은데, 알 건 알고 밝힐 건 밝히는 게 맞지 않을까? 정우성이 아니라 심다미였다는 거."

내가 말이 없자 유선주는 어떻게 할 거냐고 다그쳤다. 무엇을 어떻게 해야 할지 알 수 없었다.

"네가 무슨 정신이 있겠니. 나도 심장이 떨려 죽겠는데 너는 오죽하겠어? 앞으로 다미 얼굴을 어떻게 볼지 모르겠다. 우리 삼총사에게 어떻게 이런 일이 일어나냐?"

유선주는 시계를 보고 서둘러 일어났지만 나는 따라 일어날 수가 없었다. 현관문이 닫히고 나만 홀로 남겨졌다. 유선주가 내게 전송한 수첩 사진 속에 무엇이 담겨 있을까. 떨리는 마음으로 사진 파일을 열었다.

[최강호]

당신은 뻔뻔스럽게도 '진짜 사랑을 찾았으니 헤어져 줘. 너랑 있는 것이 행복하지 않아. 아니, 힘들어졌어.'라고 했어. 나는 당신 얼굴을 후려치고 접시를 던졌지. 그날 이후 나는 만 번도 넘게 당신이 했던 말을 되새김질하고 있어.

그럼 나랑 했던 것은 가짜 사랑이었다는 거야?

조용히 물러날까도 했지만 그럴 수 없겠어. 왜 내가 이혼을 해야 해? 내가 무슨 잘못을 해서? 이혼해서 너희들에게 날개를 달아줄 수야 없지. 그냥 둬도 김빠진 맥주처럼 싱겁게 될 게 뻔하지만 그때까지 기다리지 않을 거야. 내가 빠진 당신들의 세상을 내 손으로 부

쉬줄 거야. 내 발밑에 엎드려 잘못했다고 싹싹 빌게 만들 거라고. 난 코 푼 휴지처럼 그렇게 버려졌어. 인생을 걸었던 사람에게 밟히고 찢겼어. 예전의 심다미는 사라졌고, 난 괴물이 될 거야.

당신네의 '진짜 사랑'이 더러워서 속이 울렁거려. 그게 진짜든 아니든, 나는 최선을 다해 그것을 망쳐놓을 거야. 내가 망가지는 한이 있더라도. (무엇을 해도 지금보다 더 망가질 수는 없겠지만)

민정이를 생각했다면 술집 마담과 살기 위해 우리를 버리진 않았겠지. 우리가 당신에게 아무것도 아니었어? 날 좀 이해시켜 줘. 제발. 내가 당신이라는 인간을 이해할 수 있게 해줘. 그러면 깨끗이 물러나줄게.

모든 사람 눈에 보이는 게 왜 당신 눈에만 보이지 않는 걸까. 곧 후회하게 될 거야.

[박찬영]

박찬영이 경이루에게 청혼했다. 개가 웃을 노릇이다. 경이루에게 남자가 정우성 한 명이라고 끝까지 착각한 모양이다. 바보 멍청이 말미잘. 내가 아는 모든 욕을 퍼부어주고 싶다.

그 남자랑 끝난 거야? / 응, 정말 끝났어. / 정말이지? 그럼 됐어. 우리 결혼하자. 앞으로 너는 내 여자만 해야 해.

헤프게 놀던 여자가 순백의 신부가 될 거라 생각하다니. 바보 같은 자식. 너 말고도 많은 남자들이 우글대고 있다고. 사랑한다면서 그렇게 모를 수 있어?

네가 뭐가 부족해서 그렇게 복잡한 여자를 만나? 그것도 까마득히

속으면서. 사람을 똑바로 보라고. 너한테 어울리는 여자를 만나. 너 밖에 모르는 여자, 네 진심이 가치를 발할 수 있는 여자가 널렸어.

찬영아. 네가 스스로 눈치채고 알아서 정리하길 기다렸는데, 청혼까지 했다는 말을 듣고 그냥 있으면 안 되겠다 생각했어. 일이 이쯤 되면 내가 나서지 않을 수가 없잖아. 너를 아끼는 친구로서 진실을 알려주지 않고는 배길 수 없다. 네가 망가질 걸 뻔히 알면서 두 손 놓고 있을 수는 없으니까.

어떻게 해서든 말려야 하는 거야. 그 누구라도 경이루의 희생자가 되어선 안 돼. 너희들이 불행해지는 것을 앉아서 볼 수 없다고. 경이루 옆에 있으면 상처받을 수밖에 없어. 더는 이런 개 같은 불행이 이어져서는 안 돼.

[손민]

두 사람이 이렇게 엮일 걸 알았다면 절대 경이루를 손민 집에 보내지 않았을 거야. 왜 경이루는 손민같이 순진해 빠진 사람에게까지 손을 뻗은 것인가. 기울어진 관계 끝에 대롱대롱 매달려 있는 그가 불쌍하다.

손민을 두 번 죽게 할 수는 없다. 상처투성이 손민이 기만적인 관계 때문에 상처 입는 꼴을 두고 볼 수 없다. 가족을 잃은 슬픔에 배신의 아픔까지 겹친다면? 손민은 자신이 어떤 위험에 빠져 있는지 알지 못한다.

눈에 띄게 살이 빠지고 있다는 말을 들었을 때 심상치 않았다. 미국에 간다고 했을 때 가슴이 철렁했다. 내가 이럴진대 경이루는 아무렇지도 않았나.

손민이 죽었다는 소식에 경이루는 엉엉 소리 내 울었다. 죽을병에 걸렸는지도 모르고 다른 놈들이랑 뒹구느라 정신이 없었던 경이루가 할 말이 있는지, 그의 죽음에 울 자격이 있는지 묻고 싶다.

경이루를 탓해야 하는가. 그녀에게 눈이 멀어 세상을 제대로 보지 못한 놈들을 탓해야 하는가 헷갈린다. 왜 그들은 경이루의 마수에 걸려들어 정신을 못 차리고 빠져드는가. 속고 속아 넘어가는 게 사랑인가.

내가 아는 사랑은 그런 게 아니다. 사랑의 대상이 거짓말의 대상이 될 수는 없다. 떨어져 있는 동안에도 지킬 신의가 있다. 사랑하기 때문에 꼭 지켜야 하는 것들이 있다. 잘못된 이기심 때문에 얼마나 많은 사람이 배신감에 치를 떨어야 하는가.

경이루, 최강호 다 똑같이 무책임한 인간들이다. 신의를 저버리는 쓰레기들.

심다미의 글은 계속되었다.

[김제이]

그의 소지품 중에서 가장 눈에 띄는 것은 팔목에서 번쩍거리는 시계였다. 회의할 때도 손목에 무겁게 달린 금장 아이템에 자꾸 눈이 갔다.

김제이가 오늘은 어떤 시계를 차고 올까. 브랜드를 알려고 일부러 옆에 붙어 그의 팔목을 넘겨다본 적도 있었다. 롤렉스, 오데마 피게, 태그 호이어 같은 브랜드의 가격을 검색하고 깜짝 놀랐다. 부자라는 것을 대놓고 자랑하는 게 역겹기도 했지만 탐나기도 했다.

외제 차와 15층의 건물, 화려한 인맥, 화목한 가정, 그가 가진 모든 것은 태양 빛을 받은 아침 이슬처럼 영롱하기만 했다. 세상에 먹힐까 하는 책들도 예외 없이 성공했으니, 대중 심리를 읽고 시류를 예측하는 능력은 탁월했다.

어느 날부터 이상한 얘기가 들렸다. 김제이가 사귀었던 여직원이 소문이 돌자 회사를 그만두었다는 것이었다.

"우리 대표님 기혼자 아닌가요? 근데 누굴 사귀었다는 거예요?"

이런 질문으로 대화에 끼어들었을 때 사람들은 입을 다물었다. 그가 미혼이라 해도 이해가 되지 않을 판인데, 아내가 버젓이 있는 마당에 사내 연애가 웬 말인가. 그때부터 경외감이 슬슬 무너져 내리기 시작했다. 안 되는 것을 되게 하는 그의 능력은 불법과 합법 사이를 아슬아슬하게 오갔다. 경리실 동료는 귓엣말로 자신이 하는 일을 알려주었다. '우리 회사 비자금이 얼마인 줄 알아? 액수를 들으면 깜짝 놀라 자빠질걸.' 존경의 대상이 의심의 대상이 되었지만 말단 직원인 내가 할 수 있는 것은 아무것도 없었다.

경이루가 섹스 칼럼 몇 개 쓰고 말려니 했는데 〈루나의 사랑 이야기〉라는 책까지 나왔다. 책이 좀 팔리자, 김제이는 '될 만한 물건을 알아보는' 자신의 눈을 추켜세웠다. 여기가 끝이면 좋았을 것이다.

김제이를 L호텔 입구에서 만났을 때 그 옆에 여자가 있었다. 그때는 그 여자가 경이루일 거라는 생각은 하지도 않았다. 그저 호기심에 따라 들어갔는데 불행히도 그 여자는 내 친구였다. 그들이 탄 엘리베이터는 14층에서 섰다. 층수까지 기억하는 것은 그들이 탄 엘리베이터가 식당이 있는 4층에 서길 기도했기 때문이다.

"뭐 하자는 거야? 김 대표가 유부남인 거 몰랐어?"

친구가 불륜하는 것을 그냥 넘길 수는 없어 따져 물었다.

그녀는 폴리아모리 어쩌고 개소리를 늘어놓았다. 김 대표의 아내 앞에서도 그런 말을 할 수 있을까. 점입가경은 이런 경우를 두고 하는 말이다. 한 발 더 나가 출판사 임원으로 키워줄 테니 앞날 걱정은 하지 말라고 했다고 자랑질까지 했다.

둘이 야릇한 눈빛을 주고받는 것을 보았을 때 대표실에 꽂혀 있는 수천 권의 책을 바닥에 내팽개치고 싶었다. 이런 더러운 곳에서 월급을 받을 수 없다며 뛰쳐나가고 싶었다. 하지만 그러지 못했다. 실장이라는 직함이 아까웠고 내가 그런다고 눈 하나 깜짝할 것 같지 않았기 때문이다.

하지만 김제이를 볼 때마다 속이 울렁거려 화장실로 뛰어갔다. 집에서는 아내의 시중을 받고 밖에서는 애인의 사랑을 받는 김제이는 쉬파리 들끓는 똥 무더기다.

김제이는 인터뷰에서 그럴듯한 말만 늘어놓는다. 하지만 그에게서 노력도, 감각도, 실력도 찾아볼 수 없다. 그의 작품 고르는 기준은 작품의 가치가 아니라 얼마나 팔릴지이다. 돈 냄새를 맡는 동물적 감각이 그가 이룬 성공의 핵심이다. 문학에 대한 경외감이나 출판 시장의 미래에 대한 고민은 개나 줄 일이다. 날 직장에서 몰아낸 것은 김제이와 경이루다.

진짜 열받는 것은 미친 인간들 때문에 세상이 미쳐 돌아간다는 것이다. 경이루가 쓴 소설 나부랭이들이 베스트셀러 1위를 찍는 게 말이 되는가. 좋은 책들은 창고에 박혀서 나오지도 못하는데, 문학성 없는 삼류 소설이 떡 하니 1, 2위를 차지하는 꼴을 보고 있자면 창자가 꼬인다. 혹시라도 다음 책까지 잘 팔린다면 난 출판사에 불이라도 지를지 모른다.

경이루! 제발 제대로 된 글 좀 써다오. 내가 진심으로 축하해 줄 수 있게. 등 뒤에서 쓴웃음을 짓는 게 얼마나 힘든 일인 줄 알아?

김제이 대표에게 폭탄을 던지기로 했다. 제이와 경이루의 관계가 언제까지 갈지 알 수 없기 때문이다. 알아서 끝날 거 같지 않으니 어쩔 수 없다. 두 사람은 끝 간 데 없이 뻗어나가려고 한다. 누군가 끊어주지 않으면 어디까지 파고들지 모른다. 단순했던 연인 관계는 사업, 돈, 직업으로까지 확장되고 있다. 그들이 만들어낸 더러운 기운이 세상으로 뻗어 나와 곳곳으로 파고들고 있다. 칡뿌리가 온 산을 뒤덮듯 다리 달린 뱀처럼 세상에 돌아다닌다.

내가 무엇이 악이고 선인지 알려주마. 무엇을 하면 안 되는지 보여줄 테니 기다려라. 세상이 어디까지 더러운 짓을 용납하는지, 그 한계를 가르쳐줄게.

[정우성]

그가 극단적 선택을 하는 것은 내 시나리오에 없었다. 이번 일에 목숨을 걸만한 가치 있는 무엇이 있었던가. 유선주는 정우성이 경이루를 너무 사랑해서 죽었다고 했다. 무슨 말도 안 되는 소린가. 이혼 과정이 험난했고 회사 생활에 적응하지 못한 것까지 합쳐져 우울증을 키운 것이다. 경이루가 뭐라고 멀쩡한 사람이 죽는단 말인가. 굳이 연관을 찾는다면 사랑해서가 아니라, 나쁜 여자와 얽힌 게 억울해 죽은 것이다.

경이루는 일이 터지자마자 정우성이 한 짓이라고 넘겨짚었다. 혹시 나를 의심하면 어쩌나 했는데 일이 이렇게 돌아가자 안심이 되었지만, 엉뚱한 사람을 지목한 경이루의 낮은 수준에 또 한 번 기가 질렸다. 정우성을 스토킹 범죄자로 몰아 경찰에 신고했다면 어떻게 되었을까. 정우성이 범죄자로 몰리기 전에 경이루가 얼마나 파렴치한지 밝혀졌을 것이다.

정우성이 죽고 나서 경이루가 한 말은 고작 '내가 너무했나?'였다. 너무 한 것을 사람이 죽고 나서야 알게 되다니. 무슨 이유에서 죽었든 죽은 사람만 불쌍하다. 아무 잘못 없이 내쳐졌다는 점에서 나와 정우성은 똑같은 신세다. 버림받은 자의 비참함은 겪어보지 않은 사람은 알 수 없다.

[경이루]

이루야. 넌 모든 걸 아는 체했지만, 너무 많은 걸 몰랐어. 손민이 죽어가는 것도 몰랐고 정우성이 그런 짓을 벌일 사람이 아니라는 것도 몰랐어. 김제이가 사진을 받고 얼음처럼 차갑게 돌변할 줄도 몰랐고. 너는 몇 년씩이나 사귄 사람들에 대해 아무것도 몰랐던 거야. 하긴 너는 30년이나 만난 나에 대해서도 몰랐으니까.

네가 상황 판단을 제대로 했으면 내가 돌격대로 나설 필요가 없었잖아. 왜 적당한 선에서 멈추지 않는 거야? 그래서 왜 날 이런 일에 나서게 만들어?

하지만 이상한 일이 한 가지 있어.

박찬영에게도 김제이에게 보낸 것과 동일한 사진을 보냈고 본인이 받은 걸 확인했는데 어찌 된 일일까. 그것을 받고 난 후에 너에게 결혼하자고 하다니. 뺨을 때리고 목을 조를 줄 알았는데. 박찬영이 진짜 너를 사랑했다면, 배신감에 치를 떨어야 하는 거잖아. 결혼해서 복수하려는 걸까. 박찬영만이 내가 짠 궤도를 이탈해 제멋대로 가고 있어.

이루야, 청혼을 받았다고 너무 좋아하지는 마라. 앞으로 얼마나 험한 일이 있을지 누구도 알 수 없으니까. 결코 순탄하지 않을 거야.

나는 도스토옙스키가 쓴 소설을 읽듯, 랭보의 시 한 수를 읽듯 심다미가 쓴 글을 읽었다. 하도 맞아 아프다는 감각을 잃었다. 공격해 오는 칼날을 피할 수 없어 방어를 포기하자 무력감이 몰려왔다. 더는 몸이 떨리지도 않고 심장이 두근거리지도 않았다. 눈을 가리고 자기 세계에 빠져 있는 심다미가 불쌍하기조차 했다. 나는 그녀의 편지에서 병적 징후를 읽었다.

중학생 시절 심다미 엄마가 죽었을 때 그녀의 집에서 보름 넘게 있었다. 동생 이수를 팽개치고 친구 집에 있다고 엄마에게 등짝을 얻어맞으면서도 그녀를 지켰다. 발치에서 잠든 친구를 들여다보며 소매 끝으로 얼룩진 눈물 자국을 닦아 준 것을 알기나 할까. 최강호와 결혼했을 때 절친을 빼앗긴 상실감에 마음이 흔들렸다는 것을 알기나 할까. 민정이가 태어났을 때 내가 아이를 낳은 것처럼 좋아했다는 걸 알기나 할까. 나는 그녀의 친구였는데 그녀는 아니었다. 나를 이 세상에서 박멸해야 할 독충으로 생각하고 어떻게 죽여줄까 고민하고 연구했다.

사진들을 하나씩 삭제하고 있을 때 유선주에게서 문자가 왔다. 시계를 보니 그녀가 집에서 나간 지 두 시간이 지나 있었다.

– 설마 심다미에게 말하진 않겠지? 그렇게 되면 진짜 3차대전 나는 거야, 알지? 너는 모른 척해. 내가 다미에게 말할게.

우리의 대화는 여기서 끝났고, 유선주는 비행기에 올랐다.

유선주가 다녀가고 한동안 아무것도 하지 못했다. 집 밖을 나서면 맹수가 달려들 거 같아 쓰레기 버리러 나가지도 않았다. 집에 우두커니 앉아 내 다중연애와 친구가 느낀 분노의 상관 관계에 대해 생각했다. 우리 둘을 심판대에 올려놓으면 누구 잘못이 더 크다고 할까.

페스티바로 인해 시작된 게임이지만 내 삶을 디자인한 것은 나 자신이었다. 젊은 날로 돌아간다 해도 다른 선택을 하지 않을 것이다. 나는 충분히 사랑했고, 충분히 보았고, 충분히 느꼈다. 1:1관계가 유일한 답이 아니라는 것도 알게 되었다.

엄마 생각이 났다. 모텔 앞에서 엄마는 아저씨들 싸움을 말리다 땅바닥에 패대기쳐졌다. 외마디 비명을 냈지만 처마에서 떨어진 빗방울을 털어내듯 얼굴에 떨어진 침을 쓱 닦아내고 일어서서 아저씨들보다 더 크게 소리를 질렀다. '재미 볼 때는 언제고, 지금 와서 나보고 갈보라고? 그래, 내가 갈보면 너는 뭔데? 별 병신같은 새끼들이 다 깝치고 지랄이야.'

엄마는 살림방에 들어와 나에게 달걀을 가져오라고 했다. 그녀는 광대에 달걀을 문지르며 우리에게 빨리 자라고 했다. 다음날도 엄마는 평소와 다르지 않았다. 보라색으로 변해가는 멍 자국을 가릴 생각도 하지 않고 홀을 드나들며 손님을 받았고, 모텔 벽을 기대고 앉아 있던 할머니들에게 인사를 했다. 엄마는 정말 괜찮았을까.

'지들이 무슨 참견이래? 저나 잘하고 살라고 해.' 엄마는 종종 이렇게 말했다. 엄마가 지금의 나를 본다면 뭐라 할까. 네가 돈을 훔쳤냐, 살인을 했냐, 뭘 잘못했다고 욕을 듣고 살아? 분명 이렇게 말했을 것이다.

박찬영에게서 더는 기다릴 수 없다는 문자가 왔다. 답을 해야 할 때가 되었다. 그는 왜 모든 것을 알면서 아무 말도 하지 않은 걸까?

26. 페스티바의 목소리

산등성이가 불그스름하게 물들다가 금방 어두워졌다. 먼 산 그림자가 점점 더 멀어지더니 완전히 어둠에 갇혔다. 가을 나뭇잎들을 흔드는 바람 소리가 구슬픈 피리 소리처럼 들렸다. 박찬영은 하늘에 별이 돋기 시작하는 것을 보고 차에서 접이식 의자 두 개와 탁자를 꺼내왔다. 랜턴을 놓으니 탁자 옆의 느티나무가 금색으로 빛났다. 손바닥을 탁탁 턴 뒤, 차로 들어가 손잡이에 걸려 있던 옷걸이에서 옷을 내렸다. 뒷자리에서 몸을 부딪쳐 가며 박찬영은 검은색 양복으로, 나는 하얀색 드레스로 갈아입었다. 옷을 다 차려입고 접이식 의자에 마주 앉았을 때 결혼을 하던 날의 심다미와 최강호가 떠올랐다. 왜 하필 이 순간에 그들이 생각났을까. 내가 참석한 유일한 결혼식이었기 때문일까. 머리를 저어 그들을 털어냈다.

"지금부터 박찬영과 경이루의 결혼식을 시작하겠습니다. 하객도 없고 주례도 없으니 하늘의 별과 달, 나무와 어둠이 우리 결혼의 증인입니다. 묻겠습니다. 신부 경이루는 신랑 박찬영을 영원히 사랑하겠습니까?"

"네."

"뭐해? 너도 물어봐야지."

"신랑 박찬영은 신부 경이루를 영원히 사랑하겠습니까?"

"네, 세상이 끝나는 날까지 열렬히 흠모하고, 존경하고, 사랑하고, 숭배하겠습니다."

그는 어린아이가 엄마 손을 잡듯 내 손을 꼭 쥐었다. 깜깜한 하늘이 열리면서 하얀빛이 우리를 향해 쏟아져 들어왔다.

"이렇게 멋진 결혼 본 적 있어?"

나는 고개를 저었다. 둘만의 의식은 성스럽고 아름다웠다.

"너무 완벽해, 우리 둘만 잘하면 되는 거야. 우리의 행복이 우리 손에 달렸다는 게 마음에 들지 않아? 너랑 같이 있으니 부족한 게 없어."

행복이 이런 것일까. 어디선가 라일락 꽃향기가 바람결을 타고 코끝에 걸렸다.

"근데 물어볼 게 있어"

"뭔데? 이런 기분 좋은 날엔 뭐든 다 대답해 주지. 하하."

내가 먼저 판도라 상자 뚜껑을 열었다.

"왜 아무 말도 하지 않았어? 사진……."

박찬영의 평화롭던 얼굴에 잿빛 구름이 스쳐갔다. 단박에 내 말을 알아들은 걸로 보아 그의 의식에 사진 속 장면들이 둥둥 떠다니고 있었던 걸까.

"궁금한 게 많을 텐데 왜 아무것도 묻지 않았어?"

"궁금한 것도, 알고 싶은 것도 없어. 지금 네가 내 옆에 있잖아. 그거면 충분한 거 아냐?"

"그래도⋯⋯."

"네가 없으면 안 되는 걸 어쩌겠어? 널 온전히 내 사람으로 만들기 위해 더 애를 쓰는 수밖에. 나는 너를 선택했어. 쉬웠다고 말하지는 않을게. 하지만 먼 훗날 내 선택이 틀리지 않았다고 말할 자신이 있어. 그러면 된 거 아냐? 네가 다중연애를 하든, 폴리아모리를 하든 나는 내 사랑을 지켜갈 자신이 있어. 나도 너보다 한 술 더 뜰 수도 있고. 하하."

그의 웃음소리에 과거의 얼룩이 미래에서 온 빛으로 희미해지고 있었다.

"사랑해."

내 사랑 고백이 그의 웃음소리를 덮었다.

"그러면 되는 거야. 다른 말들은 필요 없어. 사랑하면 된 거지 뭘 덧붙이겠어?"

그는 우리 사랑에 더할 것도, 뺄 것도 없다고 했다. 모든 것이 완벽하다는 그의 선언으로 우리의 관계는 완전한 것이 되었다.

"앞으로도 넌 자유야. 그 자유는 내가 허락하거나 줄 수 있는 게 아니라는 걸 알게 됐어. 속박 아니라 자유 속에서 사랑하자."

언젠가 페스티바가 한 명만 꼽으라면 누굴 선택하겠냐고 했을 때, 금방 대답하지 못했다. 김제이의 김제이만의, 손민은 손민만의, 박찬영은 박찬영만의, 정우성은 정우성만의 사랑스러운 점이 있었다. 그때로 돌아간다 해도 나는 딱히 한 사람을 지명하지 못할 것이다. 시간의 터널을 지나보아야만 내가 마주친 것의 가치를 알 수 있다.

"사실은 사진을 받고 얼떨떨해 있는데 다미가 찾아왔어."

심다미의 이름이 흘러나왔을 때 냉동고 속에 있다가 펄펄 끓는 가마솥에 던져진 기분이 되었다.

"걔가 너를 왜 찾아갔어?"

그는 혀를 내밀어 입술을 따라 돌렸다. 침묵 사이로 박새들의 지저귀는 노랫소리가 끼어들었다. 랜턴의 불빛이 바람에 흔들렸다.

"다미를 본 순간 사진을 보낸 사람이 누군지 알겠더라고. 분노로 얼굴이 일그러져 있었거든. 경이루가 너 말고 다른 남자들이랑 놀고 있다. 넌 속고 있는 거야. 지금이라도 정신 차리고 떠나. 네가 배신의 고통에 빠지는 걸 두고 볼 수 없어서 나서게 된 거야. 뭐, 이런 말을 했지."

이야기를 마치고 박찬영은 눈을 감았다. 수첩에 썼던 글들을 박찬영의 입을 통해 다시 듣게 되었다.

"그래서 뭐라고 했어?"

"실망이라고 했지. 이루가 가장 믿는 친구가 이럴 수 있느냐고. 사진 속의 남자가 몇 명이든 하나도 변할 게 없다고 했어."

심다미의 일그러진 얼굴이 떠올랐다. '이래도 계속 만날 거야?' 그녀는 마지막으로 이렇게 물었을 것이다.

"3자가 끼어들 문제가 아니라고 했지. 나도 여자를 백 명도 더 만났다고 했어. 그중에 경이루가 제일인데 어쩌냐고 했지."

갑자기 김제이가 한 말이 생각났다. 그는 세상에 수십억 사람이 있는데 왜 꼭 한 사람이 한 사람으로 채워져야 하느냐고 했다. 세상 탐험은 권장하면서 사람에 대한 모험은 왜 막느냐고.

페스티바의 목소리가 들렸다. 네 삶을 풍성하게 만들어 봐. 그러기 위해 무엇이 필요한지 생각해 봐. 사람은 사람을 통해 세상에 닿아 있어. 세상에 꽂고 있는 촉수의 수만큼 세상과 닿는 면적이 넓어지는 거야.

심다미는 박찬영을 무너뜨리지 못했다. 그를 쓰러지게 할 수 있는 것은 오직 하나뿐이다. 내가 그를 필요로 하지 않는 것. 더는 사랑하지 않게 되는 것.

27. 모래로 그린 그림

유선주가 뉴질랜드에 간 지 일 년 만에 전화했다. 둘 중 아무도 왜 그동안 연락하지 않았느냐고 묻지 않았다.

– 잘 지냈지? 한국에 돌아왔어.

목소리는 주변을 살피듯 조심스러웠다.

– 아주 온 거야?

– 응······.

무슨 말을 할지 몰라 서성였다.

심다미는 유선주가 떠나고 나서 문자를 보내 미안하다고 했고 후회한다고 했다.

– 다미가 정신과 치료를 받고 있어. 최강호 일 겪으면서 악마가 튀어나온 거지 원래 이상한 애는 아니잖니. 남편을 잃은 것만큼이나 널 잃게 된 걸 괴로워했어. 사람을 잃는 게 얼마나 어려운 일인지, 난리굿을 한바탕하면서 보여준 거라고 생각하면 안 되겠니?

나는 대답을 하지 않았다.

-이루야. 너희가 내 인생에서 사라졌다고 생각하니 가슴에 찬바람이 불더라. 너는 안 그랬어? 내 인생에서 너희들까지 없으면 안 돼. 이렇게 깨지면 안 되는 거잖아. 과거는 잊고 예전의 좋았던 때로 돌아가자.

인생을 걸었던 남자를 떠나보내기 위한 제의에 많은 것들이 희생되었다. 친구도, 우정도, 신의도 송두리째 뽑혔다. 나는 듣기만 하다 전화를 끊었다.

심다미가 아니었다면 이렇게까지 깊은 절망에 빠지지는 않았을 것이다. 지나가는 사람이었다면 벌써 용서했을 것이다. 하지만 내 폐부를 쑤신 사람이 심다미다. 그래서 더 용서할 수 없다. 셋이 함께 디디고 섰던 땅이 깊이를 알 수 없는 나락으로 무너져내렸고 우리의 거리도 회복할 수 없을 만큼 멀어졌다.

유선주가 열 번도 더 넘게 전화를 해대는 통에 집을 나섰지만 몇 번이나 발길을 돌릴까 했다. 비번을 누르고 제집처럼 드나들던 심다미네 집 문 앞에서 숨을 골랐다. 손잡이를 잡았을 때 섬뜩한 느낌과 함께 마음이 아직 여물지 않았다는 것을 깨달았다. 유선주에게 문자를 했다.

- 미안해. 아무래도 아닌 거 같아. 다미한테 전해줘. 더는 힘들어하지 말라고. 이제 아무도 원망하지 않아. 우리 모두가 행복하길 바랄 뿐이야.

문자를 보내고 나니 마음 한편이 저릿해 왔다. 한꺼번에 친구

둘을 잃는 중이었다. 이미 잃었으나 마음에서 떠나보내지 못하고 있던 오랜 연인을 완전히 떠나보낼 때가 되었다.

안에서 아이들의 웃음소리가 들리는 것으로 보아 은혜와 미정이가 놀고 있나 보았다. 인생을 걸었던 누군가를 삶에서 떼어내는 일은 그냥 되지 않는다. 미친 난리굿을 여러 번 하면서 조금씩 멀어지다 더는 서로의 모습이 보이지 않을 때 완전히 돌아설 수 있는 것이다.

엘리베이터에 탔을 때 전화가 왔지만 받지 않았다. 울지 않기 위해 눈에 힘을 줬지만, 뜨거운 물방울이 쉼 없이 볼을 타고 흘러내렸다.

여러 해가 지나고 나서 심다미가 재혼한다는 소식을 들었다. 나는 그녀의 새 출발을 마음으로 축하했다. 이제 그녀는 앞으로 마주할 여러 모양의 이별 앞에서 여유로울 수 있을까. 떠나는 인연이 제 갈 길 가도록 홀홀 털어 보낼까. 문득 그녀가 보고 싶어졌다.

○

방 다섯 개의 집에 우리 부부가 쓰는 방은 침실과 서재뿐이고 나머지 방 세 개는 손민의 그림으로 꽉 차 있으니 둘이 아니라 셋이 함께 사는 듯했다. 박찬영은 그림이 내게 온 경로를 알면서도, 손민의 흔적을 불편해하지 않았다. 이방 저방 돌아다니며 캔버스의 먼지도 털어주고 환기도 해주며 그림이 잘 있는지 살폈다. 아버지가 아이 챙기듯 그림을 애지중지하는 걸 고마

위하면서도 난 그림을 좀 더 안전하게 보관할 방법을 생각했다. 온도와 습도가 관리되는 창고를 보러 다니고 있을 때 강연주 선배가 그림을 세상에 내놓을 때가 되었다며 유작 전시회 얘기를 꺼냈다. 손민에게 물었다면 손사래를 쳤을 일이지만, 죽은 사람 의사가 중요하지는 않았다. 그를 세상에 내보내기로 마음먹자 일은 일사천리로 진행되었다. 전시 장소가 잡히고 팸플렛이 나오고 미대 교수들이 그림에 대한 평을 달아주었다. 그림을 본 전문가들은 지하에 묻혀 있던 레오나르도 다빈치 그림이 발굴된 것처럼 열광적인 찬사를 보냈다. 자신들이 모르는 사이 누군가 살았고, 그림을 그렸고, 죽었고, 그 그림들이 비밀스럽게 보관되었다는 것을 신기해했다.

어느 미대 학장은 범상치 않은 화풍에 개성적인 실험정신을 높이 평가한다면서 거친 세상을 아름답고 보는 화가의 시선이 느껴진다고 했다. 그림을 보려는 사람들로 갤러리 앞에는 줄이 길게 섰고, 전시회 기간도 늘어났다. 그의 짧은 생애가 그림에 덧입혀졌다. 한겨울을 견디고 차가운 땅속에서 새싹을 준비하듯 창작열은 고통을 거름으로 피어났다는 식의 기사들이 여기저기서 올라왔다.

손민의 작품에 사람들의 관심이 쏠리는 것은 즐거운 일이었다. 하지만 뜻밖의 문제가 생겼다. 사람들의 관심이 그림과 화가에게만 한정되지 않았다. 요절한 천재의 그림을 소장한 사람이 소설가 경이루라는 것이 밝혀지자 그 경위에 대한 추측이 난무했다. 어떻게 죽은 사람의 그림이 아무 관계도 없는 여자 수

중에 들어갔냐는 것이었다. 유튜버들이 만든 피드는 사실에 근접해 있었다.

구순을 바라보는 친할머니 외에 혈육이 없던 화가는 췌장암 진단을 받고 오십 점이 넘는 그림을 어떻게 할까 고민에 빠진다. 한국에 있던 시절, 작업실을 드나들며 보살펴 주었던 연인에게 그림 전부를 줄 생각을 한다. 화가가 사랑해서 대박 로또를 맞은 주인공은 소설가 경이루다. 변호사와 결혼한 그녀는 옛 연인이 어떤 선물을 남길지 알았을까. 유튜버는 영화보다 더 영화 같은 일이 현실에서 일어났다며 그림 가격이 만만치 않을 거라고 했다. 얼마 있다 방송국에서 기묘한 이야기에 출연해 줄 수 있냐는 연락이 왔다. 사람들은 손민이 어떤 사람이었는지보다, 내가 남자 하나 잘 만나 얼마나 부자가 되었는지에 관심이 있는 듯했다. 그 여자가 누구인지 파기 시작하자 엉킨 그물이 끝도 없이 올라왔다.

〈루나의 사랑 이야기〉를 두 권이나 쓴 작가가 누군지 알아? 소설가 경이루라는 거야. 필명으로 얼굴 가리고 섹스 고백서를 써놓고 우아한 척 소설책 몇 권 들고 떡 하니 나온 거지. 어머 그 늙은 여자가 그런 책을 썼다는 거야? 한번 읽어봐. 수십 명의 남자랑 섹스한 이야기가 나온다니까. 우와, 능력자다. 화가는 그런 여자를 좋아한 거야? 그 여자는 손민이 죽은 지 얼마 되지도 않아 변호사랑 결혼하고? 그 변호사는 또 뭐래? 도대체 뭘로 후렸기에 남자들이 껌뻑 죽는 거야? 에휴. 손민이 그림만 그렸으니 세상 물정을 몰랐네. 그나저나 그 여자 땡잡았네. 그림 값이 굉장하다던데. 남자 하나 잡아서 얼마를 번 거야? 순진한 남자들일수록 그런 요물 단지한테 걸린다니까.

〈루나의 사랑 이야기〉를 출간할 때 실명을 공개하지 않기로 했는데 어떤 경위로 내 이름이 흘러나왔는지 알 수 없었다. 이야기가 이렇게 흘러가자 여자 카사노바, 현대판 어우동까지 등장했고 박찬영 이름까지 거론되었다. 비밀을 밝히고자 하는 사람들은 보석 조각이 널려 있는 모래판을 발견한 듯 신나게 땅을 팠다. 스토리에 굶주린 사람들은 남의 이야기를 뜯어 먹으며 포식자의 만족을 드러냈다. 하지만 그림에 얽힌 뒷이야기 때문에 그림에 대한 관심이 더 올라가는 것은 아이러니였다. 그림을 사면 그것에 얽힌 사연까지 갖게 된다고 믿은 걸까. 죽은 화가와 연인에 대한 스토리로 그림값이 더 치솟았다.

섣부른 판단 때문에 소문의 중심에 서게 되자 괜히 그림을 세상에 내놓았나 후회가 밀려들었지만 이미 경이루와 손민이란 이름은 세상 사람들의 것이 되었다. 궁금증으로 상기된 사람들이 집까지 찾아오고 카메라맨이 따라붙었다. 추리닝을 입고 버스 정류장이 서 있는 내 사진이 인터넷 포탈에 올라갔다.

"기분 나쁘지 않아?"

내 이름 옆에 박찬영 아니라 다른 이름이 들먹여지는 게 미안해 물었다.

"죽은 사람이랑 경쟁할 일 있어? 아내가 훌륭한 청년의 베아트리체였던 게 기분 나쁠 일이야? 남들이 하는 말에 신경 쓰지 마. 나한테도 그 옛날에 정안나가 있었잖아. 하하. "

그는 추억 속의 이름까지 들먹이며 환하게 웃었지만 난 웃음 속에 불쾌함이 숨어 있는 것은 아닌지 살폈다. 그는 진심으로 손민의 소생을 기뻐하는 듯했다.

부산 전시를 마쳤을 때 미국의 K 미술관에서 전시 요청 이메일이 왔다. 어차피 그림은 세상에 나왔고 나는 발가벗겨졌다. 내 이야기가 대서양을 건너간다 해도 무서울 게 없었다. 이제 그는 나만의 손민이 아니었다.

전시회가 끝난 후 그림을 사겠다는 사람이 나타났다. 그가 제시한 금액은 상상도 못 할 어마어마한 것이라 잠시 마음이 흔들렸다. 사람들의 말처럼 대박을 맞은 건 맞았다. 하지만 나는 그림을 팔지 않기로 했다. 손민을 남의 손에 보내고 싶지 않았다. 박찬영과 나는 그림을 파는 대신 그림과 평생 같이 살 방도를 찾았다. 집을 팔고 통장에 들어 있던 돈을 합쳤다. 오십여 점의 그림을 걸 수 있는 집을 찾아 여기저기 다니다 손민이 살았던 컨테이너에 갔다. 사람이 살지 않는지 풀이 키만큼 자라 있었다. 땅 주인이 땅을 팔려고 한다고 걸 알고 바로 계약했다. 나는 땅 주인이 되자마자 컨테이너를 들어내고 연면적 120평 건물을 지어 손민 갤러리라는 상판을 얹었다. 갤러리와 좀 떨어진 곳에 폴리아모리라는 5층짜리 호텔을 지었다. 객실이 여덟 개밖에 되지 않는 작은 건물이지만 사랑하는 사람들의 공간으로 부족함이 없게 꾸몄다. 유럽의 중세 왕궁의 왕실을 연상하게 하는 방, 젠 스타일의 모던한 방, 히노키로 사방을 친 좌식 방, 그림을 그리고 악기를 연주할 수 있는 방, 숲을 들여놓은 듯한 방을 만들었다.

박찬영은 건물이 다 완성되었을 때 농담처럼 물었다.

"여긴 폴리아모리 하는 사람만 올 수 있는 거야? 객실료는 왜 이렇게 싸? 젊은이들아, 더 많이 연애하고 더 많이 사랑하고 더 많이 섹스해라 뭐 그런 거야? 애인을 적어도 네 명쯤은 두어보기도 하고? 하하."

박찬영은 우리 사는 모습이 흥미진진한 만화 같다며 무겁지도 가볍지도 않아 좋다고 했다. 다른 사람들이 이해하지 못할 일들을 하며 나와 남편은 낄낄대기도 하며 즐거워했다.

갤러리 정원에 꽃을 옮겨 심느라 하루를 다 보내고 집에 돌아와 욕실로 들어가는 데 콘솔 위에 놓인 남편 전화기가 울렸다. 나는 그의 전화기 액정에서 '정'이라는 외자를 보았다. 남편은 울리는 전화기를 들고 정원으로 나갔다. 나는 물이 찰랑이는 욕조에 누워 전화 통화하는 남편을 뿌연 유리창 너머로 보았다.

'정'이 정안나라는 것을 알았지만 내색하지 않았다. 미국에 갔던 정안나가 이혼하고 귀국하자마자 박찬영을 찾았다는 것도 다른 사람을 통해 들었고, 그가 펼쳐둔 핸드폰을 닫다 그들이 나눈 문자도 우연히 보았다. 하지만 나는 아무것도 궁금하지 않다. 서로 연락을 한다면 둘 사이에 해야 할 뭔가가 남아 있기 때문일 것이다. 나는 남편이 그녀와 몇 번이나 만났는지, 앞으로도 계속 만날 것인지 묻지 않는다. 두 사람은 그들만 아는 스토리가 있을 것이고 나는 타인의 관계에 잠입해 둘만의 비밀스런 이야기를 엿듣고 싶지 않다. 박찬영의 말처럼, 사랑하는 사람이 내 옆에 있는 것으로 충분하다.

○

    컴퓨터 자판을 두드리고 있는 내게 남편이 편지 한 통을 내밀었다. 편지는 소정방 아저씨가 보낸 것이었다. 이 사람 아직 살아 있었어? 나한테 무슨 볼일이 있다고 이런 걸 보내? 엄마가 죽은 지 한참 되었다는 것을 모르고 있나? 머리에서 완전히 지운 사람을 다시 떠올리고 싶지 않아 편지를 책상 위에 던져두고 며칠 동안 읽지 않았다. 하지만 무슨 할 말이 남았나 싶어 편지를 펴들었다. 삐뚤빼뚤하게 볼펜으로 눌러쓴 글자들이 꼬깃꼬깃한 종이 위에 누워 있다 튀어 올라왔다.

    이루, 이수야. 너희들 이름을 부르니 옛날 일이 생각나는구나. 너희를 처음 만났을 때 이루는 대학교 신입생, 이수는 고등학생이었지. 늦은 나이에 만났지만 뒤늦게라도 너희들 아빠 노릇 하며 엄마랑 행복하게 살아보려고 했다. 어리석은 눈에 돈이 굴러다니는 게 보였고 돈을 넣기만 하면 크게 한몫 잡을 수 있을 거 같았다. 그래서 주변 사람과 엄마 돈까지 긁어모아 몰빵하게 되었지. 그때는 정말 모든 게 다 잘될 것만 같았다.

    내가 쫓던 게 신기루일 뿐만 아니라 우리를 비극으로 몰아넣는 쓰나미였다는 것을 왜 그때는 몰랐을까. 후회해도 소용이 없다는 것을 알지만 생각하면 뼈마디가 쏙쏙 쑤신다. 나 때문에 엄마랑 너희들이 고생했을 걸 생각하면 얼굴을 들 수가 없구나. 나를 사기꾼이라고 얼마나 원망했을까.

입이 열 개라도 할 말이 없지만 그래도 한마디는 하고 가야겠다. 쑥스럽지만 이 못난 놈은 진짜 엄마를 사랑했다. 돈을 알겨내려고 엄마에게 접근했던 게 아니다. 엄마를 버려두고 도망쳤지만 내 마음속에는 엄마 걱정뿐이었다. 돈을 벌면 찾아가려고 했는데 일이 생각대로 풀리지 않고 그사이에 엄마가 죽었다는 걸 알게 되었다.

날 미워하더라도 내 진심만은 알아주기 바란다. 내가 똑똑했다면 엄마를 지켰을 텐데, 멍청한 인간이 돈 욕심 부리다 이렇게 되었다. 그리워하던 사람 옆으로 간다고 생각하니 편안하다. 부디 부족한 나를 용서해다오.

남편이 편지를 받고 연락했을 때는 이미 그는 이 세상 사람이 아니었다. 그는 죽음을 앞두고 유서처럼 이 편지를 남긴 것이다. 소정방 아저씨. 애정을 미끼로 돈을 뜯고 사라진 저질 사기꾼, 엄마의 마지막을 망쳐버린 원수로 증오했고 엄마가 죽고 나서는 생각조차 한 적이 없었다.

사기꾼을 두둔하는 엄마를 증오했고 그런 어리석음이 나와 이수를 벼랑 끝으로 몰고 갔다고 분노했다. 사기죄로 고소하겠다고 협박해 돈을 받아냈다고 해서 그런 줄 알았다. 하지만 돈을 받았다는 것은 다 꾸며낸 얘기였다. 박찬영이 수소문해 찾아갔을 때 아저씨는 관악산 밑의 쪽방에서 날품팔이하며 하루하루 힘겹게 살고 있었다. 돈을 받으러 갔다가 돈을 받기는커녕 전기장판과 담요를 사주고 왔다. 생각다 못해 자신의 적금 통장을 해지해 내 통장에 돈을 꽂아주었다. 당시에는 뭔가 너무 쉽게 해결된 것이 이상했지만 그때는 그런 것을 구체적으로 생각할 만큼의 여유가 없었다. 엄마는 죽는 순간까지 '그이가 그럴 사람이 아니다. 때가 되면 다시 찾아올 거다'라고 했다. 난 절대로 그런 일은 없을 거라고 생각했는데 엄마 말이 맞은 걸까.

사랑이 무엇일까. 나는 연애 실험하며 끈덕지게 사랑에 대해 생각했다. 사랑을 이야기하는 숱한 보고서를 읽으며 그들이 했던 사랑에 대해 눈시울을 적셨다. 로맨스 스캠 사기꾼이라 생각했던 아저씨조차 죽음을 앞두고 사랑을 이야기했다. 분홍색 알약을 삼키고 혈액이 굳어가는 것을 느끼며 자판을 두드렸던 정우성도 마지막까지 사랑을 이야기했다. 사랑이 무엇이기에 죽는 순간까지 우리를 잡아두는 걸까.

엄마는 끝까지 아저씨를 믿었고 그 믿음을 가지고 죽었다. 돈을 잃었지만 사랑에 속고 돈에 속은 게 아니었다. 소정방 아저씨는 장례비를 하고 남은 돈을 우리 자매에게 남겼다.

지나간 사람들이 시차를 두고 한 명씩 과거의 사람을 찾고 있을 때 김제이도 그동안 쌓아 두었던 말을 했다. 문자가 왔을 때 거실 창밖을 바라보며 김이 오르는 커피를 마시고 있었다.

— 그동안 수치심에 괴로웠어. 그렇게까지 할 필요는 없었는데 내가 왜

그랬을까. 아내가 알게 된 것보다, 내가 알 필요 없는 것을 알게 된 게 더 견딜 수 없었어. 내가 그만큼 경작가를 좋아했다고 해야 할까. L 호텔 바 생각나지? 자기를 그렇게 보내고 거기서 죽을 만큼 술을 마셨어. 그 후로는 단 한 번도 그곳에 가지 못했어. 왜 그런 줄 알아? 자기랑 함께 있었던 기억 때문이지. 시간이 많이 지났지만 얼굴 한번 보고 싶어. 결혼한 사람에게 내 문자가 선을 넘은 것일 수 있는데 이 말을 하지 않을 수 없어서.

어느 날 밤, 여느 때처럼 눈을 감았다. 낭떠러지처럼 깊은 잠에 빠져들었을 때 아득하지만 선명한 광경이 눈앞에 펼쳐졌다. 축축한 물방울이 내 몸을 감싸안아 공중으로 밀어냈고 발밑으로 깔린 하얀 구름이 발바닥을 공처럼 튕겼다. 물속에서 자맥질하듯 구름 속을 유영했다. 몸의 무게가 느껴지지 않을 즈음, 페스타바의 향기가 코끝을 스쳤다.

"이게 얼마 만이지? 그동안 잘 지냈어?"

다시는 보지 못할 줄 알았던 존재가 말을 걸었다. 대답을 하려는데 목에 물이 걸린 것처럼 말이 나오지 않았다. 묵직하게 공기를 가르는 그의 목소리가 그리웠나 보다. 그는 그사이 수십 건의 연애 실험을 완료해 더 풍부한 데이터를 갖게 되었다고 자랑했다. 그사이 사람들의 인식이 많이 달라져 예전에는 어려웠던 게 수월해졌다도 했다.

"연애 실험을 해보지 않겠나?"

"네? 또요?"

"싫으면 말고."

페스티바는 예전처럼 튕기며 돌아서려고 했다.

"이 나이에 무슨, 결혼도 했고요.. 연애 실험이라면 충분히 한 거 같은데."

"충분히가 어디 있어? 죽을 때까지 충분히는 없는 거야. 좋은 기회일 거라 생각해서 온 건데."

"이번에는 어떤 실험인데요? 들어나 봅시다."

"나이 든 기혼녀가 연하의 연인들을 만나는 실험이야. 그사이 기술이 많이 발전해 이제는 별로 힘들이지 않고 해볼 수 있지."

"어떻게요?"

"그때 그 연애 탭 있잖아. 그게 더 진화했어. 테마별 시간별 활동별 일정관리 솔루션을 개발했지. 더 치밀한 실험이 될 거 같은데. 즐거운 후반생이 될 거 같지 않은가? 좌충우돌 젊은이들에게 자네가 쌓은 경험을 나눠주는 일도 보람이 있을 것이고. 아무튼 고인 물은 되지 않을 거야. 자네도 만나는 사람의 나이로 돌아가 그만큼 젊게 살 거고. 예나 지금이나 내 일은 사람들이 더 많이 사랑하게 하는 거지. 약간의 고난이 있을 수도 있지만 열정을 다시 느껴보고 싶다면……."

그는 생각해 보라는 말을 남기고 연기처럼 사라졌다. 나는 바람에 나부끼는 옷자락을 잡고 아리송한 미소를 지었다. 인생의 전반부보다 다이내믹한 후반부를 펼쳐볼까. 지금까지보다 훨씬 더 신선하고 쫄깃한 이야기가 만들어질지도……. 내가 어떤 선택을 할지 나도 모르겠다. (끝)

왜냐고 묻기를 멈추고 하던 일을 매듭 짓기

한동안 나는 만나는 사람들을 붙들고 물어보았다.

"만약에 네 배우자가 너를 두고 다른 사람과 사귄다면 어떻게 할래? 알고 보니 한 명이 아니고 여럿을 동시에 만나고 있었다면?"

질문을 받은 사람들은 상기된 내 얼굴을 보고 '남편이 바람피웠냐'며 걱정스럽게 되물었다. 내 얘기는 아니지만, 언제든지 일어날 수 있는 일이며 남녀가 섞여 사는 세상에 누구도 궤도 일탈에서 자유로울 수 없는 것은 아니냐고 대화의 여지를 두었다. 나에게 잡힌 사람들은 내 사연이 아니라는 말에 일단 안도하며 '딴짓'(일명 불륜)에 빙의되어 이런저런 이야기를 해주었다.

대학 절친들을 만난 자리에서 가슴 속에 품고 있던 화두를 꺼냈다. 많은 사람들의 다양한 경험과 생각이 필요한 나는 어느 때보다 귀를 쫑긋 세우고 들었다.

"아작을 내야지 바람피우는 인간이랑 어떻게 살을 맞대고 살아? 더러워서 속이 다 뒤집힌다. 다른 여자 뒤꽁무니 따라다니다가 집에 들어와 아무 일도 없는 듯 연기하는 것은 상상만 해도 치가 떨린다. 난 당장 이혼이야."

이렇게 말문을 연 친구는 '웩' 하고 토하는 시늉까지 하며 분노의 심기를 리얼하게 보여주었다. 믿음 없는 관계는 사랑이 아니다. 바람기는 치유 불능이므로 당장 헤어지는 게 마땅하다며 주먹을 불끈 쥐어 보였지만 옆에 앉아 있던 친구는 답답해 죽겠다는 표정을 지었다.

"감정이 얽힌 문제를 어떻게 선과 악으로 딱 잘라 이분법적으로 말할 수 있어?"

사랑하면 할수록

부부싸움 한번 하지 않고 평온한 결혼 생활을 하면서도 십 년 넘게 집밖에 유부남 애인을 두고 있는 친구가 날카롭게 치고 나왔다. 가정생활과 결혼 밖의 연애를 양립시키는 게 힘들지 않을까 아슬아슬하기도 하지만 그녀는 공중에 매달린 줄에서 한 번도 떨어진 적이 없다. 적어도 아직까지는.

"한 사람만으로 다 채워지는 사람도 있고, 겉으로 완벽해 보여도 어느 한 구멍이 채워지지 않아 힘든 사람도 있는 거야. 결핍을 느끼면 그걸 채우고 싶은 게 당연하지 않아? 사람마다 욕망, 욕구의 편차가 큰데 도매금으로 싸잡아 말하는 것은 인간에 대한 이해가 부족한 거 아니니? 결혼한 게 무슨 죄를 지은 것도 아닌데 죽을 때까지 일대일 관계로 가야 한다는 건 너무 폭력적이지 않냐고. 도덕과 윤리를 고려해 백번 헤어지려고 해도 도저히 끝낼 수 없는 관계가 이미 시작되었다면? 발을 뺄 수 없이 깊은 수렁에 빠져버렸다면?"

그녀는 애인을 통해 우리가 모르는 결핍을 채우고 있는 게 분명했다. 한때 관계를 정리하려고 했던 고민도 읽혔다. 이 팽팽한 대결 사이에서 나는 긴장을 느꼈다.

이혼하고 얼마 전 재혼해 새살림을 차린 친구는 시간이 지나고 나니 그때 왜 그렇게 격렬했나 하는 후회가 든다고 했다. 친구는 남편이 다른 여자랑 살겠다고 했을 때 불같이 노해 피 튀기는 '사랑과 전쟁'을 백 편쯤 찍은 뒤 지쳐서 헤어졌다. 사건은 친구가 남편이 쓴 수백 편의 글을 본 것에서 시작되었다. 앤드류 마블이 환생해 쓴 것 같은 기발한 사랑의 풍자시를 목석같은 남편이 썼다는 게 믿어지지 않았다.

"너무 잘 써서 처음에는 무슨 시를 베껴 쓴 줄 알았다니까. 그게 아니더라고. 감정이 복받치니까 시가 술술 흘러나왔던 거야. 사람을 사랑하는 것이 이렇게 가슴 떨리는 것인지 처음 알았다나 뭐라나. 육체에 대한 갈망과 환희가 종교적으로 승화되었다는 둥 내 평생 한 번도 들어보지 못한 말이 한가득이었어. 죽어도 헤어질 수 없다니 어쩌겠어?"

그녀는 이런 과정을 겪고 남편과 남이 되었다. 신기한 것은 그녀가 한참 뒤 이런 말을 덧붙였다는 것이다.

"혼자가 되고 나니, 내 남편인 게 유감이긴 하지만, 사랑에 사로잡혀 모든 걸 다 내던질 수 있었다는 게 부러워지더라. 인정하고 싶지는 않지만, 그들이 진짜 사랑을 했다는 생각이 들기도 하고. 고래 심줄보다 질긴 인연이 결혼 적령기를 한참 지나 나타날 수도 있다는 걸 인정하게 되었다고 할까. 몇 년 뒤 나도 새로운 사람을 만나 행복해지고 나니, 남편이 다 용서되더라고. 참 이상하지?"

생김새만큼 다양한 사연이 서로 다른 얼굴 뒤에 숨어 있었다. 향유하기도 부족한 인생길에서 대부분 먼 길을 돌고 돌면서 미래의 후회를 쌓아가고 있었다. 나는 당면한 문제도 아니면서 알 수 없는 이유로 사랑, 결혼, 이혼, 연애 등 살면서 피할 수 없는 문제를 껴안고 갈팡질팡했다. 그즈음 폴리아모리를 표방하며 두 남자와 함께 살고 있는 여자의 글을 읽었다.

"누군가를 사랑하면 다른 사람에게 눈 돌릴 여유가 없어지는 게 당연하다고 하잖아요. 나만 바라보게 하고 싶고, 집착하게 되고, 상대를 구속하고 싶어지죠. 상대가 나 아닌 사람을 사랑하는 데 끔찍한 질투가 들지 않는다는 건 사랑이 아니라고도 하지만 제 생각은 달라요. 우리 대화를 잠깐 들어보실래요?"

애인: 나, 다른 애인 생겼어

대답1: 나는 당신의 전부를 사랑해. 그래서 다른 애인을 가진 당신을 여전히 사랑해. 다른 사람을 사랑할 수 있는 가능성을 품은 너를 사랑한 거니까.

이 대화를 듣고 너무 나갔다고 인상을 찌푸릴 수도 있을 것이다. 하지만 인상을 쓰기 전에 한 번쯤 생각해 볼 지점이 있지 않을까. 모든 가능성을 열어 두고 사랑을 시작하면 다른 사랑이 찾아왔다는 걸 이유 삼아 싸우거나 헤어지지 않아도 될 것이다. 이들에게는 오직 사랑이 바닥났을 때만이 헤어질 시점인 것이다. 그들의 대화를 읽고 있자니 간통죄가 폐지된 마당에 상간남과 상간녀를 손수 응징하겠다고 사적 제재에 나선 사람들이 떠올랐다. 우리 주위에 배타적이고 독점적인 사랑관 때문에 울고불며 고통에 몸부림치던 사람들이 얼마나 많은가.

하지만 폴리아모리를 이해한다 해도 사랑이라는 이름으로 끊임없이 변화하는 타인을 재단하고 억압하고 통제하려는 유혹에서 자유로울 수 있는 사람이 얼마나 될까. 사랑하는 사람의 다른 사랑까지 수용할 수는 없다 해도 변화 가능성은 살짝 열어두는 것도 쉽지 않으니 나의 욕망과 타인의 욕망이 충돌하는 지점에서 다툼이 일어날 가능성을 품고 있는 사랑이야말로 이 세상에서 제일 어려운 일 중 하나임이 틀림없다.

갈등과 분쟁, 의견 대립의 한 중심에 서서 아무리 생각해도 답을 내기 어려운 문제에 대해 글을 쓰면서 정리해 보고 싶은 생각이 들었다. 하여 내가 쓰는 소설은 사랑, 결혼, 불륜, 이혼을 둘러싼 팽팽한 대결에 관한 것이 될 것이다. 얻는 것도 힘들지만 잃는 과정도 만만치 않은 사랑의 문제를 형상화할 수 있을까. 배타적 독점권이라는 사랑의 덕목이 다른 가치에 자리를 내줄 가능성은 없는지 가늠해 볼 수 있을까.

내 이야기를 찾아서

나는 쉰 살이 되기까지 일기 한 줄 쓰지 않고 살았다. 쓰지 않을 뿐만 아니라 읽지도 않았는데 아무 문제 없이 잘 살아졌다. 나이 쉰 살이 무슨 변곡점이나 되는 것처럼 어느 날 갑자기 속이 부글부글 끓어 숨이 쉬어지지 않았다. 사람들은 '갱년기'라며 곧 지나갈 거라고 했지만 시간이 갈수록 점점 더 속이 답답해졌다. 내장 기관은 다 멀쩡한데 열이 치솟아 견딜 수 없어 혹시 갱년기 증상 때문에 죽은 사람은 없나 검색까지 해보았다. 다행히 생명에는 지장이 없는 듯했지만, 심장의 불을 끄지 않으면 끔찍한 시간을 견뎌야 하는 건 자명했다. 나는 할 수 없이 소방 호수에서 나오는 시원한 물줄기를 찾아다녔다. 그러다 이상한 힘에 끌려 자판을 두들겨대기 시작했다. 비극(?)은 이렇게 앞뒤 맥락 없이 시작되었다. 뭘 쓰는지 알 수도 없으면서 하루에 몇 시간씩 손가락 아프게 자판을 두들겨대는 일은 비극이 틀림없었다. 한참이 지나고 나서 내가 쓰고 있는 것이 소설(꾸며낸 이야기)이라는 것을 깨달았다.

신내림을 받은 것처럼 미친 듯 써 내려간 것은 단편도, 중편도, 장편도 아닌 대하소설이었다. 소설이 뭔지도 모르면서 무모하게 나선 것부터 코미디인데, 현대도 아니고 일제 강점기를 배경으로 한 항일운동 이야기라니. 남들이 들으면 코웃음 칠 거 같아 말도 못 하고 조용히 서재에 숨어 글을 썼다. 서너 평 작은 방에서 수십 명의 조선 사람들이 웅성거렸고 일본의 압제 속에서 젊음을 불태웠다. 그들이 쏟아내는 사랑의 달콤한 말과 이

별의 눈물이 작은 공간에 들어차 그 뜨거움만으로도 숨을 쉴 수 있었다. 조물주가 세상을 내려다보듯, 나는 내가 만든 세계가 완성되어 가는 즐거움에 취해 행복했다. 창작의 즐거움은 내 안의 불길을 차분히 어루만져 주었다.

하지만 마냥 행복해할 수만은 없었다. 지금 내가 무얼 하고 있지?, 하는 의문이 드는 순간 황당해졌다. 원고지 이천 매를 썼는데도 이야기는 끝날 줄을 몰랐다. 사건을 사방팔방으로 벌여 놓았는데 어떻게 마무리해야 할지 헷갈렸다. 수십 명 등장인물들의 인생을 책임져야 한다는 중압감 때문에 속이 시끄러웠다. 여자 주인공을 이쯤에서 죽여야 하나?, 아님 중국으로 보내 해외파를 만들어야 하나? 현실을 떠나 1930년대를 살던 조상들과 함께 쌓아 올렸던 세계가 흔들거리기 시작했다.

가만히 있는 게 괴로워서 시작한 일인데 점점 나를 진흙 구덩이에 빠져들게 했다. 기초 공사를 튼튼히 하고 벽돌을 쌓아야 하는데 전체적인 플롯 없이 덤빈 것이 문제였다. 집을 지어보지 않은 사람이 기초도 모르고 목공, 철근, 배관, 미장을 혼자서 다 해보겠다고 나댄 꼴이었다. 더는 버틸 수 없어 가게 문을 닫는 자영업자의 심정으로 컴퓨터를 덮었다. 2년 동안 백 권이 넘는 역사책을 뒤지며 고민했던 일들이 물거품이 되어 사라지는 것을 보는 것이 아프기도 했지만, 한편으로는 더 이상 무익한 수고를 하지 않아도 된다는 것에 한없이 편해졌다. 가끔 머리를 굴리고 굴려 만든 숱한 장면들과 문장들이 떠오르기도 했지만 나는 애써 모든 것을 잊었다.

여기서 끝이 났으면 비극이라는 말은 아예 꺼내지도 않았을 것이다. 2년 동안 쓴 소설 파일을 2년 넘게 열어 보지도 않았는 데 어느 날 갑자기 서재 방에서 느꼈던 매혹이 망령처럼 되살 아나 등을 떠밀었다. 다시 해 봐. 모르면 배우면 되고 길을 잘못 들었으면 돌아가면 되잖아.

한번 떠났다 돌아오니 새로운 에너지가 생겼다. 지난 열정을 객관적으로 볼 여유가 생기자 첫술에 배 부르려고 한 과도한 욕 심이 문제였다는 깨달음이 왔다. 한 번에 서너 계단씩 뛰어오르 려다 반도 가지 못하고 지쳐 쓰러지는 것보다는 천천히 한 계단 씩 쉬지 않고 꾸준히 올라가는 게 더 나은 전략이었다. 처음의 실패를 거울 삼아 천천히 가보기로 했다.

어떻게 쓸 것인가

먼저 소설 수업에 등록해 문우들과 함께 공부하며 내 글의 문 제가 무엇이었나 뒤돌아보았다. 내가 진짜 쓰고 싶은 이야기는 무엇일까. 나는 왜 글을 쓰고 싶어 했을까. 처음부터 다시 생각 해 보았다. 잘 알지도 못하면서 결과물부터 내고 싶다는 욕망이 문제였다. 욕심의 근간이 바뀌지 않는 한 끝없이 타임 루프를 반복할 수밖에 없다는 깨달음은 나에게 겸손한 인내를 선물로 주었다. 쓰레기를 양산하느라 2년 동안 피를 짜내는 고생을 한 줄 알았는데 그때 모았던 자료를 기반으로 두 편의 장편을 썼 다. 역사책을 뒤지며 고민했던 외로운 과정이 있었기에 가능한 것이었다. 괜한 고생을 하며 시간을 날려버린 줄 알았는데 세상에 그저 버려지는 것은 없었다. 장편 소설을 서너 편 쓰고 나니 글쓰기에 대한 두려움이 없어졌고 속도에 대한 자신감도 생겼다. 하지만 장편을 완성하면 뭐하나? 소설을 썼다지만 어느 곳에도 발표하지 못하고 파일로 가지고만 있으니 여전히 자족적인 이불킥에 지나지 않았다. 몇 년째 공부만 주야장천 하는 걸 아는 지인들이 책이 언제 나오냐고 물으면 할 말이 없었다.

그동안 소설에 들인 시간과 노력을 금전적 가치로 환산하면 얼마나 될까. 이 정도의 노력과 열정을 다른 것에 썼더라면 박사 학위 세 개쯤 땄거나 사업에 성공했을지도 모른다. 몇 년 동안 돋보기 끼고 컴퓨터 앞에 앉아 자판을 두드리는 사이 허리병은 고질이 되었고, 검은 머리는 하얗게 셌고, 나쁜 눈은 더 나빠졌고, 방마다 발 디딜 틈 없이 책이 쌓였다.

칼을 뽑아 들었으면 호박이라도 자르고 집어넣어야 한다는 생각에 조급해졌다. 뭐든 시작했으면 끝을 봐야 한다는 생각에 문학상 공모전에 원고를 내보기로 했다. 역사 소설을 공모하는 데는 혼불문학상 등 두어 곳에 지나지 않아 원고를 내는 것은 가뿐했으나 끝내 연락이 오지 않았다. 큰 기대를 하지도 않았지만 막상 미끄러지고 나니 허무했다. 아무도 읽어주지 않는 장편을 계속 써야 하나 다시 번민에 휩싸였다. 매일 쉬지 않고 끌과 정, 망치를 들고 돌을 쪼는 조각가가 떠올랐다. 튀어 오르는 돌에 눈을 맞아 부어오르기도 하고 손은 거칠어지는데, 수년 간의 노력으로 만든 것은 미지의 걸작이 아니라 그저 그런 돌덩이에 지나지 않다면 그가 들인 노력은 값없는 것일까. 나 자신이 메

마른 땅에 시추공을 박고 기름이 나올 때까지 파내려 가겠다고 고집을 부리는 사람처럼 느껴졌다. 이런저런 고뇌에도 불구하고 뭔가를 쓰지 않으면 견딜 수 없게 되었으니 중병이 든 게 분명했다. 중간에 포기하지 못하는 무시무시한 병. 결론이 무엇이든 끝까지 가보겠다는 무모의 병. 답이 없는 문제를 풀어보겠다고 끝까지 매달리는 어리석음의 병.

일단 일제 강점기 이야기는 접어두기로 했다. 대신 이 시대의 풍속을 그려보아야겠다는 생각이 들었다. 남편의 외도로 이혼한 친구, 애인의 양다리 때문에 울상이 된 청년의 하소연을 들으며 사랑과 연애를 둘러싸고 벌어지는 갈등을 그려보고 싶어졌다. 끝과 끝이 보이지 않는 스펙트럼 속에서 관계에 얽힌 사람들이 서로 다른 생각과 가치관을 가지고 싸우며 상처를 주고받고 있었다. 양쪽 이야기가 너무 달라 뭐가 진실인지 헷갈리지만 우리 모두 언제든 복잡한 스토리의 주인공이 될 가능성이 있으니 진지하게 파헤쳐볼 만했다. 무모함이 특기인 나는 이번에도 좌고우면하지 않고 뛰어들었다. 폴리아모리를 실천했던 사람의 수기와 불륜의 진화심리학 책까지 섭렵하며 이야기의 틀을 짜고 나니 육 개월 만에 원고지 1천 매가 되었다. 무얼 넣고 뺄까 초고를 매만지며 고민하고 있을 때 생각지도 못한 고난의 기미가 끼어들었다.

이번에는 웬 웹소설. 젊은이들이 휴대전화를 들고 깨알 글씨 가득한 웹소설을 읽는 것을 보며 그들의 눈을 부러워한 적은 있지만 읽을 엄두를 내지 못했다. 종이책 읽기도 바쁜데 보이지도 않는 것까지 어찌 보랴 싶었다. 웹소설 시장이 커지고 있고 누군가는 큰돈을 벌었다는 얘기도 들은 적이 있지만 나와 상관없는 별나라 얘기였다.

웹소설 도전

어느 날 내가 소설을 쓰고 있다는 걸 아는 영화모임 멘토님이 웹소설 강의나 들어보자고 해 귀동냥이나 해보자는 심사로 강의장에 갔다. 웹소설을 쓰고 있거나 쓸 준비를 마친 사람들 사이에 앉아 생전 처음 듣는 이상야릇한 단어들에 고개를 갸우뚱했다. 여성향, 남성향은 여성 독자가 많은 로맨스물과 남성 독자를 위한 무협으로 구분하는 말이라 해도 밀키남, 절륜남, 마탑, 먼치킨은 다 무어란 말인가. 웹에서 사람들은 이런 장난감을 만들어 가상 놀이를 하고 있었단 말인가? 아이돌보다 잘 생긴 남자 주인공과 완벽한 비율의 여자가 키스할 듯 말 듯 붙어 있는 표지 그림은 굳어진 마음을 쫄깃쫄깃하게 하기에 충분했다. 신기한 세계가 있구나, 하면서 강의 들은 것에 만족하려고 했는데 한 주 뒤 소설 합평 시간에 글을 봐주시는 소설가님께서 마치 내가 웹소설 강의를 들은 것을 아는 것처럼 '지금 쓰고 있는 소설(가제 '살짝 나쁜 사랑')을 웹에 올려보면 어때요? 소재도 흥미롭고 이야기도 재미있으니 괜찮을 것 같은데…….'라고 했다. 그때 그냥 흘려듣거나 귀를 닫아버렸어야 했다. 그랬다면 맨땅에 헤딩하며 이마빡이 깨지는 일은 당하지 않았을 것이다. 가볍게 던진 말 한마디가 한 무더기의 고민을 몰고 왔다. 원고지 1천 매짜리 재료가 있다고 해서 그걸 그대로 잘라 올릴 수는 없었다. 두 차례 강의를 들은 걸로는 실제적인 노하우를 알 수도 없었다. 어떻게 해야 할까 하다 정식으로 공부를 하기로 하고 강남의 웹소설 학원의 3개월 프로그램에 등록했다.

오십 대 중반을 넘어선 내가 웹소설 수강생 중에 고령 축에 속할 것은 예상했지만, 30명 수강생 중 최고령자일 줄이야. 팔팔한 청년들 속에서 돋보기를 끼고 기획서 쓰는 법, 시놉시스 짜는 법을 배웠지만 이론을 실제에 적용하기는 쉽지 않았다. 게다가 난 이미 완성한 소설을 웹소설 형식으로 바꿔 올리려는 것인데, 새로운 소재와 캐릭터를 만들어 신작을 쓰려는 사람들과는 목적부터 차이가 있었다. 하지만 전혀 다른 감각이 필요한 웹소설 공부는 요즘 젊은이들의 감성과 관심을 이해하는 데 도움이 되었다. 경험은 물론이려니와 생각, 상상, 느낌, 감각이 전혀 다른 신인류와 함께하며 나도 젊은이들의 감성에 젖어 들었다. 과거와 미래를 자유자재로 오가며 죽은 사람도 살려내고 기존의 역사를 마음대로 뒤집어엎는 빙의, 환생, 회귀물을 읽으며 인간의 무한한 상상력에 놀랐다. 단행본에서 가능하지 않은 설정이 웹에선 제한 없이 가능했고 주제나 소재뿐 아니라 길이도 마음대로, 그야말로 모든 게 자유였다.

강사는 작가가 쓰고 싶은 게 아니라 독자에게 재미있는 글을 써야 한다는 말로 시작했다. 일 년에 수천 편씩 쏟아져 나오는 웹소설 시장에서 재미 말고 무엇으로 살아남겠냐고 반문했다 (fun or nothing). 어떻게 하면 독자가 내 글에 빨려들 수 있을까만이 유일한 고민이어야 한다고 했다. 나 혼자만의 짝사랑으로 끝나지 않기 위해서 독자를 내 글에 퐁당 빠져들게 해야 하는 것이다.

강사가 했던 말 중에 기억에 남는 말이 있다. 주인공이 비호감이면 독자의 응원과 관심을 받을 수 없고 연민을 받을 수 없으면 살아남을 수 없다. 빌런은 주인공에 대한 연민을 분산하지 않는 선에서 머물러야 하고 주인공을 앞으로 나아가게 해야 한다. 독자는 사건이 아니라 주인공을 궁금해한다. 따라서 주인공이 어떻게 성장 발전하는지 보여줘야 한다. 한 회를 읽고 다음 회를 찾아 읽을 수 있도록 하는 절단 신공이 필요하다는 것 등이다. 이런 기본적인 이론이 내 것이 되기 위해서는 다양한 장르의 웹소설을 읽어보는 수밖에 없었다.

총 10억 뷰 이상을 달성하며 무협의 정점을 찍은 〈화산귀환〉을 시작으로 〈전지적 작가시점〉, 〈재혼 황후〉 등 레전드 급 웹소설을 읽으며 성공 요인을 꼽아보았다. 소재 자체가 참신한데다 글의 짜임새가 탄탄해 조금의 허술한 구석을 찾아볼 수 없었다. '재미'에 이끌려 한 회마다 결제하며 끝까지 다 읽게 만들기 위해선 글 자체에 힘이 필요한 것이다. 웹소설의 기본기를 내 소설 '살짝 나쁜 사랑'(가제)에 대입해 보았다. '독자가 흥미를 가질 만한 사건과 주인공인가? 끝까지 읽고 싶게 만드는 흡인력이 있는가?'부터 시작해 완결을 할 수 있을지 자문해 보았다. 끝까지 가지 못하면 고생만 죽도록 하다 아무런 성과 없이 짐을 싸서 나와야 하니 시작하기 전에 심사숙고해야 했다. 어차피 고민 없이 살려면 글을, 특히 소설을 시작하면 안 되었다. 가시밭을 헤치며 나아갈 길을 내야 하는 고난을 감수하겠다고 나섰으니 앞으로 나아가는 수밖에 없었다. 어차피 돌아가기에는 너무 먼 길을 달려왔고 조금 더 가본다고 해서 세상이 두 동강 나지는 않을 터였다. 나는 도전해 보기로 했다.

내가 웹소설을 쓰겠다고 하자 지인들은 손사래를 치며 말렸다. 새로운 도전을 하기에는 나이가 너무 많다, 쌩쌩한 젊은이들도 나가떨어지는 노동집약적인 일을 어떻게 감당하려고 하냐, 과도한 경쟁 때문에 어중간하면 그냥 묻혀서 헛수고로 끝나게 된다 등등의 논리를 들이대며 괜한 고생을 하지 말라고 했다. 웹소설 올리다 번아웃 되어 병원에 실려 간 젊은이의 실화를 생생히 전해주기도 했다. 20대 딸은 요즘 젊은이들의 감성을 따라올 수 없어 안된다고 했다. 그 누구도 내 새로운 결심에 힘을 실어주지 않았다. 위협에 가까운 만류에 마음이 약해졌지만 한편으로 오기가 생겼다. 나이가 많고 감성도 늙고 체력도 좋지 않고 특별한 무기도 장착하지 못했지만 에베레스트를 올라가겠다는 것도 아닌데 그렇게까지 말릴 것은 뭐 있나 하는 생각이 들었다. 다들 날 걱정해 하는 말이지만 해보지도 않고 하는 염려였다. 가다가 힘들면 쉬엄쉬엄 가면 되고 그래도 못 가면 뒤돌아오면 되는 것 아닌가. 해본다는 것 자체에 의미를 두기로 했다.

웹소설 학원 강사는 내가 낸 기획서를 보고 흡족해하며 실전반으로 올려주었고 자신이 운영하는 출판사와 계약하자는 제안을 했다. 강사님이 사람 보는 눈이 있네 하며 기쁘기도 하고 계약이라는 말에 뭔가 진행되려나 싶어 기대감이 생겼다. 시놉시스와 트리트먼트, 본문 원고 10회분을 쓰면서 계약은 불발되었다. 출판사 측은 어떤 소설이 팔리는지에 대한 확실한 답을 가지고 있었다. '여자 주인공 나이가 마흔이라니요, 아무리 많아도 스물아홉을 넘어가면 안 돼요. 대학 강사라는 직업보다는 엔터테인먼트 실장으로 해요. 독자가 흥미를 느낄 만해야 한다니까요. 독자의 연령대를 생각해야 해요. 더 블링블링 말랑말랑해야 해요. 남주가 매력이 없어요.' 이같은 주문을 하며 내가 따라가기 어려운 가이드 라인을 제시했다.

강사의 요구에 맞춰 글을 쓸까도 했지만, 쓰면 쓸수록 어울리지 않는 옷을 빌려 입은 것처럼 불편하기만 했다. 내 소설의 이유와 목적을 살릴 수 없게 되자 글이 한 줄도 써지지 않았다. 내 마음대로 쓰면 망한다는 경고가 화재 경보처럼 왱왱거리며 귓전을 울렸지만 남이 설정해 준 대로 쓸 능력이 되지 않았다. 나는 내가 아는 이야기, 내 마음속의 이야기를 써야 하는 고집 센 인간이었다. 나는 누구의 도움이나 조언 없이 혼자 내 멋대로 써보기로 마음먹었다. 네이버 웹소설에 계정을 만든 순간 내 앞에는 한 번도 경험하지 못한 가시밭길이 펼쳐졌다. 필명을 짓고 만화 주인공 같은 남자와 여자가 등장하는 표지들 중에서 대강 그럴싸해 보이는 걸 골라잡았다. 매일 정해진 시간에 글을 올리겠다고 공지를 했을 때는 그런 강제성이 나를 더 열심히 하도록 몰아붙일 거라 믿었다.

내 소설에는 잘생긴 재벌 집 남주가 나오지도 않고 그를 시중 드는 가난한 여비서도 나오지 않는다. 심각하다 못해 입이 쩍쩍 마르는 이야기를 누가 읽을 것인가 고민에 빠졌다. 잘못하면 나 혼자 읽고 말 판이었다. 하지만 블링블링 달콤한 설탕을 칠 재주도 없고, 전체 이야기 구조를 바꿀 생각이 안 드는데 어쩔 것인가. 그냥 생긴 대로 가는 수밖에 없었다. 글솜씨가 어디까지 받쳐줄지 알 수 없어 불안했지만, 글을 올린 지 일주일 만에 챌린지 리그에서 승격후보작 딱지를 달게 되자 푸릇푸릇한 희망의 새싹이 얼음장 같은 겨울 땅을 뚫고 올라오는 것 같았다. 베스트 리그로 올라가는 것은 시간문제였다. 하지만 여기서 큰 실수를 했다. 페스타바라는 환타지적 요소를 첨가하면서 내 글이 로맨스인지, 로맨스 판타지인지 헷갈렸다. 아무래도 장르를 잘못 설정한 것 같아 바꾸려고 변경 버튼을 누르자 '한 달간 승격후보작에서 해제될 수 있다'는 경고가 떴다. 그때는 장르 변경이 치명적인 자살골이라는 걸 알지 못했다. 버튼을 누르자 바로 승격후보작 딱지는 사라졌다. 건물 꼭대기까지 올라갔던 엘리베이터가 순식간에 바닥으로 곤두박칠치는 순간이었다.

승격은 물 건너 갔으니 완결만을 목표로 해야 하는 초라한 처지가 되었다. 완결, 완결, 완결을 부르짖으며 매일 정해진 시간에 노트북 앞에 앉았다. 이미 쓴 원고 1000매가 믿을 둔덕이 되어줄 줄 알았지만 완전 오산이었다. 문체와 이야기의 흐름을 웹소설에 맞춰 다시 쓰다 보니 한 글자도 살리지 못하고 완전히 처음부터 다시 쓰는 꼴이 되었다. 게다가 매일 정해진 시간에 글을 올려야 한다는 중압감이 온몸을 눌렀다. 글이 써지지 않는 날도, 몸이 아픈 날도 어김없이 자판을 두들겨야 했다. 각 회마다 절단 신공을 발휘해 다음 회를 읽고 싶게 마법 가루를 뿌려야 하는데, 원고지 25매에서 이야기가 딱딱 끝나지 않았다. 처음부터 끝까지 머리를 쥐어짜야 할 일투성이였다. 최소 네 시간 이상 자판을 두들겨야 간신히 글을 올릴 수 있었고 어떤 날은 무엇을 써야 할지 머릿속이 하얗게 표백되었다. 한 달쯤 지났을 때 정수리 한 가운데 주먹덩이만한 원형 탈모가 생겼다. 어떨 때는 컴퓨터를 켜면 심장이 제멋대로 뛰었다. 20화쯤 올렸을 때 끝까지 끌고 가지 못하고 중도에서 항복을 하게 될 거 같은 불안이 밀려들었다. 처음의 패기는 슬슬 무너져내렸다.

다시 책으로

세상 많고 많은 싸움 중에서 자신과의 싸움이 제일 힘들다고 빅토르 위고가 앞서 말했다. 『레미제라블』 같은 대작을 쓰면서 매 순간 자신과 싸웠던 전사의 경험담일 것이다. 나는 역사에 남을 대작을 쓰지도 못하면서 매일 자신과 싸워야 했다. 때려치우고 싶은 마음, 끝을 보고 싶은 마음이 싸웠고 무엇보다 내가 하는 일에 어떤 의미와 이유를 부여할 것인지가 자주 헷갈렸다. 이 모든 갈등을 지우고 글에만 집중하는 것만이 난국을 수습하는 유일한 해결책이라는 것을 알면서 자꾸 마음은 다른 곳으로 도망쳤다.

휴재하는 동안 독자들이 떨어져 나갔지만 이번 시도를 나 자신의 존재 증명이라고 생각했으므로 모든 것에 초연했다. 나는 집 나간 마음을 데려다 다독이며 다시 자판을 두드렸다. 거북이처럼 느리지만 결승점 도달을 목표로 했다면 나는 목표를 이룬 것이다.

어찌어찌 61화를 올려 완결했을 때 나도 모르게 한숨이 나왔다. 더는 사나운 매질을 당하지 않아도 된다는 것에 안도했고 스스로 자초한 고생길이지만 중도에 포기하지 않고 완주했다는 것이 대견했다. 처음에 말렸던 지인들은 완결을 축하해주었다.

한동안 노트북을 덮고 자유를 만끽하고 있을 때 출판사에서 연락이 와 웹소설을 재미있게 읽었다며 단행본으로 내겠다고 했다. 출판사에서는 웹에 올렸던 글을 그대로 책으로 내겠다고 했지만, 나는 그럴 수 없다고 생각했다. 웹에 올렸던 글을 다시 읽어보니 문장이 허술하고 고칠 데가 많았기 때문이다. 독자들이 책을 읽고 시간 낭비했다고 투덜거리게 해선 안 될 일이었다. 글이 물질로 박제화될 것을 생각하니 독자들에 대한 책임감이 솟았다. 1800매가 넘는 웹소설을 1000매 분량으로 줄이다 보니 이야기가 달라졌고, 문장을 다듬다 보니 처음부터 끝까지 다시 쓰게 되었다.

맨 처음 공정부터 따져보면 이 소설 하나를 일 년에 걸쳐 열 번도 넘게 다시 쓴 셈이 되었다. 더는 고칠 수 없다는 생각이 들 정도로 고치고 나자 눈물이 나왔다. 고생고생해 아이를 세상 밖으로 밀어낸 기분이 들었다.

이것은 나의 그림자

누구나 자신이 선택한 길을 간다. 노력한 성과가 금방 나타나는 길을 선택해 유유자적하게 가는 사람들도 있지만, 자신을 끊임없이 시험하며 힘겨운 발걸음을 내디뎌야 하는 사람도 있다. 문 하나를 열었는데 제대로 열어 바로 다른 세계로 들어설 수도 있고, 누구는 모든 문을 다 두드려보고 나서도 제대로 된 문을 찾지 못해 주저앉을 수도 있다. 눈앞에 보이는 수많은 문 중에 어느 문을 열 것인가. 나는 글 쓰는 문을 두드렸고 한 번에 문이 열리지 않아 여기저기를 기웃거리는 고생을 자초했지만, 그 덕분에 얻은 것이 있으리라 자위해 본다.

재주가 없어서인지 나에게는 글을 쓰는 일이 세상에서 가장 어렵다. 문제는 쓰면 쓸수록 더 어려워진다는 것이다. 상황에 맞는 적확한 말을 찾느라 끊임없이 방황한다. 남들이 아직 그려내지 않은 삶의 한 단면을 나만의 언어로 그려낼 수 없을까 고민한다. 이 방황과 고민이 언제 끝날지 알 수 없지만, 나는 삶의 진실에 조금 더 가까이 다가가는 중이라 믿는다.

지난한 글쓰기 훈련의 과정 덕분에 『결혼들은 왜 이럴까』(글로서기, 2023)라는 에세이집도 낼 수 있었다. 살아온 이야기를 조금의 채색 없이 그대로 쓴 글을 읽은 독자들은 자신의 얘기를 대신 해주었다며 공감을 보여주었다. 그런 공감의 기적이 이 소설에서도 일어나길 희망한다.

"암흑 속에서 모든 것을 잊은 채, 그림을 그리는 바보인 나는 그림을 그리면서 정말 행복했다."(조르주 루오)

난쟁이처럼 작은 체구를 가진 화가가 어둠 속에서 하루 종일 같은 자세로 그리고 있다. 공포를 상징하는 암흑이 화가에겐 집중할 수 있는 공간적 배경이 되고, 그의 얼굴엔 한 가지 일만 하는 데서 오는 지루함이나 권태 대신, 누구도 앗아갈 수 없는 행복이 어려 있다.

왜 행복을 말하는데 화려한 조명 아래 파티복을 입고 큰 소리로 웃는 사람들보다 죄수처럼 밀실에 처박혀 캔버스를 앞에 놓고 고민에 잠긴 화가의 모습이 먼저 떠오르는 걸까. 글 쓰는 일이 그와 같기 때문이 아닐까.

네 개의 사랑 실험

2025년 12월 25일 초판 1쇄 발행

지은이 배윤성

펴낸곳 읽고쓰기연구소
도서문의 02-6378-0020
팩스 02-6378-0011
출판등록 제2021-0000169호
주소 서울시 마포구 동교로 136 서강빌딩 202호
이메일 writerlee75@gmail.com editor93@naver.com
블로그 blog.naver.com/editor93

ⓒ 배윤성, 2025
ISBN 979-11-988726-9-2 (03810)

값 16,800원